D1928639

CHRISTOPHER BUCKLEY

Florence von Arabien

CHRISTOPHER
BUCKLEY

Florence von Arabien

Roman

Aus dem amerikanischen Englisch
von
MARTIN RICHTER

Gerd Haffmans
bei Zweitausendeins

Die amerikanische Originalausgabe
»Florence of Arabia«
erschien 2004 bei Random House, Inc., New York.
Copyright © 2004 by Christopher Taylor Buckley.

Deutsche Erstausgabe.

1. Auflage, September 2005

Copyright © 2005 Zweitausendeins,
Postfach, D – 60381 Frankfurt am Main.

Alle Rechte vorbehalten, insbesondere das Recht der mechanischen, elektronischen oder fotografischen Vervielfältigung, der Einspeicherung und Verarbeitung in elektronischen Systemen, des Nachdrucks in Zeitschriften oder Zeitungen, des öffentlichen Vortrags, der Verfilmung oder Dramatisierung, der Übertragung durch Rundfunk, Fernsehen oder Video, auch einzelner Text- und Bildteile.

Der gewerbliche Weiterverkauf oder gewerbliche Verleih von Büchern, CDs, CD-ROMs, DVDs, Videos oder anderen Sachen aus der Zweitausendeins-Produktion bedürfen in jedem Fall der schriftlichen Genehmigung durch die Geschäftsleitung vom Zweitausendeins Versand in Frankfurt am Main.

Umschlagfoto von Len Kaufman.
Produktion und Gestaltung von Urs Jakob,
Werkstatt im Grünen Winkel, CH – 8400Winterthur.
Satz: Fotosatz Amann in Aichstetten.
Druck und Bindung: Ebner & Spiegel in Ulm.
Printed in Germany.

Dieses Buch gibt es nur bei Zweitausendeins im Versand,
Postfach, D-60381 Frankfurt am Main, Telefon 069-420 8000,
Fax 069-415 003. Internet www.Zweitausendeins.de,
E-Mail info@Zweitausendeins.de. Oder in den Zweitausendeins-Läden in Berlin, Düsseldorf, Essen, Frankfurt am Main, Freiburg, 2 x in Hamburg, in Hannover, Köln, Mannheim, München, Nürnberg und Stuttgart.

In der Schweiz über buch 2000, Postfach 89, CH-8910 Affoltern a. A.

ISBN 3-86150-559-2

Für Bob, Rip, Steve und Tim Forbes

Dies ist eine fiktive Geschichte. Alle Ereignisse, Dialoge und Figuren sind bis auf einige bekannte historische und öffentliche Personen Erfindungen des Autors und nicht als wirklich aufzufassen. Wo historische und öffentliche Personen auftreten, sind die Situationen, Geschehnisse und Dialoge in Bezug auf diese Personen vollständig fiktiv und sollen keine wirklichen Ereignisse darstellen oder den grundsätzlich fiktiven Charakter des Buchs verändern. Im Übrigen ist jede Ähnlichkeit mit lebenden oder toten Personen rein zufällig. Kapiert? Noch Fragen? Alles erfunden, okay? Ach, was soll's.

PROLOG

Die offizielle Residenz Seiner Exzellenz Prinz Bawad bin-Rumallah al-Hamuj, Botschafter des Königreichs Wasabien in den Vereinigten Staaten, thront auf einem 18 Millionen Dollar teuren Grundstück mit Blick auf eine schäumende Stromschnelle des Potomac wenige Kilometer flussaufwärts von Washington D.C. Das Tor der prächtigen Anlage trägt in schimmerndem Blattgold das Wappen des Königshauses der Hamuj: eine Dattelpalme, einen Halbmond und ein Krummschwert über einem Kopf. Von nahem schaut der Kopf nicht allzu fröhlich drein, zweifellos deshalb, weil er von dem erwähnten Krummschwert abgeschlagen worden ist.

Historisch betrachtet, gehörte der Kopf einem gewissen Rafik »Dem Unweisen« al-Sawah. Eines Nachts im Jahr 1740 oder 1742 (darüber streiten die Gelehrten) versuchte er, die Macht des Sultans Abdulabdullah »Der Weise« Waffa al-Hamuj, des Gründers des wasabischen Herrscherhauses und späteren Königs, an sich zu reißen. Der Legende nach – die in den Schulen des Landes heute als Tatsache gelehrt wird –, flehte Rafiks abgehauener Kopf den Sultan um Gnade für seinen Verrat und bat, wieder auf den Hals gesetzt zu werden. Scheich Abdulabdullah war jedoch nicht in der Stimmung, solche Wünsche zu erfüllen. Hatte er Rafik nicht wie seinen Bruder behandelt? Er befahl, den immer noch heulenden Mund mit Kameldung zu stopfen und den Kopf dann den Wüstenhyänen vorzuwerfen.

An dieses Ereignis erinnert jedes Jahr der Tag des Verrats des Rafik. Jeder erwachsene männliche Bürger des Königreichs muss sich ein symbolisches Stückchen Kameldung auf die Zunge legen, als Symbol der königlichen Autorität und als Erinnerung an das bittere Schicksal, das jene trifft, die sie untergraben wollen. In der Praxis führen nur die Angestellten des königlichen Palastes und die allerkonservativsten Wasabis das Ritual wörtlich aus. Vor 100 Jahren erfand ein einfallsreicher Konditor in der Hauptstadt Kaffa eine Sorte Nougat, die den typischen Geruch des Originals verströmte, und das genügte, um die Mukfellin zu täuschen, die Religionswächter, die streng auf die Einhaltung der Regeln des *Buchs der Hamuj* achten. Die Wasabis konnten sich ein Stück Konfekt auf die Zunge legen und den ganzen Tag mit demonstrativer Frömmigkeit umhergehen. Leider wurde der Trick entdeckt, und der unglückliche Zuckerbäcker verlor nicht nur die Lizenz zur Herstellung von Süßigkeiten, sondern auch die Zunge, die rechte Hand und den linken Fuß. Bei seiner Thronbesteigung im Jahr 1974 verkündete König Tallulah, ein symbolisches Stück Dung werde künftig genügen. Das führte zu viel unzufriedenem Gemurmel unter den wasabischen Mullahs und Mukfellin, aber zu gewaltiger Erleichterung unter der übrigen männlichen Bevölkerung.

Kurz nach Mitternacht in der frischen Herbstnacht des 28. September öffneten sich die Tore mit dem königlichen Wappen, und ein Wagen fuhr hindurch, am Lenkrad Nazrah al-Bawad, die Ehefrau von Prinz Bawad.

Nazrahs Durchfahrt hätte noch besser geklappt, wenn sie schon öfter gefahren wäre. Wasabische Frauen dürfen nicht selbst Auto fahren. Da sie aber unternehmungslustig und mutig war, hatte Nazrah seit ihrer Teenagerzeit verschiedene Männer gebeten, sie in die Mysterien von Lenken,

Bremsen und Gasgeben einzuweihen, angefangen bei ihrem Bruder Tamsa. In der Wüste von Wasabien den Cadillac ihres Vaters zu fahren, war nicht so schwierig gewesen. In Washington bedrängte (d. h. bestach) sie den widerwilligen Khalil, ihren Chauffeur, Leibwächter und Aufpasser, sie auf bestimmten halb verlassenen Straßen und den Parkplätzen königlicher Stammgeschäfte wie Neiman Marcus und Saks Fifth Avenue fahren zu lassen. Sie hatte den Punkt erreicht, wo sie fast einparken konnte, ohne den meisten Lack ihrer Stoßstangen an den vorderen und hinteren Wagen zu lassen. Khalil aber war in der Botschaft in den Ruf eines nicht übermäßig verlässlichen Fahrers gekommen.

In dieser Nacht hatte Nazrah gewisse Schwierigkeiten beim Lenken. Bei der Durchfahrt riss das Tor einen Seitenspiegel ab und hinterließ einen Kratzer an der Seite des 85 000 Dollar teuren Wagens, der dem abgebrühtesten Schadensregulierer Tränen in die Augen getrieben hätte. Sie wollte eigentlich links zur Washingtoner Innenstadt abbiegen, aber als sie die Scheinwerfer eines Wagens sah, der ihr aus dieser Richtung auf der Landstraße entgegenkam, geriet sie in Panik, bog rechts ab und fuhr weiter hinein in den grünen Vorort McLean.

Offen gesagt, konnte Nazrah nicht klar denken. Noch offener gesagt: sie war betrunken. Allerdings nicht ohne Grund, wie man zu ihrer Verteidigung hätte sagen können.

Nach über 20 Jahren in Washington hatte ihr Mann, der Prinz, seine Absicht erklärt, mit Nazrah und seinen anderen drei Ehefrauen nach Wasabien zurückzukehren. Sein königlicher Onkel hatte beschlossen, die jahrzehntelangen treuen Dienste seines Neffen dadurch zu belohnen, dass er ihn zum Außenminister salbte. Das war eine große Beförderung, zu der ein noch größerer Palast und Anteil an den wasabischen Öleinkünften gehörte.

Für Nazrah, die jüngste, hübscheste und selbständigste seiner Frauen, war die Neuigkeit kein Grund zum Jubeln. Sie wollte nicht nach Wasabien zurück. Ihre Jahre in Amerika – sogar unter den wachsamen Augen von Shazzik, dem strengen (und angeblich entmannten) Haushofmeister – hatten Nazrah die Rolle der Frau im Westen schätzen gelehrt. Sie hatte es nicht eilig, in ein Land zurückzukehren, wo sie ihr liebliches Gesicht unter einem Schleier verstecken musste, und noch viel weniger, in ein Land zurückzukehren, wo Frauen noch immer öffentlich Stockschläge bekamen, gesteinigt oder auf einem Platz der Hauptstadt enthauptet wurden, wo dies so alltäglich war, dass er den Spitznamen »Kopf-ab-Platz« trug.

Nazrah hatte vorgehabt, dem Prinzen an diesem Abend ihre Entscheidung, in den USA zu bleiben, nach seiner Rückkehr vom Dinner mit der Waldorf Group mitzuteilen. Dies war eine überaus einflussreiche Gruppe aus Ex-Präsidenten, Ex-Außen- und Verteidigungsministern und Ex-CIA-Chefs, alles prima Kumpel und mit tollen Kontakten! Seit ihrer Gründung vor zehn Jahren in einer Suite des New Yorker Waldorf Astoria-Hotels hatte die Waldorf Group über fünf Milliarden Dollar der wasabischen Königsfamilie in verschiedene Projekte investiert. Das schuf enge Beziehungen zwischen allen. Viele Mitglieder des Waldorf-Vorstands saßen auch in den Vorständen der Firmen, in denen das ganze wasabische Geld steckte.

An diesem Abend ging es bei der Sitzung um ein Entsalzungsprojekt. Entsalzung war in Wasabien wegen seiner besonderen geografischen Situation ein heißes Thema. Das Land war völlig vom Meer abgeschnitten. Dass es nicht einen einzigen Meter Küste besaß, war ein schmerzhaftes

Überbleibsel der Geschichte, das Ergebnis eines Augenblicks beschwipsten Ärgers Winston Churchills, als er die modernen Grenzen Wasabiens in seinem Londoner Club auf eine Cocktailserviette zeichnete. König Tallulah war bei der Friedenskonferenz unkooperativ gewesen, also hatte Churchill ihm mit ein paar Strichen seines Füllfederhalters Häfen verweigert. So bestimmen kurze Brandy-geschwängerte Momente das Schicksal von Staaten und den Lauf der Geschichte.

Die Bevölkerung Wasabiens wuchs gewaltig, da jeder Mann bis zu vier Frauen nehmen durfte. Wer nicht mindestens 20 Kinder hatte, galt kaum als richtiger Mann. Deshalb wurde das Volk immer jünger und durstiger.

Bei der Sitzung verkündete Prinz Bawad den versammelten Waldorf-Vorständen, alles guten Freunden, das Königreich wolle 1,2 Milliarden Dollar durch die Gruppe investieren. Die Gruppe würde ihrerseits die nötigen Texaner – ein verwandtes Wüstenvolk – anstellen, um Entsalzungsanlagen zu bauen und die nötigen Leitungen durch die Wüste ins stets durstige Wasabien zu legen. Im entscheidenden Moment dieser Sitzungen kritzelte der Vorstandsvorsitzende, ein Ex-Präsident der Vereinigten Staaten, stets eine Zahl auf ein Blatt Papier und schob es Prinz Bawad hin. Diese Zahl bedeutete Prinz Bawads »Gewinnbeteiligung«, was viel netter klingt als »Schmiergeld«.

Fast immer ging das Ritual glatt über die Bühne, aber diesmal hatte Prinz Bawad, der sich gerade eine neue, 1 500 Quadratmeter große Skihütte in Jackson Hole baute, das Gefühl, die Summe sei inadäquat. Er starrte den Ex-Präsidenten an.

Die beiden verstanden sich gut. Der Ex-Präsident war während seiner Amtszeit Gast in Bawads gegenwärtiger 1 000 Quadratmeter-Skihütte in Aspen gewesen. Normalerweise hätte er die Zahl durchgestrichen und eine etwas höhere hingeschrieben. Aber diesmal nicht. Es hatte Murren unter den Waldorfern gegeben. Das Königreich war in letzter Zeit ein bisschen zu anspruchsvoll geworden. Geschäft war schließlich Geschäft.

Also lächelte der Ex-Präsident bloß zurück. Schließlich nickte Bawad mit einem Anflug von Missmut. Der Ex-Präsident strahlte und machte eine kleine witzige Bemerkung, was der Prinz doch für ein zäher Geschäftsmann sei. Die Sitzung wurde beendet, die Türen öffneten sich, und die Erfrischungen wurden hereingebracht, und was für Erfrischungen. Es war höchst angenehm, ein Mitglied der Waldorf Group zu sein. Nie zuvor in der Geschichte des menschlichen Profits kassierten so wenige so viel für so wenig Arbeit.

— — — —

Daheim in der Residenz nippte Nazrah an der prinzlichen Flasche mit 150 Jahre altem Cognac. Als der Prinz um elf Uhr immer noch nicht zurück war, nippte sie noch mal. Dann noch mal. Als er um elf Uhr 40 eintraf, war sie schon völlig hinüber.

Die sorgfältig geprobte Rede purzelte ohne Sinn und Verstand von ihrer betäubten und stark nach Cognac duftenden Zunge. Der mondgesichtige, ziegenbärtige und herrische Prinz, der sich noch immer über seine inadäquate Beteiligung am Entsalzungsprojekt ärgerte, befahl Nazrah schroff, auf ihr Zimmer zu gehen.

Ein nächtlicher Streit zwischen einem Prinzen, der zu befehlen gewohnt ist, und einer beschwipsten zweiten Ehefrau führt nicht zu einem idealen Dialog. Er verschärfte sich zu gegenseitigem Anschreien und endete allzu rasch und dramatisch damit, dass der Prinz Nazrah eine Ohrfeige mit seiner fleischigen, nach Zigarren duftenden Hand gab. Dann stürmte er unter Flüchen auf die korrumpierende Wirkung des Westens hinaus und zum Schlafzimmer einer seiner unkomplizierteren Frauen.

Die gedemütigte und vor Wut kochende Nazrah ging in ihr Schlafzimmer, aber nicht um zu schlafen. Sie stopfte ein paar Sachen in eine Hermès-Tasche und ging zur Garage, wo sie die Wahl zwischen elf Autos hatte. (Der Prinz war ein leidenschaftlicher Fahrer und den meisten Straßenpolizisten in Virginia persönlich bekannt.) Sie entschied sich gegen den Maserati, den Lamborghini, den Maybach und den Ferrari, da sie zu viele unbekannte Knöpfe am Armaturenbrett hatten und nahm stattdessen den Mercedes, in dem Khalil sie normalerweise herumfuhr und mit dessen Knöpfen sie halbwegs vertraut war, einschließlich des speziellen Knopfs am Walnussarmaturenbrett, der das Tor der Residenz öffnete.

Also rauschte Nazrahs Wagen nach draußen, dicht gefolgt von dem grimmigen Shazzik und zwei seiner Männer vom kriegerischen Stamm der Warga in blauen Anzügen.

Aber wohin? Den Abzweig nach Washington hatte sie verpasst.

Nach dem Beinahezusammenstoß mit mehreren Bäumen und dem Überfahren diverser roter Ampeln bog sie mit einer Geschwindigkeit auf die Bundesstraße 123, die dreimal so hoch war wie erlaubt, was dem Polizisten Harmon G. Gilletts nicht entging.

In diesem Augenblick, verfolgt von Gilletts' Blaulicht und Sirene, sah Nazrah das Schild GEORGE BUSH CENTER FOR INTELLIGENCE. Im Sturm ist jeder Hafen recht.

Der Anblick eines sich mit hoher Geschwindigkeit nähernden Wagens, der von einem Polizeiwagen verfolgt wird, ist heutzutage in amerikanischen Regierungsgebäuden wenig beliebt. Als Nazrah das Tor der CIA-Zentrale erreichte, war eine Stahlbarriere aus dem Zement hochgefahren. Das beendete ihre Fahrt heftig und laut, wobei so viele Airbags in ihrem Wagen aktiviert wurden, dass die Prinzessin k.o. ging und völlig dazwischen verschwand.

Während Nazrah von türkisfarbenen Antilopen träumte, die von riesigen scharlachroten Krabben mit klappernden goldenen Zangen verfolgt wurden – Adrenalin, Cognac und der Schlag von Airbags erzeugen die lebhaftesten Visionen –, bahnte sich für die Regierung der Vereinigten Staaten eine Krise von epischen Ausmaßen an.

FLORENCE von ARABIEN

Bundesstraße festnahm, stemmte dem Haushofmeister seinen beeindruckenden Reservistenbrustkorb entgegen, fasste den Griff seiner neun Millimeter Glock fester und machte ihn auf die ihm vom Staat Virginia übertragene Amtsgewalt aufmerksam. Kein Footballverteidiger konnte unüberwindlicher sein.

Unterdessen hatten die CIA-Posten Knöpfe gedrückt, um Rückendeckung durch ein gepanzertes Fahrzeug anzufordern, das mit Raketen ausgerüstet war (falls die Situation außer Kontrolle geriet) und außerdem eindrucksvolle Mengen von Elektrizität durch die Körper unerwünschter Personen leiten konnte. Auch ein Hubschrauber mit Scharfschützen war unterwegs. Besser nichts riskieren.

In all diesem Lärm und Durcheinander von Panzerwagen, Rotoren, gezogenen Pistolen, Geschrei und vorgestreckten Brustkörben endeten Nazrahs Halluzinationen. Sie regte sich in ihrem aufgeblasenen Kunststoffkokon. Die Airbags verloren so viel Luft, dass sie sich etwas bewegen konnte. Schreckensstarr spähte sie zu der Auseinandersetzung neben ihrem Wagen hin und tat dann, was jeder in dieser Lage getan hätte. Sie griff nach ihrem Handy.

Florence Farfaletti arbeitete lange genug im Außenministerium, um zu wissen, dass ein klingelndes Telefon nach Mitternacht A) niemals falsch verbunden ist und B) niemals einen Anruf bedeutet, auf den man sich freut. Doch als Stellvertreterin des Stellvertretenden Unterstaatssekretärs für Nahost-Angelegenheiten (SUSNO) wusste sie, dass sie C) den Anruf annehmen musste.

»Farfaletti«, sagte sie so professionell, wie es ihr mitten in einer abgebrochenen Tiefschlafphase möglich war. Obwohl ihr Nachname seit 32 Jahren laut von anderen ausgespro-

EINS

Während Nazrah noch von psychedelischen Antilo
träumte, beobachteten die CIA-Wachtposten und Wa
meister Harmon G. Gilletts mit gezogenen Pistolen i
Fang durchs Autofenster. Das Einzige, was sie zwischen
zahlreichen Airbags sahen, waren zwei offensichtlich
liche Hände, von denen die linke genug Diamant
trug, um allen ihren Kindern ein Jurastudium in Ha
oder Yale zu finanzieren.

Dann näherte sich ein weiterer teurer deutscher W
in dem ein noch grimmigerer Shazzik als sonst und
beiden Mukfellin saßen.

Shazzik stieg aus und erklärte in seinem übliche
rischen Ton – denn Diener des Königshauses sind ni
ihre Höflichkeit gegenüber Außenstehenden bekan
ersten Wagen sitze ein Mitglied des Botschafterha
das ihm sofort übergeben werden müsse.

Das war zu viel für Wachtmeister Gilletts. Als F
der Marines war er während einer der wiederke
Interventionen Amerikas in Wasabien stationiert
deshalb konnte er Wasabis nicht ausstehen (den
ausländischen Besuchern geht es ebenso). Nach s
naten auf der Prinz Wadum-Luftwaffenbasis hasst
ein vernünftiger Mann ohne Vorurteile, sogar
»Wasabi«.

Er verzichtete auf die übliche Anrede »Sir«,
noch die jämmerlichsten Gestalten anredete, die

chen wurde, klang es für sie immer noch, als habe er zu viele Silben, aber da sie schon ihren Vornamen geändert hatte, hatte sie das Gefühl, den Nachnamen behalten zu müssen. Es hätte ihrem Großvater, der immer noch stolz auf seinen Dienst in Mussolinis Armee in Äthiopien in den dreißiger Jahren war, das Herz gebrochen. Vielleicht nach seinem Tod. Er war jetzt über 90. Oder falls sie wieder heiratete. Bis dahin musste sie mit den geerbten Vokalen leben.

»Flor-entz!«

Florence kämpfte gegen den Treibsand des Schlafs. Sie erkannte die wasabische Schwierigkeit mit weichen Cs. Die Stimme war jung, eindringlich, verängstigt und vertraut.

»Nazrah?«

»Ich bin's, Flor-entz, Nazrah!«

Florence knipste das Licht an und schaute mit einer Grimasse auf die Uhr. Was sollte *das* denn?

Sie kannte Nazrah Hamuj. Sie waren sich in Kaffa, der Hauptstadt Wasabiens begegnet, als Florence dort lebte. Nazrah war die Tochter eines weniger hoch gestellten Scheichs des Azami-Stammes, hübsch, intelligent und autodidaktisch gebildet – die einzige Bildung, die wasabischen Frauen offen stand, da sie nur bis zum fünfzehnten Lebensjahr die Schule besuchen durften. Nazrah machte spitze Bemerkungen über die anderen Frauen des Prinzen, die sie sarkastisch »meine *lieben* Schwestern« nannte. Während ihrer unglücklichen Zeit in Kaffa hatte Florence den Klatsch gehört: Prinz Bawad hatte die viel jüngere Nazrah geheiratet, um seine snobistische zweite Frau Bisma zu ärgern, die der Meinung war, Nazrah stehe viel zu niedrig auf der sozialen Leiter.

Florence und Nazrah hatten sich in Washington bei einem Empfang der Botschaft wieder getroffen, einer der seltenen Gelegenheiten, bei denen wasabische Ehefrauen in der Öffentlichkeit zu sehen waren. Es war ihnen ein halbes Dutzend Mal gelungen, sich in französischen Restaurants zum Lunch zu treffen, wo Nazrah unter den Augen des völlig aufgelösten Khalil teure Weine bestellt hatte. Sie lachte gern und war herrlich indiskret. Nazrah wusste von Florence' eigener Erfahrung mit wasabischen Prinzen und redete offen mit ihr. Nach jedem Treffen schrieb Florence pflichtschuldigst einen Bericht für das Außenministerium. Aus Anstand und aus Respekt für ihre Freundin ließ sie aber gewisse Einzelheiten aus, etwa über die amourösen Vorlieben Prinz Bawads. Wenn Nazrah irgendetwas strategisch Wertvolles oder Lebenswichtiges für die USA erzählt hätte, hätte Florence es als staatliche Angestellte natürlich an die zuständige Behörde weitergegeben. Warum rief Nazrah also um diese Zeit an?

»Flor-entz, du musst mir helfen – ich brauche Asyl! Jetzt!«

Florence spürte, wie sich ihre Kehle zuschnürte. Asyl. Im Außenministerium hieß es nur »das A-Wort«. Ein Schreckenswort in einer Bürokratie, die der passiven Starre geweiht war. Bei den Worten »Ich will Asyl« lief ein kalter Schauer über 1 000 gekrümmte Rücken. Diese Worte erzeugten Höllenvisionen von Papierkram, Telegrammen, Sitzungen, Peinlichkeit, Ablehnung, Neuantrag und – immer – Wiedervorlagen. »Ich will Asyl« endete mit Tränen, ob es nun gewährt oder abgelehnt wurde. Bei Ablehnung endete es meist als Schande für die Nation in den Abendnachrichten, wo der Moderator mit enttäuschter Grabesstimme fragte: »Wie *konnte* so etwas in den Vereinigten Staaten von Amerika geschehen?«

Florence war jetzt völlig wach. Die Ehefrau des Botschafters jenes Landes, das Amerika mit der größten Menge an fossilem Brennstoff belieferte, bat sie, eine Mitarbeiterin auf der mittleren Ebene des Außenministeriums, um Asyl. Für den Heimatschutz gibt es sechs Alarmstufen von Grün bis Rot. Florence hatte nur drei persönliche Alarmstufen: Cool, Scheiße und Verdammte Superscheiße.

Ihr Krisentraining kam in Gang, und sie hörte eine innere Stimme. Die Stimme sagte *Hinhalten*. Sofort wurde sie von einer anderen Stimme übertönt, die *Hilfe* sagte. Die zweite Stimme war echt und kam aus dem Telefon. Sie sprach wasabisch.

Florence hörte sich sagen: »Sag ihnen, du bist verletzt. Besteh drauf, dass sie dich ins Krankenhaus bringen. Fairfax Hospital. Besteh drauf, Nazrah, verstehst du?«

Sie stand auf, zog sich an und legte trotz der Eile die Perlenohrringe an. Vergiss nie die Ohrringe, hatte ihre Mutter immer zu ihr gesagt, seit sie ein kleines Mädchen war.

Vor der Erste Hilfe-Station erkannte sie Shazzik und die beiden Mukfellin. Zum ersten Mal in ihrem Leben wünschte sie sich, verschleiert zu sein. Noch mehr Sorgen machte ihr die Zahl der Polizeiwagen vor dem Krankenhaus. Sieben Autos. Irgendwer würde bestimmt die Medien verständigen, und dann schmolzen die Optionen zusammen. Nur wenige kritische Situationen verbessern sich durch die Ankunft von Übertragungswagen.

Zwei bewaffnete Wachmänner standen schräg gegenüber der Tür zur Erste Hilfe-Station. Florence zog sich das Tuch als provisorischen Schleier über den Kopf, senkte den Kopf, um schüchtern zu wirken, und ging auf sie zu.

»Ich möchte Nazrah Hamuj besuchen. Ich gehöre zur Familie.« Sie bemühte sich, ausländisch zu klingen und auszusehen. Mit ihrem dunklen Haar und dem mediterranen Teint sah sie nahöstlich genug aus.

»Name?«

Weder »Florence« noch »Farfaletti« klangen authentisch wasabisch. Florence sagte: »Melath.« Das bedeutet auf Wasabisch »Asyl«, was ein Wachmann in einem Krankenhaus in Virginia wohl kaum wissen würde.

Sie gaben Bescheid. Dann kam die Antwort: Sie sollte reinkommen.

»Es geht ihr gut. Ihre Röntgenbilder und die Magnetresonanztomografie waren in Ordnung.«

Der Arzt war jung, sah nicht ganz so gut aus wie die in den Fernsehserien, war aber nach seinem Blick auf Florence zu schließen, kein Verächter weiblicher Schönheit. Schon als die Jungen anfingen, unter ihrem Fenster Krach zu machen, hatte Florence verstanden, dass Schönheit nicht nur ein Geschenk, sondern auch ein Werkzeug ist, wie ein Schweizer Offiziersmesser.

»Könnten Sie nicht noch einen Test machen? Nur zur Sicherheit?«

»Sie ist Ihre . . .«

»Schwester.«

»Wir haben uns überzeugt, dass Ihre Schwester gesundheitlich wohlauf ist. Wussten Sie, dass sie getrunken hat?«

»Ach je.«

»Sie kann froh sein, dass sie noch lebt.«

»Können Sie sie nicht hier behalten? Zur Beobachtung?«

»Wir sind nicht die Betty Ford-Klinik.«

»Nur für ein paar Stunden.«

»Die Versicherung –«

Florence nahm den Arzt am Arm und zog ihn in eine Ecke. Er wehrte sich nicht. Männer geben meistens nach, wenn hübsche Frauen sie in Ecken drängen. Sie ließ den wasabischen Akzent fallen.

»Ich bitte Sie im Namen der Regierung der Vereinigten Staaten« – sie zeigte ihm ihren Dienstausweis –, »diese Frau für ein paar Stunden im Krankenhaus zu behalten. Sie können doch sicher noch ein paar Tests bei ihr machen?«

»Was geht hier vor?«

»Wissen Sie, was ein Ehrenmord ist?«

»Das hier ist ein Krankenhaus, falls Sie es nicht –«

»Da, wo sie herkommt, passiert das mit einer Frau, die ihren Mann oder einen Verwandten entehrt. Kein Prozess, keine Geschworenen, keine Berufung, kein Oberster Gerichtshof, keine Bürgerrechtler, nur Tod. Durch Steinigen oder Enthauptung. Kapiert?«

»Wer ist sie?«

»Die Frau des wasabischen Botschafters. Eine seiner Frauen zumindest. Wenn Sie sie denen übergeben, bevor mir was einfällt, ist das wahrscheinlich ihr Todesurteil.«

»Mein Gott.«

»Tut mir Leid, Sie mit so was zu überfallen.« Florence lächelte den Arzt an.

»Wie lange soll ich sie denn hier behalten?«

»Vielen Dank. Bloß ein paar Stunden. Vor dem Krankenhaus wartet ein Mann, nahöstlicher Typ, sehr unsympathisch, mager, dünner Schnurrbart, Kinnbart, hohe Stirn. Sagen Sie ihm, Sie müssen noch ein paar Tests machen, und sie darf niemanden sehen.«

»Mannomann.«

»Es ist wirklich toll von Ihnen, das zu machen. Das vergesse ich Ihnen nicht.« Florence schob ihn zu den Schwingtüren, dann ging sie zu Nazrah und zog den Vorhang um ihr Bett zu.

Nazrah hatte sich bis jetzt zusammengerissen, aber als sie Florence sah, brachen alle Dämme. Die Große Wüste im Inneren Wasabiens hatte in einem ganzen Jahr nicht so viel

Niederschlag gehabt. Nazrah hatte wie so viele Frauen in ihrer Weltgegend reichlich Mascara aufgetragen, das jetzt schwarz über ihre Wangen lief. Florence hörte ihr zu, nickte und gab ihr immer neue Papiertücher. Nazrah erklärte alles. Sie hatte es nicht geplant, es tat ihr Leid, Florence mit reingezogen zu haben. Sie wollte zum Bahnhof fahren, den Zug nach New York nehmen und dann . . . irgendwas. Dann war sie rechts abgebogen. Dann war da der Polizeiwagen. Dann sah das Tor der CIA-Zentrale aus, als ob . . . Dann hatte es gekracht. Und der einzige Mensch, der ihr einfiel, als sie das Telefon in der Hand hatte, war Florence. Es tat ihr so Leid.

Florence kämpfte gegen die Versuchung an, etwas Hoffnungsvolles zu sagen, da es nicht viel Grund zur Hoffnung gab. Irgendwann merkte sie, dass sie Nazrahs Hand hielt.

Schließlich versiegten Nazrahs Tränenströme. Sie beruhigte sich, schaute an die Decke und fragte: »Was werden sie mit mir machen?«

Der Vorhang öffnete sich mit einem lauten Ratsch und enthüllte Prinz Bawad und sein Gefolge. *Er sieht wie Othello aus*, dachte Florence. *Und Shazzik spielt Jago.*

In ihrer Begleitung erkannte sie den Leitenden Sicherheitschef des Außenministeriums und, verdammt, Duckett. Außerdem McFall, den CIA-Chef für den Nahen Osten.

Hinter diesem Gedränge von hohen Beamten hörte Florence den Arzt mannhaft erklären, es bestehe die Möglichkeit eines subduralen Irgendwas, aber er hatte keine Chance. Bawad, der mit einem Fingerschnippen die Ressourcen eines Königreichs lenken konnte, hatte seinen Leibarzt und seine Krankenpfleger mitgebracht, um Nazrah mitzunehmen. In den Augen der Vereinigten Staaten war sie wasabisches Territorium.

ZWEI

»Warum hat sie Sie angerufen?«

»Das haben Sie mich schon zwölfmal gefragt.« Zwölfmal im Lauf von drei Befragungen. Diesmal waren anwesend: Charles Duckett, Stellvertretender Unterstaatssekretär für Nahost-Angelegenheiten (SUSNO), zwei Schlaumeier aus dem Nationalen Sicherheitsrat des Weißen Hauses, ein FBI-Mann und ein Typ vom CIA, dessen Name wahrscheinlich nicht stimmte und der vermutlich für McFall arbeitete. Außerdem eine hustende Stenografin. Warum nicht noch jemand vom Landwirtschaftsministerium? fragte sich Florence.

»Dann frage ich Sie noch mal. Darf ich das nicht?«

»Warum verkabeln Sie mich nicht einfach?« Ein Lügendetektor wäre jetzt eine kleine Abwechslung gewesen.

»Niemand redet von einem Lügendetektor. Warum hat sie Sie angerufen?«

»Sie hatte gerade einen Autounfall gehabt, Charles. Sie guckt aus dem Wagenfenster und sieht überall Männer mit Pistolen. Wir kannten uns. Wir waren locker befreundet. Ich bin eine Frau. Sie war in einer Krise. Wahrscheinlich wollte sie mit einem verständnisvollen Menschen von der Regierung reden. Die findet man nicht so leicht.«

»Warum haben Sie uns nicht sofort verständigt?«

»Das wollte ich tun, sobald sich die Situation stabilisiert hatte.«

»Stabilisiert? Sie isolieren eine weggelaufene Diplomatenfrau – die Frau von Prinz *Bawad.* Was hat das mit Stabilisieren zu tun?«

»Ich wollte, dass sich die Lage ein bisschen beruhigt, sonst nichts. Sie war völlig aufgelöst. Nennen Sie es einen menschlichen Kontakt. Und um es ganz klar zu sagen, ich bin keine Fluchthelferin für wasabische Ehefrauen, okay?«

Duckett las aus einem roten Ordner mit der Aufschrift STRENG GEHEIM vor. »Sie haben zu ihr gesagt: ›Sag ihnen, du bist verletzt. Besteh drauf, dass sie dich ins Krankenhaus bringen. Fairfax Hospital. Besteh drauf, Nazrah, verstehst du?‹ Warum ins Fairfax?«

»Weil es das nächste Krankenhaus ist.«

Dass sie eine Abschrift von Nazrahs Handyanruf hatten, eröffnete zwei Möglichkeiten. Entweder konnte die CIA spontan alle Anrufe abhören, die auf ihrem Gelände gemacht wurden, oder, noch interessanter, die Regierung hatte Nazrahs Handy schon *vorher* abgehört.

Missmutig schlug Duckett einen grünen STRENG GEHEIM-Ordner auf und überflog den Inhalt. »Sie sagen, Sie haben sich . . . siebenmal mit ihr getroffen.«

»Stimmt. Viermal zum Lunch, einmal zum Tee im Four Seasons. Zweimal waren wir shoppen. Steht alles im Ordner. Dem gelben.«

Duckett öffnete den gelben Ordner. »Sind diese Berichte vollständig?«

»Wie meinen Sie das, vollständig?«

»Haben Sie alles berichtet?«

»Natürlich, alles Relevante.«

»Und was halten Sie für irrelevant?«

»Persönliches.«

»Definieren Sie ›persönlich‹.«

»Was Mädels untereinander reden.«

Duckett seufzte aus den Tiefen seiner Seele, wie es nur ein Bürokrat kann. »Florence, wir machen hier keine Ratespiele. *Alles*, was sie gesagt hat, ist relevant.«

Florence sah Duckett an, dann den FBI-Mann, dann die beiden aus dem Weißen Haus, dann den vom CIA – der sie mit mehr als dienstlichem Interesse zu betrachten schien. Sie wandte sich wieder Duckett zu.

»Okay. Sie hat mir erzählt, der Prinz raucht gern Hasch, dann trägt er Cowboystiefel und seinen Kopfputz, sonst nichts, seine vier Frauen müssen nebeneinander den Po in die Luft strecken, und dann, ich glaube, das nennt man –«

»Schon gut, das genügt.«

Der CIA-Mann prustete los. Die Apparatschiks vom Weißen Haus sahen niedergeschlagen aus.

»Das nächste Mal, wenn eine Diplomatenfrau mir so was anvertraut, werde ich es sofort schriftlich weitergeben«, sagte Florence.

»Würden Sie uns bitte entschuldigen?« sagte Duckett zu den anderen. Er zeigte auf die Stenografin. »Sie auch.«

Der CIA-Mann warf Florence ein breites Grinsen zu, als er den Raum verließ.

»Allmächtiger Gott, wie *konnten* Sie so was offen legen?« fragte Duckett entgeistert. »Vor *denen*? Verstehen Sie nicht, worum es geht? Die Wasabis sind wütender als ein Hornissenschwarm. Wenn die rauskriegen, dass die CIA vom *Außenministerium* intime Einzelheiten über ...« Er stützte den Kopf auf die Hände. »Was für eine Katastrophe. Das wird uns den Hals brechen. Sie wissen doch, was man sagen wird, oder? Dass Sie eine private Vendetta geführt hätten.«

»Das ist absurd. Ich habe versucht, einem anderen Menschen zu helfen, auch wenn das vielleicht lächerlich klingt.«

»Sie waren mit einem Wasabi verheiratet. Und Sie sind Italienerin. ›Vendetta‹ ist ein italienisches Wort.«

»Ich bin so amerikanisch wie Sie. Und diese Sache hat gar nichts damit zu tun. Das ist Unsinn.«

»Erklären Sie das dem wasabischen Außenministerium!«

Als sie klein war, hatte Florence' Großvater ihr faszinierende Geschichten über den Orient erzählt. An der Uni wählte sie Arabistik als Hauptfach und sprach bei ihrem Abschluss in Yale fließend Arabisch. Dort begegnete sie Hamzir, einem wasabischen Prinzen aus der zweiten Reihe, charmant, gut aussehend, verwegen, reich und als Kampfflieger der Reserve der Königlich Wasabischen Luftwaffe auch schneidig. Welches amerikanische Mädchen mit einer Vorliebe für den Nahen Osten hätte sich nicht in ihn verliebt? Ein paar Wochen nach der Abschlussfeier waren sie verheiratet.

Nach den Flitterwochen auf einer 40 Meter-Yacht auf dem Mittelmeer machte Florence in ihrem neuen Heim in Kaffa ein Reihe von Entdeckungen, eine immer deprimierender als die andere. Hamzir war nicht ganz aufrichtig über die Situation der ausländischen Braut eines Wasabi gewesen. Er hatte ihr erzählt, sie werde von den strengen Regeln ausgenommen sein, denen wasabische Frauen unterworfen waren. *Mach dir keine Sorgen, Liebling!*

Ehe sie es sich versah, stand Florence praktisch unter Hausarrest, musste außerhalb des Hauses verschleiert gehen und stets einen männlichen Begleiter haben. Das alles beschloss sie noch hinzunehmen, doch nach drei Monaten merkte sie, dass ihre Antibabypillen durch welche aus Süßstoff ersetzt worden waren. Als sie Hamzir zur Rede stellte, hob er bloß die Schultern und brummte, es sei sowieso Zeit, dass sie ein Kind bekomme. Sie verweigerte ihm darauf den

Sex wie Lysistrata, worauf er in die Luft ging und am nächsten Tag beim Abendessen erklärte – als erinnere er sich an einen Zahnarzttermin –, er werde eine zweite Frau nehmen, eine Cousine. *Reich mir bitte das Lamm.*

Am nächsten Vormittag stieg Florence allein ins Auto (worauf die Prügelstrafe stand), fuhr zur US-Botschaft und sagte: *Beam mich rauf, Scotty.* Die Reaktion war: *Sie haben sich das eingebrockt, und jetzt sollen wir Sie rausholen? Lesen Sie das hier.* Sie gaben ihr eine Broschüre mit dem Titel *Was amerikanische Frauen bei der Heirat mit einem wasabischen Staatsangehörigen wissen sollten.* Wann immer ein Amerikaner in Übersee in Schwierigkeiten ist, gibt ihm das Außenministerium eine Broschüre, dazu eine Liste unfähiger einheimischer Rechtsanwälte und die Ermutigung: *Wir haben's doch gleich gesagt.*

Florence ließ sich nicht abwimmeln. Sie erklärte laut, sie werde die Botschaft nur in einem Auto verlassen, das von einem Botschaftsbeamten gefahren werde und sie direkt zum Prinz Babullah-Flughafen bringe. Ein risikofreudiger junger Angestellter des Außenministeriums, der wie sie italienischer Abstammung war, machte einen Kuhhandel mit der italienischen Botschaft und kriegte Florence mit einem italienischen Pass, der ihr juristisch zustand, aus dem Land.

Nach ihrer Rückkehr in die USA arbeitete sie in Washington bei einer Stiftung für den Nahen Osten. Als sie sich eines Tages langweilte und an den risikofreudigen Mann vom Außenministerium dachte, der sie gerettet hatte, bewarb sie sich für die Aufnahmeprüfung beim Ministerium. Sie bestand. Da sie fließend Arabisch sprach und eine Expertin für arabische Kultur war, wurde sie in den Tschad geschickt. Nach dem 11. September setzte sich die Erkenntnis durch, ihre Fähigkeiten könnten anderswo im

Ministerium nützlicher sein, und sie wurde zu den Nahost-Angelegenheiten versetzt.

Florence fragte Duckett: »Haben die ihr Handy schon vorher abgehört oder erst das Gespräch aufgefangen?«

»Was macht das schon? Die haben auf Band, dass Sie sie zur Flucht drängen. Praktisch eine spontane Asylzusage.«

»Aber wer hat den Anruf aufgenommen? Wer hat Ihnen die Mitschrift gegeben?«

»Der Mann von McFall. Brent Irgendwas.«

»Fragen Sie ihn, wo sie die herhaben.«

»Das werden sie mir nicht erzählen. Sie wissen doch, wie zugeknöpft die bei Quellen und Methoden sind.«

»Sagen Sie ihnen, Sie wüssten, was sie vorhatten«, flüsterte Florence.

Duckett starrte sie an. »Nämlich?«

»Dass die CIA Nazrahs Telefon schon lange, bevor sie in das Tor fuhr, abhörte. Dass die an ihr dran waren. Dass sie eine Zielperson war. Dass sie versuchen wollten, Prinz Bawad auf dem Umweg über sie zu erpressen.«

Duckett schürzte die Lippen. »Und dank Ihnen haben die jetzt auch was über ihn.«

»Aber sie können es nicht benutzen, wenn Sie sagen, dass Sie wüssten, was los ist und was sie vorhaben. Dass Sie ihre Operation aufgedeckt haben und dass Sie es laut von der Spitze des George Washington-Denkmals verkünden werden.«

»Und was ist, wenn es nicht stimmt?«

»Lassen Sie es den CIA-Direktor abstreiten. Vor dem Präsidenten. Im Kabinettsraum.«

Die Falten auf Ducketts Stirn glätteten sich, als habe er gerade eine Botoxinjektion bekommen. Er grunzte erfreut und nachdenklich. Sein Hass auf die CIA stammte von einem seiner ersten Auslandsposten in Ecuador. Er hatte dort die Eröffnung eines der öden Zentren für Kulturaustausch organisiert, das »die historische Synergie zwischen Ecuador und den Vereinigten Staaten« betonen sollte. Am nächsten Tag wurde es in die Luft gesprengt, angeblich von einer Guerillagruppe, in Wirklichkeit aber von der CIA, die einen antiamerikanischen Anschlag brauchte, um ihre Kampagne gegen die neueste Rebellenbewegung ausweiten zu können. Duckett hatte seine kaum vernarbten Wunden seit Jahrzehnten geleckt. Jetzt lächelte er.

Er rief die anderen wieder herein. »Ich habe Miss Farfaletti befragt und zu meiner Zufriedenheit geklärt, dass ihre Version akkurat und wahrheitsgemäß ist. Darüber hinaus« – er nahm die Abschrift von Nazrahs Anruf – »werde ich Sie nicht fragen, wie dieser Anruf abgehört wurde. Das würde nicht nur Quellen und Methoden kompromittieren, sondern auch die erschreckende Möglichkeit eröffnen, dass eine oder mehrere Behörden der amerikanischen Regierung die Ehefrau eines Diplomaten ausspionierten. Nicht nur irgendeines Diplomaten, sondern des Vorsitzenden des diplomatischen Corps – eines engen persönlichen Freunds des Präsidenten der Vereinigten Staaten.«

»Das ist doch Bockmist.«

»Und den kann sich Ihr Direktor von den Schuhsohlen kratzen – im Kabinettsraum, nachdem das Außenministerium seine Sicht der Dinge dargestellt hat.«

FBI und CIA starrten ihn wortlos an.

»Andererseits«, fuhr Duckett fort, der jetzt Oberwasser hatte, »können wir uns auch einigen, dass der Fall abgeschlossen ist. Prinzessin Nazrah ist in diesem Moment an Bord einer Maschine der Königlich Wasabischen Luftwaffe auf dem Weg nach Hause. Die Medien haben nichts gemerkt. Also, wie sollen wir weiter vorgehen, meine Herren?«

Die Leute vom Weißen Haus flüsterten mit FBI und CIA. »Für uns ist die Sache erledigt«, sagte FBI nicht allzu glücklich. Auf dem Weg nach draußen zwinkerte der CIA-Mann Florence zu.

Am nächsten Morgen steckte sie ihren Dienstausweis in den Schlitz neben dem Drehkreuz des Außenministeriums und erwartete halb die Meldung UNGÜLTIG wie bei einer überzogenen Kreditkarte. Aber sie kam rein. Anscheinend arbeitete sie immer noch für die Regierung.

Sie ging zu George. George hatte einen Schreibtischjob in der Abteilung für Politik und Wirtschaft, wo er sich in der Mittagspause damit vergnügte, Kreuzworträtsel auf Altphönizisch zu basteln, einer der zwölf Sprachen, die er fließend sprach. Er behauptete, in sieben davon zu träumen, und George war kein Angeber. Sein Vorbild war Sir Richard Burton, der umfassend gebildete Entdecker aus dem neunzehnten Jahrhundert, der 35 Sprachen beherrschte und in siebzehn träumte. Als einer der kühnsten Forschungsreisenden aller Zeiten war Burton ein seltsames Modell für den an Klaustrophobie leidenden George, der es geschafft hatte, sich jeder Versetzung ins Ausland zu entziehen, bis auf achtzehn Monate in Ottawa, in denen er Micmac gelernt hatte, eine komplizierte Sprache der kanadischen Ureinwohner.

»Ich hab heute Nacht unheimlich lebhaft geträumt. Auf Türkisch. Ich war mit Lord Byron und Shelley am Bosporus. Wir saßen in so einem idiotischen Touristentretboot und versuchten auf die andere Seite zu kommen, aber die Kontinente schoben sich auseinander. Was hältst du davon? Du siehst ja schrecklich aus. Haben wir heute Nacht nicht geschlafen?«

»George, Nazrah Hamuj hat mich um Asyl gebeten.«

»Und das ist wichtiger als mein Traum? Schön.«

Florence erzählte ihm, was passiert war, bis auf die Cowboy-Fantasie von Prinz Bawad.

»Hm, ich hab mir gedacht, dass da was im Busch ist. Zwischen Kaffa und hier haben die Kabel nur so geglüht. Sie haben ganz fix ein königlich wasabisches Transportflugzeug aus Jacksonville zum Dulles Airport verlegt. Was für ein Aufwand, was für ein Papierkram.«

George sah Florence' Blick. »Sie war an Bord? Ach du Schreck. Ich höre, wie eine Klinge geschliffen wird.«

»Ich rufe Tony Bazell in Kaffa an«, sagte Florence. »Vielleicht kann er –«

»Was? Den Palast stürmen? Vergiss es. Vielleicht kommt sie mit 30 Peitschenhieben davon.« George musterte Florence. »Haben wir was ausgelassen? Sind wir nicht aufrichtig? Raus damit.«

»Ich . . . nein.«

»Auf Italienisch.« In dieser Sprache tauschten sie Büroklatsch aus.

Sie erzählte es ihm.

»*Mamma mia!* Alle vier? Gleichzeitig? Ich wusste ja, dass der Prinz nichts auslässt, aber so was. Der dreckige alte Bock. Kein Wunder, dass das arme Ding Asyl wollte. Wahrscheinlich hat sie von einem schönen, langweiligen Leben in den Vororten geträumt. Schürze, Ginghamkleid, Kuchen, der auf der Fensterbank abkühlt, ein Golden Retriever namens . . . Brandy, dienstags Stretching, donnerstags Yogakurs, jeden Abend um halb acht *Jeopardy!* während des Essens mit einem Ehemann namens Cliff . . . nein, Brad. Brad der Pfähler, der sie nur an seinem Geburtstag um Oralsex bittet. Und jetzt ist sie auf dem Weg zurück nach Wasabien, dem Land von Sonne und Wonne. Mein Schatz, du hast es versucht. Du hast es *wirklich* versucht.«

Zwei Tage später rief Florence Bazell in der Botschaft in

Kaffa an, und er stellte sie zu dem Kollegen durch, der über die Hinrichtungen auf dem Kopf-ab-Platz Buch führte. Nazrah Hamuj war bei Sonnenaufgang wegen verbrecherischen Ehebruchs enthauptet worden.

»Es heißt, sie war ziemlich ruhig. Manchmal machen sie einen Riesenaufstand. Letzten Monat war die Frau von Prinz Rahmal dran. Die hat sich vielleicht gewehrt. Geschrien, getreten, gebissen. Schließlich haben sie sie mit Valium voll gepumpt, damit der Henker auch trifft. Morgen steht die Steinigung einer Frau auf dem Programm, weil sie es mit dem schwarzen Koch getrieben hat. Es ist Tausendundeinenacht. Sie kommen nicht drüber weg. Ist das nicht ein tolles Land?«

DREI

Hätte Florence ein eigenes Büro gehabt, dann hätte sie die Tür zugemacht und sich ausgeheult, aber sie hatte keins, deshalb ging sie auf die Damentoilette. Sie verbrachte den größten Teil des Vormittags dort, bis George jemanden schickte, um sie rauszuholen. Als sie herauskam, sagte er: »Offen gesagt, du könntest jetzt einen Schleier gebrauchen«, setzte sie in ein Taxi und schickte sie nach Hause.

Sie zog das Telefonkabel raus, ging ins Bett und träumte, Nazrah liege mit Mascara-verschmierten Wangen im Krankenhausbett und Shazzik in einem Schwesternkittel gebe ihr eine tödliche Injektion. Nazrahs Körper schrumpfte zusammen und wurde durch den Schlauch in den Tropfbeutel gesaugt, wo sie gefangen war und lautlos um Hilfe schrie. Florence schrak hoch. Sie war so in Schweiß gebadet, dass sie aufstand und duschte.

Am nächsten Morgen ging sie zur Arbeit und blieb die nächsten drei Tage bis nach Mitternacht im Büro.

Als sie fertig war, druckte sie drei nummerierte Exemplare aus, packte sie in STRENG GEHEIM-Ordner, gab eines Ducketts Sekretärin, eines George und schickte das dritte nach ganz oben.

»Also das hast du die letzten drei Tage gemacht?« George öffnete den Ordner, las die Überschrift und stieß einen Pfiff aus. Er las ebenso schnell, wie er die gut 50 Seiten umblättern konnte.

»Und?« fragte sie.

»Faszinierend. Der Mittelteil müsste noch etwas poliert werden. Die weibliche Beschneidung – übrigens *qu'isha*, nicht *quish'aa* – wurde von Tallulah II., nicht Tallulah III. eingeführt.«

»Und sonst?«

»Es hat dir bestimmt geholfen, drüber wegzukommen.«

»Ich hab es an Duckett geschickt.«

George starrte sie an. »Warum stößt du ihm nicht gleich Malals Dolch ins Herz?«

Auf dem Schreibtisch ihres Chefs lag ein über 100 Jahre alter Dolch aus Gold und Silber, den ihm Prinz Malal, der wasabische Landwirtschaftsminister, geschenkt hatte. Es war sicher das Billigste, was ein Mitglied des wasabischen Königshauses je verschenkt hatte, aber Duckett war stolz darauf. Er benutzte den Dolch als Brieföffner und schwenkte ihn manchmal in der Luft, um etwas zu betonen.

»George, ich frage dich, was du davon hältst.«

»Ich weiß kaum, wo ich anfangen soll. Das ist nicht ganz unser übliches Genre. Du hast es ihm doch nicht wirklich geschickt, oder?«

Florence nickte. »Und an den Minister.«

»An den Minister?«

»Warum nicht? So kann Duckett es nicht stoppen. Du sagst doch immer, es wäre leichter, um Verzeihung als um Erlaubnis zu bitten.«

»Meine Güte«, sagte George. »Meine Güte. Wow.«

Florence' Telefon klingelte. »Florence? Mr. Duckett möchte Sie sprechen. Es ist dringend.«

»Möchtest du eine Feuerbestattung oder lieber ein traditionelles Begräbnis?« fragte George.

Florence betrat Ducketts Büro ohne anzuklopfen und schloss die Tür hinter sich. Sie schloss sich mit einem unheilvollen Klicken.

Charles Duckett lehnte sich in seinem Stuhl zurück, als wolle er sich körperlich von dem Dokument vor sich distanzieren. Er schaute darauf wie auf ein totes und schon stark verwestes Tier, das jemand böswillig auf einen geweihten Altar gelegt hatte, der heiligen Ritualen durch die Angehörigen eines elitären Kults vorbehalten war.

Der aufgeschlagene Ordner ließ die Titelseite erkennen:

Frauenemanzipation als Mittel zum Erreichen langfristiger politischer Stabilität im Nahen Osten: Ein Handlungskonzept
Vorgelegt von: Florence Farfaletti, SSUSNO
An: Außenminister, SUSNO

»Ich weiß, Sie hatten viel Stress, Florence. Ich verstehe, dass –«

»Charles, ich habe das direkt an den Minister geschickt, ohne Sie zu fragen, damit Sie nicht dafür verantwortlich gemacht werden. Und offen gesagt, habe ich nicht erwartet, dass Sie es mir erlauben. Also, was halten Sie davon?«

»Was ich davon halte?« fragte Duckett abwesend. »Davon, dass eine Stellvertreterin von mir, deren Handlungen direkt auf mich zurückfallen, den Vorschlag in Umlauf gebracht hat, eine Revolution in einem Land anzuheizen, das ein Drittel des amerikanischen Öls liefert, ein Land, mit dem wir Bündnisverträge haben und zu dem wir enge und strategisch wichtige Verbindungen pflegen ... und ihn direkt an den ... Außenminister geschickt hat? Was ich *davon halte*?«

»Ich glaube wirklich, dass –«

»Jeden Moment wird das Telefon klingeln. Das wird das Büro des Ministers sein. Eine Stimme wird sagen: *Der Minister möchte Sie sprechen, Mr. Duckett. Sofort.*«

»Charles –«

»In meiner Zeit hier habe ich versucht, meine unregelmäßigen Besuche beim Minister positiv zu gestalten. Wegen der Region, für die wir zuständig sind, ist das nicht immer möglich. Aber wenigstens sagt sich der Minister, wenn ich in sein Büro komme, nicht: *Hey, da ist Charlie Duckett! Ist das nicht der, dessen Mitarbeiterin mir durchgeknallte Vorschläge zur sozialen Unterwanderung von Amerikas wichtigstem Partner im Nahen Osten schickt? Kommen Sie doch rein, Charlie! Was haben Ihre Stinker denn diesmal ausgeheckt? Hoho. Hoffentlich kriegt die* Washington Post *nicht raus, dass ich Vorschläge für einen Umsturz in Wasabien gelesen habe. Haha. Könnte ein bisschen die Stimmung bei dem Essen verderben, das ich nächsten Donnerstag in meinem Haus für Prinz Bawad gebe. Ach und übrigens, Charles, alter Knabe, was höre ich da, eine Frau aus Ihrem Stab ist Fluchthelferin für wasabische Ehefrauen? Mein Gott, warum bin ich da nicht selbst drauf gekommen? Gibt es einen besseren Weg, Harmonie zwischen unseren Ländern herzustellen? Wir sollten das Mädel befördern!* Sind Sie denn völlig übergeschnappt, Farfaletti?«

»Ich habe in meinem Begleitschreiben an den Minister deutlich gemacht, dass Sie nichts davon wussten.«

Duckett rieb sich die Stirn. Die Falten waren wieder da. »Ich habe Sie beschützt. Ich habe mich für Sie aus dem Fenster gehängt. Jetzt habe ich den Eindruck, Sie arbeiten für die anderen.«

»Für die anderen? Wovon reden Sie?«

»Die da drüben.« Duckett zeigte in Richtung Langley.

»Die CIA? Charles, ich arbeite für das Außenministerium. Ich arbeite für Sie.«

»Nein, nein. Das kann nur eine CIA-Operation sein, um das Außenministerium zu zerstören – von innen. Es ist schon mal passiert. In Quito.«

»Charles, ich bin auf Ihrer Seite. Ich versuche nur, außerhalb des Kästchens zu denken.«

»Welches Kästchens? Der Pandora?«

»Wenn wir Veränderungen im Nahen Osten anstoßen wollen, müssen wir es so machen. Ich bin davon überzeugt. Es ist vielleicht der einzige Weg.«

»Wie soll ich es Ihnen erklären? Wo fange ich an? Es ist nicht unsere Aufgabe, Veränderungen im Nahen Osten anzustoßen.«

»Nicht?«

»Nein. Es ist unsere Aufgabe, die Realität zu managen.«

Ducketts Telefon klingelte. Als er antwortete, fiel der Schatten des Todesengels auf sein Gesicht. »Ja«, sagte er grimmig und schluckte. »Ja, sofort.« Er legte auf. »Zufrieden, Florence?«

»Lassen Sie mich mitgehen. Lassen Sie es mich erklären. Ich kann das.«

Langsam stand er auf. Seine Augen waren glasig geworden. »Ich sollte den Botschafterposten kriegen. Er gehörte mir. Alles war abgesegnet. Sie hatten es mir gesagt.«

Er schlurfte aus dem Büro wie ein Patient in der Nervenklinik, der sich seine Pillen abholt.

George erwartete sie. »An wen soll ich deinen persönlichen Besitz schicken?«

– – – –

Am nächsten Morgen erhielt Florence die interne Nachricht, ihr Antrag auf Versetzung zur Visaabteilung des US-Konsulats auf den Kapverdischen Inseln sei mit sofortiger Wirkung angenommen worden.

»Du hättest mir sagen können, dass du dich da beworben hast«, sagte George. »Ich dachte, wir haben eine Beziehung.«

Florence starrte düster auf das Papier.

»Na, sieh es mal von der positiven Seite«, fuhr er fort. »Erfrischende Seeluft von allen Seiten, konstantes Klima, besonders in der Hurrikansaison, und die besten Gelegenheiten zum Walebeobachten. Viele der Harpuniere auf den Walfängern von Nantucket kamen von den Kapverden.«

»Halt die Klappe, George.«

»Ich fand es einen verdammt schlauen Vorschlag. Ach Scheiße, ich werde dich vermissen.«

»Ich gehe nicht auf die Kapverden, verdammt noch mal.«

»Du wirst doch nicht aussteigen? Fahr einfach ein paar Monate hin. Duckett steht zur Rotation an, der ist weg, bevor du es merkst. Betrachte es als Urlaub. Ein paar Monate am Strand der Kapverden und abends Party mit der örtlichen Prominenz. Eins, zwei, drei bist du wieder hier, sonnengebräunt, erholt und bereit. Na los, Firenze.«

George war der einzige Mensch außerhalb ihrer Familie, der sie so nannte. Und er hatte es erraten. Ihr Vater, der aus Florenz stammte, hatte darauf bestanden, sie so zu taufen. Der Priester hatte sich anfangs geweigert, weil es keine heilige Firenze gab, aber die meisten theologischen Probleme lassen sich mit einem 100 Dollar-Schein lösen. In der fünften Klasse amerikanisierte Florence ihren Vornamen, nachdem sie lange genug von ihren Klassenkameraden verspottet worden war. George fand Firenze jedoch viel schöner als Florence. Er sagte, das Letztere klinge wie eine Putzfrau.

»Ich bin weg«, sagte sie. Sie küsste George auf die Stirn, packte ihre Sachen ein und ging. Was nun? Es gab ein Dutzend Stiftungen in Washington, wo ihre Kenntnis des Nahen Ostens nützlicher war als auf einer Inselgruppe vor der Küste des Senegal. Wo konnte man besser im Boden versinken als in einer Stiftung? Aber was für eine Verschwendung.

– – – –

Es war ein strahlender, kühler Herbsttag, und Florence fühlte sich befreit, nachdem sie die Kündigung in den Briefkasten geworfen hatte. Sie zog den Reißverschluss des schwarzen Lederanzugs zu – ein Anblick, bei dem sich viele Männer den Hals verrenkten –, band sich das Haar zu einem Pferdeschwanz, setzte den roten Helm auf, schloss das Visier, drückte den Anlasserknopf ihres Motorrads und röhrte mit erfrischendem Tempo aus der Stadt.

Am Ende der River Road bog sie links ab und jagte weiter landeinwärts. Sie warf einen Blick auf den Tacho und sah, dass sie fast 150 Kilometer fuhr, zu schnell, aber was für ein Genuss! Die Herbstblätter jagten in einem verwischten Sog aus Gold, Rot und Orange vorbei.

Plötzlich erschien eine andere Farbe in ihrem Rückspiegel, die nicht in der Natur vorkam, ein zuckendes Blaulicht. Einen Moment überlegte sie, ob sie ihm davonfahren sollte, drosselte dann aber das Gas und fuhr rechts ran, um auf das Unvermeidliche zu warten. *Haben Sie eigentlich eine Ahnung, wie schnell Sie waren, Ma'am?*

Der Mann, der aus dem Wagen ohne Aufschrift ausstieg, trug keine Uniform. Das Erste, was nicht passte und ihr auffiel, war sein Alter. Er war mindestens Mitte 60. Er war außerdem drahtig, wie jemand, der mal Sportler oder Soldat gewesen war. Sein Haar war an den Schläfen grau, und er trug eine Brille mit Drahtgestell auf der scharf geschnittenen Nase. Seine Augen, die sie jetzt aus der Nähe sehen konnte, glitzerten strahlend blau. Er schürzte die Lippen freundlich zu einer Art Lächeln. Es passte alles nicht zusammen. Florence schaute zu dem Blaulicht, das auf dem Armaturenbrett stand. Ein Landrat oder Sheriff?

»Du liebe Güte, junge Dame. 150 auf einer Straße mit Wildwechsel? Sie hätten sich umbringen können.«

Er sagte es wie ein Onkel.

»Und das wäre wirklich verdammt schade.« Er grinste sie an.

»Wer sind Sie eigentlich?« fragte sie.

»Ja, das ist die Frage, nicht wahr?« Er lachte in sich hinein. »Sie haben eine ganz schöne Maschine. Bin früher selbst ein bisschen gefahren, jaja.«

Florence, die immer noch auf dem Motorrad saß, bewegte den Daumen über den Anlasserknopf.

»Seien Sie doch nicht so gehetzt. Ich glaube, es wird Sie interessieren, was ich Ihnen erzählen will. Sehr sogar.«

Irgendetwas hielt sie davon ab, den Knopf zu drücken. »Kann ich Ihren Dienstausweis sehen?« fragte sie sanft.

Der Mann schien das sehr witzig zu finden. »Oh, sicher, sicher. Was für einen möchten Sie?«

»Hören Sie –«

»Wir haben Ihren Vorschlag gelesen, Florence.«

Sie starrte ihn an.

»Über das Erreichen von Stabilität im Nahen Osten. Sehr interessant, originell. Und wirklich mal was Neues, nicht das übliche Außenministeriumsgelaber. Kein Wunder, dass die Sie auf die Kapverden versetzen wollten! Ich musste sie auf der Karte suchen. Verdammt weit weg von hier. Darf ich Sie zu einem Kaffee einladen? Das finden Sie sicher alles sehr aufdringlich.«

»Sind Sie vom Außenministerium?« fragte Florence.

»Kaum. Na los, ich geb einen aus. Hier muss irgendwo ein Starbucks sein.«

»Ich glaube nicht, dass –«

»Erinnern Sie sich an den Starbucks in Kaffa?«

»Was?«

»Den an der Ecke Alkazir und Ben Quatif? Wie die Mukfellin sie gezwungen haben, der Meerjungfrau auf dem Logo die Brüste zu bedecken? Wenn ich jetzt in ein Starbucks gehe, gucke ich immer, ob der Busen noch da ist. Dämlich, ich weiß. Fahren Sie hinter mir her oder ich hinter Ihnen?«

»Ich ...«

»Ich weiß. Sie sind hier rausgefahren, um den Wind im Haar zu spüren und mit der Straße eins zu werden. Ich bitte Sie aber nur um zehn Minuten Ihrer Zeit an einem neutralen, gut beleuchteten, öffentlichen Ort. Wenn Sie danach gehen wollen, hält Sie niemand auf, und ich zahle trotzdem die *Latte macchiato*. Sie nehmen den doppelten fettfreien, nicht wahr? Und Süßstoff, am liebsten nicht anstelle von Antibabypillen?«

Der einzige Mensch, dem sie diese Einzelheit erzählt hatte, war der Mann vom Außenministerium am Lügendetektor, als sie überprüft wurde. Sie wusste nicht, was sie sagen sollte, also folgte sie ihm auf dem Motorrad zu einem Vorort-Starbucks.

Sie saßen draußen, neben einem Parkplatz voller teurer Wagen, deren Besitzer anscheinend alle was mit Pferden zu tun hatten.

»Hören Sie, bevor wir weiterreden, wer sind Sie?«

Er schien über die Frage nachzudenken. »Nennen Sie mich doch einfach Onkel Sam«, sagte er bedächtig.

»Ich gehe davon aus, dass Sie was mit der Regierung zu tun haben. Was wollen Sie?«

»Möglicherweise dasselbe wie Sie. Langfristige politische Stabilität im Nahen Osten. Das ist doch mal ein echtes Ziel. O ja.«

»Sie stimmen mit meinem Vorschlag überein?«

»Wir haben fast alles andere schon probiert, nicht wahr? Und was für ein Chaos wir draus gemacht haben. Liebe Güte. Ich sage immer, wenn du ein Problem nicht lösen kannst, mach es größer. Das Bemerkenswerte ist, wie gute Absichten wir haben, Amerika. Und trotzdem geht es immer so – schlecht aus. Aber ich bin nicht hergekommen, um Sie zu Tode zu langweilen. Ich nehme an, Sie wollen eine Art Referenz. Sonst wären Sie ja dumm, und wir wissen, dass Sie das nicht sind. Mal sehen. Jetzt weiß ich's – passend zur Region, mit der wir zu tun haben, können wir doch *Tausendundeine Nacht* als Vorbild nehmen. Ich bin der Geist in der Wunderlampe. Bitten Sie mich um drei Dinge, die nur die gute alte US-Regierung besorgen kann. Wenn Sie nicht zufrieden sind, haben Sie immer noch eine große *Latte macchiato* Vorsprung, stimmt's?«

Florence dachte nach. »Das Präsidentendossier von morgen.«

Onkel Sam gluckste. »Autsch.«

Jeden Morgen erhielt der Präsident der Vereinigten Staaten eine Zusammenstellung der wichtigsten Informationen, das geheimste Dokument in der ganzen Regierung. Nicht mal ein halbes Dutzend Personen bekamen es zu Gesicht.

»Danke für den Kaffee.«

»Fahren Sie vorsichtig, junge Dame.«

Am nächsten Morgen stand Florence wie üblich um halb sechs für ihren acht Kilometer-Lauf auf. Als sie das Haus verließ, sah sie, dass ein Umschlag unter der Tür durchgeschoben worden war. Sie öffnete ihn und sah auf der ersten Seite die Aufschrift NUR FÜR DEN PRÄSIDENTEN. Das Datum war vom selben Tag.

Sie las. Der Kreml plante einen Giftgaseinsatz gegen eine Tschetschenen-Hochburg. Der Präsident von Venezuela war ... Florence riss die Augen auf. Im japanischen Meer beschattete ein amerikanisches U-Boot einen nordkoreanischen Frachter, der möglicherweise ... großer Gott. Und trotzdem konnte man nicht sagen, ob das Dokument gefälscht war. Sie bedauerte, wie so viele, die die Lampe gerieben haben, einen guten Wunsch vergeudet zu haben.

Zwei Tage später schaute sie in ihre Morgenzeitung und las die Überschrift:

US-MARINE STOPPT NORDKOREANISCHEN FRACHTER
MIT KURS AUF JAPAN UND ATOMBOMBE AN BORD

Als sie eine Stunde später vor ihrem Vollkornmuffin noch immer diese Nachricht verdaute, klingelte das Telefon. Es war Onkel Sam.

»Könnten Sie den zweiten Wunsch vielleicht einen Tick einfacher machen?«

»Na gut. Zehn Millionen Dollar in wasabischen Goldmünzen.«

»Sie geben sie doch zurück?«

»Vielleicht.«

Am Nachmittag des nächsten Tages klopfte es an die

Tür. Sie schaute durch den Spion und sah einen FedEx-Boten mit drei großen Kisten auf einer Sackkarre.

»Farfaletti? Bitte hier unterschreiben. Die sind ziemlich schwer.«

Florence saß im Wohnzimmer und betrachtete die Haufen frisch geprägter wasabischer Goldmünzen, als das Telefon klingelte. Onkel Sam.

»FedEx. Nette Anspielung, nicht?«

»Also gut, ich bin überzeugt.«

»Wollen Sie Ihren dritten Wunsch nicht?«

»Den kann ich mir ja aufheben.«

»Das beruhigt mich. Ich hab schon befürchtet, Sie wollen als Nächstes einen Atomsprengkopf. Sie sind eine sehr anspruchsvolle junge Dame. Willkommen an Bord.«

»An Bord von was eigentlich?«

»Wer nicht fragt, wird nicht belogen. Sie brauchen bloß zu wissen, dass Sie jetzt den besten Job der ganzen US-Regierung haben. Kein Charlie Duckett, der Ihnen über die Schulter guckt, keine endlosen Berichte, Memos und der ganze Ramsch. Keine Dienstaufsicht, keine Senatskomitees. Alles, was Sie für Ihren Job brauchen, kriegen Sie von Ihrem Onkel. Aber innerhalb gewisser Grenzen, bitte. Ich habe keine Lust, Rechnungen von Maserati, Chanel oder Van Cleef & Arpels zu kriegen.«

»Für welchen Teil der Regierung arbeite ich denn?«

»Für das Ministerium für kreatives Denken.«

»Na los, ich will es wissen.«

»Meine Dame, Sie haben die exklusivste aller Kreditkarten bekommen. Warum wollen Sie sie nicht akzeptieren?«

»Was ist, wenn ich geschnappt werde?«

»Tja« – er gluckste –, »das ist genau mein Punkt. Ohne es auf die leichte Schulter zu nehmen.«

»Für einen Moment klangen Sie eben wie der Teufel.«

»Der Teufel? So was Schreckliches sagt man nicht. Ich bin einer der nettesten Menschen, die Sie je treffen werden.«

»Warum ich?«

»Es war Ihre Idee, nicht wahr? Sie sprechen die Sprache, Sie kennen die Gegend.«

»Die kennen auch viele andere.«

»Es ist eine Vendetta. Sie sind Italienierin.«

»Wenn ich wüsste, wo ich Sie finde, würde ich Sie wegen Diskriminierung anzeigen.«

»Na schön – Sie brennen darauf, die Frauen in der ganzen arabischen Welt zu befreien. Als Mittel zum Erreichen langfristiger politischer Stabilität im Nahen Osten. Besänftigt das Ihren verletzten Nationalstolz?«

»Es ist ein Anfang.«

»Ich hefte einen 10-Dollar-Schein an die Marienstatue, wenn ich beim nächsten Spaghetti-Straßenmarkt vorbeikomme.«

»Das kostet Sie schon 20.«

»Dafür dass Ihr Großvater Mussolini geholfen hat, Nordafrika zu erobern, sitzen Sie auf einem ganz schön hohen Ross, junge Dame. Na gut, reden wir über Ihr Team.«

VIER

Rick Renard hatte sein Gewerbe bei Nick Naylor gelernt, dem besten Public-Relations-Experten der ganzen Branche – oder dem schlimmsten, ganz nach ethischen Grundsätzen. Naylor hatte sich seinen Ruhm als Hauptsprecher der amerikanischen Tabakindustrie in ihrem letzten herkulischen Kampf gegen die Armeen des Neopuritanismus erworben. Am Ende saß er 20 Monate in einem Staatsgefängnis ab – unterste Sicherheitsstufe, wie er stolz betonte –, da er angeblich seine eigene Entführung durch Antizigaretten-Terroristen vorgetäuscht hatte. Inzwischen graste Naylor auf den fetten Wiesen Hollywoods und diente der Eitelkeit des Zelluloidariats, einer Sorte von Kunde, die nie zufrieden war und deshalb eine lebenslange Beschäftigung garantierte. Lobbyarbeit, damit der Kunde für den Oscar nominiert wurde, oder das Einschmuggeln negativer Meldungen über gerade zu entsorgende Ehepartner in die Klatschspalten war vielleicht nicht so heroisch wie der Lobbyismus in Washington, wie Nick seinem Protegé gestand, aber im sanften, feuchtigkeitsgecremten Klima von Los Angeles lebte es sich ganz angenehm. Immer wenn er Nick auf dem Handy erreichte, hörte Rick das sanfte, hohe Surren deutscher Ingenieurskunst auf der Autobahn. »Ich hab 120 000 Dollar für den Wagen ausgegeben«, pflegte Nick zu sagen. »Und er schafft es von null auf fünfzehn in 20 Minuten.«

Nick hatte Renard dazu zu bewegen versucht, auch nach

Kalifornien zu kommen. Das Geld! Die Pools! Die Frauen! Aber Rick war noch nicht bereit, vor diesen Versuchungen zu kapitulieren und seine immer noch vorhandenen Ecken und Kanten von Maniküren in gestreiften Pavillons neben türkisblauen Dachpools abfeilen zu lassen. Er hatte bei Nick Naylor viel gelernt. Inzwischen war er selbst bei den neidischsten Kollegen als bester Lobbyist der Hauptstadt für Kampagnen anerkannt, die so hoffnungslos waren und so wenig Integrität besaßen, dass eine Art von Kühnheit dazugehörte, die an Größe grenzte.

So hatte sich etwa die katholische Bischofskonferenz in der Hoffnung an Renard gewandt, die Skandale über den Missbrauch von Messdienern zu überwinden. Sie engagierte ihn, um einen amerikanischen Kardinal zum Papst wählen zu lassen. Rick hatte keinen Erfolg. Dass er von der Schweizergarde festgenommen, an die Grenze des Vatikanstaats eskortiert und dessen Betreten ihm für immer verboten wurde, kann man nicht gerade einen Public-Relations-Triumph nennen, besonders da der neue Papst aus Madagaskar kam. Und doch gelang es Nick, die Gespräche in der Heimat zu verändern. Blasse frühere Messdiener und ihre Armee hoch bezahlter Anwälte waren nicht länger Thema Nummer Eins.

Aber es war Renards Umgang mit einem anderen heißen religiösen Thema, der Florence' Aufmerksamkeit auf ihn gelenkt hatte.

Ein Jahr zuvor hatte der Reverend Roscoe G. Holybone – »das G. steht für Gott«, wie seine Schriften es bescheiden ausdrückten –, der geistliche Führer mehrerer 100 000 frommer und ihm fanatisch ergebener Südstaaten-Baptisten, in seiner Fernsehpredigt aus Loblolly, Georgia, den Propheten Mohammed einen »Perversen« genannt. Selbst christliche Fundamentalisten stimmten überein, der Reverend sei übergeschnappt, aber das war nur ein schwacher Trost für die 1,5 Milliarden Anhänger des Propheten. Fatwas regneten von 100 Minaretten, was den Reverend Holybone und seine Jünger nur noch mehr zu reizen schien, die wie gepanzerte Kreuzritter auf den Zinnen von Akra mit brennendem Pech, Steinen und wüsten Beschimpfungen antworteten.

Dieses Durcheinander fand dummerweise genau während der Vorwahlen für die Präsidentschaft statt, deshalb mussten alle Kandidaten wertvolle Sendezeit dafür opfern, den Reverend anzuprangern, statt ihre kühnen Visionen für die Zukunft Amerikas zu entfalten. Die Ereignisse erreichten den Siedepunkt, als der Gouverneur von Georgia in die undankbare Rolle gezwungen wurde, die Nationalgarde zum Schutz von Reverend Holybone aufzubieten, der sich nach den jüngsten Angriffen auf seine Person im Holybone Tabernacle, seiner zwölf Millionen teuren Kirche, mit einem zu allem bereiten Rest schwer bewaffneter Anhänger verschanzt hatte.

Nur wenige Public Relations-Leute hätten es gewagt, in diesen radioaktiven Sumpf zu waten, doch nur ein paar Stunden, nachdem der Hubschrauber des Reverend von einer Rakete abgeschossen worden war, war Rick Renard auf fast jedem Sender zu sehen, gab Erklärungen im Auftrag der Erben des Reverends ab und forderte das Ende der Feindseligkeiten und den Beginn der Versöhnung. Darüber hinaus gab er bekannt, es werde für fünf Millionen Dollar ein baptistisch-muslimisches Kulturzentrum mit fünf Basketballplätzen auf dem Campus der Holybone University errichtet, die alle für spontane Gebete während des Spiels nach Osten ausgerichtet waren. Heutzutage sind die Beziehungen zwischen den Holybone-Anhängern und den zugegeben nicht sehr zahlreichen Muslimen in Georgia viel ruhiger als in den Tagen des Zorns. Der Ruhm dafür gebührte nicht nur der nie ermittelten Person, die die tödliche SA-7-Rakete auf den Hubschrauber des Reverends abfeuerte, sondern auch der geschickten PR-Arbeit Rick Renards. Einen so furchtlosen Mann wollte Florence in ihrem Team haben.

Das Büro von Renard Strategic Communications International lag zwei Häuserblocks vom Washingtoner Dupont Circle entfernt, weit genug von der K-Street, um geografische Distanz zu diesem Schweinetrog der amerikanischen Wirtschaft zu halten, und doch so nah, dass Rick sich mit seinen Freunden und Gleichgesinnten, die dort arbeiteten, zum Lunch treffen konnte.

Florence hatte sich einen Termin geben lassen und am Telefon nur gesagt, sie vertrete einen »wichtigen öffentlichen Mandanten«. Für einen PR-Mann gibt es keinen süßeren Klang. Renard tat so, als sei er den ganzen Tag ausgebucht, und fand dann wie durch Zauberei noch einen freien Termin. Sie könne noch am selben Nachmittag kommen.

Als sie sein Büro betrat, fiel ihr auf, dass er auf die übliche Washingtoner »Ego-Wand« verzichtet hatte, die aus den gerahmten Fotos der gerade angebotenen Politiker bestand. Der Preis des Politikers war an der Größe des Fotos abzulesen. Wenn das Bild den Politiker beim Golf mit dem Lobbyisten oder beim gemeinsamen Rauchen einer kubanischen Zigarre zeigte, konnte der Kunde mit zehn Prozent Aufschlag rechnen, da der Lobbyist ein guter Kumpel des Politikers war.

Stattdessen sah Florence hinter Renards Schreibtisch ein Wandbild vom Boden bis zur Decke. Es war eine Version des berühmten *New Yorker*-Titelbilds, auf dem die Welt westlich von New York als ziemlich klein und unwichtig dargestellt war. In diesem Fall war der Potomac die Grenze. An der Stelle des amerikanischen Nordwestens befand sich das Wort MICROSOFT. Jenseits des Pazifik lag ein Land namens SONY. Das Weltbild eines Lobbyisten. Natürlich war keine dieser Riesenfirmen ein Kunde Renards und würde es wohl nie sein. Seine Kunden zogen im Großen und Ganzen den Schatten dem hellen Sonnenlicht vor. Das war kein Grund zur Scham, denn sein Gewerbe kannte keine und gab sie noch weniger zu.

Eine Reihe Uhren an der Wand zeigte die Zeit in verschiedenen Hauptstädten an, um die globale Rolle von Renard Strategic Communications International zu betonen. Wenn es vier Uhr früh in Djakarta war, war das der Zentrale wohl bekannt.

Florence nahm all dies wahr, während Rick Renard sich lächelnd erhob, um sie zu begrüßen.

»Ms. Farfaletti«, sagte er, als sei es der wichtigste Name der Welt. Er bemühte sich, sie nicht anzustarren, aber seine Blicke ruhten unwillkürlich auf der unerwarteten Schönheit vor ihm. Sie erinnerte ihn an diesen italienischen Maler – er musste wirklich lernen, sich Namen zu merken, das beeindruckte eine bestimmte Sorte von Kunden immer – Modi-sonstwas, den, der Frauen immer mit leicht geneigtem Kopf malte, als fragten sie den Maler: »Willst du mit mir schlafen? *Bitte.*« Manchmal waren sie nackt, was bei Renard den Wunsch erweckte, er wäre im Atelier gewesen, als die Farbe noch feucht war.

»Mr. Renard?«

»Pardon. Sie haben mich an jemanden erinnert. Sind wir uns schon mal begegnet, Ms. Farfaletti?«

»Nein, aber ich bewundere Ihre Arbeit sehr.«

»Farfaletti. Ist das . . .«

»Finnisch.«

Renard lächelte. Immer lächeln, wenn ein möglicher Kunde einen Witz macht. »Ich hätte auf Dänisch getippt.«

»Es bedeutet kleiner Schmetterling. Mehr oder weniger. Auf Italienisch.«

»Ist das der Name Ihres Mannes?«

»Nein, Mr. Renard.«

»Also, wie kann ich Ihnen helfen? Sie sagten am Telefon, es geht um den Nahen Osten.« Rick machte eine etwas grandiose Geste zur Wand der Uhren. Eine zeigte die Zeit in Dubai. »Wir haben Büros in der gesamten Region.«

»Mr. Renard«, sagte Florence lächelnd, »Sie haben Briefkästen ›in der gesamten Region‹. Postschließfächer. Das würde ich kaum Büros nennen.«

Rick wurde rot. »Dank der modernen Kommunikation braucht man heute eigentlich kein traditionelles Büro mehr, aber ich versichere Ihnen, wir haben gute Verbindungen in diesen Teil der Welt. Erst heute Vormittag habe ich mit Dubai telefoniert.«

»Wirklich? Und was hatte Dubai zu erzählen?«

»Natürlich kann ich nicht über bestimmte Mandanten reden. Ich kann aber sagen, dass die Situation nicht gerade toll ist. Naja, was ist in dem Teil der Welt schon toll?«

»Arbeiten Sie immer noch für die nordkoreanische Regierung?«

»Nein, Ms. Farfaletti. Das war bloß ein einziges Projekt. Und es war vor dieser japanischen Geschichte.«

»Dieser Geschichte mit dem Atomsprengsatz?«

Renard räusperte sich. »Ich stehe zur Zeit nicht in geschäftlichen Beziehungen zur Regierung von Nordkorea.«

»›Rasen des Todes‹, haben es die Zeitungen nicht so genannt?«

»Ich wusste nicht, dass der Golfplatz von so genannten

Sklavenarbeitern gebaut wurde.« Rick seufzte. »Sklaverei ist ein subjektiver Begriff, nicht?«

»Nein, eigentlich nicht.«

»Die baten mich, ein Prominenten-Golfturnier aufzuziehen. Zur Förderung des Weltfriedens. Damals dachte ich: *Warum nicht?* Würde ich es wieder machen?« Rick zuckte die Schultern. »Wahrscheinlich nicht. Aber es ist nicht mein Job, Urteile über Kunden abzugeben. Mein Job, so wie ich ihn verstehe, ist es, ihre Botschaft zu vermitteln. Das ist der strategische Teil der strategischen Planung. Sind Sie denn hergekommen, um über Golf in Nordkorea zu sprechen?« Er lächelte.

»Nein. Ich bin hergekommen, weil ich bleibende Stabilität in den Nahen Osten bringen will.«

»Hm.« Renard nickte nachdenklich, als habe man ihn gebeten, über die Vermarktung einer neuen Zahnpasta nachzudenken. »Und an was für ein Budget hatten Sie gedacht?«

»Geld spielt keine Rolle. Innerhalb gewisser Grenzen natürlich.«

»Nach meiner Erfahrung ist Geld genau ›innerhalb gewisser Grenzen‹ nicht nur ein Faktor, sondern der entscheidende Faktor.«

Florence legte ihre Aktentasche auf Renards Schreibtisch und ließ die Schlösser aufschnappen. Dann nahm sie zwei dicke Bündel frischer 1 000 Dollar-Scheine heraus und legte sie vor ihn auf den Tisch.

Renard bemühte sich, nicht zu sabbern. »Sie sagten, Sie sind bei . . .«

»Der Regierung der Vereinigten Staaten.«

»Oh.«

»Klingen Sie immer so enttäuscht, wenn ein Kunde Ihnen 200 000 Dollar in bar auf den Tisch legt?«

»Nein, nein. Mein inneres Kind schlägt Purzelbäume. Von was für einer Art ›bleibender Stabilität im Nahen Osten‹ reden wir? Und darf ich fragen, welchen Teil unserer wunderbaren Regierung Sie vertreten?«

»Das Außenministerium.«

»Also die CIA. Wunderbar. Ich bin ein großer Fan von ihr. Ihre Kollegen haben mir sehr geholfen, als die Mine auf dem Golfplatz explodierte.«

»Ich habe nicht gesagt, ich wäre bei der CIA, Mr. Renard.«

»Nein, haben Sie nicht. Also arbeite ich für das Außenministerium. Zwinker zwinker.«

»Sie werden verstehen, dass das Ganze vertraulich ist.«

»Ms. Farfaletti, bei Renard Strategic Communications ist Diskretion oberstes Gebot.«

»Das ist sehr beruhigend, Mr. Renard.«

»Tja« – Renard lächelte, nahm die Geldscheinbündel und warf sie spielerisch in die Luft –, »ich wollte schon immer mal meinem Land was zurückgeben.«

»Es ist eine Freude, mit einem Patrioten wie Ihnen zusammenzuarbeiten, Mr. Renard.«

»Ich meine, wenn das Vaterland ruft, dann geht man schon ran, nicht?«

FÜNF

Florence und der seltsame Mann, der sich Onkel Sam nannte, hatten sich seit zwei Tagen in ein kleines, sicheres Haus in Alexandria, Virginia, zurückgezogen und gingen Personalakten durch. Normalerweise diente das Haus dazu, Überläufer zu befragen oder zu beherbergen. Nach dem beißenden Gestank alten Zigarettenrauchs zu urteilen, mussten die Überläufer ausnahmslos an Lungenkrebs gestorben sein.

Sie sahen sich die Akten auf Onkel Sams Laptop an, der anscheinend unbegrenzten Zugang zu den Akten der US-Geheimdienstangestellten und -agenten erlaubte. Selbst wenn Florence immer noch Zweifel über Onkel Sam hegen mochte, er hatte ohne Frage gute Verbindungen.

»Was ist, wenn Sie den Laptop im Bus vergessen?«

»Ich fahre nie Bus«, schnaubte er verächtlich.

»Oder wenn ihn Ihnen jemand abnimmt? Käme er dann auch an diese ganzen Sachen ran?«

Onkel Sam seufzte. »Wer diesen Apparat einschaltet, ohne die richtige Tastenkombination zu drücken, hätte ziemlich schlechte Karten.«

»Sie meinen, er würde explodieren?«

»Ja, Florence. Wie wäre es denn mit dem hier?« fragte er, als eine weitere Akte auf dem Bildschirm erschien. »Er war CIA-Stationschef in Karatschi. Vorher beim Militär. Könnte genau der Richtige sein.«

Florence sah sich die Akte an. »Nein.«

»Warum nicht?«

»Ich will jemanden, der einen Groll hat.«

»Voreingenommenheit, meinen Sie. Wie oft soll ich Ihnen noch sagen – keiner kann die Wasabis ausstehen.«

»Sie sind hier voreingenommen.«

»Die sind einfach widerlich. Das sollten Sie wissen. Sie haben doch einen geheiratet.«

Florence lag nichts daran, Onkel Sam zu sagen, dass sie niemanden wollte, den er vorschlug. Er hatte sich schon wegen ihrer Wahl Rick Renards aufgeregt. »Was wird das, das Dreckige Dutzend?« Sie setzte sich durch. Entweder war es ihr Team oder nicht. »Suchen wir weiter.«

Onkel Sam stöhnte. »Wie viele Akten hatten wir schon?«

»Wenn Sie sich langweilen, machen Sie doch einen Spaziergang. Ich behalte den Laptop hier.«

»Sie würden sich bloß in die Luft sprengen. Lieber Himmel noch mal, wollen Sie was kaufen oder bloß gucken?«

Schließlich ging er nach oben, um sich hinzulegen, während Florence weiter die Personalakten von Amerikas unsichtbarer Armee ansah. Sie fingen an, miteinander zu verschwimmen. Eine Stunde später merkte sie, dass sie nach dem Aussehen ging.

Er trug Armeeuniform, das schwarze Barett flott in die Stirn gezogen. Florence betrachtete die Auszeichnungen auf seiner Brust und schaute ihm wieder ins Gesicht. Ohne weiterzulesen, wusste sie, dass er aus dem Süden kam. Er sah zufrieden mit sich aus, als habe er letzte Nacht unter dem Sternenhimmel die örtliche Schönheitskönigin auf der mit Kunstrasen ausgelegten Ladefläche seines Ford-Pick-ups gevögelt. Oder vielleicht war er zufrieden mit seinen Auszeichnungen. Sie schaute nach, wo er geboren war. Mobile, Alabama. Das Foto war zwölf Jahre alt. Sie scrollte weiter, um ein neueres zu finden, und fand es. Das Grinsen war weg. Sie las die Akte und verstand, warum. Nicht mehr der strahlende junge Krieger. Ja, dieser.

»Ich hab ihn gefunden«, erklärte sie, als Onkel Sam wiederkam.

Er überflog die Akte. »Mein Gott, der ist ja völlig ungeeignet.«

»Deshalb will ich ihn ja.«

»Hören Sie mal, ich mache hier keine Dating-Vermittlung.«

»Ich werde versuchen, ihm von der Wäsche zu bleiben. Sagen Sie mal, warum interessiert sich ein sexistischer Macho wie Sie eigentlich für die Frauenbefreiung?«

»Sehen Sie sich doch seine Akte an«, prustete Onkel Sam verächtlich. »Mich wundert, dass man ihn noch nicht gefeuert hat. Ist Ihnen entgangen, dass er letztes Jahr den Cruise Missile-Angriff in Daressalam angeordnet hat, bei dem die Residenz des indonesischen Botschafters zerstört wurde?«

»Nein, das habe ich gesehen«, erwiderte Florence. »Und es war ein gutes Ziel.«

»Florence, der Außenminister musste sich persönlich beim indonesischen Premierminister entschuldigen.«

»Sie klingen schon wie mein Boss. Dann musste sich der Außenminister halt beim indonesischen Premierminister entschuldigen. Der Schlag hat eine Chemiewaffenfabrik von Al-Quaida zerstört. Sie hatten sie direkt neben die Residenz gebaut und als ›Fabrik für Kinderprothesen‹ getarnt. Gut, dass er ihn angeordnet hat. Und peinlich für uns, dass wir ihn dafür zum Sündenbock gemacht haben, nur weil irgendein Senator, der Präsident werden wollte, es an die große Glocke gehängt hat. Manchmal glaube ich, im Kapitol sitzen bloß Gehirnamputierte.«

Onkel Sam seufzte verzweifelt und scrollte weiter. »Wie ist das hier? Als Stationschef in Matar hatte er eine Affäre mit der Frau des US-Botschafters. Was sagt uns das?«

»Dass er spitz war. So was passiert dauernd.«

»Nicht zu meiner Zeit. Nicht in meiner Firma.«

»Dass er was mit der Frau des Botschafters hatte, ist weniger wichtig, als dass er Stationschef in Matar war. Er muss es kennen wie seine Westentasche. Sehen Sie sich seine Akte an. Stationschef in Amo-Amas, drei Jahre. Stellvertretender Chef in Kaffa, zwei Jahre. Spricht fließend Arabisch und Französisch. Schauen Sie, welche Terroristen er erwischt hat. Er hat Adnan Bahesh geschnappt, wahrscheinlich den größten Mistkerl auf der Welt. Er hat rausgefunden, dass Saddam Hussein 1993 Bush ermorden lassen wollte. Gucken Sie auf seine Brust. Drei Tapferkeits- und zwei Verwundetenabzeichen. Das ist Ihnen nicht gut genug?« Florence klappte den Computer zu, schob ihn weg und verschränkte die Arme. »Suche beendet.«

»Schon gut, schon gut«, sagte Onkel Sam schmollend. »Aber hören Sie zu, es wäre eine Katastrophe für die ganze Operation, wenn Sie mit diesem Mann eine Liaison hätten.«

»Auf so was antworte ich nicht mal.«

»Er ist aus dem Süden. Die denken nur an Sex und an Stockcar-Rennen.«

»Ihre Vorfahren sind anscheinend mit der *Mayflower* rübergekommen. Oder schon mit den Wikingern?«

»Darf ich vorschlagen, dass Sie sich Ihre ehrliche Entrüstung dafür aufsparen, wenn Sie drüben sind?«

Es war nur noch einer zu rekrutieren, aber der war der Schwierigste. Er traf pünktlich auf die Sekunde in dem Haus in Alexandria ein. Er war immer pünktlich.

»Firenze? Was soll das Ganze? Mein *Gott*, ist das eklig hier!«

George sah sich im Zimmer um, das von einem farbenblinden Kobold eingerichtet worden war, der in der Unterabteilung einer Unterabteilung einer Unterbehörde arbeitete, die sichere Häuser für die Geheimdienste einrichtete und dekorierte. Die Gemälde – wenn man sie so nennen konnte – stammten von Wal-Mart und standen nur eine Stufe über Bildern von Bulldoggen beim Pokerspielen.

»Ich sehe, du warst bei Sotheby's«, sagte George.

»Willst du was trinken?«

»Was hast du denn? Wein aus dem Pappquader? Albanischen Cognac?«

»George, wir beide werden zusammen etwas Großes tun. Etwas wirklich Großes.«

»Darf ich drüber nachdenken? Nein.«

»Willst du dir's nicht mal anhören?«

»Eigentlich nicht. Lagern wir hier nordkoreanische Überläufer? Damit sie sich wie zu Hause fühlen?«

Florence erklärte ihm, so weit das möglich war, alles über Onkel Sam, das Präsidentendossier, die zehn Millionen in Gold, die Operation, den Blankoscheck und die Tatsache, dass Onkel Sam es war, der bei Georges Versetzung die Strippen gezogen hatte. George hörte mit wachsendem Trübsinn zu und grunzte ab und zu ablehnend.

»George, erinnerst du dich noch, wie wir mal drüber geredet haben, was wäre, wenn wir zehn Minuten das Sagen hätten?«

»Ja, ganz genau. Weißt du noch, dass ich sagte, ich will nicht zehn Minuten das Sagen haben? Ich will allein sein, Firenze.«

»Danke, Greta Garbo. Bist du deshalb zum Außenministerium gegangen?«

»Du weißt ganz genau, warum ich zum Außenministerium gegangen bin.«

»Wegen einer Bemerkung deiner Mutter bei einem Thanksgiving-Dinner?«

Georges Groß-Großonkel war Adler Fillington Phish, der amerikanische Diplomat, damals Botschafter in Bogota, dem Präsident Theodore Roosevelt 1902 das berühmte Telegramm schickte: SECURE ISTHMUS BY CHRISTMUS. Dies führte zum »Abfall« Panamas von Kolumbien, dem Bau des Panamakanals und der weiteren ungeahnten Bereicherung des Industriellen Mark Hanna aus Cleveland, des New Yorker Finanziers J. P. Morgan und von William Cromwell, dem Mitbegründer der Anwaltsfirma Sullivan & Cromwell. Das vergoldete Trio erwies Botschafter Phish später seine Dankbarkeit, indem es ihn bei zahllosen Geschäften als Berater heranzog und damit das Familienvermögen der Phishs begründete.

Als George vier Generationen später geboren wurde, war das Vermögen auf Phish House zusammengeschmolzen, ein früher einmal hübsches altes Backsteinhaus in Georgetown, das nun dringend der Renovierung bedurfte. Georges Mutter Philippa Phish Tibbitts war nie über die Enttäuschung hinweggekommen, nicht reicher zu sein und außerdem ihren Ehemann Jameson »Bucky« Phish an einen argentinischen Polospieler namens Esteban zu verlieren, einen engen Freund der Kennedys, was alles nur noch schlimmer machte. Sie hatte diesen Schmerz viele Jahre lang mit einer wachsenden Dosis Wodka ertränkt (den sie inzwischen mit Buttermilch mixte). Bei einem besonders schrecklichen Thanksgiving-Dinner erklärte sie vor allen Gästen, George, der mit am Tisch saß, wie üblich trübsinnig in die Champignoncremesuppe starrte und sich bemühte, nicht über den Tisch zu springen und seiner Mutter die silberne Suppenterrine über den Kopf zu schlagen (ein Geschenk des ersten Gouverneurs von Panama und der letzte Wertgegenstand in Phish House), hätte niemals »den Mumm«, zum diplomatischen Dienst zu gehen, wahrscheinlich würde er später mal davon leben, »Blumen zu arrangieren«. Am Montag darauf meldete George sich zur Aufnahmeprüfung des Außenministeriums an. Und da war er nach sechzehn Jahren immer noch. Es war nicht klar, wer gewonnen hatte.

»George, du bist einer der klügsten Männer, die ich kenne. Du versauerst hinter deinem Schreibtisch. Sieh doch mal, was wir für eine Chance haben. So was kommt nie wieder.«

»Du weißt überhaupt nichts über diesen Onkel Sam.«

»Jetzt redest du wie *meine* Mutter. Es ist die Chance, Geschichte zu machen und nebenbei 800 Millionen muslimischen Frauen zu helfen.«

»Viele dieser Frauen sind ganz zufrieden. Ich wette, der Hälfte von ihnen gefällt es, den Schleier zu tragen und auf ein Podest gestellt zu werden.«

»Schönes Podest. Wie würde dir das gefallen?«

»In einer Gesellschaft zu leben, die mich als Bürger zweiter Klasse betrachtet und meine Rechte einschränkt? Ich überleg's mir.«

»›Damit das Böse siegt, bedarf es nur guter Männer, die untätig bleiben.‹ Edmund Burke.«

»›Wenn du wegrennst, überlebst du, damit du am nächsten Tag auch wegrennen kannst.‹ Mel Brooks.«

»Ich kann es nicht ohne dich durchziehen, George. Es wird Spaß machen.«

»Nein. Es wird ein Albtraum. Und ich werde mittendrin sein.«

Mit in die Hüften gestützten Händen betrachtete Florence den gedeckten Tisch. Onkel Sam hatte vorgeschlagen, das erste Treffen in dem Haus in Alexandria zu veranstalten, aber sie beschloss stattdessen, ein italienisches Essen in ihrem kleinen Haus in Foggy Bottom zu kochen. Sie war nicht sicher, ob die Chemie zwischen ihnen stimmen würde, aber sie wusste, dass es nur wenige Anlässe im Leben gibt, die nicht durch ein köstliches Menü aus Bresaola, Risotto mit Krebsen und Favabohnen – ihr eigenes Rezept –, Schokoladenhimbeer-Tiramisu, Espresso und reichlich Barolo gehoben werden. Sie trug einen schwarzen Kaschmirpullover, Perlenohrstecker, Torerohosen, hohe Absätze und eine Rüschenschürze, mit der sie noch sexier aussah, ein bisschen im Stil der fünfziger Jahre.

Als Erster kam Bobby Thibodeaux, der CIA-Mann. Er klingelte um fünf vor acht. CIA-Leute kommen immer zu früh. Sie kontrollieren gern die Situation. George kam um Punkt acht, Rick Renard 20 Minuten zu spät, wobei er sich beklagte, ein Kongressabgeordneter sei schuld, der »ihm ein Ohr abgequatscht« habe.

Florence servierte Sektflöten mit kaltem Prosecco. Die drei Männer betrachteten einander verlegen. Sie beobachtete unwillkürlich Bobby Thibodeauxs Gesicht, während er seine beiden neuen Kollegen musterte.

Bobby war Ende 30 und kräftig gebaut, hatte kurzes blondes Haar und Schlupflider, die ihm eine skeptische, fast etwas feindselige Miene gaben. Sein erstes Wort an sie war »Ma'am«. Sie begrüßte ihn auf Arabisch und unterdrückte ein Lächeln, als er ihr *Salaam* mit einem Alabama-Akzent beantwortete. Er bemerkte ihren Blick. Er gehörte nicht zu den Menschen, denen irgendetwas entging. Florence errötete.

Sie erhob ihr Proseccoglas und stieß mit den anderen an. »Auf Akaba.«

»Akaba?« fragte Renard.

George und Bobby sahen ihn an. »Sie sind der PR-Typ?« fragte Bobby.

»Strategische Kommunikation«, antwortete Rick.

Ein freudloses Grinsen zog über Bobbys Gesicht. Er wandte sich zu George. »Dann sind Sie beim Außenministerium?« CIA-Leute in Übersee nannten alle Angestellten des Außenministeriums »Botschaftswichser«.

Florence hatte das Gefühl, sie müsse eingreifen. »Ich war mal in Akaba«, sagte sie. »Es ist sehr hübsch und luftig. Der jordanische König hat da einen kleinen Palast.«

»Wo waren Sie überall?« fragte Bobby George.

»Hier.«

Bobbys Lider sanken noch weiter. »Seit wann sind Sie beim Ministerium?«

»Seit sechzehn Jahren.«

»Sie sind seit sechzehn Jahren in Washington?«

»Sechzehneinhalb.«

Bobby wandte sich zu Renard. »Und seit wann kommunizieren Sie strategisch?«

»Ich habe seit vier Jahren meine eigene Firma.«

»Waren Sie lange im Nahen Osten?«

»Ich bin ziemlich regelmäßig in Dubai.«

»Wie finden Sie den neuen Flughafen?«

George versuchte Rick einen Blick zuzuwerfen.

»Er ist . . . ganz schön.«

Bobby grinste.

»Was ist daran so komisch?«

»Dubai hat keinen neuen Flughafen«, sagte George.

»Wollen wir essen?« fragte Florence.

Der Barolo und der Risotto entspannten die Atmosphäre

ein wenig. George half Florence, das Geschirr hinauszutragen, und flüsterte ihr in der Küche zu: »Wo hast du denn den her? Vom Killer-Versand? Seine Handgelenke schleifen am Boden.«

»Wir brauchen ihn.«

»Weißt du, dass er für den Raketenangriff in Daressalam verantwortlich war?«

»Es war ein gutes Ziel.«

»Ich bin sehr dafür, ausländische Botschaften zu bombardieren, aber bloß, weil irgendein Hinterwäldler meint, er rieche Terpentin . . .«

»George, es war eine Chemiewaffenfabrik von Al Quaida.«

»Ist ja auch egal. Vielleicht machen wir besser noch einen Wein auf.«

»Geh rein und beschütz Renard.«

»Der war selber schuld. Ein Killer aus Dogpatch, ein PR-Fritze und ein Schwuler vom Außenministerium. Du hast ja wirklich ein Spitzenteam zusammengestellt, Florence. Man wird mal über uns Balladen schreiben, und zum Glück werde ich dann schon tot sein.«

Florence ging mit einer Flasche Barolo zurück ins Zimmer. Bobby erzählte Rick gerade: »Wenn die Navy-Kampfschwimmer in Vietnam einen Vietkong-Mann erledigt hatten, haben sie ihm die Leber rausgeschnitten, sie angebissen und neben die Leiche geworfen. Nach der buddhistischen Lehre kommt man nur unversehrt in den Himmel. Das hat ihnen richtig eingeheizt.«

Rick wurde blass und legte das Besteck beiseite.

»Essen Sie das noch auf?« fragte Bobby.

»Äh, nein.«

»Darf ich?« Bobby nahm Ricks Teller. Er sagte zu Florence: »Toll, Ma'am. Ich hatt noch nie Krebse mit Risotto.«

»Nennen Sie mich doch Florence.«

»Florence. Okay. Florence von Arabien.«

»Florence reicht schon.« Sie erhob das Glas. »Also, auf Akaba?«

Bobby erhob seines. »Was soll's. Auf Akaba.«

»Das ist eine Metapher«, erklärte George Rick. »Es bedeutet, wir sterben, bevor wir da sind.«

»›Wenn die Kamele sterben, sterben wir auch‹«, zitierte Bobby. »Und die Kamele fangen in 20 Tagen an zu sterben.«

SECHS

Das Emirat Matar besteht aus einem fünfzehn Kilometer breiten und 550 Kilometer langen Sandstreifen an der Westküste des Golfs von Darius. Seine Grenze beginnt im Norden an den Moskitosümpfen von Um-Katush, verläuft von dort mehrere 100 Kilometer nach Südosten bis zur Meerenge des Xerxes und macht dann eine sanfte Kurve nach Westen, bis sie bei Alfatush an der Küste des Indischen Ozeans endet.

Auf einer großformatigen Karte erscheint Matar als unlogische politische Einheit, wie so viele amerikanische Wahlbezirke, deren unregelmäßige Grenzen das Ergebnis zahlreicher Versuche sind, Amtszeiten möglichst oft zu erneuern und es Herausforderern schwerer zu machen. Wer die seltsame Form Matars betrachtet, könnte den Verdacht hegen, diese Grenzen seien so gezogen worden, um seinem viel größeren Nachbarn im Westen, dem Königreich Wasabien, den Zugang zum Meer abzuschneiden. Damit hätte er Recht.

In seiner meisterhaften Geschichte dieser Region, *Der Irak kommt hierhin und Libanon nach da drüben: Die Entstehung des modernen Nahen Ostens*, hat David Vremkin die Entstehung Matars beschrieben:

»Churchill war sehr verärgert über die Franzosen, in diesem Fall zu Recht, da sie getrennt mit [dem wasabischen König] Tallulah über Meereshäfen verhandelt hatten. Als die Konferenz begann, war er nicht gewillt, dem französischen Außenminister Deleval-Poutrière nachzugeben. Er war bis fünf Uhr früh mit Oberst Lawrence, Glandsbury und Tuff-Blidget zusammen, dazu Jeremy Pitt, der unter der Hitze und einem weiteren Gichtanfall litt. Als am nächsten Morgen alle Teilnehmer den Saal betraten, bemerkten Bosquet und Gaston Tazie, dass Tuff-Blidgets Finger grün, blau, gelb und rot verfärbt waren, und versuchten der französischen Delegation verzweifelt Zeichen zu geben. Aber zu spät. Als die 50 Teilnehmer ihre Plätze um den mit grünem Filz bezogenen Tisch im Großen Saal des Saladin im Majma-Palast eingenommen hatten, konnten die Briten fertige Landkarten vorweisen. Die Tinte war nach den Worten Cholmondeleys ›so gut wie trocken‹.

Siggot, Sykes' Majordomo (der zwei Jahre später durch einen seltsamen Unfall beim Teeeingießen im Kensington Palace in Anwesenheit Königin Alexandras ums Leben kam), verglich das Geräusch, als ›Winnie seine Karte auf dem Konferenztisch ausrollte‹ mit einem ›plötzlich geblähten Bram-Segel in einer 20 Knoten-Brise vor der Küste von Cowes‹. Eine sehr bildhafte Ausdrucksweise. Als er bemerkte, was vorging, versuchte Delaval-Poutrière aus Verfahrensgründen Einspruch zu erheben, doch Churchill, der seine Zigarre auf den Franzosen richtete ›wie ein halb gegessenes Frühstückswürstchen‹, drohte damit, die Balfour-Deklaration, die einen jüdischen Staat in Palästina vorsah, auf den Libanon und Syrien auszudehnen – und damit weit in den französischen Einflussbereich hinein.

Das Letzte, was Frankreich wollte, wie Fleg-Wright an diesem Vormittag an Arthur Glenwoodie telegrafierte, waren ›Massen von ausschwärmenden Kibuzzim, die die ganze Levante in Aufruhr bringen‹. Außerdem hätte ein solcher Schritt zu einer Konfrontation des britischen Zweigs der

Familie Rothschild mit dem französischen geführt, der seit einiger Zeit die Westhänge des Bekaa- und Nush-Tals als potenzielles Weinbaugebiet für Sauvignon Noir-Trauben ansah. Deleval-Poutrière konnte nichts tun. Er war ausmanövriert worden.

König Tallulah geriet außer sich vor Wut, als er seine versprochene Küste durch wenige britische Federstriche auf der Karte verschwinden sah, und nannte die Konferenz eine ›Versammlung von Schakalen und Kröten‹ (›jamaa min ethiab w eddafadeah‹), stürmte aus dem Saal und verließ Damaskus mit seiner Leibgarde aus 200 Beduinen und Hejasi. Picot bemerkte zu Gastin-Piquet: ›Sa majesté est bien aigre.‹ (Der König ist ganz schön sauer).

Gazir Bin Haz, der beleibte, lebensfrohe Unter-Sharif der Wazi-had – Händler und Fischer entlang des darischen Golfs seit den Zeiten Alexanders des Großen –, sah sich plötzlich zum Emir eines Territoriums gemacht, das es Wasabien unmöglich machte, sein Öl ans Meer zu transportieren. Natürlich war das von Anfang an Churchills Plan gewesen. Wie konnte man König Tallulah besser seine Sturheit in der Frage der Zölle auf entkernte Datteln heimzahlen, ganz zu schweigen von dem endlosen Streit darüber, wer zuerst in Damaskus einreiten und was dabei tragen solle.

An diesem Abend bei Brandy und Zigarren im Billardraum der englischen Vertretung bemerkte Churchill zu Glandsbury, er könne sich nicht entscheiden, ob es ihn mehr freue, Delaval-Poutrière eins auszuwischen oder ›diesen königlichen Esel Tallulah dazu zu zwingen, sein eigenes Öl zu trinken‹.«

König Tallulah hatte keine Wahl, als einen Handel mit dem Emir von Matar zu machen. Kurz nach der Unterzeichnung des Vertrags baute Wasabien die erste Ölleitung durch Matar an den Golf. Im Lauf der Jahre folgten ein Dutzend weitere Leitungen. Wasabien hatte keine andere Möglichkeit, sein Öl auf die Märkte zu bringen.

Das Emirat Matar profitierte gewaltig von diesem steten schwarzen Strom über sein Territorium. Die Emire veröffentlichten nie offizielle Zahlen, aber die Einkünfte aus den so genannten »Genehmigungsabgaben«, die Wasabien an die Finanzminister der Bin Haz zahlte, wurden am Ende des Jahrhunderts auf mehrere zehn Milliarden Dollar pro Jahr geschätzt. Die Bin Haz-Dynastie hielt, um ihr Gesicht zu wahren, die offizielle Fiktion aufrecht, der außergewöhnliche Reichtum des Landes stamme aus Feigenöl, Datteln, Fischfang und Tourismus.

Angesichts der heftigen Sandstürme und einer sommerlichen Durchschnittstemperatur von 46 Grad war die letzte Behauptung in mancher Hinsicht die kühnste. Matar konnte jedoch zu Recht damit prahlen, dass ein Teil seines gewaltigen Bruttoinlandprodukts aus dem Glücksspiel stammte. Der gegenwärtige Emir hatte das »Land der Ungläubigen« gebaut, einen Hotel-, Kasino- und Themenpark-Komplex auf einem Archipel vor der Küste, der über eine fünfzehn Kilometer lange Autobahn zu erreichen war. Die Bewohner Matars durften die Autobahn (offiziell) nicht befahren, um am Glücksspiel (und verwandten Aktivitäten) teilzunehmen, aber dieses Gesetz wurde kaum befolgt und nie kontrolliert. Der Emir hatte es als bloße Geste an die örtlichen Mullahs erlassen.

Alle stimmten darin überein, dass sein Umgang mit den religiösen Führern meisterhaft war. Die Mullahs von Matar waren die wohlhabendsten der ganzen muslimischen Welt.

Sie waren so reich, dass sie auch den Spitznamen »Mullionäre« trugen. Sie erhielten ein großzügiges Staatsgehalt, Luxuswohnungen, alle drei Jahre einen neuen Mercedes und jedes Jahr einen bezahlten sechswöchigen Studienaufenthalt, den die meisten an der Côte d'Azur verbrachten, einer der heiligsten Stätten des Islam.

Durch diese Aufmerksamkeiten des Emirs war Matar eine wahre Oase der Toleranz. Seine Mullahs waren die zufriedensten und lockersten ihres Glaubens. Mit den Worten eines Wissenschaftlers: »Hier gibt es wirklich einen Islam mit lächelndem Gesicht.« Eine geistliche Laufbahn war in Matar hoch begehrt und streng reguliert.

Diese Haltung in religiösen Dingen stand in scharfem Kontrast zu der jenseits der Grenze in Wasabien. Nachdem Scheich Abdulabdullah »Der Weise« 1740 (oder 1742) an die Macht gekommen war, machte er einen Handel mit Mustafa Q'um, dem Imam der Nejaz, um seine Macht im gesamten Gebiet zu festigen. Mustafa predigte eine extrem strenge Version des Islam namens Mukfellah. Abdulabdullah versprach, die Mukfellah zur offiziellen Religion in ganz Wasabien zu machen, falls Mustafa die Hamuj-Dynastie unterstützte. Damit kam Wasabien unter eine ungeteilte Herrschaft.

Leider wurde Wasabien damit – wie ein Historiker es ausgedrückt hat – die größte »Spaßverbotszone« des Nahen Ostens. Es sei denn, bemerkte er trocken, »man versteht unter Spaß Enthauptung, Amputation, Auspeitschen, Blenden und Herausschneiden der Zunge für Vergehen, für die man in anderen Religionen mit einem Vortrag vom Rabbi, fünf Ave Marias vom Priester oder bei Episkopaliern einem rosa Plastikflamingo im Vorgarten bestraft würde«. Eine Google-Suche mit den Stichwörtern »Wasabien« und »Dolce Vita« bringt null Treffer.

Dieser Unterschied im religiösen Temperament führte neben der Grenzfrage zu einem vorhersehbar gespannten Verhältnis zwischen beiden Ländern. König Tallulahs Nachfolger litten darunter, den Emiren von Matar die so genannte Churchill-Steuer zahlen zu müssen.

1957 drohte König Talabdullah, König Tallulahs Enkel, damit, einen 35 Kilometer langen Streifen von Matar zu besetzen, mit der fast demonstrativ fadenscheinigen Begründung, der Kalif Ibn Izzir (1034–1078), ein sehr entfernter Vorfahr der Hamuj, habe dort ein Sommerlager zum Fischen gehabt. Er ging so weit, eine Panzerdivision an die matarische Grenze zu verlegen und Mirage-Jets der Königlich Wasabischen Luftwaffe (die Wasabiens enger Freund Frankreich lieferte) über dem umstrittenen Gebiet »Übungen« fliegen zu lassen. Es folgten mehrere Tage ängstlichen Händeringens bei den Vereinten Nationen, bis der US-Botschafter in Kaffa dem wasabischen Außenminister diskret mitteilte, sie sollten »endlich den Quatsch lassen«.

Die USA unterhielten gute Beziehungen zu Wasabien – die undenkbare Alternative wäre gewesen, weniger Öl zu verbrauchen –, unterstützten aber stets auch die Souveränität Matars, um die Macht Wasabiens in der Region einzudämmen. Der alte Löwe Churchill war vielleicht beschwipst gewesen, aber auch schlau. Die amerikanische Nähe zu Matar hatte außerdem den Vorteil, wie Henry Kissinger in *Genie und Diplomatie*, dem 21. Band seiner Memoiren, schrieb, »die Wasabis zur Weißglut zu treiben«.

Wasabien rasselte gelegentlich mit dem Säbel Richtung Matar und drohte, es ins Meer zu stoßen, aber diese Episoden wurden von den Emiren nicht ernst genommen. Matar war von Amerika geschützt, reich durch das wasabische Öl, und seine Geistlichen waren fett, glücklich und tolerant. Es war die Schweiz des Golfs, ihm fehlten nur noch ein Matterhorn und eine Schokoladenindustrie.

Alles in allem war es die ideale Plattform für Florence und ihr Team. Und es hatte noch einen Vorteil: Man konnte abends einen Drink bestellen.

SIEBEN

Florence hatte lange über das Geschenk für den Emir nachgedacht. Es musste teuer genug sein, um seine Aufmerksamkeit zu erregen, zugleich aber außergewöhnlich und Aufsehen erregend, nicht bloß ein goldener Schnickschnack mehr.

Der Emir schoss gerne Gazellen von einem besonderen Sitz auf der Motorhaube seines Hummer-Geländewagens aus. Bobby schlug ein Paar vergoldeter und gravierter Jagdgewehre von Holland & Holland vor. George, der das Abschlachten von Gazellen lächerlich fand, wies darauf hin, dass die Sammlung des Emirs bereits über 200 Gewehre umfasste. Er schlug dagegen eine Ausgabe des Koran aus dem zwölften Jahrhundert mit Elfenbeindeckel, eingelegten arabischen Seeperlen und ceylonesischen Smaragden vor, die dem letzten Sultan des maurischen Spanien gehört hatte – für 3,4 Millionen Dollar glatt geschenkt. Rick, der immer die PR-Wirkung im Auge behielt, sagte, das könne nur peinlich werden, weil es der *letzte* spanische Sultan gewesen sei. Warum nicht ein privates U-Boot, das er im Sharper Image-Katalog gesehen hatte? »Araber mögen doch Wasser, oder? Bestimmt finden sie es toll, ganz davon umgeben zu sein.« George wandte ein, mit 750 000 Dollar sei das Geschenk nicht annähernd teuer genug für einen Mann, der viele Milliarden schwer war. Sie diskutierten kurz, das U-Boot mit Torpedos und Cruise Missiles der US-Marine auszurüsten, um es aufregender zu machen. Onkel

Sam lehnte das ab, weil amerikanische Kriegsschiffe im Golf von Darius operierten und es nicht hilfreich gewesen wäre, wenn eines davon das U-Boot des Emirs irrtümlich als Feind identifiziert und zerstört hätte.

Schließlich entschied sich Florence für einen Hubschrauber. Es war eine zivile Version des Blackhawk-Armeehubschraubers, die besonders für den Emir ausgerüstet war. Er konnte in einer 270 Grad-Kuppel aus Plexiglas vor den Piloten sitzen und durch eine raffinierte Luke Gazellen schießen. Man ist nie dünn oder reich genug oder hat zu viele Hubschrauber. Der Emir war von seinem Geschenk beglückt, und Florence erhielt bald eine Einladung in den königlichen Palast der Hauptstadt Amo-Amas.

Die vier mieteten sich im Opulent Hotel, dem schönsten der Stadt mit Blick auf den Hafen ein. Die Lichter der vor Anker liegenden Tanker blinkten in der Ferne. Auf dem Churchillplatz wurde die große Marmorstatue des Schutzpatrons von Matar von Scheinwerfern angestrahlt. Der Großvater des jetzigen Emirs hatte sie in den zwanziger Jahren aufstellen lassen. Das Gesicht trug ein unverkennbares Grinsen zur Schau. Die Statue blickte nach Westen in Richtung Wasabien.

Sie trafen sich in Florence' Suite. George hatte es geschafft, Verdauungsbeschwerden zu bekommen, was nicht einfach war, da der Großteil des Essens im Opulent täglich aus Paris eingeflogen wurde. Er saß da und umklammerte seine Flasche Pepto-Bismol.

»Na, wie gefällt Ihnen der Nahe Osten so weit?« fragte Bobby.

»Wollen wir anfangen?« fragte Florence. »Können wir das Gespräch hier drin führen?«

Bobby nickte. »Die einzigen Wanzen hier drin haben Beine.«

George überlief ein Schauder.

Bobby tippte auf seinem Laptop. Ein Foto des Emirs wurde an die Wand projiziert. Er drückte einen weiteren Knopf, und es erschien das Bild der Frau des Emirs. Florence betrachtete sie. Die Sheika war hübsch, Ende 30, hatte helle Haut, intelligente Augen und eine etwas enttäuschte Miene.

Bobby drückte noch weitere Tasten. An der Wand erschienen zahlreiche Fotos atemberaubend attraktiver Frauen, was vielleicht den enttäuschten Blick der Sheika erklärte.

»Was ist das, der Katalog von Victoria's Secret?« fragte Rick.

»Ein paar gute Freundinnen des Emirs«, erläuterte Bobby. »Hauptsächlich aus Frankreich und Italien. In letzter Zeit scheint er zu Russinnen zu neigen, aber er vögelt alles, was er kriegt, im Notfall auch den Hund.«

»Könnten wir höflich bleiben, falls im Zimmer doch Wanzen sind?« sagte Florence.

Bobby setzte seinen Vortrag fort. »Seine Frau, die Sheika Laila. Mutter aus Matar, Vater Engländer. Er hat als Ingenieur an den Pipelines gearbeitet und einen Haufen Geld verdient. Heiratete die Tochter von einem wohlhabenden Sharif. Laila ging auf Schulen in der Schweiz, Lausanne. Dann Studium in Oxford. Intelligentes Mädchen. Sie machte eine schöne Fernsehkarriere in London als Moderatorin und war mit den richtigen Leuten zusammen. Ein- oder zweimal war sie mit Prinz Charles verabredet, ist aber nicht mit ihm in die Kiste gegangen.«

»Woher wissen Sie das?« fragte Rick.

»Ich kann keine Quellen und Methoden verraten. Aber bei MI 5 haben sie eine ganze Abteilung, wo sie nur analysieren, wen der Prinz besteigt. Laila verliebte sich dann in den künftigen Emir, Gazzir Bin Haz, als er in Ascot war. Das ist da das große Pferderennen.«

»Das wissen wir«, sagte George.

»Ich war noch nie selber da. Jedenfalls hat er sie buchstäblich im Sturm erobert. Er sah gut aus und machte in Frack und Zylinder was her. Sie hatte den richtigen Hintergrund, und er brachte sie mit zurück nach Xanadu und machte sie zu einer arabischen Ehefrau.« Bobby schaute zu Florence. »So was kommt vor.«

»Weiter, Bobby.«

»Eine Weile war alles Friede, Freude, Eierkuchen. Sie hatten einen Sohn, Hamdul. Dann, na ja, Sie wissen ja, wie das ist, ein Mann will nicht jeden Abend im selben Restaurant essen. Er baute sich also einen Fickpalast – Verzeihung, Ma'am – unten an der Küste, am Strand von Um-beseir. Mit allem, was ein Mann sich wünschen kann. Verdammt, wir dachten früher, *wir* sind tolle Hechte, wenn wir hinten auf dem Pick-up Kunstrasen hatten.«

»Danke für den kulturellen Vergleich«, sagte Florence.

»Er hat da einen Hubschrauberlandeplatz und eine 1 000 Meter-Rollbahn, falls er mal solche Sehnsucht nach den Damen hat, dass ihm der Hubschrauber zu langsam ist.« Bobby gluckste in sich hinein. »Gar nicht übel, Emir zu sein.

Jedenfalls ist die Sheika nicht dumm. Sie weiß Bescheid über Um-beseir. Früher hat sie das getan, was viele Ehefrauen tun: Nicht hingucken, Männer müssen ihr Spielzeug haben. Dazu gehört, dass Gazzir sich bei der Heirat schriftlich verpflichten musste, keine anderen Frauen zu nehmen, weil sie wusste, er würde Emir werden, sobald sein Alter abtrat. Die anderen Emire und Mullahs fanden das nicht so gut. In dieser Gegend stellt man nicht viel dar, wenn man nicht wenigstens 100 Söhne hat. Das erklärt, warum sie drüben in Wasabien 40 000 Prinzen haben. In Wasabien braucht man bloß auszuspucken und trifft schon einen Kronprinzen. Nicht, dass sie das gerne sehen. Gazzir muss aber echt verliebt gewesen sein, denn er hat Lailas Forderung erfüllt. Er ließ sogar den Obermullah ein theologisches Gutachten abgeben, dass die Sache *wargat* ist, so eine Überraschung.«

»Was heißt das?« fragte Renard.

»Koscher.«

»Warum hat sie auf Monogamie bestanden?«

»Weil sie wollte, dass ihr Sohn auf den Thron kommt. In einem Harem voller Ehefrauen herrscht keine sehr entspannte Atmosphäre. Früher spionierten arabische Ehefrauen immer hintereinander her, vergifteten einander oder den Sohn der anderen, damit ihr eigener hochkam. Ihr Sohn Hamdul ist jetzt zehn Jahre alt. Aber neuerdings hat Laila wegen des ganzen Rumvögelns in Um-beseir endgültig Stunk gemacht. Sie will, dass es aufhört. Nach unseren Informationen hat sie Gazzir das Leben in letzter Zeit nicht leicht gemacht.«

»Warum?« fragte Florence.

»Es scheint zwei Faktoren zu geben. Erstens hat sie Angst, eine Geschlechtskrankheit von ihm zu kriegen. Sie ist eine sehr attraktive Frau, und ab und zu zieht es den Emir zurück an den heimischen Herd. Zweitens kommt Hamdul in das Alter, wo er vielleicht Palastklatsch mitkriegt. Sie will nicht, dass er von einem Lakaien hört, sein Vater könne das Krummschwert nicht in der Hose behalten. Das ist also die Lage.«

»Danke, Bobby, das ist sehr nützlich«, sagte Florence.

»Sollten wir das nicht ausführlicher analysieren, bevor wir weiter aktiv werden?« fragte George. Seine Unterlippe war vom getrockneten Pepto-Bismol rosa verkrustet.

Bobby starrte ihn an. »Sie meinen, sechs, sieben Monate an einer Machbarkeitsstudie schreiben? Mit vielen *Absätzen?*«

»Na, wenn Sie sich lieber einfach so reinstürzen, bitte.«

– – – –

Matar war in Fragen der Damenbekleidung liberal, dennoch achtete Florence darauf, die Formen zu wahren. Sie trug einen Hosenanzug aus türkisfarbener und purpurner Schantungseide und um den Kopf ein Hermès-Tuch. Laut Bobby schenkte der Emir diese Tücher gerne seinen Geliebten. »Wenn sie gut waren – richtig gut –, ist ein Diamantenarmband drin eingewickelt. Und wenn sie richtig supergut waren, ist ein roter Ferrari drum gewickelt.«

Florence wurde ins Audienzzimmer geführt. Zu beiden Seiten der Tür stand ein Leibwächter in zeremonieller Kleidung mit Schwert.

»Salaam aleikum«, sagte Florence akzentfrei. *»Šarafnā, sumūwa-kum.«*

Der Blick des Emirs erhellte sich, nicht nur wegen des makellosen Arabisch seines Gastes. Er nahm ihre Hand und gab ihr einen Handkuss. Florence errötete über diese galante Geste. Sie sprach weiter arabisch und erinnerte sich, dass in Matar ein Gespräch mit dem Emir in der Höflichkeitsform zu führen war, was für Amerikaner, die jeden nach fünf Minuten »Kumpel« oder »Schätzchen« nennen, nicht ganz einfach war.

Sie setzten sich. Florence bemerkte, dass die Louis Seize-Stühle einige Zentimeter niedriger waren als der Louis Quatorze-Stuhl des Emirs. Mit etwas unter einem Meter 70 war Emir Gazzir Bin Haz – für seine Freunde und Vertrauten »Gazzy« – kein großer Mann. Genauso groß wie T. E.

Lawrence, dachte Florence. Was für große Dinge kleine Männer doch zustande gebracht haben.

Er trug eine makellos weiße Thobe und auf dem Kopf die Gutra, das dreieckig gefaltete Tuch mit dem traditionellen Goldband. Ihr fiel auf, dass an vier seiner dicken Finger Ringe steckten. Sein Ziegenbart war perfekt getrimmt, seine Lippen feucht wie Austern von einem lebenslangen Kontakt mit den größten Köstlichkeiten, die die Welt zu bieten hatte, von Kaviar über Dom Perignon bis Gänseleber. Sein Gesicht strahlte Zufriedenheit aus, und warum auch nicht? Der Emir war womöglich der glücklichste Mensch auf der Welt.

»Eure Majestät ist sehr gastfreundlich«, sagte Florence mit einer leichten Verbeugung.

»Das gehört zu unserem Volkscharakter«, antwortete er auf Englisch. Wie die meisten vornehmen Mataris war er anglophil – sie schickten ihre künftigen Emire nach Sandhurst – und zeigte gern, wie hervorragend er die Sprache beherrschte. »Selbst der bescheidenste Matari wird seine Tür einem Fremden öffnen und mit ihm teilen, was er hat.« Er lächelte. »Auch wenn Sie nicht viele bescheidene Mataris finden werden. Ich fürchte, auch das gehört zu unserem Volkscharakter.«

»Ihr Land ist wirklich mit Überfluss gesegnet.«

»Unser Feigenöl ist das beste.«

»Es ist zu Recht weltberühmt.«

»Es hat viele, viele Anwendungen. Als Parfüm, in der Industrie – wussten Sie, dass es als Schmiermittel bei chinesischen Raketen benutzt wird?«

»Das wusste ich nicht, aber es ist faszinierend.«

Der Emir lehnte sich begeistert vor. »Es senkt das Cholesterin, oder besser, es vermehrt das gute Cholesterin. Eines Tages wird die Medizin das beweisen, Gott sei gelobt.«

»Matar ist ein Fluss des Segens für die Welt.«

Sie schauten einander an.

»Wollen wir mit dem Quatsch aufhören?« Er lächelte.

»Eure Majestät ist zu freundlich. Mir fiel nichts mehr ein, was ich über Feigenöl sagen könnte.«

»Ich hab's noch nie probiert«, sagte der Emir und nahm eine Zigarette aus einem goldenen Kästchen vor sich auf dem Tisch. Ein Diener mit zur Wandbespannung passender Kleidung erschien wie ein eifriger Geist. Er zündete dem Emir die Zigarette an und verschwand wieder mit einem leisen Seidenrascheln. »Widerliches Zeug. Ich bevorzuge Walnussöl, mit 400 Jahre alten Mühlsteinen in der Dordogne gepresst. Ich lasse es einfliegen. Wen interessiert schon Cholesterin? Ich lasse mir jeden Monat das Blut von Schweizer Ärzten austauschen. Das alte Blut spende ich dem Krankenhaus. Anscheinend ist es sehr begehrt. Also, Florence – ich nenne Sie so, weil ich die vielen hübschen toskanischen Vokale nicht aussprechen kann –, Sie haben mir ein schönes und, ich muss sagen, originelles Geschenk gemacht. Ich könnte Ihnen einen ganzen Raum mit ganz schrecklichen Geschenken zeigen. Das schlimmste war ein Monopoly-Spiel mit einem Brett aus 24-karätigem Gold und eingelegten Rubinen, Diamanten und anderen Steinen und den kleinen Häusern und Hotels aus Platin. Was meinten die, würde ich damit machen? Einschmelzen? Ich weiß, Araber gelten als vulgär, aber irgendwo ist Schluss. Ihr Arabisch ist übrigens hervorragend. Sie sind bei der Regierung, nehme ich an? In welcher Funktion? CIA? Es wäre ganz schön kühn von denen, eine Frau zu schicken. Ob sie so viel Fantasie hätten? Ich bezweifle es. Wenn Ihr Land früher etwas wollte – und es will *immer* was, meine Liebe –, waren die Geschenke ... ich möchte nicht undankbar klingen, aber du lieber Himmel. Sachen, die Gott – gelobt sei sein Name – bei Wal-Mart kaufen würde. Demnächst wird hier auch ein Wal-Mart eröffnet. Die Leute sind ganz aufgeregt. Einmal hat man mir einen Aktenkoffer voller Bargeld angeboten. Bargeld!« Er kicherte und schwenkte die Hand im Zimmer umher, das aussah, als sei jeder Gegenstand zweimal in Gold getaucht worden. »Sehe ich aus, als brauche ich *Bargeld*?« Seine Augen wurden etwas schmaler, und Florence sah einen Moment lang den harten Blick seiner Händlervorfahren. »Also, wer sind Sie, schöne Dame? Und ohne aufdringlich zu erscheinen, was wollen Sie?«

Diese Offenheit war unarabisch. Hatte sie einen Fehler gemacht?

»Eure Majestät ehrt mich mit Ihrer Direktheit. Ich bin gekommen, um die Erlaubnis zu erbitten, der Sheika Laila ein Geschäftsangebot zu machen.«

Der Emir verzog das Gesicht. Sein Gesicht, sonst ein glatter Karamelpudding, sah auf einmal zornig aus. »Ein Geschäftsangebot? Meiner Frau? Sie wollen doch nicht etwa, dass sie für irgendein Produkt Reklame macht?«

»Nein, *somou el-amir*.«

»Eine wohltätige Funktion? Eine Kinderkrankheit? Lassen Sie mich raten. Landminen. Alle schönen Frauen sind gegen Landminen. Zum Glück haben wir hier keine, allerdings gibt es Zeiten, da würde ich sie gerne wie Blumen entlang meiner Grenzen säen. Aber die Gazellen könnten drauf treten, und die möchten wir doch lieber schießen, nicht wahr? Aus unserem schönen neuen Hubschrauber. Welche Großzügigkeit. Ich frage mich, was wir getan haben, um solche Großzügigkeit zu verdienen?«

»Die Freude Eurer Majestät ist meine Freude. Ich suche

die Unterstützung der Sheika, aber nicht für eine Hautcreme oder gegen eine Krankheit oder Landminen. Wir möchten in Matar einen Satellitenfernsehsender eröffnen und sie als Direktorin gewinnen.«

Der Emir starrte sie an. »Sie überraschen uns. Ich dachte, es hat was mit Öl zu tun. Irgendwie hat es meistens damit zu tun. Letzte Woche waren ein paar Amerikaner aus Texas da. Fast immer kommen sie aus Texas oder Oklahoma. Ich möchte zu gern mal Amerikaner aus anderen Gegenden treffen. Wo kommen Sie her?«

»Aus einer Gegend mit Bäumen, Majestät.«

»Da haben Sie Glück. Ein Fernsehsender, sagen Sie. Die Sheika. Ich glaube kaum, dass –«

»Mit Erlaubnis Eurer Majestät möchte ich Euch ein paar Zahlen vorlegen.«

»Nein, nein. Der Emir hat nichts mit Zahlen zu tun. Dafür gibt es Minister, für jede Art von Zahlen.«

»Es sind interessante Zahlen, Majestät. Sie legen nahe, dass gewaltige Summen zu verdienen sind. Aber wenn Eure Majestät befiehlt, werde ich sie den Ministern geben.«

»Was meinen Sie mit ›gewaltig‹? Die Wüste ist gewaltig. Der Ozean ist gewaltig.«

»Etwa zwei Milliarden Dollar pro Jahr, Majestät.«

»Das ist nicht sehr gewaltig.«

Florence gab dem Emir das Blatt, das sie vorbereitet hatte.

»Was für ein Programm?« fragte er.

»Die Zahlen beruhen auf einer weiblichen Zielgruppe, Majestät.«

Der Emir verzog das Gesicht. *»Weiblich?«*

»Frauen kaufen am meisten ein. Sie setzen das Geld um.«

»Das stimmt wohl. Wer außer den Frauen hätte die Zeit dazu. Aber es gibt schon zwei arabische Sender, Al Dschasira und Al Arabya. Ich möchte sagen, falls Sie doch bei der CIA sind, dass ich mit der politischen Position von keinem von beiden übereinstimme. Jedes Mal wenn ich sie einschalte, sitzt Osama bin Laden vor seiner Höhle und sieht aus, als ob er dringend eine neue Niere bräuchte. Aber es gibt ja immer noch den History Channel« – er drückte eine imaginäre Fernbedienung. »Da laufen dauernd Dokumentationen über Hitler. Die sollten ihn Hitler Channel nennen. Aber warum die Sheika?«

»Aus vielen Gründen, Majestät. Erstens ist sie die First Lady von Matar, eine respektierte Persönlichkeit voller Autorität. Zweitens hat sie Fernseherfahrung.«

»Ja«, sagte der Emir, als erwärme er sich für die Idee, »sie war *sehr* erfolgreich in London. Bis sie alles aufgab, um einen Kameltreiber zu heiraten!«

Florence lächelte höflich.

»Aber mit jeder Menge Kamele. Fahren Sie fort, ich bin ganz Ohr.«

»Drittens brauchen wir natürlich einen Partner aus Matar für dieses Unternehmen, da nach dem Gesetz 51 Prozent jeder hier ansässigen Firma in matarischem Besitz sein müssen. Diese drei Faktoren machen die Sheika zur natürlichen Führungsperson bei unserem Projekt.«

»Wer ist ›wir‹? Wer sind *Sie?*«

»Ich bin nur Fernsehproduzentin. Dieses Projekt ist meine Idee. Bei einem Unternehmen dieser Größe hat man Unterstützer, Investoren. Aber wir geben Ihnen –«

»Sie wollen sagen, dem matarischen Volk.«

»51 Prozent.«

»Hm.«

»Sagen wir 55 Prozent?«

»Mein Gehör ist nicht mehr so gut wie früher. Die viele Gazellenjagd –«

»60 Prozent?«

»Sagten Sie 70?«

»65.«

»Sagen wir, zwei Drittel, 66. Das ist viel einfacher für die Buchhalter.«

»Abgemacht.«

»Und die Rolle der Sheika wäre symbolisch?«

»Ganz im Gegenteil. Wir hoffen, dass sie sich sehr stark engagiert. Dieser Aspekt hat mir bei der Vorstellung meines Plans Sorge bereitet.«

»Wieso?«

»Ich fürchte, wir könnten sie Euch, nun ja, wegnehmen. Der Aufbau eines Fernsehsenders kann eine sehr zeitaufwendige Sache sein. Aber sehr befriedigend.«

»Ah. Nun, das muss sie selbst entscheiden.«

»Der Ruf Eurer Majestät als aufgeklärter Mann und Gatte wird von der Wirklichkeit noch übertroffen.«

»Wir sind kein rückständiges Volk, Ms. Farfaletti, im Gegensatz zu anderen in dieser Region. Ich werde der Sheika Ihren Vorschlag mitteilen. Ich muss sagen, ich habe gemischte Gefühle, denn steht nicht geschrieben, ein Mann, der seine Frau zur Königin macht, wäscht schließlich selbst das Geschirr ab?«

»Aber steht nicht auch geschrieben, Majestät, dass ein Mann, der seiner Frau eine Beschäftigung gibt, sich eine Oase schafft?«

»Ich bin nicht ganz sicher, welchen Teil der Schrift wir beide zitieren, aber vielleicht haben Sie da einen interessanten Punkt getroffen, Ms. Farfa – Florence.

Wenn Sie mich jetzt entschuldigen wollen, meine nächste Audienz wartet schon. Sie sehen, das Leben eines Emirs besteht nicht nur aus Feigenöl.«

»Ich verstehe kaum, wie Eure Majestät das alles bewältigt.«

ACHT

Am nächsten Morgen traf im Opulent die Nachricht ein, die Sheika Laila werde Florence am Nachmittag zum Tee empfangen.

Florence war wegen dieses Treffens seltsamerweise nervöser als vor dem Gespräch mit Emir Gazzir. Vielleicht, weil sie so lange damit verbracht hatte, Bobbys Akte zu lesen. Sie hatte das Gefühl, das Leben dieser Frau schamlos ausspioniert zu haben. Sie fühlte sich – ja, das war es – schuldig. Es war eine Sache, einen dicklichen Potentaten mit dem Spitznamen Gazzy einzuwickeln, der mit einem silbernen Löffel im Mund geboren worden war, und eine andere, seine leidgeprüfte Ehefrau zu täuschen. Alles für einen guten Zweck, aber trotzdem fühlte Florence sich mit dieser Frau verwandt. Sie waren beide intelligente Frauen, die von Prinzen entführt worden waren, um in Luftschlössern zu leben. Ihr eigenes hatte sich bloß zuerst aufgelöst.

Bobbys Informationen über Laila waren abstoßend lückenlos. Das sprach für den Sammelfleiß der CIA, aber – also wirklich.

»Nein, nein, das will ich nicht wissen«, sagte sie, als Bobby die Umstände zu erzählen begann, unter denen Laila mit siebzehn ihre Jungfräulichkeit verloren hatte: auf einem Schulausflug nach Paris, mit einem Reiseführer im Louvre. »Es ist irrelevant, und es geht mich so wenig was an wie irgendjemand anderen.«

»Alles ist relevant«, erwiderte Bobby. »Man weiß nie,

welches Detail einem mal den Hals rettet.« Er legte das Dossier auf ihren Schreibtisch. »Ich schlage wirklich vor, Sie lesen das ganz durch, Ma'am«, sagte er und ging hinaus.

Sie ging zu George, der sich etwas von seinen Magenproblemen erholt hatte. »Warum fühle ich mich so mies, wenn ich das lese?« fragte sie.

»Ich garantiere dir, du fühlst dich besser als ich. Ich möchte nicht mit Attila dem Hunnen einer Meinung sein, aber vielleicht hat er in dem Punkt Recht. Außerdem will ich unbedingt wissen, ob sie ihre Jungfräulichkeit im Louvre verloren hat.«

»Du kannst es dann selber lesen.«

Nachmittags wurde Florence auf die kühle Terrasse der Wohnung der Sheika im Palast geführt, mit Blick auf den Strand. 100 Meter vor der Küste spritzten Springbrunnen Meerwasser ungefähr in Form des königlichen Wappens der Bin Haz in die Luft. Das hatte den praktischen Vorteil, die Luft auf der dem Meer zugewandten Seite des Palastes zu kühlen, obwohl es etwas Salz auf der Haut hinterließ.

Laila erhob sich, um ihren Gast zu begrüßen. Florence bemerkte, dass die Stühle in diesem Teil des Palastes gleich hoch waren. Die Sheika war durchaus eine Schönheit, obwohl das unter den Frauen von Prinzen keine Seltenheit ist. Sie war 37, was noch eine der harmloseren Tatsachen war, die Florence aus Bobbys Akte über sie wusste. Dass sie größer war als ihr Mann, wurde durch ihre zehn Zentimeter hohen Absätze betont, im Gegensatz zu den üblichen Pantoffeln arabischer Frauen. Sie hatte atemberaubende Wangenknochen, eine schmale Nase und die Augen eines Wanderfalken. Sie hätte ein Model sein können – was sie einmal in den Semesterferien auch wirklich gewesen war, mehr um ihre Eltern zu ärgern als wegen des Gelds. Sie trug einen seidenen Hosenanzug aus Paris und dazu ein weißes Chiffontuch, das mit ihrem üppigen schwarzen Haar kontrastierte. Um den Hals trug sie eine einfache Goldkette, am Finger nur einen Verlobungsring mit Diamant, wenn auch einen Felsen von acht Karat, sowie ihren Ehering. Auf einem Tischchen hinter ihr standen zwei Fotos in Silberrahmen. Einmal sie mit Prinz Hamdul, auf dem anderen ihr Mann in voller königlicher Robe. Florence fiel auf, dass sie nicht auf demselben Foto waren.

»Willkommen.« Die Sheika deutete auf einen Stuhl. Ihre Art war angenehm, gastfreundlich und gerade so förmlich, dass Florence sich aufgefordert fühlte, auf den Punkt zu kommen, ohne sich zu lange mit dem Klima und den Naturschönheiten von Matar oder dem Wunder der Springbrunnen im Meer aufzuhalten.

»Der Emir hat mit der Sheika schon über die Angelegenheit gesprochen, wegen der ich in Matar bin?« fragte Florence.

»Ja, er hat mir davon erzählt. Möchten Sie etwas anderes trinken als Tee? Manchmal trinke ich um diese Zeit ein Gläschen.«

Ein Diener erschien aus dem Nichts, genau wie beim Emir. Die Sheika nickte, und er verschwand. Kurz darauf kam er mit geisterhafter Effizienz wieder, in der Hand ein Tablett aus getriebenem Silber mit zwei kristallenen Sektflöten, die mit einer purpurgoldenen Flüssigkeit gefüllt waren.

»Granatapfelsaft mit Champagner«, sagte Laila und gab Florence ein Glas. »Ein matarischer Kir Royal sozusagen. *Sahteyn*. Zum Glück gibt es ein Wort für *Santé* auf Arabisch, auch wenn das schwer zu glauben ist.«

Die kühlen, herb-süßen Bläschen liefen Florence' Kehle hinunter und erfüllten sie mit entspannender Wärme.

»Früher war es Sitte, unseren Gästen Feigenlikör anzubieten, um Werbung für unsere nationale Industrie zu machen«, bemerkte Laila. »Aber er schmeckt so eklig, dass ich das nicht mehr tue.«

»Die Sheika scheint die Meinung des Emirs über Feigen zu teilen.«

»Lassen wir doch diesen Unsinn mit der dritten Person. Ich hab mich nie dran gewöhnt. Ich schaue mich immer um, wo diese Person ist, von der die Leute reden, und dann bin ich es. Nennen Sie mich Laila. Wenn wir die Sache tun, die Sie vorschlagen, werden Sie das wohl früh genug sagen. Bevorzugen Sie ›Ms. Farfaletti‹?«

»Florence, bitte.«

»Wie in Firenze?«

»Ja«, sagte Florence beeindruckt. »Mein Vater war sehr stolz, Italiener zu sein. Auf die eine oder andere Art sind es die meisten.«

»Und was tun Sie hier, so weit weg von Florenz?«

»Hat der Emir es nicht erklärt?«

»Er hat gesagt, Sie möchten, dass ich einen panarabischen Fernsehsender für Frauen leite.« Laila lehnte sich im Sessel zurück. »Was für ein Vorschlag. Solche Angebote kommen nicht jeden Tag. Man könnte fast sagen, es ist zu schön, um wahr zu sein.«

»Wir meinen, Sie sind genau die Richtige dafür. Eigentlich die Einzige. Es könnte sehr aufregend werden.«

»Meinen wir das?«

Die beiden Frauen schauten einander in die Augen. In Lailas Blick lag keine Feindseligkeit, aber er war ebenso kühl wie der Kir in Florence' Hand.

»Ist dieses Projekt Ihre eigene Idee?«

»Ja. Natürlich braucht man Unterstützer.« Das Wort lag Florence auf der Zunge wie Aluminiumfolie, bitter und unnatürlich.

»Und wer genau sind diese Unterstützer, der Vollständigkeit halber?«

»Sie stehen alle hier.« Florence holte einen Ordner aus ihrer Aktentasche und reichte ihn Laila. Laila studierte die Namenslisten der Unterstützer, die alle erfunden waren, obwohl jemand bereit stand, um das Telefon abzunehmen, falls Laila sie anrufen sollte. Während Laila die Liste studierte, studierte Florence sie.

»Die sind wegen des Gelds dabei, nehme ich an.«

»In einer unreinen Welt ist Geld ein sehr reines Motiv.«

Laila lächelte. »Und Ihre Begleiter im Hotel, ist das Ihr Team?«

»Ja. Ich wollte sie mitbringen, um gleich anfangen zu können, falls das Projekt Ihre Zustimmung findet. Sie waren gespannt, Matar zu sehen. Offen gesagt, ihr Enthusiasmus hatte vielleicht auch ein bisschen mit dem zollfreien Einkaufen und den Freuden des Lands der Ungläubigen zu tun.«

»Zollfreies Einkaufen und Spielautomaten«, sagte Laila. »Ja, der Reichtum der matarischen Kultur. Ihr Mitarbeiter, Mr. Robert Thibodeaux – Farfaletti & Thibodeaux, das klingt wie eine teure Anwaltsfirma. Erzählen Sie mir von ihm.«

Florence blickte hinaus zum Springbrunnen. Sie war nie eine sehr gute Lügnerin gewesen. »Er ist leitender Produzent. Er bringt die Dinge in Gang.«

»Und Mr. George, geht es ihm schon besser?«

Florence spürte, wie ihr Mund trocken wurde. »Ja, vielen Dank. Sie sind sehr gut informiert.«

»Das Hotel gehört mir. Mein kleines Projekt. Der Emir dachte, es würde mir etwas zu tun geben, mich beschäftigen. Und jetzt kommen Sie mit Ihrem Fernsehprojekt, um mich noch mehr zu beschäftigen. Damit hätte ich sicher viel zu tun, nicht wahr? Oder ist das vielleicht die Absicht?«

Florence fühlte sich wie eine Glasscheibe.

»Und Mr. Renard«, fuhr Laila fort. »Renard. Ist er der Fuchs des Teams?«

»Programmkonzeption«, krächzte Florence.

»Diese Wüstenluft kann sehr trocken sein. Trinken Sie einen Schluck Wasser.«

»Ich bin Ihnen gegenüber im Nachteil.«

»Ja, es scheint so.« Die Sheika lächelte. »Also, für welchen Teil der US-Regierung arbeiten Sie? Die CIA? Für die ist es etwas . . . ungewöhnlich, nicht wahr?«

»Um ehrlich zu sein, ich weiß es selbst nicht genau, auch wenn das nicht sehr aufrichtig klingt«, sagte Florence.

»Sie sehen aus, als könnten Sie noch einen Drink vertragen. Machen Sie sich keine Sorgen, ich werde nichts sagen. So lange ich überzeugt bin, dass es nichts ist, was sich mein Mann ausgedacht hat, damit ich nichts gegen sein Hurenhaus in Um-beseir unternehme. Ehrlich gesagt, bin ich sehr gespannt. Ich glaube, wir sollten beide noch was trinken.«

NEUN

Maliq bin-Kash al-Haz war der jüngere Bruder des Emirs Gazzir. Maliq und Gazzy hatten verschiedene Mütter, was nicht ungewöhnlich ist, wenn ein Vater über 30 Kinder gezeugt hat.

Die beiden waren von sehr unterschiedlichem Naturell: Gazzir füllig, hedonistisch und entschlossen, Maliq mager, ernsthaft und stur. Das Einzige, was sie verband, war ihre völlige Bestechlichkeit. Maliqs Art war in gewisser Weise verständlicher, wenn man an die Nachteile seiner Geburt dachte. Seine Mutter war eine Dienerin im Palast gewesen, eine hübsche Jemenitin, der der Emir einfach nicht widerstehen konnte. (Allerdings hatte der Emir nie irgendwas widerstanden.) Sobald das Kind geboren war, wurde sie mit einem Sack matarischer Goldmünzen nach Sanaa abgeschoben. Ihr Kind hätte sie mitgenommen, wenn der Emir nicht Gefallen daran gefunden hätte, als er es zuerst sah und rief: »Das ist ja ein hübscher Kerl!«. Sofort gab er ihm den Namen Maliq (matarisch für »hübscher kleiner Bastard«) und verleibte ihn seiner bereits zahlreichen Kinderschar im Palast ein.

Schon früh zeigte Maliq ein hoch entwickeltes Talent dafür, jedes Spiel, an dem er beteiligt war, zu seinem Vorteil zu drehen. Als zu seinem achten Geburtstag ein Kamelrennen vorbereitet wurde, schlich er sich in der Nacht davor in die Ställe und fütterte die Kamele aller anderen kleinen Prinzen mit einer Mischung aus Hafer und

Holzkohle, was Kamele, wie jeder weiß, der schon mal auf einem saß, das den Bauch voller Hafer und Holzkohle hat, besonders mürrisch und widerspenstig macht. Maliq gewann das Rennen und den Preis. So begann eine lebenslange Faszination für Rennen.

Als matarischer Minister für Sport, Moral und Jugend hatte Maliq im Lauf der Jahre das Matar 500-Autorennen als Höhepunkt der Saison etabliert. Er war nicht nur dessen Vorsitzender und Schirmherr, sondern fuhr auch mit und gewann jedes Jahr, Gott sei gelobt. Unter den Renninteressierten an der Strecke lautete die Frage nicht »Wer hat gewonnen?« sondern »Wer war Zweiter?«

Es hatte spektakuläre Unglücksfälle gegeben. Gentile Fabriani, der Italiener, war in der 389. Runde mit gebrochener Pleuelstange durch eine Mauer geschossen. Udo Pantz, dem rasenden Bayer, waren mysteriöserweise kurz vor der Ziellinie vier Reifen geplatzt, so dass er weit ins Mittelfeld zurückfiel. Und trauerte nicht die gesamte Rennwelt, als der Amerikaner Buddy Banfield 1999 durch eine Ölpfütze fuhr, die unerklärlicherweise vor seinem Wagen auftauchte, als er dem sicheren Sieg entgegenfuhr? Es war schwerer geworden, Spitzenfahrer für die Matar 500 zu engagieren. Maliq musste den Preis für den zweiten Platz ständig erhöhen, bis er ziemlich extravagante Höhen erreichte.

Das Rennen hatte jedoch viel dazu beigetragen, Matar in der Welt bekannt zu machen. Matar war jetzt international ein Synonym für Feigenöl, zollfreien Einkauf, Glücksspiel und getürkte Autorennen. Die Entscheidung des Emirs, Florence' Idee für TV Matar zu unterstützen, war nicht nur durch die Aussicht auf eine neue Geldquelle motiviert, sondern auch durch den Wunsch, der Welt zu zeigen, dass Matar seinen rechtmäßigen Platz am globalen Tisch der diversifizierten Industrie einnehmen konnte.

Jetzt, mit Anfang 40, begann Maliq aber den Geschmack an Autorennen zu verlieren. Vielleicht war der Reiz, jedes Jahr die Matar 500 zu gewinnen, etwas verblasst. Der Trophäenraum seines Palasts war so mit Goldpokalen vollgestopft, dass sein Stolz allmählich in Langeweile überging. Zum Teil durch seine vertriebene Mutter angeregt, die ihm neuerdings E-Mails aus Sanaa schickte, hatte er seinen Ehrgeiz auf einen höheren Preis gerichtet: den Thron seines Bruders.

Seinem Bruder Gazzy, dem Emir, war das nicht entgangen. Er hatte seit dem Tag seines zwölften Geburtstags ein waches Auge auf seinen Halbbruder gehabt, als sein Kamel ihn beim Rennen heftig in die Brennnesseln warf.

Gazzy erlaubte, dass Maliq jedes Jahr die Matar 500 gewann. Er wusste, dass der junge Prinz dadurch zufrieden und erfüllt sein würde. Aber es steht geschrieben: Ein gut gefütterter Skorpion verliert nicht seinen Appetit, er bekommt bloß einen größeren Magen. So standen die Dinge, als Florence in Amo-Amas eintraf.

Weiter kompliziert wurde die Situation durch die Franzosen, die dazu neigen, jede Situation zu komplizieren. Sie wussten von Maliqs Langeweile und seiner Sehnsucht nach dem Thron und hatten es schlau verstanden, sie auszunutzen. Die Angestellten ihrer Botschaft in Amo-Amas hatten ihre Zeit nicht damit vertan, an den langen heißen Nachmittagen vor den Cafés am Kai zu sitzen. Sie wussten vielmehr sehr genau, dass Maliq in der Geheimdienstsprache eine Zielperson von großer Entwicklungsfähigkeit war.

Frankreich hatte die Demütigung durch Churchill und seine Kartenzeichner im Jahr 1922 nie ganz verwunden. »Rache ist ein Gericht, das am besten kalt serviert wird«, ist vielleicht ein spanisches Sprichwort, aber mit den Worten La Rochefoucaults: »Wie angenehm ist es, einem Engländer kalte, tote Schnecken in den Mund zu stopfen.« Hier war Frankreichs Gelegenheit, eine alte Scharte auszuwetzen und mit etwas Glück auch Amerika etwas Kollateralschaden zuzufügen.

Im Lauf der Jahre hatte Frankreich keine Gelegenheit ausgelassen, die Spannungen in den amerikanisch-wasabischen Beziehungen auszunutzen. Wenn Amerika es ablehnte, den Wasabis sein neuestes Kampfflugzeug oder andere grausige Technologie zu verkaufen, die sie gegen Israel einsetzen konnten, war Frankreich zur Stelle, zuckte die Schultern, um zu zeigen, wie überaus vernünftig es war, und sagte: »Aber *natürlich* könnt ihr welche von uns haben!« Amerikanische Kongressabgeordnete aus den Wahlbezirken, in denen die amerikanischen Kampfflugzeuge hergestellt wurden, beschwerten sich dann beim Weißen Haus, dass »diese Scheißfranzosen« ein Riesengeschäft machten, während sie »am Arsch« waren. (Wie elegant sich Lobbyisten doch ausdrücken.) Stets brauchte der Präsident die Stimmen der Abgeordneten bei einer kommenden Abstimmung und machte einen Rückzieher. Die Wasabis bekamen die neuen Jets ohne ein paar ihrer Hightech-Neuheiten, damit der Handel erträglicher für die Israelis wurde. Es war auch ganz egal. Ein einziger isralischer Kampfpilot konnte immer noch die gesamte Königlich Wasabische Luftwaffe abschießen und dabei eine Hand für seinen Bagel frei behalten.

Mit dem sicheren Gespür, dass die Geschichte ihnen eine goldene Gelegenheit bot, lockte der französische Geheimdienst Prinz Maliq nach Paris.

Die Einladung kam vom Präsidenten von Auto-Vitesse S.A., wo nicht nur Weltklasserennwagen, sondern auch die in Amerika so beliebten eleganten Allez-Oop Minicoupés gebaut wurden. Die 1912 von Émile Lagasse-Ponti gegründete Firma hatte schon Dutzende von Grand Prix-Siegen errungen und drückte ihren Wunsch aus, Maliq möge beim nächsten Matar 500 einen Vitesse fahren. Maliq war nicht immun gegen solche Schmeicheleien.

Was für einen Empfang ihm seine französischen Gastgeber bereiteten! Ein Essen im Elysée-Palast mit Präsident de Villepin, dann eine Galavorstellung in der Oper, wo ein speziell in Auftrag gegebener Einakter mit dem Titel *Tausendundeine Runde* gegeben wurde, mit dem französischen Startenor Otmar Blovard in der Rolle des Malpique, eines strahlenden maurischen Kamelreiters aus dem 13. Jahrhundert, der den Islam rettet, indem er den bösen englischen Kreuzritter Bertram den Ungewaschenen auf der Ziellinie besiegt. Die Anspielung auf aktuelle Ereignisse entging Maliq nicht, der umgeben von anbetungsvollen französischen Begleiterinnen in der Präsidentenloge saß. Am nächsten Tag ging Maliqs königlicher Triumphzug mit einem Besuch der Vitesse-Fabrik bei Lyon weiter, der aus zwei Tagen voller Feiern und Galadiners bestand. Als er Frankreich in einem Regierungsairbus mit sechs funkelnagelneuen Vitesse-Formule-Un-Rennwagen an Bord wieder verließ, war Maliq ein überzeugter Frankophiler. Wer kann den Franzosen widerstehen, wenn sie sich bemühen, die Verführer zu spielen?

Unterdessen hatte man in Paris die Meldung in *Al Matar*, der führenden (und einzigen) Zeitung des Landes, die Sheika Laila sei zur Direktorin des neuen Satellitensenders TV Matar ernannt worden, nicht übersehen.

Florence und ihr Team bekamen einen großen Gebäudekomplex in einem westlichen Vorort von Amo-Amas zur Verfügung gestellt. Im ersten Golfkrieg war dort ein Special-Forces-Kommando stationiert gewesen. In ihrem Büro fand

Florence die Kritzelei eines Marines oder Navy-Kampfschwimmers *Give War a Chance*. Wer oberflächlich hinschaute, sah hauptsächlich matarische Angestellte, doch das Herz der Operation schlug in einem entfernten Teil des Komplexes. Das Büro der Sheika war von der Anlage getrennt – man hielt das für klüger – und lag in einem schwarz verglasten Wolkenkratzer im Zentrum von Amo-Amas, der von dem finnischen Architekten Po Skaälmo entworfen war, genau wie die große Eingangshalle des Lands der Ungläubigen.

20 Stunden am Tag ging die Arbeit fieberhaft voran. Der einzige Schlaf fand auf Liegen in den Büros statt, doch niemand beschwerte sich. Sogar Bobby und George hatten sich nicht mehr so oft in der Wolle. Onkel Sam flog zu einem Besuch ein und erklärte, er sei von ihrem Fortschritt entzückt. Er verzog keine Miene, als George ihm die Rechnungen zeigte, bemerkte aber, für das Geld könnte man auch einen Sender in den Staaten eröffnen. Inzwischen hatte er die notwendigen Satelliten besorgt.

»Ich hab einen guten Deal mit der NSA für ein paar gebrauchte Kisten gemacht«, sagte er grinsend. Mit seiner Brille mit Drahtgestell und dem zurückgekämmten ergrauenden Haar sah er genau wie ein General Motors-Manager aus den fünfziger Jahren aus. Ob sie noch etwas bräuchten? Irgendwas? Er schien unbeschränkten Zugang zum gesamten Regierungsapparat der Vereinigten Staaten zu haben. Florence dachte nicht länger über seine genaue Funktion darin nach. Sie war zu beschäftigt, und warum soll man einem geschenkten Gaul ins Maul schauen? Sie nahm an, er sei bei der CIA, obwohl Bobby behauptete, ihn noch nie gesehen zu haben. Vielleicht gehörte er zu einer Direktion innerhalb einer Direktion, einem inneren Zirkel, der vor Jahren für eine besondere Mission gegründet worden war und den man dann zu schließen vergessen hatte – er arbeitete weiter wie eine Sonde, die vor Jahrzehnten zu einem fernen Planeten geschickt worden war und immer tiefer in die kalte Nacht des Weltraums flog, autonom, ruhig, unbeirrt.

Als Programmchef von TV Matar fühlte Renard sich wie im Paradies. Welcher PR-Mann hat nicht schon davon geträumt, seinen eigenen Fernsehsender zu haben, ohne dass ein Kunde ihm über die Schulter guckt? An diesem Vormittag war Rick doppelt aufgeregt, da er Florence und Laila die Show vorführte, die das Herzstück des Vormittagsprogramms sein würde.

»Es wird Ihnen gefallen«, sagte er. Sie saßen im Vorführraum. Laila trug eine Brille, rauchte Kette und wirkte ganz wie eine Fernsehchefin.

»Das ist unser Flaggschiff, die Grundmelodie. Der Anker sozusagen.«

»Lichte den Anker, Rick«, sagte Florence. »Ich muss mich in einer halben Stunde mit den Parfüm-Leuten treffen.«

Florence fühlte sich dieser Tage eher wie die Chefin einer Werbeabteilung als wie die Patin des arabischen Feminismus. Wenn sie nicht gerade mit praktischen Einzelheiten beim Sender zu tun hatte, war sie hinter Werbekunden her. Eigentlich war es nicht nötig, aber je mehr Werbung sie hatten, desto legitimer würde das ganze Projekt aussehen und desto mehr Geld würde in Gazzys Schatulle fließen. Laila war unverzichtbar gewesen, um die Hersteller der Luxusgüter in den zollfreien Geschäften von Matar anzulocken. Sie gab allzu zurückhaltenden Kandidaten durch die Blume zu verstehen, wenn sie *keine* Werbeminuten kauften, würden sie ihre Lizenzen auf dem Flughafen von Amo-Amas verlieren, der lukrativsten zollfreien Einkaufszone in der ganzen Golfregion.

»In Wirklichkeit heißt sie Fatima«, sagte Rick, als das Band lief. Die Gastgeberin der Show kam unter dem Applaus des Studiopublikums auf die Bühne.

»Alle heißen Fatima«, bemerkte Laila und blies Rauch in die Luft. »Und der Rest heißt Laila.«

»Die Zielgruppe war ganz begeistert«, sagte Rick. »Ich hab noch nie so eine Zustimmung wie bei uns gesehen.«

Die verschleierte Gestalt ging durchs Bühnenbild, das wie bei jeder anderen Frühstückstalkshow aussah. Sie lief genau gegen den Kaffeetisch, fiel kopfüber hin und enthüllte dabei schöne Beine in durchsichtigen Strümpfen und einen Streifen hübschen Oberschenkels und Straps. Der Ton explodierte mit weiblichem Gelächter.

»Das mussten wir hinterher einfügen«, erklärte Rick. »Das Livepublikum wusste nicht, was es davon halten soll. Aber als sie's erst mal kapiert hatten, gab's kein Halten mehr. Es war wie eine Befreiung von 1 000 Jahren Unterdrückung und –«

»Können wir's uns einfach ansehen, Rick?«

Jetzt wurde der Titel eingeblendet: *Cher Azade*.

»Wir haben's getestet. Die meisten haben gleich gemerkt, dass es Französisch ist und ›Liebe Azade‹ bedeutet, ein Wortspiel mit Sheherazade, der Tussi aus *Tausendundeine Nacht*.«

»Der Tussi, Rick?«

»Ist ja egal.«

Die Zeile darunter erschien auf Arabisch: *Tausendundein Morgen*.

Die Gastgeberin rappelte sich auf und stieß gegen einen Stuhl. Das Publikum brüllte. Sie tastete sich zu ihrem Stuhl und setzte sich. »Dieser neue Schleier«, sagte sie, »ich sehe überhaupt nichts.«

Das Publikum heulte vor Lachen.

Rick sagte: »Eine Mischung aus *Typisch Lucy* und *Tausendundeine Nacht*.«

»Erzählt es nicht den Religionswächtern, sonst gibt's 30 Hiebe«, bat Azade. »Und das bloß dafür, dass man den Knöchel zeigt!«

Das Publikum lachte.

»Das wird wohl für Aufsehen sorgen«, sagte Florence. »Was meinen Sie, Laila?«

»O ja.«

»Jetzt kommt das Schöne«, erklärte Rick. »Rechtlich können sie ihr nichts anhaben. George hat ein Schlupfloch im *Buch der Hamuj* gefunden, wo sie diese ganzen bekloppten Regeln herhaben.«

»Rick, sprich bitte nicht so vor der Sheika.«

»Das halte ich schon aus, Florence«, sagte Laila.

Rick fuhr fort. »Im *Buch der Hamuj* stehen die ganzen religiösen Regeln, was Frauen dürfen und was nicht. Im Grunde dürfen sie gar nichts, auch keinen Orgasmus haben, wenn sie nicht sowieso schon eine Beschneidung der ... äh ...«

»Man nennt es Klitoridektomie«, sagte Laila. »Die Verstümmelung der Genitalien junger Frauen, um die Keuschheit durch die Verhinderung sinnlicher Befriedigung zu steigern. Einer der Glanzpunkte des Islam.«

»Genau. Die Mukfellin, die wasabischen Religionswächter – das sind die, die immer mit Peitschen rumlaufen und Frauen an Ort und Stelle schlagen, wenn nur ein Zentimeter Haut zu sehen ist – haben auch damals die Mädchen zurück in die brennende Schule getrieben, weil sie nicht völlig bedeckt waren. Was für ein beschissenes Land. Aber theoretisch können sie hier nichts machen, weil es ein Unfall war, dass sie gestolpert ist. George weiß diesen ganzen Mist – er hat in dem Buch rausgefunden, wenn eine

Frau ihre Haut aus Versehen zeigt, wird sie nicht bestraft. Das geht aufs 14. Jahrhundert zurück. Irgendeine Prinzessin ist kopfüber vom Kamel gefallen. Alle sahen ihre Beine, es war ein Riesenskandal. Die ganze Karawane musste anhalten, während diskutiert wurde, ob sie gesteinigt oder enthauptet werden soll. Schließlich meinte einer: ›Moment mal, wir reden hier von der Lieblingsfrau des Kalifen. Er wartet in Kaffa auf sie, und wir sollen ihm ihren Kopf in einem Korb bringen? Schwachsinn!‹ Aber die Religionswächter mussten das Gesicht wahren, also schrieben sie ins Gesetz, dass man nicht bestraft wird, wenn die Haut aus Versehen entblößt wurde. Vom religiösen Standpunkt können sie uns nichts tun.«

»Sie werden total in die Luft gehen«, sagte Laila.

Rick lächelte. »Ist das nicht der Sinn des Ganzen?«

Sie schauten die Pilotsendung von *Cher Azade* zu Ende an.

»Anscheinend besitzt Matar jetzt die Atombombe«, bemerkte Laila zu Florence. »Ich kann es kaum erwarten, sie zu zünden.«

»Sollten wir es nicht auch dem Emir erst vorführen?«

»Warum sollen wir ihn damit belästigen? Er hat dieser Tage so viel mit seinen Staatsgeschäften zu tun.«

ZEHN

TV Matar ging am Tag des ersten Vollmonds nach Frühlingsanfang bei Sonnenaufgang auf Sendung. In den wasabischen Zeitungen und Zeitschriften waren Anzeigen erschienen, um Frauen auf den neuen Sender aufmerksam zu machen; er sei »Für Sie gemacht!« voller »köstlicher Rezepte« und »Ratschläge, wie man seine Kinder aufzieht und in der heutigen Gesellschaft eine gute Ehefrau ist«. Die Anzeigen blieben unter dem Radar der wasabischen Zensoren, die annahmen, es sei bloß eine der Sendungen, wo man lernt, wie man guten Hummus macht und die Thobe seines Manns richtig stärkt. Wie erstaunt waren also die herrschenden Männer von Wasabien, das entzückte weibliche Gelächter zu hören, als *Cher Azade* in Haushalte von Wanbo über Kaffa bis Abukir gesendet wurde.

»Mein nächster Gast – obwohl ich sie nicht sehen kann – ist Farah. Bist du da, Farah?«

»Hier drüben, Azade!«

»Gott sei gelobt. Farah, ich hab gehört, du bist wirklich Auto gefahren.«

»Ja, einen Mercedes.«

»Das ist ja interessant. Wie war es?«

»Aufregend – ich kann gar nicht sagen, wie aufregend!«

»Hast du jemanden angefahren?«

»Nur ein paar Religionswächter, die mich verfolgt haben. Also habe ich zurückgesetzt und sie noch mal überfahren.«

»Ach du Schreck«, schalt Azade. »Dafür bekommst du aber eine Menge Hiebe. Was hast du dann gemacht?«

»Ich bin bis zur Grenze weitergefahren. Der Wagen steht draußen. Ich hab den Motor angelassen. Willst du mal mitfahren?«

»Nur wenn wir ein paar Religionswächter überfahren. Bleib aber hier, auch wenn du ein Auto hast, weil jetzt eine Reklame für ein herrliches Parfüm kommt. Und bleiben Sie auch dran, denn danach kommt eine wunderbare Sendung mit einem Lehrer für Selbstverteidigung, der uns zeigt, wie wir uns während des Ramadan vor durchgedrehten und gewalttätigen Ehemännern und Freunden schützen.«

Im Ministerium für Öffentliche Frömmigkeit in Kaffa, der Zentrale der Religionswächter, klingelten alle Telefone. Kurzfristig konnten sie nicht viel tun, außer herumzulaufen und Fernseher zu zerschlagen oder zu beschlagnahmen. Ihre bekannten purpurnen Limousinen rasten durch die Straßen, hielten mit kreischenden Bremsen vor Cafés oder Geschäften, in denen Fernseher liefen, und spuckten wütende, Peitschen schwingende Mukfellin in ihren typischen schwarzblauen Thoben aus.

»Wir sind wieder da, Gott sei gelobt. Was der Lehrer uns da gezeigt hat, war sehr nützlich, nicht?«

»Auf jeden Fall«, sagte Azades Co-Moderatorin. »Jetzt kann ich mich vielleicht sogar auf Ramadan freuen.«

»Ich werde mir so ein großes Metalltablett mit Griffen besorgen, das ich als Schild benutzen kann. Unser nächster Gast hat ein Buch geschrieben.«

»Wie aufregend.«

»Natürlich ist es nicht in den Geschäften zu kriegen. Wir werden aber eine Telefonnummer einblenden, und dort kann man es bestellen und bekommt es in einer neutralen Verpackung zugeschickt.«

»Wie heißt das Buch, Azade? Ich bin schon ganz neugierig, es zu lesen?«

»Es heißt *Hör auf, du bringst mich um. Die Unterdrückung der Frau in arabischen Gesellschaften, und was Sie dagegen tun können.*«

»Gott sei gelobt. Wovon handelt es?«

Das Studiopublikum lachte.

»Es ist kein Kochbuch, so viel kann ich dir sagen.«

– – – –

Der wasabische Außenminister rief den matarischen Botschafter in Kaffa an. Es ärgerte ihn, dass er die Sendung im Haus des Botschafters laufen hörte, während er ihn zusammenstauchte.

»Das ist ein feindseliger Akt«, knurrte er.

»Ich werde den Emir informieren, Eure Hoheit«, sagte der Botschafter, der das Gespräch rasch beenden wollte, um weitergucken zu können.

– – – –

»Was hat dich dazu angeregt, dieses Buch zu schreiben?«

»Es ist schwer an einer Sache festzumachen, Azade, aber wahrscheinlich, dass die Religionswächter die Mädchen zurück in die brennende Schule jagten, weil ihre Köpfe unbedeckt waren. *In was für einer barbarischen Gesellschaft leben wir, wo solche schrecklichen Dinge passieren – und zwar jeden Tag?*«

Das Studiopublikum applaudierte.

»Danke für deine Offenheit. Das Buch heißt *Hör auf, du*

bringst mich um und ist von Yasmin Khamza. Ich möchte, dass alle, die uns zusehen, zwei Exemplare kaufen. Und noch eines für jede andere Frau eurer Ehemänner. Wir werden ihnen einheizen, Schwestern. Danke, dass du heute bei uns warst, Yasmin. Jetzt kommt noch eine Werbung, und dann kommt eine Modenschau. Nur weil wir diese schrecklichen Tücher auf dem Kopf tragen müssen, können wir trotzdem gut aussehen.«

In Paris klingelte ein Telefon.

»Es ist so weit«, sagte die Stimme. »Der Zeitpunkt ist da.«

»Das glaube ich auch.«

Im Lustschloss Um-beseir störte Fetish, die rechte Hand des Emirs, seinen Herrn nur ungern in seinem Zelt, da der Emir sich gerade mit drei Damen zurückgezogen hatte. Zwei davon waren außergewöhnliche neue Talente aus Kiew und St. Petersburg, die dritte eine Pariserin, ebenfalls talentiert. Ausgerechnet sein Bruder Maliq hatte sie in Gazzys Harem eingeführt. So ein Halunke. Er hatte Annabelle auf einer seiner Frankreichreisen kennen gelernt, auf denen er sich neue Rennwagen besorgte. Der Emir war seinem Bruder sehr dankbar und dachte häufig, die Franzosen seien in der Liebe ebenso die Nummer eins wie im Kochen.

Das neue Fernsehprojekt der Sheika hatte sie so in Anspruch genommen – Gott sei gelobt –, dass Gazzy wieder frei war, sich ungestört auf den üppigen Wiesen des Eros zu laben und an den leuchtenden Küsten und türkisgrünen Wassern zu erholen.

»Majestät?«

»Also wirklich, Fetish, nicht jetzt.«

Fetish hielt das Telefon hoch und flüsterte: »König Tallulah persönlich.«

Der wasabische König rief Gazzy nicht jeden Tag an.

»Was will er?«

»Majestät, er hat es mir nicht gesagt. Er klingt nicht sehr fröhlich. Er scheint sogar zornig zu sein.«

»Dann gib mir das Telefon. Hört mal, meine Süßen, geht doch ein bisschen schwimmen. Hallo?« Der Emir versuchte, den Champagner aus dem Kopf zu bekommen. »Majestät? Sie erweisen mir große Ehre mit Ihrem Anruf. Mögen Sie von blühender Gesundheit sein und die Kraft von zehn halb so alten Männern haben. Was ist so dringend, dass ich bei meinen Gebeten gestört werde? Fernsehen? Nein, nein, dafür ist Laila zuständig – die Sheika. Frauensachen – Rezepte, Kleider, Kinder, Backen, solche – ach so? Wie? Ah. Hm. Nun, ich bin sicher, es gibt eine Erklärung dafür. Natürlich werde ich mich darum kümmern. Ja. Ja. Und Eurem Bruder, dem Prinzen, geht es gut? Gott sei gepriesen. Und den 40 000 Kronprinzen? Gottes Gnade ist wahrhaft übervoll. Ja, sicher. Ihr habt mein Wort. Bevor die Sonne Eure westlichen Grenzen geküsst hat, hört Ihr von mir. Schöne Grüße an Eure Ehefrauen. Und die kleinen Prinzen. *Salaam.*«

Er drückte den roten Knopf und warf das Telefon Fetish zu, der Übung darin besaß, wütend weggeworfene Telefone zu fangen.

»Soll ich dem königlichen Piloten Bescheid geben, dass wir nach Amo-Amas zurückfliegen, Majestät?«

»Kommt nicht in Frage. Dieser alte Sohn einer ägyptischen Hure lässt bei mir den König raushängen. Als ich zuletzt auf die Karte geguckt habe, war Matar noch keine wasabische Provinz. Anscheinend findet der neue Fernsehsender der Sheika nicht seine königliche Zustimmung.« Gazzy dachte nach. Seine Miene hellte sich auf. Er grunzte. »Ha – gut. Sag Azzim, er soll sich darum kümmern und einen Bericht schreiben. Aber, Fetish?«

»Ja, Majestät?«

»Sag Azzim, es eilt nicht, klar?«

Der Emir gluckste in sich hinein. Er schaute unter den Falten des Seidenzelts hinaus auf die palmengesäumte Lagune, wo die Frauen barbusig im hüfthohen Wasser standen wie die drei Damen von Bagdad aus dem Märchen und einander das Haar flochten.

»Will Majestät vor dem Lunch noch schwimmen?«

»Wenn du dauernd mit Anrufen kommst, hätte das ja wenig Sinn, Fetish, oder?«

Fetish lächelte und verbeugte sich »Ich bin sicher, Majestät wird nicht mehr unterbrochen werden.«

»In dem Fall werde ich mich in der Lagune erfrischen. Danach gibt es Lunch. Wir nehmen den Hummer und den Kaviar mit Crème fraiche, damit unsere russischen Gäste sich heimisch fühlen. Und danach Sorbet von Sultaninorangen und Myrtenbeeren.«

»Ausgezeichnet, Majestät.«

Die Mädchen standen in der Lagune so pittoresk wie Eingeborene auf einem Gauguin-Gemälde. Ihre Haut glitzerte von Öl, wenn Sonnenstrahlen durch die Palmenwipfel darauf fielen.

»Fetish, wenn du das Sorbet bringst, leg auf jedes eine große Perle.«

»Zuchtperlen oder die echten aus dem Golf, Majestät?«

Der Emir überlegte. »Die echten. Es ist ein besonderer Anlass, Fetish, da darf man nicht geizig sein.«

»Wie Majestät befiehlt.«

Onkel Sam klang hoch erfreut, als er Florence anrief. »Meine Güte, Sie haben ja wirklich einen Sandsturm entfacht. Es gibt deswegen Sitzungen bei der UNO. Der wasabische Delegierte hat von dem aus Matar eine Entschuldigung verlangt.«

»Warten Sie nur bis zum Abendprogramm nächste Woche.«

»Ich seh's mir an. Aber passen Sie auf sich auf, junge Dame. In der Wüste gibt es Schlangen. Verhalten Sie sich unauffällig. Hören Sie auf Ihren Thibodeaux.«

Es war nicht leicht, in einem Land wie Wasabien Umfragen zu veranstalten. Das war Georges Aufgabe, der als gelernter Außenministeriumsangestellter stets dazu neigte, ein Problem so lange zu analysieren, bis es sich von selbst erledigte. Er beauftragte eine holländische Firma in Den Haag (einem echten geografischen Synonym für Harmlosigkeit) mit einer getarnten Telefonumfrage in wasabischen Haushalten. Die meisten Fragen drehten sich um importiertes Gemüse.

George präsentierte Florence, Rick und Laila die Ergebnisse. Bobby war nicht da, er war jetzt meist mit Sicherheitsfragen beschäftigt, oder dem, was er »aktive Prävention« nannte.

»Sie scheinen es nur so zu verschlingen«, sagte George. »Wir sind praktisch Nummer Eins in Wasabien. Wenn es einen Sender gibt, den man sehen muss, ist es unserer.«

»Gute Programmarbeit, Renard«, lobte Laila.

Rick nickte.

»Wie sieht es bei den Männern aus?« fragte Florence.

»Bei den Konservativen nicht so toll. Viele Apparate werden ausgemacht oder auf die Straße geworfen. Schön für Sony. Die jüngeren Männer scheinen eher fasziniert zu sein.« George schaute von seinen Papieren hoch und seufzte. »Das ist nicht sehr wissenschaftlich. Ich hätte lieber eine langfristige Studie gemacht, die –«

»Dafür haben wir keine Zeit. Was noch?«

»Vier Fünftel der Frauen wollen, dass Azade vor der Kamera ihre Abaya ablegt.«

»Ganz soweit sind wir noch nicht«, erwiderte Laila. »Azade ist eine Blume, die wir nach und nach zum Blühen bringen sollten.«

»Zwei Drittel wollen weniger Rezepte und mehr Sex«, fuhr George fort, »und eine überwältigende Mehrheit will, dass Britney Spears über ihre Nabelpiercings spricht. Wie diese Frage da reinkam, weiß ich nicht. Ich hab sie nicht reingesetzt. Aus Britney Spears hab ich mir noch nie was gemacht.«

»Wie läuft Yasmins Buch?«

»Wie warme Semmeln. Wir verschenken es natürlich, weil Frauen ja keine Kreditkarten haben dürfen, und schicken es aus Holland und Frankreich. Der wasabische Zoll hat etwa die Hälfte beschlagnahmt. Wir müssen uns beim Verpacken und den Absendeorten was einfallen lassen. Wir haben TULPEN oder SCHOKOLADE auf die Schachteln geschrieben und VERDERBLICH. Aber wahrscheinlich müssen wir die Taktik ändern. FedEx fängt an, Schwierigkeiten zu machen.«

»Danke, George. Gute Arbeit.«

»Nächste Woche machen wir wieder eine Umfrage.«

Die neue Sendung hieß *Kopf-ab-Platz*, eine Soap-Opera zur besten Sendezeit über die königliche Familie in einem namenlosen Land, das Wasabien sehr stark ähnelte. Sie lief um acht Uhr abends und wurde am nächsten Morgen bei Sonnenaufgang in 500 Moscheen verflucht. Das wasabische Informationsministerium nannte sie ein »Greuel vor Gottes Angesicht«.

Bobby, der schlafloser als je zuvor aussah, berichtete, der Großmullah von Muk, die führende religiöse Autorität Wasabiens – und ganz bestimmt kein Weichei –, bereite »die Mutter aller Fatwas« vor.

»Na, das wird Gazzy wohl aufwecken«, sagte Laila und zündete sich eine neue Zigarette an.

Florence merkte, dass Laila das Ganze anscheinend genoss. Sie schrieb das weniger der Wut zu, die TV Matar bei den Wasabis ausgelöst hatte, als der peinlichen Lage, in die es ihren Ehemann brachte. Laila vertraute ihr an, es habe am vorigen Abend eine ziemlich königliche Szene zwischen ihnen gegeben.

Der Emir hatte gesagt: »Was stellst du eigentlich mit dieser Amerikanerin an, im Namen des gnädigen Gottes? Tallulah hat mich persönlich angerufen – *dreimal.*«

»Zuerst hat er hier angerufen, Liebling. Ich habe ihm gesagt, du bist in Um-beseir und erholst dich von deinen anstrengenden Pflichten.«

»Spar dir deine Ironie. Du hättest mich informieren können, was dieser – dieser Sender bringt. Beim Bart des Propheten, Laila, was machst du da mit dieser Amerikanerin? Ich höre Sachen über sie.«

»Sie ist eine sehr geschickte Geschäftsfrau. Möchtest du sehen, wie viel Geld du letzte Woche verdient hast? Ich habe die Zahlen. Hier.«

»Hm. Stimmen diese Zahlen?«

»Das ist erst der Anfang, Liebling. Ist es meinem Herrn nicht aufgefallen –«

»Nenn mich bitte nicht so. Was ist in dich gefahren?«

»Vielleicht liegt es eher daran, wo du hinfährst.«

»Habe ich mir mehr Ehefrauen genommen? Nein.«

»Ist das deine Definition von Treue?«

»Laila, wegen dir hab ich Brustschmerzen. Du musst aufhören. Willst du, dass Hamdul ohne Vater aufwächst?« Immer wenn er sich in die Enge getrieben fühlte, täuschte der Emir Brustschmerzen vor.

»Soll ich den königlichen Kardiologen rufen lassen?«

»Es wird schon besser. Aber dir ist das ja egal.« Er studierte das Blatt mit den Zahlen. »Ich muss schon sagen, das ist beeindruckend.«

»Das hier auch«, sagte Laila und reichte ihm einen Ausschnit aus *Al-Ahram*, der panarabischen Zeitung. Die Überschrift lautete: IST DER »PUDDING VON MATAR« DER NEUE SALADIN?

George hatte die Geschichte geschrieben, Renard hatte sie platziert und Bobby bezahlt.

> TV Matar, der neue Satellitensender in Amo-Amas, hat ein mutiges Programm und löst Spekulationen in der ganzen Region aus, dass Emir Bin Haz, der bis jetzt damit zufrieden schien, seinen churchillschen Reichtum einzusammeln und sich in seinem »Winterpalast« zu ergötzen, ein Herz hat, das trotz der Berichte über seine angebliche Schwäche äußerst stark zu schlagen scheint.

»Hmm«, sagte Gazzy mit gerunzelter Stirn.

»Mein Herr ist nicht erfreut?«

»›Pudding von Matar‹?«

»Liebling, sie nennen dich den neuen Saladin. Nimm das Kompliment an.«

»Naja, es ist dein Sender, nicht meiner«, sagte Gazzy und warf den Ausschnitt auf den Boden.

»Komm doch mit an Bord. Mit mir zusammen.« Sie streichelte ihm zärtlich die Wange. »Es ist sehr lange her ...«

»Hmm ...«

»Schatz?«

»Ja, Liebling?«

»Du warst sehr aktiv, und ich möchte mir nichts holen.«

»Also wirklich, Laila!«

»*Du* brauchst nicht beleidigt zu tun, Gazzir. Spiel mir nicht den Erzürnten vor. Es geht mir nur um die Gesundheit.«

»Du weißt jedenfalls, wie man die Stimmung verdirbt.«

»Lieber Himmel noch mal. Da ist ja Hamdul erwachsener, und er ist erst zehn. Ich bitte dich nur um einen Bluttest. Das ist wohl nicht zu viel verlangt. Du lässt dir doch sowieso jeden Monat das Blut austauschen.«

»Egal. Was ist jetzt mit diesem Sender?«

»Was soll damit sein?«

»Tallulah ist fuchsteufelswild deswegen.«

»Liebling, du hasst Tallulah und die Wasabis. Und ›dieser Sender‹ wird dich zu einem der reichsten Männer am Golf machen, gar nicht zu reden vom ›neuen Saladin‹. Wenn es da ein Problem gibt, verstehe ich nicht, wo es liegt.«

»Ich muss es mit meinen Ministern besprechen.«

»Ich bin sicher, sie werden dir guten Rat geben, und du wirst weiser sein als je zuvor.«

»Gott sei gepriesen«, sagte der Emir. »Manchmal frage ich mich, ob ich eine Teufelin zur Frau genommen habe.«

»Das hast du früher zu mir im Bett gesagt. In unserer ersten Nacht im Connaught. Was für ein Löwe war mein Herr da«, neckte sie ihn zärtlich und streichelte seine Wange.

Er begehrte sie sehr, aber er würde nicht so weit sinken, einen Bluttest machen zu lassen. Er stampfte fort, um allein weiterzugrummeln. Er war aber auch versucht zu lächeln, denn dieser angekündigte Strom von Werbeeinnahmen war wirklich wie eine süße Quelle im brennenden Wüstensand. Und es war angenehm, der neue Saladin genannt zu werden, auch wenn er nicht genau wusste, wer die Ungläubigen waren.

ELF

Der Kern dessen, was Delame-Noir Maliq erklärte, als sie im großen Salon des Palais Framboise außerhalb von Paris – der Zentrale von Delame-Noirs Abteilung – beim Kaffee saßen, bestand darin, dass die Mullionäre der Schlüssel der ganzen Sache waren. Maliq war ungeduldig und angespannt. Es gefiel ihm nicht, sich von diesem großen, urbanen und makellos gekleideten Mann Vorträge voller wissender Anspielungen auf die wasabische und matarische Geschichte anhören zu müssen.

Dominique Delame-Noir war Chef des Onzième Bureau, das Frankreichs diskretere Operationen im Ausland ausführte. Er war außerdem Autor einer monumentalen Darstellung des Friedensvertrags über den Nahen Osten 1922 vom französischen Standpunkt mit dem Titel *Wir nehmen den Libanon und Syrien, und ihr könnt die Juden und Palästinenser behalten*. Er sprach drei arabische Dialekte, außerdem Paschtunisch und Kurdisch, für sein Farsi entschuldigte er sich vielleicht etwas zu dramatisch. Er schrieb auch Gedichte auf Arabisch. Der Kritiker von *Le Soir* nannte sie »einen Versuch, die dunkle Mystik Ghibrans mit dem koffeingesättigten Nihilismus Sartres zu verbinden.« Ist ja auch egal.

»Natürlich wollen wir eine Dialektik, wie sie im frühen 18. Jahrhundert zwischen Rafik und dem Imam von Muk bestand, nicht im neuen Matar sehen, *n'est-ce pas?*« sagte Delame-Noir zu Maliq mit der Geste eines aufgehenden Soufflés.

Maliq antwortete darauf mit einer undurchdringlichen Miene, die ausdrücken sollte, dass sein Gehirn zu sehr damit beschäftigt sei, alle Nuancen und Möglichkeiten abzuwägen, um Neuronen für triviale Gesichtsmuskeln zu verschwenden. In Wahrheit hatte er keine Ahnung, wovon Delame-Noir redete. *Komm endlich zu dem Punkt, wo ich Emir werde*.

»Ebenso wenig würde man eine Wiederkehr der Periode 1825–34 anstreben!« fuhr Delame-Noir fort. »Das unruhige Interregnum des Ali bin Hawalli und das daraus entstandene Wiedererstarken des Mohab, auf das die neue Hejira des Bahim Habb folgte.«

Delame-Noir lächelte und hob eine Augenbraue, um die kartesianische Brillanz seiner historischen Perspektive zu betonen. Maliq sehnte sich danach, in einem seiner Formel Eins-Rennwagen zu sitzen, der mit einem Viertel der Schallgeschwindigkeit über den heißen Asphalt sauste, vorbei an verzückten Massen, die lauthals jubelten: »Maliq! Maliq der Prächtige!« Genug davon – genug.

»Ich bin mir all dessen bewusst«, sagte er und stellte seine Sèvres-Tasse auf ein Tischchen, das für eine Maitresse Ludwigs XV. angefertigt worden war, »aber ich bin gekommen, um die Zukunft von Matar zu besprechen, nicht die Vergangenheit.«

Delame-Noir berührte seinen Ärmel mit den Fingerspitzen. »Aber ganz genau!«

Maliq starrte ihn an.

»Wie gut Sie die historische Signatur der Situation durchschauen, vielleicht als Einziger unter der heutigen Umara. Und wie interessant ist die Parallele zwischen dem jetzigen Emir – Ihrem Bruder – und seinem und Ihrem Großgroßgroßonkel Mustafa bin –«

»Ja, *ja*, Mustafa«, stöhnte Maliq. »Die Parallele springt

einen ja an wie eine Wüstennatter. *Aber was ist mit den Bankkonten?*«

»Ah«, schnurrte Delame-Noir und zeigte mit dem langen Zeigefinger an die sieben Meter hohe Decke, wo gemalte Putten flirteten. »Ihre Wahrnehmung der Situation ist umfassend. Für Sie, Maliq bin-Kash al-Haz, geht es nicht um eine bloße politische Gelegenheit – nein, nein –, sondern um die Pflicht. Erfolg in vollkommener Einheit mit Pflicht, innerhalb der Dynamik der Historizität.«

Wovon redete dieser alte Narr? Wenigstens schien sein Strom eleganten Gelabers allmählich zum Ende zu kommen.

»Nein, das sehen wir nicht jeden Tag. Bravo, *mon prince*, Sie haben meine Hochachtung.«

»Die Bankkonten«, versuchte Maliq es von neuem.

»Im Jemen«, sagte Delame-Noir. »Alles ist vorbereitet.«

»Was ist mit der Amerikanerin, Farfaf – wie immer man das ausspricht – Flor-ents.«

Delame-Noir interessierte sich sehr für die Amerikanerin, war aber im Augenblick als alter Spionagechef entschlossen, gewisse Details für sich zu behalten, etwa die Tatsache, dass er eine Mitarbeiterin, die talentierte Annabelle, in Gazzys Harem in Um-beseir eingeschleust hatte.

»Natürlich haben wir sie unter Beobachtung«, sagte er. Seine Sprache war jetzt klar und ganz ohne Rokokoschnörkel und Akanthusblätter. »Sie hat mit ihrem Fernsehsender großen Erfolg. Ihr Bruder verdient sehr viel Geld. Ich muss sagen, er scheint sehr zufrieden zu sein.«

»Mein Bruder ist eine dekadente Kröte.«

»Die Frage ist, wie man die wahre Größe Matars wiederherstellt. Ich halte es für eine sehr gute Idee, wenn Sie damit beginnen, sich um die Mullahs zu kümmern. Ich glaube, Sie sollten mehr Zeit in den Moscheen verbringen.«

»Den *Moscheen?«* prustete Maliq verächtlich. »Ich bin Rennfahrer.«

»Und zwar ein brillanter. 20 Siege in Folge.«

»21.«

»Genau. Aber spricht das gegen religiöse Überzeugungen? Würden die Mullahs Sie nicht dadurch – und durch die jemenitischen Bankkonten – in einem neuen Licht sehen?«

Maliq seufzte. »Ich stehe nicht im Ruf großer Frömmigkeit.«

Delame-Noir tat so, als denke er darüber nach, hatte aber schon jedes Wort, jedes Komma des Gesprächs geplant. Er schaute an die Decke, als suche er nach einer Antwort. »Kennen Sie den Ausspruch – ursprünglich ist er französisch, aber die Engländer haben ihn gestohlen, wie alles andere – ›Im Schützengraben gibt es keine Atheisten‹?«

»Ja«, log Maliq.

»Stimmt es nicht auch, dass es keinen Atheisten am Steuer eines brennenden Formel Eins-Rennwagens bei 400 Kilometern Geschwindigkeit gibt?«

»Was soll das heißen?« fragte Maliq mit der Verärgerung dessen, der nur langsam begriff. »Soll ich da verbrennen?«

Delame-Noir blickte gequält. »Aber keineswegs, *mon prince*!« Sein Lächeln kehrte mit einem schlau hochgezogenen Mundwinkel zurück. »Ich hatte die Idee, wir könnten mit einigen technischen Einzelheiten nachhelfen. Oder vielleicht kennen sich Ihre eigenen Mechaniker schon mit bestimmten, sagen wir, Spezialeffekten aus?«

Maliq mochte die Anspielung nicht, aber jetzt verstand er Delame-Noirs Plan und fand Gefallen daran.

»Prinz Maliq ist unverletzt!« sagte Fatima Sham, die Nachrichtensprecherin von TV Matar, den Zuschauern. »Er ist sicher und unverletzt! Gott sei gelobt!«

Florence sah die Sendung im Regieraum mit George, Bobby und Rick. Sie hatte sich noch immer nicht daran gewöhnt, dass Nachrichtensprecher »Gott sei gelobt« sagten. Für amerikanische Ohren klang es falsch. *Der Vorsitzende der Zentralbank erklärte heute, der Leitzins werde um ein halbes Prozent gesenkt. Gott sei gelobt!*

Renard zuckte ebenfalls zusammen. PR-Leute sind meistens gottlos, es sei denn, es gibt Geld zu verdienen, dann können sie sehr fromm werden. George hatte aber darauf bestanden, dass die Moderatorinnen und Reporterinnen ab und zu ein *Allahu akbar* fallen ließen, weil es »uns glaubwürdiger macht«. Ein bisschen Glaubwürdigkeit war vielleicht keine schlechte Idee, da alle Sprecher bei TV Matar atemberaubend gut aussehende und völlig verwestlichte Frauen waren.

In diesem besonderen Fall fand Florence das »Gott sei gelobt« einmal passend. Bei den Matar 500 hatte es in diesem Jahr das dramatischste Finish aller Zeiten gegeben. Prinz Maliqs Wagen, der wie üblich vorn lag, hatte plötzlich schwarzen Rauch ausgestoßen. Statt aber anzuhalten, war der Prinz die letzten zwei Runden mutig weitergefahren. Nachdem er als Erster die Ziellinie überquert hatte, ging das Heck seines Autos in Flammen auf. Er bremste und sprang rußgeschwärzt heraus. Das Feuerwehrteam sprühte ihn mit chemischem Schaum ab. Schwarz und beschäumt wie er war, sah er seltsam, aber auch triumphal aus. George bemerkte, er sehe aus wie »ein schwarzes Pillsbury-Männchen«.

Die Nachrichtensprecherin Fatima gab bekannt, Prinz Maliq sei von der Rennstrecke direkt zur Moschee gefahren, »wo er Gott für seine wundersame Errettung dankte.«

»Würde ich wahrscheinlich auch tun«, sagte George. »Allerdings würde ich in so ein Ding gar nicht erst einsteigen.«

Bobby beobachtete gespannt das Interview mit Maliq auf dem Bildschirm. Es war vor dem Rennen aufgenommen worden. Maliq erzählte dem Reporter, wie »wahrhaft groß Gott ist«.

»Er ist auf einmal unheimlich fromm«, sagte Bobby.

»Vielleicht hat er Gott gefunden«, gab George zurück. »So was passiert. Dauernd finden Leute Gott in der Wüste. Er hat da nicht viel Konkurrenz. Niemand findet Gott auf der Madison Avenue.«

»Ich hab Gott auf der K-Street gefunden«, sagte Rick.

»Was erzählst du da?«

»An dem Tag, als ich den Auftrag des Sultans von Brunei kriegte. Ich ging auf die Straße und hörte die Engel singen. Mein ganzer Körper vibrierte. Es war eine total religiöse Erfahrung. 50 000 Dollar pro Monat. Ich fühlte mich *erhoben*.«

»Weißt du, Rick«, erwiderte George, »jedes Mal, wenn ich daran denke, in die Privatwirtschaft zu wechseln, machst du den Mund auf, und meine öde, farblose Existenz und mein mageres Einkommen bekommen plötzlich einen edlen Schimmer.«

»Er fährt ein französisches Auto«, warf Bobby ein, der noch immer die Bildschirme betrachtete und sich jetzt Maliqs Unfall in Zeitlupe ansah.

»Der Prinz ist sehr frankophil«, sagte George. »Er verbringt viel Zeit in Paris. Gerade war er wieder da. Sie fahren alle zum Einkaufen dahin. Alle fahren nach Paris, nur der arme alte George nicht, der für einen Hungerlohn in diesem Loch für Königin Cruella schuftet.«

»Warum geht der arme alte George nicht mal zollfrei einkaufen?« fragte Florence, die an ihrem Computer tippte. »Tolle Schnäppchen.«

»Ich hab mein ganzes Geld an den einarmigen Banditen im Land der Ungläubigen ausgegeben. Die sind getürkt, das sag ich dir. Die ganze Region ist korrupt.«

»Warum schreibst du nicht ein langes Telegramm darüber an Charlie Duckett?«

»Du kannst über ihn sagen, was du willst, er hat mich jedenfalls nicht so an den Schreibtisch gekettet wie du. In Washington hatte ich wenigstens ein Leben.«

Bobby stand auf und zog sein Jackett an.

»Wo willst du hin?« fragte Florence.

»Mal sehen, ob ich Gott finde.«

»Grüß ihn von mir«, sagte Renard.

Florence sah ihm nach, als er ging. George sah Florence zu, wie sie ihm nachsah.

»Der gefällt uns wohl?« murmelte George.

Florence wurde rot.

»Ich geb ja zu, er ist ganz lecker, aber jetzt mal im Ernst, Florence, er ist nicht dein Typ. Bestimmt wäre der Sex wie ein Vulkanausbruch, aber worüber wollt ihr hinterher reden? Football? Wie man jemanden erdrosselt oder ein Auto in die Luft sprengt? Wie man Telefone abhört?«

»Wenn du nichts zu tun hast, finde ich schon was für dich.«

»Warum – warum – warum hab ich mich bloß von dir an diesen trostlosen Ort schleifen lassen?«

»Rick«, sagte Florence, »können wir uns mal die nächste Folge von *Kopf-ab-Platz* angucken?«

Rick holte sie auf einen Bildschirm, und die drei sahen sie sich an. In der Folge von letzter Woche wurde Prinzessin Mahnaz von ihrem Ehemann, dem bösen Prinzen Wakmal, grundlos des Ehebruchs beschuldigt. Sie hatte herausgefunden, dass Wakmal heimlich eine Terroristenzelle unterstützte, die seinen guten Bruder, den König von Ambalah, stürzen wollte. Wakmal warf seine Frau ins Gefängnis und plante, sie enthaupten zu lassen. Mahnaz' Cousin, der gut aussehende junge Tafas, hatte eine hoffnungsvolle Botschaft in einer Tafel Schokolade in ihre Zelle geschmuggelt, in der er ihr mitteilte, er plane mit seinen Leuten ein Befreiungsunternehmen. Wakmal hatte von dem Plan aber Wind bekommen und Tafas eine Falle gestellt. *Kopf-ab-Platz* war die erfolgreichste Sendung von TV Matar und hatte gewaltige Einschaltquoten. Die Wasabis waren nicht erfreut.

Florence blinzelte durch das Guckloch in ihrer Wohnungstür. Als sie Bobby sah, sicherte sie die Pistole wieder und öffnete die Tür. Sie trug einen Seidenpyjama, immerhin war es zwei Uhr morgens.

Er schaute verlegen und errötete. »Tut mir Leid, dass ich störe, Ma'am.«

Um diese Zeit Ma'am? »Kann ich – möchtest du was trinken?« fragte sie.

»Es ist nicht privat.« Er schien nervös zu sein.

»Alles in Ordnung, Bobby?«

»Ich fürchte, ich hab Mist gebaut.«

»Trinken wir trotzdem was.« Sie goss Bourbon in zwei Gläser und gab ihm eines.

»Ich war an der Rennstrecke«, begann Bobby. »Ich wollte mir den Wagen des Prinzen mal näher ansehen. Dieser ganze Rauch. Ich weiß nicht, ob du's gemerkt hast, aber er war auf beiden Seiten ziemlich gleichmäßig. Jedenfalls hab ich seinen Wagen gefunden, und es waren wirklich Raucherzeuger dran.«

»Wir wussten, dass er schummelt, nicht? Er hat jedes Rennen gewonnen.«

»Das ist nicht der Punkt. Es ist sein ganzes Gerede, wie wunderbar Gott ist und seine vielen Besuche in der Moschee. Dass sein Auto aus Frankreich stammt. Man muss das ganze Bild sehen. Ich hab ein bisschen recherchiert. Vor zwei Wochen war er in Paris und hat dabei auch das Onzième Bureau besucht.«

Florence kannte das Onzième. »Wirklich? Ist das sicher?«

»Ja. Also dachte ich mir, man sollte sich mal den Wagen ansehen.« Bobby schaute in sein unberührtes Bourbonglas. »Ist nicht so gut gelaufen.«

»Was ist passiert.«

»Ich hatte einen kleinen Unfall. Jemand ist getötet worden. Ich hatte wirklich keine Wahl. Die haben zuerst geschossen.« Er sah sie an, und sein Blick sagte die Wahrheit. »Ich bin kein – ich –« Er rutschte nervös hin und her. »Ich erschieße keine unbewaffneten Zivilisten.«

»Wie ist es passiert?«

»Ich gucke ins Auto, und auf einmal schießt jemand auf mich. Ich konnte einfach nichts anderes tun. Es tut mir Leid, wirklich. Ich weiß, dass es die Dinge komplizierter macht. Andererseits war es vielleicht gut, das rauszufinden, was ich rausgefunden habe.«

Sie saßen einen Moment schweigend da.

»Es hätte ein Einbruch sein können«, sagte Florence.

»Unwahrscheinlich.«

»Oder Industriespionage.«

»Eher nicht.«

»Vielleicht war es ein Verwandter – von einem der Rennfahrer, die im Lauf der Jahre bei den Rennen mit Maliq getötet wurden. Er ist in seine Garage eingebrochen, um sein Auto zu sabotieren, Rache. Gibt es in diesem Teil der Welt ein besseres Motiv?«

Bobby sah Florence an und nickte nachdenklich. »Das ist alles plausibel, aber es gibt da zwei Probleme. Erstens würde es vor einem matarischen Gericht nicht weit kommen, und zweitens ist es noch weniger wert, wenn der andere Typ mich identifiziert.«

»Der andere Typ?«

»Es waren zwei. Er ist entkommen. Mein zweiter Fehler. Ich bin heute nicht gut in Form. Und jetzt muss ich verschwinden.«

»Verschwinden?«

»Ja. Ich bin jetzt kein Pluspunkt mehr, sondern eine Belastung. Ich mach mir deswegen Vorwürfe.«

»Es war Pech. Aber du kannst nicht einfach verschwinden«, sagte sie. Sie merkte, dass sie näher zu ihm rückte. Er schien es auch zu merken und wirkte verlegen.

»Es wäre nicht gut für die Operation, wenn ich verhaftet würde. Für den Nahen Osten ist es hier ziemlich liberal, aber er ist der Bruder des Emirs, und jemand hat gerade in seiner Garage geschnüffelt und einen seiner Leute erschossen.«

Florence dachte fieberhaft nach. »Aber wie sieht es aus, wenn du einfach verschwindest?«

»Ich glaube, ich schaffe es so, dass es nicht verdächtig wirkt.«

»Wie?«

»Willst du's wissen oder musst du's wissen?«

»Beides.«

Bobby schaute sie an. »Ich kenne jemanden bei der Passkontrolle. Er wird meine Abreise so zurückdatieren, dass ich gestern das Land verlassen habe.«

»Oh. Na gut. Aber *wie* verschwindest du dann?«

»Ich könnte mal zum Fischen rausfahren. In diesen Gewässern gibt's viele Fische.« Er stand auf. »Ich komme so schnell wie möglich zurück, okay? Bleib vorsichtig, Flo, hörst du?«

ZWÖLF

Die Nachricht von dem Toten in Maliqs Garage war die erste Meldung auf der Titelseite von *Al Matar*. Sie wurde auch von TV Matar gebracht. Florence hatte keine Wahl. Matar war unter den Ländern der Region einzigartig friedlich, und dieser Mord an einem Diener des Kronprinzen – und das am Tag seiner wundersamen Errettung! – war sehr verdächtig. Es hieß, die Polizei verfolge bereits Spuren.

Florence fand heraus, was sie konnte, ohne nach außen hin zu viel Interesse zu zeigen. Zugleich zögerte sie so lange wie möglich ein Treffen mit Laila hinaus und täuschte deshalb eine Erkältung vor. Sie beschloss, George und Rick vorläufig noch nicht einzuweihen, für den Fall, dass sie festgenommen und verhört würden. Sie fühlte sich sehr allein.

Es gab noch eine Entwicklung: Maliq verkündete, er ziehe sich vom Rennsport zurück, um sich ganz seiner neuen Leidenschaft zu widmen – der Religion. Er erklärte, der Tod seines Dieners Abu Tash sei nicht weniger als ein »Attentat« durch die »Feinde des Islam«. Das machte viele Leute in Matar ratlos, sogar unter den konservativen Geistlichen. Es war nicht ganz klar, warum eine Schießerei in einer Garage religiös motiviert sein sollte, aber egal. Außerdem behauptete Maliq, das wahre Ziel sei er selbst gewesen. In *Al Matar* erschien eine Anzeige, die für Informationen, die zur Ergreifung der »Attentäter« führten, eine Belohnung von 500 000 Baba (100 000 Dollar) bot.

»Wo ist Attila?« fragte George ein paar Tage nach Bobbys Verschwinden. »Ich hab ihn letztens gar nicht gesehen. Sprengt er ein paar Brücken?«

»Er ist zurück nach Washington geflogen«, sagte Florence so beiläufig wie möglich. »Du weißt doch, er ist am Tag vor dem Rennen abgeflogen.«

»Nein.«

»Doch, George!«

»Firenze, wovon redest du? Er hat es mit uns hier im Regieraum angeguckt.«

»Nein, George, du irrst dich. Er ist am Tag davor zurückgeflogen.«

Nun fiel Rick ein: »Nein, er war hier. Ich weiß es genau.«

Florence sah die beiden an. »George, Rick, hört zu. Bobby ist am Tag vor dem Rennen zurückgeflogen. *Versteht ihr?*«

Die beiden starrten sie an. Schließlich flüsterte George: »O Gott.«

»Immer lächeln«, sagte Florence. Es waren Techniker im Raum.

»Ich wusste, dass so was passiert.«

»Wir werden jetzt nicht darüber diskutieren, George.«

»Und wir bleiben hier, um hinter ihm aufzuräumen? Typisch CIA.«

»Es war ein Unfall, George«, erwiderte Florence. Sie strengte sich so sehr an, normal auszusehen, dass sie das Gefühl eines schlechten Faceliftings hatte.

»Unfall, so ein –«

»George, halt bitte die Klappe. Wir werden zur passenden Zeit darüber reden. Bis dahin wisst ihr bloß, dass er wegen irgendeiner Familiensache nach Hause geflogen ist, wenn euch jemand fragt. Am Tag *vor* dem Rennen. Jetzt nichts mehr davon.«

»Sie werden es rauskriegen.«

»Nein, das werden sie nicht. Alles ist unter Kontrolle. Konzentriert euch jetzt auf eure Arbeit.«

»Du hättest uns was sagen können«, sagte George verletzt.

»Ich hab versucht, euch zu schützen.«

»Vielen Dank. Ich fühle mich viel sicherer.« George stampfte hinaus.

»Tut mir Leid, Rick.«

»Es ist halt der Nahe Osten«, sagte er schulterzuckend. »Was soll man da erwarten. Aber ich sag dir gleich: Wenn sie anfangen, mir die Fingernägel rauszureißen, verrate ich ihnen alles.«

»Ich denk dran.«

Einen Augenblick später fragte er: »Machen die … machen die hier *wirklich* so was?«

»Nein. Es ist eins der fortschrittlichsten Länder der Region. Das Land der unbegrenzten Zollfreiheit.«

Die Türen des Regieraums öffneten sich, und Laila trat ein, gefolgt von vier grimmig schauenden Männern. »Florence, wo hast du dich versteckt? Geht's dir besser? Du siehst ein bisschen mitgenommen aus.«

»Bloß eine Erkältung.« Florence musterte Lailas Tross, der sich drei Meter weiter aufgestellt hatte.

Laila folgte ihrem Blick und sagte: »Befehl von Gazzy. Wegen des Mords in der Garage. Alle sind völlig durchgedreht.«

»Haben sie was rausgefunden?«

»Du musst wissen, die matarische Polizei ist weltberühmt – für ihre Unfähigkeit. Es gibt nicht so viele Verbrechen, sie sind aus der Übung. Sie haben eine Art Beschreibung, aber es war dunkel.«

»Wissen sie, was der« – Florence presste das Wort heraus – »Mörder wollte?«

»Maliq ist überzeugt, es war ein Attentat auf ihn, das schief gegangen ist. Ich kann mir nicht vorstellen, warum ihn jemand umbringen sollte, es sei denn«, Laila senkte die Stimme, »es war ein Verwandter von einem der Fahrer, die er geschlagen hat.«

»Die Idee hatte ich auch«, sagte Florence, um die Theorie etwas zu bestärken.

»Das können wir aber nicht im Fernsehen sagen.«

»Nein, natürlich nicht. Maliq scheint seit seinem Unfall sehr . . . verändert zu sein.«

»Du machst dir ja keine Vorstellung. Gestern kam er zu Gazzy in den Palast und hat ihm vor allen Leuten Vorträge über den Koran gehalten! Ausgerechnet Maliq! Gazzy war nicht sehr erbaut. Er hat gesagt: ›Mein lieber Bruder, ich glaube, du bist mit dem Kopf zu hart ans Lenkrad gestoßen.‹ Dann wurde Maliq sehr laut und fing an, Gazzy anzuklagen, dass er das Land an die Ungläubigen verkauft. Genau seine Worte. Gazzy hat getobt. Er hat Maliq aus dem Palast geworfen. Und jetzt machen ein paar Mullionäre ein Riesengewese um das Ganze und sagen, man soll zu Maliqs Garage pilgern, um das wundersame Auto zu berühren. Wie aus einer Seifenoper auf TV Matar. Ein Mullionär hat sogar eine Fatwa verkündet, dass es eine religiöse Pflicht wäre! Ist das zu glauben? In Matar ist schon sehr lange keine Fatwa mehr verkündet worden. Gazzy hat ihn rufen lassen und ihm ordentlich den Kopf gewaschen.«

»Laila, kann es sein, dass Maliq irgendwas im Schilde führt?« fragte Florence.

»Was meinst du damit?«

»Könnte er einen Staatsstreich gegen den Emir vorhaben?«

Laila starrte sie an. »Weißt du irgendwas?«

»Nein, aber bei plötzlicher Frömmigkeit klingeln immer

meine Alarmglocken. Und warum sind die Mullionäre auf einmal so aufgeregt? Bis jetzt schienen sie ziemlich ruhig zu sein.«

»Gazzy meint, sie wollen bloß neue Mercedesse. Er hat den Imam angewiesen, ihnen zu sagen, sie sollen sich benehmen, sonst gehen sie bei der nächsten Hadsch zu Fuß nach Mekka. Würde ihnen ganz gut tun. Und Maliq hat vielleicht Gott in der letzten Runde gefunden. Wer kann in Maliqs Seele schauen? Wer will das überhaupt? Also, was ist mit der neuen Folge von *Kopf-ab-Platz*? Ich bin total gespannt drauf.«

»Wir haben überlegt, ob Prinzessin Mahnaz hingerichtet wird oder ob Tafas sie rechtzeitig rettet. Was meinst du?«

»Ich persönlich liebe Happyends mit vielen Blumen, aber Mama hat mir auch immer Dickens zu lesen gegeben. Ist Bobby da?«

»Bobby?«

»Mr. Thibodeaux.«

»Er musste zurück in die Staaten fliegen.«

»Ach. Wann denn?«

»Anfang der Woche«, sagte Florence und versuchte, ganz neutral zu klingen.

»Schade.«

»Wieso?«

»Ich wollte ihn was fragen.«

»Wahrscheinlich telefoniere ich demnächst mit ihm. Kann ich was ausrichten?«

Laila schaute Florence an. »Kommt er zurück?«

»Natürlich.«

»Wann?«

»Sobald wie möglich.«

»Ah. Dann ... kann es warten«, sagte Laila, obwohl ihr

Blick zu einem Starren geworden war, unter dem Florence sich wand.

Florence rief Onkel Sam über das abhörsichere Satellitentelefon an, das sie nach Bobbys Worten nur benutzen sollte, »wenn die Granaten einschlagen«.

»Wie geht's meinem Mädchen? Ich finde die neue Serie toll. Ich wette, Tafas wird Fatima im letzten Moment retten.«

»Mahnaz.«

»Ich dachte, sie heißen alle Fatima. Mit den Schleiern sind sie schwer auseinander zu halten.«

»Das versuchen wir zu ändern. Vielleicht muss statt Mahnaz jemand anders gerettet werden. Haben Sie mit unserem Freund gesprochen?«

»O ja. Er hat mich heute Vormittag angerufen. Er ist in – ich sehe, wir sind auf der sicheren Leitung – Paris.«

»In Paris?«

»Er ist dabei, viele interessante Dinge rauszufinden. Hat jemand mitten in der Nacht bei Ihnen geklopft? Die Cops in Matar sind von legendärer Inkompetenz.«

»Nein. Ich musste es George und Rick sagen. Und Laila war gerade da und schien wegen der Abwesenheit unseres Freunds irgendwie neugierig zu sein.«

»Die Sheika ist clever. Das macht die englische Erziehung. Jedenfalls machen Sie prima Arbeit, weiter so. Ihr Onkel ist stolz auf Sie, verdammt stolz. Reden Sie nicht mit Fremden, und halten Sie dieses Handy griffbereit; denken Sie dran, es ist Ihre Rettungsleine.«

Florence beendete das Gespräch. Sie hatte das Gefühl,

verfolgt zu werden. Sie wünschte sich, Bobby wäre da, aber wenn er etwas Nützliches in Paris tat, gut.

George schmollte irgendwo, also ging sie zu Renard, dessen schamlose Käuflichkeit und haarsträubenden Pläne sie stets aufmunterten.

»Rick, was wolltest du werden, als du jung warst?«

Er blickte von der Videoschnittmaschine hoch. »Du meinst, ob ich immer schon ein schmieriger PR-Fritze werden wollte?«

»Das hab ich nicht gesagt.«

»Mein Gott, Frenzy« – er nannte sie so in Anlehnung an Georges Firenze –, »ich wollte immer nur Menschen helfen.«

»Wirklich?«

»Ich weiß noch genau, wie ich als Junge von sieben oder acht Jahren davon träumte, eines Tages reichen Zitrusproduzenten in Florida zu helfen, vom Staat Steuervorteile auf Kosten der kalifornischen Melonenanbauer zu kriegen.«

»Du bist sehr zynisch.«

»Ich sage nicht, ich hätte keine Maßstäbe. Ich habe Michael Jackson als Mandanten abgelehnt.«

»Ach ja?«

»Ich war nicht sicher, ob er zahlen kann. Aber sieh mich jetzt an, Renard von Arabien, wie ich dabei helfe, fast eine Milliarde verschleierter Frauen zu befreien und bleibenden Frieden in einer Region zu schaffen, die seit tausenden von Jahren nichts als Krieg und Glaubenskämpfe kennt. Schau mal.« Er zeigte auf seinen Unterarm. »Gänsehaut.«

»Das ist Sonnenbrand.«

»Kaum geht man 30 Sekunden vor die Tür – zack – Hautkrebs. Als ob man in einer Mikrowelle rumläuft. Kein Wunder, dass die sich hier anziehen wie das kleine Gespenst. Ein sehr seltsamer Ort ist das hier.«

»Warum bist du hier? Wegen des Gelds?«

»Warum nicht?«

»Ich weiß nicht, ob ich das glauben soll.«

»Vielleicht gibt es noch einen Grund.«

»Ja?«

»Ich weiß nicht, ob du den hören willst. Jedenfalls nicht gerade jetzt, wo so viel passiert.«

Florence starrte ihn sprachlos an. Rick war attraktiv, mager und wild, und unter anderen Umständen, wer weiß.

»Nein.« Er lächelte. »Zerstör nicht die herrliche Peinlichkeit des Augenblicks dadurch, dass du was Nettes sagst. Außerdem entwickeln wir bei Renard Strategic Communications niemals emotionale Bindungen an Kunden. Das endet immer nur damit, dass sie einen Rabatt wollen.«

Rick wandte sich wieder seiner Videoschnittmaschine zu. »Ich habe eine geniale Idee für eine neue Serie. Ich hab mich schon in den Arsch getreten, dass ich nicht früher drauf gekommen bin.«

– – – –

Georges Reaktion war: »Das kann nicht dein Ernst sein.« Das überzeugte Florence, dass es genau der richtige Weg war. George war immer noch in vieler Hinsicht ein Geschöpf des Außenministeriums, und wenn die Idee ihm den Atem verschlug, war sie garantiert mutig.

Die drei präsentierten sie Laila. Während Rick die Handlung der drei ersten Folgen erzählte, entfuhr ihr immer wieder ein »Liebe Güte«, »Ach du Schreck« oder »Mein Gott«. Als er fertig war, sagte sie: »Das wird ein Erfolg wie ein Pfund Speck mitten im Ramadan.«

»Willst du den Emir vorwarnen?« fragte Florence.

»Lieber Himmel, nein.« Laila lachte. »Nein, ich glaube,

wir machen daraus eine Überraschung für den Emir. Er hat dieser Tage so viel zu tun. Der Stress von Um-beseir. Wie er das schafft, verstehe ich nicht.«

Als Florence und Rick aufstanden, um zu gehen, fragte Laila: »Und wie geht's Mr. Bobby?«

»Gut. Er hat viel zu tun.«

»Kommt er bald wieder?«

»Ja, bestimmt«, sagte Florence.

»Wie schön.« Laila lächelte. »Es ist hier so langweilig ohne ihn.«

DREIZEHN

Das Klopfen an der Tür kam nicht mitten in der Nacht, aber spät genug, um dramatisch zu wirken: elf Uhr 35 auf Florence' Digitalwanduhr.

Beim Blick durchs Guckloch zählte Florence drei Männer. Selbst in der Neutralität ihrer weißen Thoben wirkten sie wie Polizisten – entweder Polizisten oder Mitglieder eines Killerkommandos. Über die Sprechanlage stellten sie sich als »Inspektor Muhammed, Inspektor Rama und Inspektor Azbekir von der Abteilung für Interne Dienste« vor.

Florence drückte den Wiederholungsknopf auf dem abhörsicheren Handy, das Bobby ihr gegeben hatte. Theoretisch alarmierte das die Kavallerie.

»Meine Herren, es ist spät, und ich habe schon geschlafen« sagte sie über die Sprechanlage. Sie sprach englisch, nicht ihr fließendes Arabisch.

»Es ist sehr dringend, Madame.«

»Worum geht es?«

»Um Ihren Kollegen, Mr. Thi – ti – bu.«

»Er ist nicht hier.«

»Ja, Madame, deshalb ist es dringend.«

»Wenn es dringend ist, sollten Sie direkt mit ihm sprechen.«

»Aber er ist nicht hier.«

»Wie kann es dann dringend sein.«

»Aber ... Madame, Sie müssen uns hereinlassen. Wir sind von der Polizei.«

Sie fragte sich, wie lange sie dieses im Kreis laufende Gespräch noch fortführen konnte. Plötzlich piepte ihr Handy. Als sie antwortete, fragte eine raue amerikanische Stimme, die wie die personifizierte 101. Luftlandedivision klang: »Alles in Ordnung, Ma'am?«

»Vor meiner Tür stehen anscheinend Polizisten.«

»Haben sie gesagt, was sie wollen?«

»Fragen über unseren Freund stellen.«

»Wir sind in der Nähe.«

»Was soll ich machen, wenn sie mich mitnehmen?«

»Bleiben Sie ruhig. Und halten Sie den Kopf unten.«

»Wer sind Sie eigentlich?«

»Kann ich im Moment nicht sagen, Ma'am.«

»Ich werde mit ihnen fertig. Ich will nicht, dass noch jemand erschossen wird.«

»Madame!« sagte Inspektor Muhammed drängend und mit bittendem Ton über die Sprechanlage. »Sie müssen uns reinlassen! Es ist offiziell. Bitte ziehen Sie sich an.«

Florence öffnete die Tür und trat den drei Männern mit der echten Entrüstung einer sittenstrengen arabischen Frau gegenüber, die zu unpassender Stunde bei ihren Gebeten gestört worden ist. »Was soll das bedeuten?«

»Wir müssen mit Ihnen sprechen. Über Ihren Kollegen Mr. Ti-bu ... Thi-bu –«

»Mr. Bobby. Was ist mit ihm?«

»Er hat das Königreich verlassen«, sagte Inspektor Muhammed beunruhigt.

»Das tun jeden Tag hunderte oder tausende.«

»Aber es gibt eine Unregelmäßigkeit.«

»Was für eine Unregelmäßigkeit?«

»Er wurde von vielen Menschen am 15. dieses Monats hier gesehen, in Amo-Amas.«

»Und?«

»Aber sein Büro sagt, er wäre am 14. abgereist. Das kann nicht stimmen.«

»Ich kann mich nicht erinnern, wann er abgereist ist. Ich glaube, ja doch, es war der Tag vor dem großen Autorennen.«

»Nein, Madame, das kann nicht sein.«

»Wo liegt das Problem?«

»Das Problem ist, dass er vernommen werden soll.«

»Warum?«

»Wir stellen die Fragen, Madame. Wir haben mit ihm über Handy gesprochen, und er hat erklärt, er hätte Amo-Amas am 14. mit Air France verlassen, aber so ein Ticket existiert bei Air France nicht.«

»Was sagt Ihre Einwanderungsbehörde? Er musste am Flughafen durch die Passkontrolle, um das Land verlassen zu können.«

Inspektor Muhammed runzelte die Stirn. »Das ist richtig. Was Sie sagen, stimmt genau.«

»Und?«

»Es gibt da eine Unregelmäßigkeit. Die Informationen von der Einwanderungsbehörde und von Air France stimmen nicht überein.«

»Wem wollen Sie glauben?« fragte Florence verächtlich. »Ihrer eigenen Behörde oder einer französischen *Fluggesellschaft*?«

»Das Problem bleibt bestehen, Madame«, sagte Inspektor Muhammed.

»Nicht hier und nicht um diese Zeit. Aber ich versichere Ihnen, ich werde die Frage mit dem Emir erörtern, Allah beschirme ihn 1 000 Jahre.«

»Mit dem Emir?«

»Ja. Ich habe morgen früh um neun eine Audienz bei Seiner Majestät. Falls ich vorher noch zum Schlafen komme.«

»Vielen Dank, Madame«, sagte Inspektor Muhammed unglücklich.

Am nächsten Morgen suchten Florence und Laila den Emir um Punkt neun Uhr auf. Auf der Tagesordnung standen die neuesten (und atemberaubenden) Werbeeinnahmen von TV Matar.

Florence flocht beiläufig ins Gespräch ein, dass die matarische Version einer Geheimpolizei letzte Nacht an ihre Tür geklopft hatte. Sie beobachtete aufmerksam die Mienen des Emirs und der Sheika. Laila wirkte verärgert.

»Die Löwen von Matar«, schnaubte sie verächtlich. »Das ist ihr Motto. Löwen! Ein Strauß würde sie in die Flucht schlagen.«

»Laila, so darfst du nicht über sie reden«, erwiderte der Emir. »Sie sind durch und durch professionell und wachsam.«

»Was ist mit dem Mordkommando, das der Irak vor drei Jahren schickte, um dich umzubringen? Wer hat dich gewarnt? Die CIA. Wo war da die Wachsamkeit der ›Löwen von Matar‹?«

»Unsere Leute wussten über die irakischen Attentäter Bescheid. Sie arbeiten mit der CIA zusammen.«

»Schatz, sie sind Vollidioten. Angefangen mit ihrem Chef, deinem Cousin Fahim.« Laila wandte sich zu Florence. »Wie Sie wissen, hat der Emir siebzehn Halbbrüder, alles Halbidioten, die sich achteinhalb Gehirne teilen müssen.«

»Laila!«

»Gott sei gelobt, dass mein lieber Ehemann so gut ausgestattet war. In *jeder* Beziehung.«

»Warum sprichst du so respektlos, und dann noch vor Florence? Du bringst sie in Verlegenheit.«

»Nein, Schatz, ich bringe *dich* in Verlegenheit.«

Das Gesicht des Emirs war eine Dörrpflaume des Missvergnügens. »Ich verliere wirklich die Geduld. Zeigen Sie mir die Werbeeinnahmen.« Während er sie studierte, verwandelte sich die Dörrpflaume in eine glatte Aprikose. »Hm ... hm ... Gott sei gepriesen. Also ich muss sagen, das ist *höchst* zufrieden stellend.«

»Ich bin glücklich, dass mein Herr unsere bescheidene Arbeit zu schätzen weiß«, sagte Laila.

»Seit meine Frau mit Ihnen zusammenarbeitet, hat sie das entwickelt, was man im Westen ein enormes Ego nennt. Man *könnte* es auch eine westliche *Infektion* nennen.«

»Die einzigen Infektionen in Matar stammen nicht von Florence«, gab Laila zurück.

»So lasse ich nicht mit mir reden!« explodierte Gazzy. »Kann der Emir von Matar in seinem eigenen Zelt keinen Frieden haben?«

»Du sitzt ihm wirklich im Nacken«, sagte Florence, als sie allein waren.

»Warum soll ich nicht ein bisschen Spaß haben? Ich versichere dir, er spielt bloß was vor, damit er voller Selbstgerechtigkeit nach Um-beseir zu seinem großen Bett und seinen russischen Mausis fliegen kann. Wenn er je seine Memoiren schreibt, sollten sie *Die sieben Betten der Weisheit* heißen.«

»Vielleicht sollten wir eine Serie mit dem Titel machen.« Florence lächelte.

»Die kenne ich schon«, sagte Laila.

– – – –

Mukfellas, die neue Sitcom auf TV Matar über eine gnadenlose, wenn auch bescheuerte Abteilung quasi-wasabischer Religionswächter, sorgte in der ganzen Region sofort für Furore. Ein prominenter Fernsehkritiker aus Kairo nannte sie *Wahre Hiebe*.

In der ersten Folge entspannten sich die sechs Hauptfiguren gerade im Büro nach einem harten Tag des Frauenauspeitschens wegen verschiedener Vergehen, klagten über ihre schmerzenden Arme und reichten Schmerztabletten herum.

»Die Letzte hat sich vielleicht gewehrt. Aber das wird sie lehren, ohne männlichen Begleiter auf die Straße zu gehen.«

»Wir leben in einer schamlosen Welt, Brüder. Ohne uns würde die Hölle überquellen.«

»Mein Arm tut so weh! 500 Peitschenhiebe habe ich heute ausgeteilt, und morgen sind noch drei Steinigungen.«

»Hört euch Mansur an! Er wimmert wie die Frau in der Mall!«

»Gott sei uns gnädig!« rief ein anderer. Er las gerade das Etikett auf dem Pillenglas. »Diese Pillen sind von einer Firma namens Phitzer!«

»Und?«

»Das ist jüdisch, du Dummkopf!«

»Nicht deutsch?«

»Willst du dich darauf verlassen?« Der Mann steckte sich den Finger in den Hals und lief aus dem Bild, wobei er grässliche Geräusche von sich gab.

Die anderen schauten sich an, steckten sich dann ebenfalls den Finger in den Hals und liefen aus dem Bild.

»Sehr clever, wie das subtil auf den Antisemitismus anspielt«, sagte Florence.

»Ja, das hat mir auch gefallen«, stimmte Rick ihr zu.

Als höchste religiöse Autorität Wasabiens verkündete der Großimam von Muk eine Fatwa zur Ermordung der gesamten Belegschaft von TV Matar – »je blutiger, desto gottgefälliger«. Die in *Al Kuk*, der führenden Zeitung des Landes, abgedruckte Fatwa führte weiter aus, dass jeder, der diese heilige Tat verübte, nicht nur die Ewigkeit in den Nektargärten des Paradieses verbringen, sondern auch die doppelte Zahl schwarzäugiger Jungfrauen erhalten werde, insgesamt – hier waren die Theologen uneins – über 140, genug, um die meisten Männer, selbst die kräftigsten, für die Ewigkeit zu beschäftigen.

Die Reaktion des wasabischen Außenministeriums auf die Serie war ebenso wütend. Es nannte sie »einen Akt der groben Einmischung in die inneren Angelegenheiten Wasabiens« und eine »schwere Provokation«.

Das wasabische Ministerium zur Durchsetzung sittenreiner Technologie bekam den Auftrag, die Satellitenübertragung von TV Matar nach Wasabien zu stören, was ihm für einige Stunden gelang. Dann wurden die Störwellen aber plötzlich von einer anscheinend überlegenen Technologie neutralisiert. Wie sich herausstellte, kam sie aus Tel Aviv, wo *Mukfellas* begeisterte Fans hatte, sogar unter den Ultraorthodoxen, die strikt gegen das Fernsehen waren. Das wasabische Ministerium für umfassende und permanente Israelfeindlichkeit ging sofort vor den UN-Sicherheitsrat. Mehrere Tage lang war Geflüster um den Konferenztisch herum zu hören, während die wasabische Empörung simultan in 196 Sprachen übersetzt wurde. An diesem Punkt wies jemand darauf hin, es gäbe gar nicht so viele Staaten.

Der ständige Vertreter der Vereinigten Staaten im Sicherheitsrat, eine Glatze in einem Meer gerunzelter Stirnen, hob den Federhalter hoch, gab sein Veto gegen das ab, was gerade ein Veto verlangte, und dann gingen alle zur Henry Kissinger-Buchparty im Grill Room des Four Seasons. Die Lage in Amo-Amas wurde dagegen immer gespannter.

VIERZEHN

Explosionen sind im Nahen Osten leider nicht ungewöhnlich, aber bis jetzt war Matar (die »Schweiz des Golfs«) vom regelmäßigen Krachen von Gelignit verschont geblieben.

Die letzte nennenswerte Explosion hatte sich 1936 während eines offiziellen Besuchs des Herzogs von York an Bord der H.M.S. *Indubitable* ereignet. Er vertrat seinen Bruder, König Edward VII., der in Cap d'Antibes von Bord gegangen war, als er erfuhr, dass Mrs. Simpson dort einen Maskenball bei Verbena Goughsborough-Pong besuchte. Er sagte seinem Adjutanten einfach, er habe nicht vor, bis nach Matar zu fahren, um »Fliegen zu verscheuchen und streng riechende Fellachen um sich zu haben«, worauf das Außenministerium dem naturgemäß enttäuschten Emirat erklären musste, Seine Majestät leide an einer Gürtelrose.

Der arme Herzog von York, der wenige Jahre später unwillig den Thron bestieg, nachdem sein Bruder den mysteriösen Reizen der geschiedenen Dame aus Baltimore erlegen war – manche behaupteten, es habe was mit Eiswürfeln zu tun –, wurde zitternd und stotternd die Gangway der *Indubitable* hinuntergeführt, um Englands »t-t-tiefe F-F-Freundschaft f-f-f-für M-ma-ma . . .« zu bekunden.

Um die Qual des Herzogs nicht zu verlängern, ordnete der Kommandant der *Indubitable*, Admiral Sir Knatchbull Cavendish-Hump, den Beginn des neunzehnschüssigen Saluts an. Ein Kanonier lud versehentlich scharfe Munition, die das Dismalya-Viertel traf, welches seitdem den Spitznamen »Dismal Street« trug. Die Episode führte zu einem Nervenzusammenbruch des Herzogs, der in seine Kabine gebracht wurde und sich bis Aden nicht wieder an Deck zeigte. Ein Unterstützungsfonds wurde für die Angehörigen und für den Bau einer Berufsschule eingerichtet, an der noch immer ein Schild an »das historische Band und das Einvernehmen zwischen Großbritannien und dem Königlichen Emirat Matar« erinnert.

Die alten Männer, die in der Randolph Churchill Street am Hafen von Amo-Amas Pfefferminztee tranken und ihre Mittagspfeifen mit Kwūš rauchten, dem mit Tabak vermischten leicht berauschenden Kraut, bemerkten, die neue Explosion erinnere sie an den Tag im Jahr 1936, als der künftige König auf Staatsbesuch kam.

Diesmal wurde niemand getötet, Gott sei gelobt, was man für ein Wunder erklärte. Die Bombe explodierte in einem Geländewagen an der Ecke Chartwell und Marlborough Street. Er wurde in 1 000 Stücke zerrissen, aber die Explosion schleuderte auch das Auto daneben fort. Zeugen sahen, wie es hunderte von Metern durch die Luft flog und dann mit einer eleganten Parabelkurve ins Dach der anglikanischen Kirche St. Margaret-in-the-Marsh einschlug. Wäre Diakon Whitcomb nicht so flink gewesen, hätte es eine Tragödie geben können.

Natürlich führte der Vorfall zu intensiven Spekulationen in den Cafés von Amo-Amas, den Fabriken für den matarischen Klatsch. Hatte sich die Explosion gegen St. Margaret gerichtet? Und wenn ja, war es die erste Salve eines Djihad? Konnte es eine Reaktion auf die soeben erfolgte Ordination des transsexuellen Bischofs von Leeds sein? Gewiss, der Vorgang war im konservativen Teil der anglikanischen Weltgemeinde nicht gut aufgenommen worden. Um nichts dem Zufall zu überlassen, erklärte die britische Regierung, sie schicke ein Team von der Spurensicherung, um die matarischen Behörden bei ihrer Untersuchung zu »unterstützen«. *Al Matar* nannte die Episode einen »Weckruf«, gab aber zu, es sei unklar, wer eigentlich geweckt werden solle.

Währenddessen nannte Maliq, der nun täglich in seiner neuen Madrassah predigte, wo die Schüler den Koran auswendig lernten und gleichzeitig zu Rennwagenmechanikern ausgebildet wurden, den Bombenanschlag das Werk »ausländischer Ketzer, denen man die Entweihung der heiligen Erde Matars erlaubt hat«. Das richtete sich ganz klar gegen den Palast. Der Emir war nicht erfreut.

»An der matarischen Erde war nie irgendwas Heiliges«, sagte Laila zu Florence. »Aber die Sache wird allmählich unerfreulich. Du weißt wahrscheinlich nichts darüber, oder?«

»Natürlich nicht.« Das hatte den Vorteil, wahr zu sein.

»War nur eine Frage. Du klingst beleidigt.«

»Warum sollte ich was über eine Bombe in Amo-Amas wissen?«

»Ich sage ja bloß, es war in Matar ziemlich ruhig, bis du mit deiner Begleitung kamst. Wir waren mal die Schweiz des Golfs, jetzt sieht es allmählich mehr nach Bagdad aus. Gazzy ist stinksauer. Er ist auf dem Rückweg aus Um-beseir, das macht ihn immer wütend. Ich hab mitgekriegt, wie sein Sekretär Fetish einen vier Uhr-Termin erwähnte, den Gazzy heute mit Valmar hat, dem französischen Botschafter.«

»Ach ja?« Florence versuchte, nicht allzu interessiert zu klingen.

»Vielleicht wollte er ihn fragen, welchen Wein er welcher Geliebten anbieten soll. Themenwechsel. Die fangen an, mir ziemlich unverblümte Fragen über deinen Mr. Thibodeaux zu stellen. Ich glaube wirklich, es wäre gut, wenn er von dieser Familienangelegenheit zurückkommen würde, die ihn so in Anspruch nimmt. Sie wollen ihm ein paar Fragen stellen.«

»Wegen der Schießerei? Was soll er darüber wissen?«

»Sag es ihm einfach, wenn du wieder mit ihm sprichst.«

Florence zuckte die Schultern. »Klar.«

Kurz vor sechs Uhr abends öffnete sich Florence' Bürotür, und der unbehaglich wirkende Fetish trat mit zwei Männern ein, die Florence als Angehörige der königlichen Leibwache erkannte.

Fetish verzichtete auf die üblichen Ehrenbezeugungen. Er war aus zwei Gründen schlechter Laune: dem Ärger seines Emirs und weil er Um-beseir verlassen musste. Fetish mochte Um-beseir fast so sehr wie der Emir, da er eine heimliche kleine Liaison mit Annabelle, dem neuen Talent aus Paris, hatte. Natürlich gefährlich, aber das war es wert.

Der Emir wollte Florence sprechen. »Sofort.«

Während sie auf der Rückbank der Limousine saß und Fetish vorne auf dem Beifahrersitz, klingelte das abhörsichere Handy. Florence meldete sich und hörte die willkommene, aber nicht unproblematische Stimme Bobbys.

»Hallo, Dad«, sagte sie, »wie geht's dir? Ich sitze hier mit Sharif Fetish im Wagen, wir fahren zum Emir in den Palast. Ist das nicht aufregend? Wie geht's Mama? Fühlt sie sich besser?«

»Das waren die Franzosen mit der Autobombe«, sagte Bobby.

»Wirklich? Das ist ja wunderbar. Ist sie auch nett zu den Schwestern?«

»Ich bin auf dem Weg nach Matar.«

»Nein, ich glaube, sie sollte jetzt noch nicht bewegt werden.«

»Ich melde mich wieder.«

»Bo–«, sie verschluckte den Rest. *»Bye-bye.«* Zu Fetish sagte sie: »Meine Mutter ist im Krankenhaus, aber es geht ihr schon besser.« Er nahm diese Nachricht ohne Regung auf. »Ich dachte mir, das interessiert Sie«, fügte Florence unhörbar hinzu.

Als Florence eintraf, saß Laila im Büro des Emirs. Es roch deutlich nach einem gerade zurückliegenden Streit.

»Lasst uns allein«, sagte der Emir zu Fetish und mehreren Dienern.

»Florence«, sagte Laila, »der Emir hat gerade –«

»Ich führe dieses Gespräch. Nur weil ihr beide meinen Sender führt, lasse ich mich nicht in meinem Zelt entmündigen.«

»Schatz, niemand will dich ›entmündigen‹.«

»Spar dir das ›Schatz‹. Also Florence, es sind gewisse Anschuldigungen erhoben worden. Ich werde so höflich sein, sie Ihnen direkt mitzuteilen.«

»Jawohl, Majestät.«

»›Majestät‹ sparen wir uns auch. Glaubt nicht, ihr könntet mich mit euren Schmeicheleien einwickeln. Ihr könnt eure Netze spinnen, aber ich bin keine Fliege. Also, ich frage Sie ganz direkt, haben Sie eine Affäre mit meiner Frau?«

»Gaz, das ist wirklich peinlich«, sagte Laila.

»Lass sie antworten.«

Während der Autofahrt hatte Florence verschiedene Antworten auf die Frage ›Sind Sie bei der CIA?‹ geprobt. Diese Frage hatte sie nicht erwartet.

»Nein, ich habe keine Affäre.«

»Es gibt Gerede. Über Sie beide.«

»Gerede von wem? Wer hat dir diesen Unsinn erzählt?« fragte Laila.

»Es reicht, *dass* es gesagt wird.«

»Ein schöner Standard!« gab Laila zurück.

»Standard tut nichts zur Sache. Es geht ein Gerücht um, meine Frau – die Sheika – habe etwas mit einer anderen Frau! Das ist beleidigend. Ein Affront für meine Männlichkeit.«

»Schatz, ich glaube nicht, dass deine Männlichkeit in Frage steht, wo du sie so trainiert hast.«

»Reiz mich nicht!«

»Darf ich Eurer Majestät einen Zeitungsartikel zeigen, der gestern in *Al Matar* erschienen ist?« fragte Florence. »Es geht genau um die Frage Eurer Ehre.«

Sie nahm einen Ordner aus der Aktentasche und reichte ihn ihm.

Er nahm ihn mürrisch und las. Die Überschrift lautete:

DER EMIR IST DIE TREIBENDE KRAFT
VON TV MATAR

Nach gut unterrichteten Kreisen in Amo-Amas ist es der Emir Gazzir Bin Haz persönlich und nicht die Sheika Laila, der TV Matar seit dessen Gründung geführt hat.

»Das Programm ist das Ergebnis seiner Vision«, sagt diese Person. »Gazzir hat ein brillantes Verständnis für die Macht dieses Mediums und benutzt es, um die arabische Welt zu verändern und mit der Moderne in Einklang zu bringen, aber zugleich die Grundlagen unserer reichen Religion und Kultur zu bewahren. Natürlich wird er sich damit Feinde machen, aber kein Führer ist wirklich groß, der keine großen Feinde hat. Man könnte Gazzir ›den neuen Nasser‹ nennen oder angesichts der aktuellen Kreuzzüge der USA und Englands gegen den Islam ›den neuen Saladin‹.«

Rick hatte die Story geschrieben, George sie ins Arabische übersetzt und Bobby sie in *Al Matar* platziert.

»Hm«, sagte der Emir.

»Lesen Sie weiter«, sagte Florence. »Da kommt ein Absatz über Laila.«

Obwohl die Sheika Laila offiziell Direktorin von TV Matar ist, erklärt sie ihren Ehemann zur planenden und treibenden Kraft des revolutionären Programms.

»Der Emir ist ein Visionär«, sagte sie in einem Telefoninterview. »Für ihn gibt es keine Gegenwart, nur die Zukunft. Als Staatschef befasst er sich mit den 1 000 Einzelheiten der Regierung seines Landes. Es stimmt, dass ich ein wenig Erfahrung beim Fernsehen habe, deshalb war es ganz natürlich, dass er mich um meine Hilfe bat. Aber TV Matar ist von Anfang bis Ende die Leistung des Emirs.«

»Das hast du gesagt?« fragte der Emir.

»Da steht es schwarz auf weiß.«

»Was habt ihr zwei Teufelinnen vor? Ich will es wissen.«

»Wir wollen dir helfen, der neue Saladin zu werden«, sagte Laila. »Aber wenn du bloß als irgendein reicher Golfemir in die Geschichte eingehen willst, brauchst du es nur zu sagen. Es liegt bei dir.«

Der Emir wandte sich an Florence. »Ist das wahr?«

»Wenn Sie die Chance haben, Größe zu beweisen, Majestät, sollten Sie es tun.«

Der Emir strich sich den Kinnbart. »Heute Morgen hat mich Kamar ak-Zaman angerufen. Er ist Generalsekretär der Arabischen Liga.«

»So?« sagte Laila.

»Sie wollen, dass ich vor der Konferenz spreche. Nächste Woche in Bahrain.«

»Das ist ja herrlich, Schatz. Sie haben dich noch nie darum gebeten.«

»Majestät, das ist eine wirklich wunderbare Nachricht«, sagte Florence, »aber ich fürchte, Eure Abwesenheit zu dieser Zeit könnte für gewisse Elemente . . . unwiderstehlich sein.«

»Was meinen Sie damit?«

»Ich meine, dass Euer Bruder Maliq vielleicht die Gelegenheit Eurer Abwesenheit ergreift, um Euch abzusetzen.«

Der Emir starrte Florence kurz an, dann lachte er. »Maliq? *Mich* absetzen? Also wirklich.«

»Denken Sie darüber nach, Majestät«, sagte Florence. »Euer Bruder wird schneller vom Rennfahrer zu einem schäumenden Ajatollah, als ein Auto von null auf 100 beschleunigt. Plötzlich predigen alle Eure Mullahs, Ihr wärt korrupt – ich sage damit nicht, dass es stimmt. Dann erzählt Euch der französische Botschafter, ich hätte eine lesbische Affäre mit Eurer Frau.«

Der Emir fuhr zurück. »Woher wissen Sie das?«

»Eine einfache Schlussfolgerung, Majestät. Sie haben mit ihm geredet und mich dann in den Palast befohlen und mit dieser Ente konfrontiert. Denn es ist eine Ente. Währenddessen haben die Wasabis ihre Armee in Alarmzustand versetzt und lassen ihre Jets entlang der Grenze fliegen. In Amo geht eine Autobombe hoch. Und nun werdet ihr aus dem Land gelockt – eingeladen. Übrigens, wenn Monsieur Valmar das nächste Mal kommt, um Gerüchte über Eure Frau und mich zu verbreiten, könntet Ihr ihn fragen, wer von seinen Botschaftsleuten Sprengstoffexperte ist.«

»Was sagen Sie da? Die *Franzosen* haben die Bombe gelegt?«

»Euer Bruder und die Franzosen stehen sich sehr nahe.«

Der Emir wandte sich zu seiner Frau.

»Wenn du mich fragst, ist das Ganze interessanter, als die Schweiz des Golfs zu regieren«, sagte Laila. »Florence hat vielleicht Recht. Du brauchst nicht vor der Konferenz zu reden. Du kannst hier zu Hause der neue Saladin sein und von den Werbeeinnahmen immer reicher werden. Saladin hatte nie solche Einschaltquoten. Und noch was: Weißt du, wie lange es her ist, dass ein arabisches Land etwas anderes produziert hat als Selbstmitleid, Leugnen, Anklagen gegen andere und Selbstmordbomber? Zum ersten Mal seit Jahrhunderten hat ein arabisches Land ein Einkommen nicht aus Öl, sondern aus einer Idee. In diesem Fall von der Idee, dass Frauen vielleicht noch etwas anderes zur Zivilisation beizutragen haben als die Beine breit zu machen. Siehst du nicht, was passiert? Du könntest der arabische Führer sein, der den Nahen Osten aus dem Mittelalter führt! Und du reagierst auf diese Chance, die dir wie eine reife Feige in den Schoß gefallen ist, indem du die Hände ringst und uns vorwirfst, wir wären Lesben?«

»Applaus, Applaus«, sagte der Emir. »Was für eine schöne Rede. Er wandte sich wieder an Florence. »Sie meinen, König Tallulah ist an dieser so genannten Verschwörung beteiligt? Seine Flugzeuge fliegen an meiner Grenze entlang. Hin und her, Tag und Nacht. Die Wüste donnert vom Lärm seiner Maschinen. Alles wegen Ihres Fernsehsenders.«

»Ich weiß nicht, Majestät. Aber Wasabien hat immer einen Zugang zum Meer gewollt.«

»Würden die Amerikaner so etwas zulassen?«

»Ich kann nicht für die amerikanische Regierung sprechen. Es schwimmen zwar mehr amerikanische und britische Kriegsschiffe vor Eurer Küste als Fische, aber nach dem, wie manches gelaufen ist, sind sie womöglich nicht so wild auf eine militärische Intervention.«

Der Emir dachte nach. »Warum sollte der französische Botschafter dann kommen und mir erzählen, die Amerikaner wollen mich stürzen?«

»Ich muss schon sagen, Monsieur Valmar hatte heute ja einiges auf dem Herzen, nicht wahr?« sagte Laila. »Das hat er dir erzählt?«

»Er hat gesagt, Florence sei eine CIA-Spionin, die hergeschickt wurde, um meine Regierung zu unterwandern.«

»Indem sie dich reich und zum neuen Saladin macht, dem geistigen Führer der arabischen Welt? Das nenne ich Unterwanderung.«

»Sind Sie eine Spionin, Florence?« fragte der Emir.

»Meinst du nicht, du hast Florence heute schon genug angeklagt?« warf Laila ein.

»Nein, ich bin keine Spionin«, sagte Florence.

Der Emir wirkte nicht sehr überzeugt, obwohl ihm bereits der Kopf rauchte. »Aber warum sollte Valmar mir dann erzählen, er sei über einen möglichen Konflikt zwischen Matar und Wasabien besorgt?«

»Wer weiß, Schatz? Vielleicht will er, dass du ein paar französische Kampfflugzeuge kaufst. Ist das Thema vielleicht zufällig auf den Tisch gekommen?«

»Er erwähnte ... etwas in dieser Richtung.«

»Na, siehst du.«

»Wie auch immer, ich will nicht, dass ihr beiden ab jetzt

in der Öffentlichkeit zusammen gesehen werdet. Es würde bloß zu Gerede führen.«

»Lächerlich«, sagte Laila.

»Ich bin der Emir. Ich muss an die Würde Matars denken. Und jetzt lasst uns allein. Wir haben Kopfschmerzen.«

»›Die Würde Matars‹, die drei absurdesten Wörter in der englischen Sprache«, sagte Laila vor der Bürotür zu Florence. »Tut mir Leid. Sieht so aus, als ob wir keinen hemmungslosen Sex mehr miteinander haben werden. Aber wenn es um die Würde Matars geht, was soll man machen? Also wirklich.«

Florence dachte über die Idee der sexuellen Abstinenz nach. »Ich brauche mal deine Meinung über etwas«, sagte sie. »Falls wir die Sache steigern wollen.«

FÜNFZEHN

Die SMS auf Florence' sicherem Handy lautete: BLENHEIM BEACH 22.50 UHR.

Blenheim Beach lag eine Autostunde südlich von Amo-Amas. Ein Reisemagazin hatte ihn mal einen der zehn schönsten Strände der Welt genannt. Er war aber nicht einer der beliebtesten Strände der Welt geworden, weil dort die geringelte Seenatter ihre Eier ablegte, eine der schönsten und giftigsten Schlangen der Welt. Bevor die Gegend zu Ehren von Winston Churchills berühmtem Vorfahren umbenannt worden war, hieß sie Nush al Zhi-khir oder Evas Lagune. Örtliche Legenden siedelten hier den Garten von Eden an.

Florence saß in ihrem geparkten Wagen, schaute auf den leeren Strand und in die dunkle Nacht und fühlte sich wie auf dem Präsentierteller. Sie hatte sich viel Mühe gegeben, mögliche Verfolger abzuschütteln. Sie war müde und ihre Nerven von Koffein und Adrenalin aufgeputscht. Das Innere ihres Kopfes erschien ihr wie eine zusammengeknüllte Kugel Alufolie. Sie wollte zu Hause in Foggy Bottom sein, in einem heißen Schaumbad, nicht auf einem Streifen Sand, der von Giftschlangen wimmelte.

Um Viertel vor elf stieg sie aus und ging ans Wasser, wobei sie auf gleitende Dinge achtete. Kurz darauf hörte sie einen Außenbordmotor. Sie gab ein Zeichen mit der Taschenlampe. Das Zeichen wurde erwidert. Sie sah es erst, als es fast am Strand war: ein schnelles Schlauchboot, drei

Männer mit geschwärzten Gesichtern und automatischen Waffen. Eine Gestalt mit nicht geschwärztem Gesicht sprang aus dem Boot und kam auf sie zu.

»Ist das nicht ein bisschen dramatisch?« fragte sie.

»Die Flüge waren alle ausgebucht«, sagte Bobby. Er wandte sich zu den Männern im Boot. »Danke, Kollegen. Meine Empfehlung an den Kapitän.«

Das Boot setzte zurück in die Brandung, wendete und brummte davon.

»Mein Gott, sind die U-Boote heute groß. Ich hatte eine Einzelkabine. Früher hätte man in einem Torpedorohr schlafen müssen. Wie ist es bei dir gelaufen, Flo? Ich hab dich vermisst.«

Irgendetwas an ihm schien anders zu sein. Erst als sie im Wagen saßen und die Innenbeleuchtung an war, fiel ihr auf, wie sehr er sich verändert hatte. Sein kurzes blondes Haaar war jetzt schwarz, lang und hinten zu einem Pferdeschwanz zusammengebunden. Außerdem trug er einen Schnurrbart. Er grinste sie an. »Willie G. Underwood.« Der Südstaatenakzent war weg, er sprach jetzt wie jemand aus dem Westen. »Reno, Nevada. Freut mich sehr, Sie kennen zu lernen. Meine Karte.«

JACKPOTS INTERNATIONAL GLÜCKSSPIELBERATUNG

»Unsere Würfel rollen immer.«

»Und was soll das jetzt wieder bedeuten?« fragte Florence.

»Ich repariere Spielautomaten! Aber eigentlich nennen wir uns lieber ›Gewinnverteilungsspezialisten‹. Wir kümmern uns um die großen Kisten, die Trump 7600 oder die Bugsy 1200, die Riesenautomaten, die eine halbe oder eine Million ausspucken, mit Sirenen und Ansage – *Und hier ist der GEWINNER!!* Warum soll man riskieren, einen holländischen Tabakhändler zum Millionär zu machen, nicht? Hörst du mir zu?«

»Sicher.«

»Bist du mir böse oder so was?« Er sprach wieder mit seinem Alabama-Akzent.

»Man hat mir viele Fragen über dich gestellt. Sogar Laila. Jemand hat dich gesehen.«

»Deshalb bin ich ja hier, um Spielautomaten einzustellen. In diesem Geschäft muss man unauffällig sein, das ist das A und O.«

»Wo wohnst du?«

»Ich hab ein Zimmer im Aladin reserviert, im Land der Ungläubigen.«

»Da bist du garantiert unauffällig.«

»Wenn ich das wirklich will, sollte ich mir vielleicht ein paar russische Nutten aufs Zimmer kommen lassen. Allmählich gefällt mir dieser Job. Du siehst müde aus, Flo.«

»Ich sehe ›müde‹ aus, weil dich die Polizei mitten in der Nacht bei mir sucht.«

»Tut mir Leid. Aber die werden bald größere Sorgen haben als eine kleine Schießerei in einer Garage.«

»Was hast du vor?«

»Ich werde das Netzwerk hier wieder aktivieren. Unser Freund Maliq ist ja ein richtiger religiöser Führer geworden.«

»Ja, und in letzter Zeit hat er eine Menge gepredigt und die Mullahs aufgehetzt.«

»Das passiert, wenn ein Mann religiös wird und seine sündhafte Vergangenheit hinter sich lässt«, sagte Bobby nachdenklich. »Die meisten Religionsgründer haben sich die Hörner abgestoßen, bevor sie Gott fanden. Dann hören sie eines Tages seine Stimme, ein gleißendes Licht erscheint, dann singt der Chor ›Hallelujah‹, und kurz darauf haben sie eine Milliarde Anhänger. Wenn man drüber nachdenkt, war Jesus eigentlich der Einzige, der ohne ein paar wilde Jahre vorher eine Religion gründete. Als Zimmermann kann er nicht sehr viel Spaß gehabt haben.

Ich hab auch eine Nachricht für dich von Onkel Sam. Er macht sich Sorgen um dich. Er möchte, dass du packst. Ich glaube, er hat Recht. Es sind schon Sachen passiert, und es werden noch mehr passieren.«

»Ich bleibe hier. Das ist meine Operation.«

»Ich bin nur der Bote, Ma'am.«

»Was ist los? Was hast du in Paris rausgekriegt?«

»Ungefähr seit der Zeit von Maliqs wundersamer Errettung beim Rennen sind 78 Konten bei der Banque de Cannes eröffnet worden. Die Kontoinhaber sind die 78 führenden Mullionäre, jeder hat 100 000 Dollar bekommen. Wenn man sieht, was diese Typen außer dem Bakschisch von ihrer Regierung noch von den Franzosen kriegen, könnte mich das auch reizen.«

»Also stimmt es – sie wollen Gazzy absetzen?«

»Das wäre mein Tipp«, sagte Bobby. »Sie haben Maliq schon eine Weile Honig ums Maul geschmiert, ihm genug Rennwagen geschenkt und genug *Château Lafite* in ihn reingeschüttet, um eine Katze zu ersäufen. Mit Maliq auf dem Thron hätten sie, was sie immer wollten – den Zugang zum Golf. Marinebasen, Tankerterminals. Wenn die in Amo fertig sind, wird es aussehen wie die Riviera. Wahrscheinlich gibt es sogar Filmfestivals. Dann werden sie zu König Tallulah und den Wasabis sagen: ›Okay, wir haben Emir Gazzir für euch gestürzt und den dämlichen Bruder auf den Thron gesetzt. *Naturellement* möchten wir einen Rabatt auf

Rohöl, aber keine Angst, das könnt ihr ausgleichen, wenn ihr von den Amerikanern das Doppelte verlangt.‹« Bobby schüttelte den Kopf. »Ich hätte wirklich viel früher draufkommen müssen. Dann hätte ich garantiert nicht Air France für meinen Scheinflug benutzt. Das war *richtig* dämlich von mir. Deshalb wussten sie, dass ich den Typ in der Garage erschossen hatte und verpfiffen mich an die Mataris. Andererseits hat mich das zu ihnen geführt. Also sind wir sozusagen quitt, aber nicht lange, weil ich unseren französischen Freunden jetzt mal richtig einheizen werde.«

»Was hast du vor?«

»Flo – Florence, das solltest du besser nicht wissen.«

»Du arbeitest immer noch für mich«, sagte Florence. »Oder nicht?«

»Ich weiß nicht, ob die Situation gerade besonders logisch ist. Aber hör mal zu, ich glaube, Onkel Sam liegt nicht so falsch, wenn er dich hier raushaben will. TV Matar war eine tolle Idee, aber statt Frauen zu befreien, scheint es die Region in ziemliche Unruhe zu stürzen.«

»Wenn Maliq die Regierung übernimmt und die Wasabis das Sagen haben, wird es ein Albtraum werden, besonders für Frauen. Du weißt, was sie machen werden.«

Bobby schaute aus dem Fenster. »Ja. Wenn ich ein Matari wäre, würde ich daran denken, in Fabriken zu investieren, die Abayas und Schleier herstellen. Es könnte hier sehr schlimm werden.«

»Der französische Botschafter hat Gazzy erzählt, es gebe ein Gerücht, dass Laila und ich Lesben sind.«

Bobby seufzte. »Die haben's wirklich drauf, das muss man ihnen lassen. Wenn sich hier rumspricht, dass du mit der Frau des Emirs in die Hängematte steigst, ruf ich lieber das Wassertaxi, das mich gerade abgesetzt hat, und sag ihnen, sie sollen euch rausholen.«

»Ich bleibe hier und damit Schluss.«

»Du bist der Boss.« Sie fuhren schweigend weiter. »Äh . . .«, sagte Bobby.

»Was?«

»Dieses Gerücht – es ist doch bloß ein Gerücht, oder?«

»Ich – wie kommst du – wie kannst du mich so was fragen?«

»Ich frag ja nur. Als Zuständiger für die Sicherheit brauche ich alle Informationen.«

»Jetzt hast du sie.«

»Alles klar.«

»Bloß weil ich dich nicht angemacht habe –«

»Flo, das hat nichts damit zu tun«, seufzte Bobby.

»Bitte nenn mich nicht so.«

»Okay, Ma'am.«

»So auch nicht. Warum muss ich wie eine Putzfrau oder wie eine Rentnerin klingen?«

»Schon gut. Florence von Arabien. Soll ich dich so nennen?«

»Nenn mich gar nichts.« Florence schaute zu Bobby. Er lächelte. »Was ist denn so komisch? Hab ich was verpasst?«

»Ich dachte bloß dran, wie große Fortschritte wir auf dem Weg zu Frieden und Stabilität im Nahen Osten machen.«

SECHZEHN

Florence beschloss, George und Rick im Augenblick noch nicht zu erzählen, dass Bobby wieder da war. Falls es zu einem Verhör kam, war es besser, die beiden wussten so wenig wie möglich.

»Darf ich was sagen, Firenze?«

»Ja, George.«

»Du siehst schrecklich aus.«

»Danke.«

»Vielleicht sehe ich auch nicht so gut aus. Darf ich noch was sagen?«

»*Ja*, George.«

»Ich hab das deutliche Gefühl, du verheimlichst mir was. Renard hat dasselbe Gefühl.«

»Es passiert einfach gerade viel.«

»Darf ich dich was fragen?«

»*Was denn*, George?«

»Es geht mich eigentlich nichts an, und wer dumm fragt, kriegt dumme Antworten, aber du und die Sheika . . . es gibt da so ein Gerücht.«

»Nein, ich habe keine Affäre mit ihr.«

»Nicht, dass es mir was ausmachen würde–«

»Darum geht's nicht. Ich hätte nicht erwartet, dass mein eigenes Team darüber klatscht. Die Desinformation stammt von den Franzosen, unter anderem.«

»Ah, gar nicht dumm von ihnen. Hier in der Gegend sind sapphische Schwestern nicht besonders beliebt.«

Renard kam rein. »Hey, Florence, hast du von dem Gerücht über dich und die Frau des Emirs gehört?«

»Wir sprechen gerade darüber.«

»Oh.« Rick nickte vorsichtig.

»Es ist nichts dran«, sagte Florence.

»Ist ja auch egal.«

Florence seufzte innerlich. Musste sie jetzt auch Rick erklären, wenn sie ihn nicht angemacht hatte, bedeutete das nicht, dass sie – wie hatte Bobby es ausgedrückt – mit der Frau des Emirs in die Hängematte stieg?

»Schon gut«, sagte sie. »Warum bringt ihr's nicht in den Sechs Uhr-Nachrichten, dass ich keine Affäre mit der Ehefrau des Herrschers habe?«

»Wir sollten zumindest drüber nachdenken«, meinte George. »So ein Gerücht kann dir hier schaden. Die Mataris sind vielleicht liberal, aber sie sind immer noch Araber.«

»Ich bin für jede Idee von euch aufgeschlossen.«

»Ich hab eine Idee«, sagte Rick. »Wir beide sollten uns in der Öffentlichkeit beim Knutschen zeigen.«

Florence starrte ihn an. »Danke für den Beitrag.«

»Ich mein's ernst. Wenn du ihnen zeigen willst, dass du hetero bist, ist das doch am besten, oder?« Er grinste. »Wir könnten uns doch vor das Cafe Clementine setzen und schmusen.«

»Zärtlichkeiten in der Öffentlichkeit sind hier nicht gern gesehen, ob homo oder hetero«, sagte George.

»Wenn die Wahl darin besteht, dass die Leute meinen, sie macht's mit der Frau des Emirs oder mit mir . . .«, sagte Rick schulterzuckend.

Florences sicheres Handy klingelte. Es war Bobby oder Willie G. Underwood oder wie er sich sonst gerade nannte. Im Hintergrund hörte sie Spielautomaten.

»Bist du allein?« fragte er.

»Ich sitze hier mit George und Rick. Was gibt's?«

»In Kaffa braut sich was zusammen. Niemand weiß es, darum erzähl's auch niemandem. Wir haben gerade gehört, dass Prinzessin Hamzin, die zweite Frau von König Tallulah, gestern in den Kronrat gestürmt ist. Das ist schon schlimm genug. Das letzte Mal, als so was in dem Land passiert ist, gab's noch Dinosauriere. Und als wär das nicht schlimm genug, trug sie keinen Schleier und Hosen. *Hosen*. Und als wär das nicht schlimm genug, hat sie dem König und seinen Räten einen Vortrag über die Verbesserung der Lage der Frauen im Königreich gehalten. Anscheinend ist die Prinzessin ein großer Fan von TV Matar. Es heißt, sie hätten den König mit Brustschmerzen ins Krankenhaus gebracht.«

»Dann hat es angefangen«, sagte Florence. »Der Aufstand der arabischen Frauen. Das sind großartige Neuigkeiten, Bobby.«

»Kommt drauf an, wie man ›großartig‹ definiert. Die Wasabis sind fuchsteufelswild. Unsere Vögel fangen alle möglichen Telefongespräche auf. Und es ist ziemlich klar, wem sie dafür die Schuld geben. Das ist deine Revolution, Flo. Ich vermute, jeden Moment kommt jemand in dein Büro und bringt dich zum Emir. Deshalb ruf ich dich an – damit du im Bilde bist.«

»Das müssen wir in die Nachrichten bringen.«

»Hey, hey, kommt nicht in Frage. Wer bist du? Bob Woodward? Das Ganze ist geheim. Niemand außerhalb des Palasts weiß davon. Sie wollen auch nicht, dass es jemand weiß, ist ja logisch. Wenn du das im Fernsehen bringst, wird es einen Riesenkrach geben.«

»Warum hast du's mir dann erzählt?«

»Damit du den Kopf einziehst. Ich hab's dir bestimmt

nicht erzählt, damit du weiter mit roten Tüchern vor ihren Gesichtern rumwedelst.«

»Bobby, deswegen sind wir doch hergekommen.«

»Pass mal gut auf, Flo von Arabien. Wir sind nicht – ich wiederhole – *nicht* hergekommen, um einen Krieg zwischen Wasabien und Matar anzuzetteln. Sind wir uns da einig? Ich wette eine Million Dollar – an die ich jetzt rankomme, seit ich an den verdammten Automaten drehen kann –, dass dein Onkel Sam genauso denkt.«

»Darf ich dich daran erinnern, dass es nicht deine Operation ist? Du bist hier, um für Sicherheit und Informationen zu sorgen. Und das Einzige, was du bis jetzt geschafft hast, ist eine Schießerei in einer Garage, die den französischen Geheimdienst auf uns aufmerksam gemacht hat. Sind wir uns *da* einig?«

»Wenn du auf mich nicht hören willst, ruf doch Onkel Sam an und frag ihn, wie er die Situation sieht? Schließlich zahlt er dein und mein Gehalt.«

»Genau das tu ich. Aber was ist mit dieser Prinzessin?«

»Ich würde sagen, es sieht nicht gut für sie aus.«

»Was wissen wir?«

»Bleibt das unter uns?«

»Wer bist du? Deep Throat? Was wissen wir?«

»Klingt übel. In den Telefongesprächen war ein paar Mal die Rede von Steinigung.«

»Steinigung?«

»Den König vor seinen Ministern in eine peinliche Lage zu bringen, war nicht gerade das Schlaueste, was sie machen konnte. Verdammt, das würde ich nicht mal zu Hause in Alabama machen.«

»Was willst du damit sagen?«

»Ich will damit sagen, dass Prinzessin Hamzin ganz tief in der Scheiße steckt.«

»Wir können sie nicht im Stich lassen, Bobby.«

»Was soll das heißen? Sie arbeitet nicht für uns.«

»Aber das ist unser Kampf. Das ist unsere Revolution. Wir haben sie angefangen.«

»Moment mal, wir haben nicht gesagt, sie soll in die Sitzung ihres Mannes stürmen und allen den Stinkefinger zeigen.«

»Hast du schon mal eine Steinigung *gesehen?*«

»Nein, aber was hat das damit zu tun?«

»Ich schon. Jedenfalls eine Videoaufnahme. Sie war höchstens neunzehn. Ehebruch. Sie nehmen kleine Steine, damit es länger dauert. Es war schrecklich, Bobby.«

»Das bezweifle ich keine Sekunde, Flo, aber wir müssen die Gesamtsituation sehen. Wenn du mit so was an die Öffentlichkeit gehst, werden sie genau wissen, woher du die Information hattest, und die ganze Sache wird dir auf den Kopf fallen. Und sie werden auch keine kleinen Steine werfen, sondern richtig dicke Brocken, so groß wie –«

»Bobby, jetzt ist die Zeit da. Hier ist Akaba. Wir können jetzt nicht kneifen. Wir können sie nicht einfach sterben lassen.«

»Verdammt noch mal, was hast du denn gedacht, was passiert? Dass du das ganze feministische Zeug in ein Königreich senden kannst, das noch im vierzehnten Jahrhundert lebt, und dann eine Konferenz oder so was dabei rauskommt? Dass es Podiumsdiskussionen gibt, wo alle Namensschilder tragen, und dass sie sagen: ›Oh, Sie haben ja so Recht, schlaue Dame aus Amerika, Sie haben absolut Recht, wir sollten unsere Frauen nicht so unterdrücken. Wie mittelalterlich von uns! Okay, meine Damen, werft eure Schleier weg, hier lang geht's zur Fahrschule. Und um zu beweisen, wie liberal wir sind – hauen wir euch nicht mal mehr die kleinen Köpfe ab!‹ Hast du das erwartet? Wir sind hier im Nahen Osten! Die Wiege der Destabilisierung, die Mutter allen Schlamassels, der längste Konflikt auf diesem Planeten! Versteht du nicht, dass hier seit Urzeiten, angefangen mit dem Garten Eden, *nie was richtig gelaufen ist*? Und es wird auch nie was richtig laufen.«

»Was machen wir dann hier?«

»So wie es aussieht, reiten wir alles noch tiefer in die Scheiße. Aber wenigstens sind wir konsequent. Das sollte unser Motto sein: ›US-Außenpolitik im Nahen Osten: Alles muss schlimmer werden.‹ Flo? Bist du noch da? Sag was, Florence. Flo! Verdammt noch mal ...«

Florence rief Laila an. »Ich muss mit dir sprechen. Es ist dringend.«

»Jetzt ist keine sehr günstige Zeit. Gazzy ist stocksauer. Er hat alle möglichen Anrufe gekriegt. Irgendwas geht vor, und er will's mir nicht sagen.«

»Ich glaube, ich weiß, was es ist, aber ich möchte es nicht am Telefon erklären.«

»Es ist vielleicht nicht so schlau, ihn gerade jetzt dadurch zu ärgern, dass man uns zusammen sieht. Ich weiß, das Ganze ist absurd, aber wir sollten dieses lächerliche Gerücht nicht noch anheizen.«

»Es ist wichtig«, sagte Florence. »Sonst täte ich es nicht. In der Chartwell-Mall beim Starbucks. Ich warte draußen beim Ficusbaum.«

»Ob es so schlau ist, gerade jetzt in der Mall bummeln zu gehen?«

Florence spähte durch das Gittergeflecht der Öffnung in ihrem Schleier. Die Frau, die auf sie zukam, war von Kopf bis Fuß mit einer weißen Abaya bedeckt. Sie kam näher und blieb dann unschlüssig stehen.

»Ich bin's«, sagte Florence.

»Gott sei gelobt«, sagte Laila. »Guck uns bloß mal an. Ich komme mir wie ein Gast bei *Cher Azade* vor.«

Sie setzten sich neben den Ficus, während die Bourgeoisie von Matar durch die Mall und die gedämpfte Musikberieselung wanderte.

»Ich bin meinen Leibwächtern durch die Hintertür des Umkleideraums bei Ralph Lauren entkommen. Sie sind völlig unfähig. Hoffentlich versucht nicht mal wirklich jemand, mich umzubringen. Also, was ist so wichtig?«

Florence erzählte Laila von Prinzessin Hamzin. Laila nahm die Neuigkeiten schweigend auf.

»Ich bin ihr mal begegnet. Sie ist die hübscheste von Tallulahs Frauen, nicht dass ihr das viel helfen wird. Mein Gott, was hat sie sich bloß dabei gedacht?« Laila seufzte. Sie wandte den Blick zu Starbucks.

»Vor hunderten, vielleicht 1 000 Jahren war genau hier ein Souk voller Händler, Schiffe und Karawanen. Der erste Kaffee, der in Europa getrunken wurde, kam hier durch. Jetzt haben wir Starbucks. So sieht unser Fortschritt aus. Firenze, ich muss sagen, du scheinst über alles Mögliche sehr gut informiert zu sein. Was hast du mir vor Starbucks noch zu sagen? Hast du mich doch in irgendeine CIA-Operation verwickelt?«

»Ich weiß wirklich nicht, für wen ich arbeite«, sagte Florence.

»*Das* riecht nach Ausrede.«

»Ich weiß, wie es klingen muss. Aber ich weiß es wirklich nicht. Es gibt da einen Mann, der sich Onkel Sam nennt –«

»Ich will das nicht hören«, sagte Laila ärgerlich. »Wenn ich in einer Gefängniszelle sitze, möchte ich lieber nichts haben, was sie wissen wollen. Du hättest es mir sagen können, Florence.«

»Das sagen mir jetzt alle.« Dieses eine Mal war Florence froh, einen Schleier zu tragen. Sie fühlte, wie ihr die Tränen in die Augen stiegen. »Es tut mir Leid. Ich habe den richtigen Augenblick gesucht, es dir zu sagen.«

»Nicht, dass ich mir keine Gedanken gemacht hätte«, sagte Laila mit etwas sanfterem Ton. »Die Frage hat sich schon gestellt. Ich bin ja nicht dumm. Aber alles lief so gut, dass ich meinte, es könnte keine CIA-Aktion sein. Die gehen immer schief. Und jetzt . . . Also war das dein Mr. Bobby in der Garage.«

»Ja. Es war Notwehr.«

»Wie immer. Was wollte er da eigentlich.«

»Sich Maliqs Auto ansehen. Er kriegte raus, dass es manipuliert war. Der schwarze Rauch, das Wunder, das war getürkt, um seine religiöse Erleuchtung glaubwürdig zu machen.«

»Dann . . . wird es einen Putsch geben?«

»Ich kann dir und deinem Sohn helfen, das Land zu verlassen«, sagte Florence.

Laila stand auf. »Danke, aber ich glaube, du hast schon genug geholfen.«

SIEBZEHN

Als Florence tief deprimiert in ihr Büro zurückkam, teilte die Sekretärin ihr mit, ihr »Onkel« habe angerufen.

»Er hat nicht gesagt, welcher Onkel. Er meinte anscheinend, Sie wüssten es.«

Florence wusste es, und sie wusste außerdem, dass es ein Anruf war, den sie nicht wollte. Sie wählte die Nummer. Onkel Sam nahm ab, bevor das erste Klingeln vorbei war, kein guter Anfang. Sie hörte den Dampf aus seinen Ohren zischen.

»Was um alles in der Welt machen Sie da drüben eigentlich?« stieß er hervor.

»Bobby hat Ihnen also schon Bescheid gesagt.«

»Gütiger Himmel, Sie können diese Information nicht im Fernsehen bringen! Haben Sie eine Ahnung, wie heikel sie ist?«

Florence spürte eine gewisse Müdigkeit. Sie hatte den Eindruck, sie habe die meiste Zeit im Staatsdienst mit Streiten verbracht. »Ich habe Laila gesagt, dass ich für die Regierung arbeite«, sagte sie.

»Was? Sie haben . . . was?«

»Wenn Sie schon böse auf mich sind, können Sie auch richtig böse sein.«

»Warum *tun* Sie so was?«

»Ich war es Leid, sie zu belügen. Sie wusste es wohl eh schon.«

Mit veränderter Stimme sagte er: »Florence, ich ziehe

Sie ab, mit sofortiger Wirkung. Sie haben einen prima Job gemacht, aber Sie sind müde. Sie brauchen ein bisschen Zeit zu Hause oder noch besser, ein paar Tage Shopping in Paris oder London – auf Kosten Ihres Onkels. Wie klingt das?«

»Sie haben mich hergeschickt, um eine Revolution zu beginnen. Jetzt soll ich shoppen gehen?«

»Mein Gott, nun legen Sie doch nicht jedes Wort auf die Goldwaage. Ich bin doch kein Chauvinist. Wenn Sie ins Museum gehen möchten, tun Sie das. Ich bin sehr für Kultur.«

»Wie fortschrittlich von Ihnen.«

»Florence, wenn Sie diese Geschichte über die Prinzessin senden, wird es – wie soll ich das erklären?«

»Auf Englisch?«

»Englisch. Na gut. Ich gebe Ihnen einen perfekten englischen Parallelfall. Im Zweiten Weltkrieg bekam Churchill raus, dass die Deutschen Coventry bombardieren wollten. Wenn er die Leute in Coventry aber gewarnt hätte, hätten die Deutschen gemerkt, dass die Briten ihren Geheimcode geknackt haten. Also ließ er die Deutschen Coventry bombardieren. Und es sind Menschen gestorben. Aber er hat den Krieg gewonnen.«

»Mit anderen Worten, man darf keine Skrupel haben.«

»Genau.«

»Vielen Dank, Onkel Sam, Sie haben mir die Situation verdeutlicht.«

»Ich wusste, dass Sie's verstehen. Ich schicke Ihnen ein Flugzeug. Sie müssen ja total kaputt sein. Und Sie haben einen Spitzenjob gemacht. Einen Spitzenjob. Bleiben Sie eine Woche in einer Suite im Bristol in der Rue du Faubourg St. Honoré. Das ist mein Lieblingshotel. Ausschlafen, Massage, die Museen ...«

»Klingt wunderbar.«

»Ich bin da, wenn die Maschine landet. Ich halte das Schild an der Gepäckausgabe hoch.«

»Tschüss, Onkel Sam.«

Florence rief Fatima Sham herein und gab ihr das Skript für die Meldung. Fatima las es, dann schoss ihr Blick vom Papier hoch.

»Ich hab gar nichts darüber gesehen. Ist es exklusiv?«

»O ja.«

»Und unsere Quelle?«

»Verlässlich.«

»Ah, ich verstehe«, gab Fatima zurück.

»Das könnte dein großer Durchbruch sein, Fatima.«

»Ja. Ich könnte dadurch sogar einen Job im seriösen Journalismus kriegen. Florence, jetzt ist vielleicht der richtige Moment für die Frage.«

»Schieß los.«

»*Sind* wir eine Art CIA-Operation?«

»Ich weiß es wirklich selber nicht.« Florence seufzte. »Das muss schrecklich ausweichend klingen.«

»Allerdings«, sagte Fatima lächelnd.

»Wahrscheinlich sind wir es auf irgendeine Art. Aber es ist auch wahr, dass dieses Mädchen in Kaffa stirbt, wenn wir nichts dagegen tun. Und jetzt weißt du alles, was ich weiß.«

»O je. Und ich dachte, wir machen so tolle Arbeit.«

»Das dachte ich auch. Ich sollte dir noch was sagen. Wenn du diese Meldung bringst, machst du dir keine Freunde in Wasabien. Und hier könnte die Lage sich ändern. Wir haben ins Wespennest gestochen. Wenn du das lieber nicht senden möchtest, verstehe ich es. Ich könnte es selber tun, aber dann würde die andere Seite Munition gegen uns kriegen.«

Fatima schaute auf das Skript. »Wir können sie nicht einfach steinigen lassen. Ich werde mal ein paar Anrufe machen. Mal sehen, was ich ausgrabe.« An der Tür blieb sie stehen und sagte: »Egal was passiert – gut gemacht, Florence.«

Florence rief George und Rick in ihr Büro und schloss die Tür, dann wählte sie Bobbys Nummer und schaltete den Lautsprecher zu.

»Bobby, ich möchte, dass du George und Rick sofort aus dem Land bringst.«

»Warum?« Nach kurzem Schweigen sagte er: »Ich dachte, du hättest Onkel Sam gesagt, dass du nicht . . . Was ist los, Florence?«

»Bobby, tu bitte zehn Minuten lang so, als ob du noch für mich arbeitest. Ich möchte, dass die beiden heute Abend hier raus sind. Kannst du dein Wassertaxi arrangieren?«

»Verdammt noch mal, ich kann ein Atom-U-Boot nicht einfach so bestellen wie den Pizzaservice.«

»Ein U-Boot?« fragte George und erbleichte. »Moment. Ich steige in kein U-Boot. Ich habe Platzangst.«

»Es ist ein großes U-Boot, George«, sagte Florence.

»Es müsste so groß sein wie die *Queen Mary 2* und über Wasser bleiben.«

»George«, sagte Florence streng, »in zwölf Stunden könnte der schönste Anblick auf der Welt für dich der Turm eines verdammten US-U-Boots sein. Bobby?«

»Was ist?«

»Hol sie hier raus. U-Boot, Kamel, Ballon, ist mir ganz egal. Das ist eine Exfiltration mit höchster Priorität. Okay? Kann ich auf dich zählen? Hallo, Bobby?«

»Ich bin ja hier, verdammt.« Nach ein paar Sekunden sagte er: »Seid ihr Jungs da?«

»Wir sind da«, antwortete Rick für den schreckensstarren George mit, in dessen Geist offensichtlich gerade der Horrorfilm begann, in dem er als Hauptperson die Leiter herabstieg, tiefer und tiefer ...

»Okay, hört zu. Ihr kennt das Café Winston an der Esplanade neben dem Openair-Fischrestaurant? Es ist jetzt drei Uhr fünfzehn. Seid in einer Stunde da. Nicht später, versteht ihr? Geht nicht in eure Wohnungen. Nehmt nichts aus dem Büro mit. Geht einfach durch die Vordertür raus. Geht einzeln, mit zehn Minuten Abstand. Tragt jeder eine Zeitung oder eine Zeitschrift unter dem Arm, das sieht unauffällig aus. Geht, lauft nicht. Guckt euch nicht um. Wenn ihr seht, dass euch jemand folgt, ist das wahrscheinlich jemand von meinen Leuten. Alles wird klappen. Wenn ihr im Café seid, bestellt einen Kaffee und wartet. Bezahlt den Kaffee gleich. Lasst ein normales Trinkgeld liegen. Zwei weiße Mercedes-Taxis werden mit ein paar Minuten Abstand vorfahren. Jedes hat einen gelben Klebestreifen an der Antenne. George, du steigst in das erste Taxi, Renard ins zweite. Nehmt eure Zeitungen mit. Alles mitgekriegt? Soll ich's wiederholen?«

»Nein, wir haben's kapiert«, sagte Rick.

»George, bist du da?« fragte Bobby.

»Was ist?«

»Alles wird gut. Du schaffst es. Hast du Valium oder so was bei dir? Macht nichts, im Taxi wird was liegen. Du schaffst es. Hey, es gibt viele ... Leute wie dich auf U-Booten.«

»Klaustrophobiker?«

»Nein, äh – jedenfalls wird's dir gut gehen.«

»Bobby?« fragte Florence.

»Was ist?« fuhr er sie an.

»Danke.«

Bobby legte auf.

»Er ist im Moment nicht so gut auf mich zu sprechen.«

»Was ist eigentlich los, um Himmels Willen?« fragte George.

»Ihr beiden kriegt Erholungsurlaub. Ihr habt einen brillanten Job gemacht. Ich bin stolz auf euch.« Sie fühlte, wie ihr die Tränen hochstiegen, unterdrückte sie aber.

»Firenze, *was ist los?«* fragte George.

»Es wird gefährlich. Ich möchte mir keine Sorgen um euch zwei machen.«

»Hey, damit komm ich schon klar«, sagte Rick. »Du sprichst mit dem Mann, der in Nordkorea ein Golfturnier mit O. J. Simpson veranstaltet hat.«

»Rick, hier ist nichts mehr mit PR. Wir verlieren den Rückhalt von denen, die uns hergeschickt haben, wer auch immer das ist. Dadurch wird unsere Situation hier unhaltbar, wie sie im alten Außenministerium sagen. Dann wird das überflüssige Personal evakuiert.«

»Überflüssig?« fragte Rick. »Bin ich das?«

»Du bist der brillanteste – und schrägste – Geist in der Branche. Und du bist in 55 Minuten weg.«

»Warum können wir nicht alle weg?« fragte George.

Florence schaute ihre beiden Jungs an. »Ich komme nach. Wir treffen uns am Strand, aber erst muss ich noch ein paar Sachen erledigen.«

Sie gingen raus. Florence hörte George zu Rick sagen: »Ich steig in kein U-Boot. So viel Valium gibt's auf der ganzen Welt nicht.«

Kaum waren sie weg, brach Florence in Tränen aus, aber als effizientes Mädchen kam sie schnell drüber weg und stürzte sich wieder in die Arbeit.

ACHTZEHN

»Guten Abend. Ich bin Fatima Sham für TV Matar, und dies sind die Sechs Uhr-Nachrichten. Prinzessin Hamzin, die zweite Frau König Tallulahs von Wasabien, ist zum Tod durch Steinigung verurteilt worden. Ihr Verbrechen: Sie hat ihren Ehemann und seine Minister um grundlegende Frauenrechte gebeten. Heute Nachmittag sprach ich am Telefon mit Prinz Jerbil al Jakar, dem Staatssekretär im wasabischen Außenministerium.«

Ein Standfoto des Ministers erschien auf dem Bildschirm, während das Gespräch dazu lief.

»Das ist eine schamlose Lüge! Daran ist überhaupt nichts. Das sind Lügen, alles Lügen! Wer hat Ihnen diese schreckliche Lüge erzählt? Irgendein Verbrecher.«

»Können wir ein Interview mit der Prinzessin führen?«

»Die königliche Familie gibt keine Interviews. Nein, das ist eine plumpe Provokation. Ein Versuch, sich in unsere inneren Angelegenheiten einzumischen. Das wird nicht gelingen. Nein, nein.«

»Können Sie beweisen, dass die Prinzessin noch am Leben ist?«

»Natürlich ist sie am Leben! Alle sind am Leben! Alle sind glücklich. Leben Sie wohl, Madame.«

Es folgte das Geräusch eines heftig aufgelegten Hörers.

»Das war Prinz Jerbil al Jakar, Staatssekretär im wasabischen Außenministerium«, fuhr Fatima fort. »Die wasabische Praxis bei der Steinigung von Frauen besteht darin, die Größe der Steine dem Vergehen anzupassen. Im Fall von Ehebruch werden sehr kleine Steine benutzt, um die Exekution zu verlängern. Es ist nicht bekannt, welche Art von Steinen für eine Ehefrau des Königs benutzt wird, deren Verbrechen darin besteht, um bessere Lebensumstände für Frauen zu bitten. Ich sprach darüber mit Großmufti Adman Ifkir, einer führenden religiösen Autorität in Wasabien.«

Das Band lief ab. »Großmufti Ifkir, vielen Dank, dass Sie mit TV Matar sprechen.«

»Ja, ich bin hier. Gott sei gelobt.«

»Es klingt, als habe Prinzessin Hamzin ein sehr schweres Verbrechen begangen.«

»Oh, äußerst schwer, äußerst schwer. Keine Strafe kann streng genug sein.«

»Wie ist es mit Steinigung? Das ist ziemlich streng.«

»Nur wenn man sehr kleine Steine benutzt.«

»Warum wird sie nicht einfach enthauptet?«

»Nein, nein, nein. Das geht zu schnell, zu schnell.«

»Welche Steingröße würden Sie also empfehlen?«

»Die allerkleinste. So wie dieser hier. Das sind die besten. Wie die, die wir in Mekka während der Hadsch nach dem Satan werfen.«

»Die sind wirklich klein. Dauert es nicht sehr lange, eine Frau mit so kleinen Steinen zu töten?«

»Ja. Darum geht es doch. Es ist eine Gnade. Es gibt ihr Zeit, ihr Verbrechen zu bereuen.«

»Danke, dass Sie Zeit hatten, mit uns zu sprechen.«

»Gerne.«

Florence sagte durch die Sprechanlage in Fatimas Ohrhörer: »Das wird sie aufwecken. Gute Interviews.«

»Florence, die Sheika Laila auf Leitung zwei«, sagte ein Regieassistent.

»Mein Gott, Florence«, sagte Laila. »Was *machst* du da eigentlich?«

»Was ich vorhatte, als ich herkam.«

»Gehört dazu auch, die ganze Region zu destabilisieren? Und Wasabien einen Vorwand zu geben, uns zu besetzen? Und du, du bist dann schon lange weg, nicht? Wurde zuletzt gesehen, als sie in einen amerikanischen Hubschrauber kletterte.« Sie legte auf, bevor Florence antworten konnte.

Florence blieb bis zum nächsten Morgen an ihrem Platz im Regieraum und verfolgte die Entwicklungen. Es gibt eigentlich keinen besseren Ort, um Entwicklungen zu verfolgen. Die ganze Welt kam auf einem Dutzend Bildschirmen zu ihr. Auf dem direkt vor ihr war ein zornig aussehender Mann zu sehen, den die Einblendung als PRINZ BAWAD, WASABISCHER AUSSENMINISTER identifizierte. Florence sah den Ehemann der toten Prinzessin Nazrah an, deren mitternächtlicher Fluchtversuch die ganze Kette der Ereignisse in Gang gesetzt hatte. Er sah sehr unwirsch aus, als er vor den Vereinten Nationen an schreienden Reportern vorbeiging. »An dieser Verleumdung ist kein wahres Wort.« Er blickte drohend um sich, bevor er umgeben von nervösen Leibwächtern in einer Limousine verschwand.

Auf einem anderen Bildschirm beobachtete Florence eine Gruppe von Frauen vor der wasabischen Botschaft in Washington. Sie hielten Schilder, auf denen WASABISCHE MACHOSCHWEINE und FREIHEIT FÜR PRINZESSIN HAMZIN stand.

Schau nur, Nazrah, was du für einen Wirbel ausgelöst hast, dachte Florence.

Ein weiterer Bildschirm zeigte eine Pressekonferenz im amerikanischen Außenministerium.

»Zum gegenwärtigen Zeitpunkt habe ich leider nichts für Sie«, sagte der Sprecher noch trübseliger als sonst zu dem Wald der gereckten Hände vor ihm.

»Hat der Minister mit den Wasabis darüber gesprochen?«

»Nicht so viel ich – wie ich schon sagte, ich kann Ihnen nicht mehr darüber sagen.«

»Wie ist die gegenwärtige Situation der Prinzessin?«

»Das müssen Sie das dortige Außenministerium fragen.«

Ein französischer Reporter fragte: »Was können Sie uns über die Beziehung der amerikanischen Regierung zu TV Matar sagen, das diese provozierende Geschichte gesendet hat?«

»Ich bin über keine Beziehung informiert.«

»Aber das Geld kommt von der CIA, oder?«

»Ich kann darüber keinen Kommentar abgeben.«

Florence musste an George und Rick denken. Sie sah sie in einem Schlauchboot vor sich, auf dem Weg zum wartenden U-Boot, begleitet von Navy-Kampfschwimmern mit geschwärzten Gesichtern. George würde sich beschweren. Sie lächelte bei dem Gedanken, wie Bobby ihm von den vielen knackigen Matrosen erzählte, denen er begegnen würde.

Sie beschloss, sich mal zu erkundigen, und rief Onkel Sam auf dem sicheren Handy an. Es klingelte mehrmals, dann sagte eine Automatenstimme, es gebe keinen Anschluss unter dieser Nummer. Sie zerstörten das verbindende Gewebe. Jetzt war sie allein.

Gegen vier Uhr morgens war sie erschöpft und musste sich wenigstens eine Stunde hinlegen. Es gab eine Notluke in der Decke der Toilette neben dem Regieraum. Bobbys Leute hatten sie eingebaut. Sie öffnete sie und kletterte aufs Dach von TV Matar, von wo sie die Stadt und den Golf sah. Sie legte sich hin und schaute in den Nachthimmel über Matar. Jede Nacht schliefen viele Menschen im Nahen Osten auf ihren Dächern, um der Hitze oder der Geheimpolizei zu entgehen. In einem Teil der Welt, wo sie einen mitten in der Nacht abholen, ist das vernünftig. Das einzige Problem ist, dass neben Sternschuppen manchmal auch Kugeln vom Himmel fallen. Araber geben gern Freudenschüsse in die Luft ab, um die Siege des Lebens zu feiern: eine Hochzeit, die Geburt eines Sohnes oder die Nachricht, ein weiterer Märtyer sei ins Paradies eingegangen.

Florence lag bis zur Morgendämmerung zwischen Wachen und Schlafen, dann kletterte sie zurück in den Regieraum und erfuhr die Neuigkeit, dass die Wasabis den Beweis geliefert hatten, dass Prinzessin Hamzin am Leben und gesund war.

Der Beweis war triumphal. Die Prinzessin war nicht nur am Leben und gesund, sondern kaufte auch Juwelen, sogar in Paris. Das französische Fernsehen zeigte Bilder von ihr, die durchs Fenster von Hermès aufgenommen waren. Sie zeigten, wie Prinzessin Hamzin eine American Express-Karte für ein 150 000 Dollar teures Diamantenarmband über den Ladentisch reichte. Mit einem Grinsen verkündete der Nachrichtensprecher danach: »Offenbar zieht die Prinzessin es vor, Steine zu *tragen.*«

Florence beobachtete die anderen Bildschirme. Alle zeigten dieselben Aufnahmen. Dann kam Prinz Bawad, ein Bild der Selbstzufriedenheit.

»Die Welt kann deutlich sehen, was für ein unterdrücktes Leben unsere Prinzessinnen führen«, sagte er und strich sich den Kinnbart.

Im Lauf der nächsten Stunde sah Florence verschiedene redende Köpfe in Dutzenden von Talkshows. Ein Anthropologieprofessor von der University of Chicago sagte, es sei nicht Sache der USA, feministische Werte im Ausland durchzusetzen, da viele, vielleicht sogar die Mehrheit der Frauen in Arabien, Indien und Afrika »nicht befreit werden wollen«. »Wie würden wir *uns* fühlen«, fragte er, »wenn uns eines dieser Länder *seine* Werte aufzwingen wollte?«

Florence dachte darüber nach, ob beispielsweise die Mehrheit der arabischen Frauen mit dem Status quo zufrieden war, als ihr Handy piepte. Es war Laila.

»Ich hätte das vorhin nicht sagen dürfen.«

»Du brauchst dich nicht zu entschuldigen«, sagte Florence.

»Du hast sicher die Bilder aus Paris gesehen.«

»Ja.«

»Und?«

»Es gibt zwei mögliche Erklärungen«, sagte Florence. »Entweder war die Information falsch. Oder wir haben ihr das Leben gerettet.«

»Das war eigentlich nicht meine Vorstellung von arabischen Frauenrechten, bei Hermès eine American Express-Karte für ein 150 000 Dollar-Armband rüberzureichen.«

»Hast du ihren Gesichtsausdruck gesehen? Sie sah aus, als ob sie unter Drogen stehe.«

»Willst du das im Fernsehen sagen?«

»Ich weiß nicht.« Florence wünschte sich, Renard, der Meister von Information und Gegeninformation wäre da. »Ich bin ausmanövriert worden.«

»Willst du wissen, wo der neue Saladin steht? Ich glaube, er denkt dran, die Steinigung in Matar einzuführen – für Angestellte von TV Matar. Bringen wir eine Entschuldigung?«

»An diese Mistkerle? Nur über meine Leiche.«

»Das würde ich an deiner Stelle im Nahen Osten nicht sagen. Gib lieber irgendwas raus. Ich versuche den neuen Saladin zu beruhigen, aber halt dich besser ran.«

Florence starrte auf die Reihe der Bildschirme vor sich und rief dann Fatima herein.

»Fatima, eines Tages wirst du seriösen Journalismus machen, aber dieser Tag ist noch nicht gekommen.«

»Guten Tag, hier ist die Nachrichtenredaktion von TV Matar in Amo-Amas. Ich bin Fatima Sham.

Eine Quelle aus der unmittelbaren Umgebung der wasabischen Königsfamilie hat bestätigt, dass Prinzessin Hamzin wirklich für das Verbrechen der Respektlosigkeit zum Tod durch Steinigen verurteilt wurde. Diese Person bestätigt auch, dass die Königsfamilie wegen der negativen Reaktionen auf diese Nachricht und der wachsenden internationalen Empörung versucht, dies zu vertuschen. Gestern Abend wurde laut dieser Quelle Prinzessin Hamzin unter Drogen gesetzt und mit einer Maschine der wasabischen Luftwaffe nach Paris geflogen, wo ein inszenierter Einkaufsbummel stattfand, um es so darzustellen, als könne sie ins Ausland reisen, um teure Juwelen zu kaufen, und erwarte keinen schrecklichen Tod. Wir bringen Ihnen das Exklusivinterview mit dem Informanten aus dem Palast in Kaffa. Da er um sein Leben fürchtet, haben wir zugestimmt, sein Gesicht nicht zu zeigen, und nennen ihn nur ›Abdul‹.«

»Können Sie uns sagen, was passiert ist?«

»Sie wollten meine Herrin steinigen. Mit kleinen Steinen. Oh, schrecklich. Dann kam der Bericht im Fernsehen – Gott sei gelobt! Der Minister des Königs Tallulah bekam Angst und sagte: ›Das wird das Bild des Königs furchtbar beschmutzen! Wir müssen warten und sie töten, wenn niemand darauf achtet.‹ Also kamen sie mit großen Nadeln voller Drogen und haben sie so damit gestochen.« Abdul stach sich mit dem Finger in den Arm. »Dann haben sie sie in ein Flugzeug nach Paris gebracht.«

»Woher wissen Sie das alles?«

»Ich war dabei! Ich hab's gesehen. Mit meinen eigenen Augen, möge Gott sie mir erhalten. Da war auch ein Franzose.«

»Was für ein Franzose?«

»Oh, ein alter Franzose mit grauem Haar. Er war schon oft im Palast. Das Königshaus hört immer auf ihn. Sie glauben, alles aus Frankreich ist gut. Er sagt, was sie tun sollen, und sie tun es. Er sagt: ›Bringt sie nach Paris, wir lassen es wie einen Einkaufsbummel aussehen.‹«

»Sie sagen also, die Bilder der Prinzessin beim Einkaufen waren manipuliert, damit es aussieht, als sei sie nicht in Gefahr?«

»Ja, aber sie ist in großer Gefahr! Immer noch! Wenn niemand darauf achtet, werden sie sie umbringen. Meine arme Herrin!«

»Abdul, danke für das Gespräch. Es ist sehr mutig von Ihnen, mit uns zu sprechen. Noch eine letzte Frage: Sie sagen, die Franzosen hätten viel Einfluss auf das wasabische Königshaus?«

»Ja. Ich habe die Prinzen und den König oft telefonieren hören, oft haben sie zu den Franzosen gesagt: ›Ihr müsst uns helfen, die Küste wiederzukriegen, die der englische Räuber Churchill uns weggenommen hat. Wir geben euch Öl und Marinestützpunkte.‹ Oft habe ich das gehört. Sehr, sehr oft.«

»Vielen Dank. Gott schütze Sie. In wenigen Sekunden schalten wir zu unserer Korrespondentin nach Paris.«

Florence lehnte sich im Kontrollraum zurück. Schade, dass Renard es nicht zusammen mit ihr gesehen hatte. Sicher wäre er stolz auf sie gewesen. Besonders das französische Element gefiel ihr.

Laila rief an. »Wow. Wie habt ihr denn diesen Abdul gefunden? Was für ein Coup.«

»Er arbeitet hier in der Cafeteria« antwortete Florence.

»Aha.« Kurzes Schweigen. »Na, dafür kriegen wir bestimmt einen Emmy für investigativen Journalismus. Ich glaube, *das* Detail werde ich dem neuen Saladin nicht erzählen. Ah, es geht weiter. Ich will kein Wort verpassen. Ich ruf dich in der Werbepause wieder an.«

»Hier sind wieder die Nachrichten von TV Matar. Ich bin Fatima Sham. Wir bringen Ihnen jetzt einen Exklusivbericht von Rita Ferreira aus unserem Pariser Büro.«

»Ja, Fatima, ich stehe hier vor dem Tor des Onzième Bureau, einer wenig bekannten Abteilung des französischen Geheimdienstes. Wir haben versucht, hier mit Offiziellen über einen Bericht zu sprechen, nach dem sie heimlich Geld zu den matarischen Mullahs geschleust haben, um in dem friedlichen Golfstaat einen Staatsstreich anzuzetteln und seinen wohltätigen und beliebten Herrscher, den Emir Gazzir Bin Haz, durch eine fundamentalistische islamische Diktatur zu ersetzen.«

Der Bildschirm zeigte, wie die Reporterin versuchte, ein Mikrofon durchs Fenster einer dunklen Limousine zu halten, die gerade durchs Tor hinausfuhr.

»TV Matar, *bonjour*! Stimmt es, dass Sie versuchen, einen Umsturz in Matar herbeizuführen?«

Der Wagen fuhr weiter. Man sah zwei Gendarmen näher kommen und die Kamera wegwinken. *»Allez! Allez!«*

»Wir sind von TV Matar, um ein paar Fragen zu stellen.«

»Nein. Sie müssen gehen. Jetzt.«

»Aber wir möchten jemanden vom Onzième Bureau über die Pläne zur Destabilisierung unseres Landes befragen.«

»Sie müssen das Außenministerium fragen. *Allez*!«

NEUNZEHN

»Ich glaube, du solltest in den Palast kommen«, sagte Laila am Telefon. »Der französische Botschafter hat um eine Audienz gebeten. Der neue Saladin könnte etwas Stärkung des Rückgrats gebrauchen. Das ist das Einzige an ihm, das nicht dauernd steif ist. Ich schick dir einen Wagen.«

Florence wurde durch die ruhigen, in der Sonne brütenden Straßen von Amo-Amas gefahren. Sie ging über die lapislazuligefleckten Kacheln an kühlen Alabasterbrunnen, schattigen Terrassen und Mosaikkorridoren und an den Leibwächtern im traditionellen Gewand vorbei in den Audienzraum, wo der Löwe von Matar sie erwartete. Der Löwe runzelte die Stirn.

»Na, Miss Intrige«, sagte er, »Sie haben mich ja auf einmal sehr populär gemacht. Jeder will plötzlich mit mir sprechen. Der französische Botschafter, der wasabische Botschafter, Ihr amerikanischer Botschafter, sogar der russische Botschafter. Was kann der bloß wollen? Ich sollte sie alle auf einmal einladen. Wir haben schon lange keine große diplomatische Audienz mehr gehabt. Ich weiß nicht, ob ich Ihnen danken oder Sie abschieben lassen soll. Ich könnte Sie einfach bis zur wasabischen Grenze eskortieren und dann rüberschicken lassen. König Tallulah wäre bestimmt entzückt, Sie zu Gast zu haben.«

»Es tut mir Leid, dass ich Eurer Majestät solche Ungelegenheiten bereite.«

»Ach, papperlapapp! Was ist jetzt damit, dass die Franzosen meine Mullahs kaufen? Stimmt das?«

»Ja.«

»Und woher haben Sie diese interessante Tatsache?«

»Ich bin in der Nachrichtenbranche.«

»Sind Sie bei der CIA? Ich will eine ehrliche Antwort.«

»So viel ich weiß, nicht, Majestät.«

Der Emir starrte sie an. »Was soll das heißen, so viel Sie wissen, nicht? Was ist das für eine Antwort?«

»Eine vage, ehrliche Antwort. Es gab da einen Mann, aber er ist verschwunden. Und jetzt bin ich anscheinend eine Angestellte von TV Matar, das heißt, ich arbeite für Euch.«

»Hören Sie auf, mir Sand in die Augen zu streuen. Wer ist dieser Mann?«

»Das wusste ich nie genau. Er stellte sich als Teil des US-Regierungsapparats vor. Ganz sicher verfügte er über große Mittel. Genug, um das Ganze hier möglich zu machen. Die erste Finanzierung, den Hubschrauber für Eure Majestät ...«

»Ich will eine Antwort!«

»Schatz, beruhige dich«, sagte Laila. »Du wirst noch Ausschlag bekommen. Florence versucht es zu erklären. Obwohl ich zugeben muss, dass ich gerade auch verwirrt bin. Aber TV Matar ist völlig unabhängig. Es gehört *dir*. Außerdem bringt es dir sehr viel ein. Du hast jetzt den größten Sender in der arabischen Welt.«

»Ja ja ja, aber kam das Geld vom amerikanischen Geheimdienst?«

»Meinst du wirklich, es hätte so gut funktioniert, wenn es so wäre?« fragte Laila.

»Guter Punkt«, murmelte Florence.

»Ich weiß nicht, ob es ›gut‹ funktioniert«, erwiderte der

Emir. »Und versucht nicht, mich mit euren honigsüßen Worten zu täuschen. Ich will wissen – jetzt sofort –, *war das eine amerikanische Operation?*«

»Ja«, sagte Florence. »Ich bedaure es, Sie getäuscht zu haben. Aber ich bedaure nicht, was wir getan haben.«

Der Emir blickte von Florence zu seiner Frau. »Hast du das gewusst?«

»Nein«, warf Florence ein. »Ich habe auch Laila getäuscht. Ich habe Sie beide getäuscht.«

Der Emir lehnte sich in seinem Sessel zurück und tippte sich mit der Fingerspitze auf die purpurnen Lippen. »Dann habe ich keine Wahl. Es wird eine Festnahme geben müssen. Und einen Prozess und dann . . . Sehen Sie nur, in was für eine Position Sie mich gebracht haben. Ich habe kaum eine Wahl.«

»Schatz, lass uns darüber nachdenken, bevor wir was Übereiltes tun«, sagte Laila. »Florence hat zugegeben, dass sie für irgendeinen mysteriösen Teil der US-Regierung gearbeitet hat. Aber TV Matar wird völlig von uns kontrolliert. Und es hat Matar und dich zu einer Stimme auf der Weltbühne gemacht. Wir sind weit entfernt von Feigenöl und Churchill-Steuer.

Und jetzt scheinen Florence und ihre neugierigen Mäuse ein französisches Komplott aufgedeckt zu haben, deinen widerlichen kleinen Bruder auf den Thron zu setzen. Also hat sie dich unabhängig vom Öl reich und berühmt gemacht und versucht dich auf dem Thron zu halten. Und du willst sie festnehmen lassen. Tu, was du für richtig hältst, aber wenn du auf dieser idiotischen Absicht bestehst, sagst du bloß der ganzen Welt: ›Meine Güte, war *ich* ein Dummkopf! Diese Amerikanerin hat mich ja völlig eingewickelt!‹ So viel zum neuen Saladin. Aber es liegt bei dir, Schatz.«

Der Emir rieb sich die Stirn.

Laila warf Florence einen Blick zu. »Bist du *immer noch* US-Agentin?«

Florence stellte sich vor, eine Pressekonferenz im Außenministerium zu geben. *Zum gegenwärtigen Zeitpunkt kann ich Ihnen leider nicht mehr sagen.*

»Florence?«

»Nein. Nein, ich glaube jetzt nicht.«

Laila wandte sich dem Emir zu. »Also. Was soll die ganze Aufregung?«

Der Emir betrachtete die beiden Frauen, die vor ihm standen, misstrauisch. »Wenn ich herausbekomme, dass ihr beiden gemeinsame Sache gemacht habt, wird das Folgen haben. Schwere Folgen.«

»Sollten wir nicht daran denken, was du Monsieur Valmar sagen wirst?«

Bald darauf wurde der französische Botschafter angekündigt. Laila und Florence verließen den Raum durch eine Seitentür, bevor er hereingeführt wurde.

»Du hättest mich warnen können, dass du zugeben wirst, eine amerikanische Spionin zu sein«, sagte Laila ärgerlich.

»Keine Spionin, Laila. Das war ich nie.«

»Ist ja auch egal. Im Moment scheint sich die Situation stabilisiert zu haben. Aber *au revoir*, Schweiz des Golfs.«

»Ja, es wirkt allmählich wie der Nahe Osten«, sagte Florence.

Florence fuhr zurück zu TV Matar. Ihr Handy klingelte. Als sie die Stimme erkannte, runzelte sie die Stirn.

»Was wollen *Sie* denn?« fragte sie.

»Das ist keine sehr freundliche Begrüßung«, sagte Onkel Sam. »Ich hab verzweifelt versucht, Sie zu erreichen.«

»Wirklich? Wie seltsam. Ich hab Sie mehrfach angerufen und hatte keinen Anschluss. Ich hatte das deutliche Gefühl, man hätte mich über Bord geworfen.«

»Diese Telefone treiben mich noch zum Wahnsinn.«

»Geschenkt. Was wollen Sie? Ich hab viel zu tun.«

»Wir müssen miteinander reden, Florence.«

»Reden Sie.«

»Persönlich. Ich schicke das Flugzeug. Noch mal. Es kann in zwei Stunden da sein. Das ist keine Bitte, junge Dame.«

»Ich arbeite nicht mehr für Sie.« Sie hörte ein Seufzen. »Wenn Sie möchten, schicke ich Ihnen eine förmliche Kündigung. Ich habe ihnen alles über Sie erzählt.«

»Wem?«

»Dem Emir und Laila. Es war ein herrliches Gefühl.«

»Mein Gott, Florence. *Warum* tun Sie bloß so was?«

»Ich wollte nicht mehr lügen. Sorry.«

»Sie haben Mandanten-Fieber. Das kommt vor. Praktisch jeder Botschafter, den wir nach Übersee schicken, steht schließlich auf der Seite des Landes gegen die USA. Zum Glück gibt es eine Therapie.«

»Ach ja? Was denn?«

»Sie steigen ins Flugzeug und kommen nach Hause. Am zweiten Tag wachen Sie auf, und alles erscheint Ihnen wie ein Traum.«

»Ich komme nach Hause, wenn ich hier fertig bin.«

»Sie *sind* da fertig. Was muss ich tun – Delta Force reinschicken, um Sie zu holen? Vielleicht mache ich das. Florence, legen Sie's nicht drauf an.«

»Adieu, Sam. Danke für alles.«

»Ist es wegen der Sheika?«

»Was meinen Sie damit?«

»Sind diese Gerüchte wahr? Haben Sie was mit ihr?«

»Das ist absurd.«

»Wir fangen jede Menge darüber auf, Florence. Das ist sehr gefährlich für Sie. Sie wissen, wie Araber sein können. Diese ganze Männlichkeitsgeschichte.«

»Im Gegensatz zu uns?«

»Sie verstehen sehr gut, was ich meine. Wir müssen Sie da rausholen und zwar *jetzt*.«

»›Vertraue nicht auf Frauenherzen, Die Leidenschaft regiert sie nur.‹«

»Wovon reden Sie?«

»Ein Vers aus *Tausendundeine Nacht*. Hören Sie, ich habe versprochen, hier zu bleiben und die Sache zu Ende zu bringen.«

»Versprochen? Wem?«

»Meiner lesbischen Freundin Laila.«

»Florence –«

»Adieu, Sam.«

Florence hatte ein Gefühl der Schwerelosigkeit, nachdem sie das Gespräch beendet hatte. Sie starrte auf das Handy, das Bobby ihr gegeben hatte, die Verbindung zu ihrem früheren Arbeitgeber, noch warm von Onkel Sams Empörung. Es piepte erneut. Sie wollte die grüne Taste drücken, hielt dann aber inne. Sie wusste, dass Handys im Nahen Osten ein beliebtes Mordinstument waren. Die Israelis hatten es zuerst entwickelt. Ein paar Gramm C4-Plastiksprengstoff im Hörer.

Würden sie das tun? Florence legte das Telefon hin und ging rückwärts weg, während es weiter piepte.

»Ah!« Sie fuhr zusammen.

»Tu mir Leid, Florence.«

Sie war gegen ihre Assistentin gestoßen.

»Alles in Ordnung?«

»Ja.«

»Wir können Fatima nicht finden.«

Die Nachrichtensprecherin Fatima Sham war nicht zur Arbeit gekommen. Sie hatten ihre Handynummer angerufen, in ihrer Wohnung, bei ihrem Freund und ihrer Mutter. Sie war verschwunden.

Florence rief Laila an.

»Ich rufe Oberst Boutros an«, sagte Laila. »Wann wurde sie zuletzt gesehen?«

»Gestern Abend, als sie das Studio verließ.«

»Gut, ich gebe es weiter. Gazzy ist inzwischen aufgepumpt wie das Michelin-Männchen. Er hat dem französischen Botschafter wegen der Konten für die Mullahs Dampf gemacht. Monsieur Valmar sah beim Rauskommen sehr blass aus. Gazzy hat sich nicht mehr so stark gefühlt, seit er seine Mutter ins Exil schickte. Ich hoffe, wir haben kein Monster geschaffen.«

Während die Behörden nach Fatima suchten, versuchte Florence sich auf die Berichterstattung von TV Matar zu konzentrieren. Es gab viel zu berichten.

Maliq hatte wieder in den Kampf eingegriffen und seine Anhänger aufgerufen, sich auf der Rennstrecke zum »Gebet« zu versammeln. Der Emir hatte es ihm verboten. Die Mullahs klagten Letzteren jetzt offen an, »den Islam an die Ungläubigen zu verkaufen«. Gazzy hatte daraufhin ein paar von ihnen ins Gefängnis werfen und ihre Mercedesse beschlagnahmen lassen. Er veröffentlichte eine Erklärung, dass laut Gesetz öffentliche Versammlungen vom Emir gestattet werden mussten. Das ging auf den dritten Emir (1637–41) zurück, von dem Historiker annehmen, er habe an Agoraphobie gelitten, was in der Wüste zwar selten vorkommt, aber egal.

Die Franzosen bestritten mit abwehrenden Handbewegungen, heimlich Geld zu den Mullahs zu schleusen. Sie leugneten auch die Existenz eines *Onzième Bureau*. Währenddessen waren die Agenten des *Onzième* eifrig dabei, in den arabischen Medien zu lancieren, die Familie Bin Haz werde inzwischen völlig von der US-Regierung finanziert.

Prinzessin Hamzin, die tiefe Schatten unter den Augen hatte, war mit ihren kräftigen männlichen Begleitern von Paris nach London geflogen, wo sie bei Harrods und in anderen Luxusläden pausenlos fotografiert wurde. American Express verdiente sich dumm und dämlich an dem Einkaufsbummel. Die Wasabis forderten immer noch wütend eine Entschuldigung von TV Matar für seine »böswilligen Verleumdungen«.

Weitere Meldungen aus dem Nahen Osten: Palästinensische Schulen boten jetzt Online-Kurse für Selbstmordbomber an. In Israel hatten amerikanische Archäologen unter der Altstadt von Jerusalem eine Schriftrolle aus dem ersten Jahrhundert gefunden, die eine Heiratsurkunde zwischen einem Zimmermann aus Nazareth namens Jeshua und einer früheren Prostituierten namens Maria aus Magdala zu sein schien. Das machte mehrere Monate großen Wirbel, bis eine Karbonanalyse und eine Kriminaluntersuchung den Ursprung des Dokuments in der Werbeabteilung eines New Yorker Verlags lokalisierten.

Drei Tage nach Fatimas Verschwinden wurde ein Päckchen an der Rezeption von TV Matar abgegeben. Nachdem festgestellt worden war, dass es keine Bombe enthielt, fand man eine Videokassette darin. Sie zeigte Fatima, die bis zum Hals im Sand eingegraben war und mit kleinen Steinen gesteinigt wurde. Das Band war 20 Minuten lang. Alle, die es ansahen, weinten.

Florence brachte Laila das Band. Sie brachte es nicht

über sich, es ein zweites Mal zu sehen, deshalb ging sie hinaus, während Laila es anschaute.

Sie wartete draußen auf der Terrasse und schaute über den mondbeschienenen Golf, während sich vom Springbrunnen mit dem königlichen Wappen salzige Tröpfchen auf ihrer Haut sammelten. Laila kam bleich und erschüttert heraus. Keine von beiden sagte ein Wort. Sie standen an der Balustrade über den Gärten und hörten die Wellen an die Küste schlagen und den Meerwind in den Wipfeln der Dattelpalmen rauschen.

ZWANZIG

»Es ist schrecklich«, sagte der Emir. »Trotzdem haben wir keinen Beweis.«

»Beweis«, sagte Florence wütend. »Wer sollte es sonst gewesen sein?«

»Was haben Sie vor? Einen Krieg anfangen? Es ist furchtbar und bedauerlich, und ich werde die Sache aufklären lassen. Aber Sie werden dieses Video unter keinen Umständen senden. Das würde nur den Tätern in die Hände spielen.«

»Emir, diese Frau war eine Bürgerin Ihres Landes. Sie lebte unter Ihrem Schutz. Sind Ihre Untertanen jetzt Beute, die wie Gazellen von wasabischen Wilderern gejagt werden können?«

»Natürlich nicht. Und Ihr Ton gefällt mir nicht, Madame.«

»Verzeihung, ich vergaß, dass ich mit dem neuen Saladin spreche.«

»Ihre Lage hier ist auch ohne Unverschämtheit kompliziert genug. Laila, vielleicht ist es am besten, du führst unseren Gast hinaus.«

»Gazzir, du kannst das nicht einfach hinnehmen. Es war vielleicht ein Racheakt, aber es sollte auch deine Entschlossenheit prüfen.«

»Was soll ich deiner Meinung nach tun?«

»Zeig der Welt wenigstens, was sie mit dieser Frau gemacht haben.«

»Aber wir wissen nicht, wer es war.«

»Dann zeigen Sie es einfach, und lassen Sie die Welt ihre Schlüsse ziehen«, sagte Florence.

»Wenn Sie Krieg wollen, Madame CIA, werde ich Ihnen keinen liefern«, sagte der Emir. »Sie kamen her, um Unheil zu stiften, und jetzt haben Sie es. Das ist zu hart für Sie? Dann hätten Sie zu Hause bleiben sollen. Sie haben Glück, dass nicht Sie auf dem Band zu sehen sind.«

»Gazzir, wie kannst du so was sagen«, sagte Laila.

»Nein, er hat Recht«, erwiderte Florence. »Ich hätte es sein sollen.«

»Ich werde keinen Djihad anfangen, um Ihr Verlangen nach einem Märtyrertod zu befriedigen. Und jetzt habe ich viel zu tun. Ihr könnt euch beide zurückziehen.«

Laila ging mit Florence zum Auto. Als der Leibwächter nicht zuhörte, flüsterte sie Florence ins Ohr: »Morgen zehn Uhr beim Café.«

Florence' neuer offizieller »Leibwächter« folgte ihr nicht bis auf die Toilette des Regieraums. Am nächsten Morgen nahm Florence die Abaya, die sie in ihrem Büro in einer Schublade aufbewahrte, und ging auf die Toilette. Sie kletterte aus der Notluke, dann die Feuerleiter hinunter und ging die drei Blocks zu einer Einzelgarage, in der das laut Bobby »sichere« Auto stand. Theoretisch sicher.

Sie hielt den Atem an und drehte den Zündschlüssel. Der Wagen explodierte nicht. 20 Minuten später stand sie in der Mall vor Starbucks, wo unter dem Ficus eine bekannte Gestalt in Weiß auf sie wartete und zwei große *Café latte* mit Kaffeeweißer in der Hand hielt.

»Durch dieses verdammte Geflecht am Mund kann man nicht trinken«, sagte Laila.

»Nimm den Strohhalm.«

»Nachdem wir gestern draußen waren, kriegte er einen Anruf von – mein Gott, jetzt bin ich die Spionin. Du arbeitest doch nicht mehr für sie, Florence, oder? Du musst es mir sagen.«

»Nein. Wir sind jetzt auf uns gestellt.«

»Gut. Er kriegte einen Anruf von König Tallulah. Ich hab alles mitgehört.«

»Wie denn?«

»Ich habe das Telefon so umbauen lassen, dass es geht. Ich mache das nicht aus reiner Neugier, aber wenn man einen kleinen Sohn hat, ist Wissen eben Macht.«

»Was haben der König und der Emir besprochen?«

»Die Konferenz der Arabischen Liga in Bahrain. Tallulah sagte, wie sehr er sich darauf freuen würde, ihn dort zu treffen. Er sei *so* auf seine Rede gespannt, das wäre eine große Ehre für Matar. Und so weiter. Ich hätte am liebsten geschrien.«

»Haben sie über Fatima gesprochen?«

»Auf ihre Art. ›So eine traurige Geschichte.‹ – ›Ja, wirklich traurig.‹ Sie waren quitt, deshalb hatte es keinen Sinn, darauf herum zu reiten. Es war keine Ehre damit zu gewinnen. Lasst das Bankett beginnen. Ich sah die beiden vor mir in einem Zelt, das Kinn glänzend von Hammelfett und gebuttertem Reis. Es war schrecklich, Florence. Ich habe ihn geliebt. Trotz seines Harems. Aber nach dem, was ich gestern gehört habe . . . nein, so einen Mann kann ich nicht lieben.«

Sie saßen schweigend da. Florence sagte: »Sie versuchen ihn aus dem Land zu locken. Die Konferenz der Liga. Dann wird es passieren. Dann werden sie zuschlagen.«

»Ja.«

»Hört er noch auf dich?«

»Jetzt? Er würde denken, es ist eine Intrige von uns beiden, damit er sich nicht in den Mantel des neuen Saladin hüllen kann.«

»Also, was machen wir?«

»Vor allem muss ich meinen Sohn hier rauskriegen.«

»Brauchst du Hilfe?«

»Besser nicht. Aber ich brauche ein oder zwei Tage. Meine Schwester ist in England. Ich habe da Bankkonten. Für schlechte Zeiten.«

»Also 48 Stunden.«

»Firenze, ich weiß, dass du gesagt hast, du stehst es mit mir durch. Das war sehr mutig, aber ... ich will damit sagen, es ist vielleicht besser, wenn du Matar jetzt verlässt.«

»Noch nicht. Ich muss noch was erledigen. Dann reise ich mit dir ab. Außerdem kann ich mir das Ganze nicht auf einem Bildschirm am Frankfurter Flughafen ansehen.« Florence lächelte. »Ich hab mich daran gewöhnt, im Regieraum zu sitzen.«

»Mein Gott, was soll aus uns werden?«

»Das hat Nazrah damals im Fairfax Hospital auch gesagt.«

Sie standen auf und gingen zu den Fahrstühlen.

»Ich würde dir einen Abschiedskuss geben, aber wir dürfen die gut erzogenen Shopper in der Mall nicht schockieren«, sagte Laila.

Drei Tage später wurden die Zuschauer von TV Matar von einem neuen Gesicht überrascht, das sie als Sprecherin der Sechs Uhr-Nachrichten begrüßte. Es war eine attraktive dunkelhaarige Frau Ende dreißig. Sie hätte Araberin sein können, aber ihr Name klang italienisch.

»Die Nachrichten in diesem Programm werden normalerweise von Fatima Sham verlesen«, begann Florence. »Fatima verschwand nach einer Sendung, in der sie berichtete, die wasabische Königsfamilie habe eine ihrer Prinzessinnen zum Tod durch Steinigung verurteilt, weil sie das Verbrechen beging, den König um ein Ende der Frauenunterdrückung zu bitten.

Die Behörden unternahmen eine intensive Suche nach Miss Sham. Die Untersuchung blieb ergebnislos.

Vor vier Tagen wurde anonym ein Videoband bei TV Matar abgegeben. Dieses Band werden Sie jetzt sehen. Es zeigt, wie Miss Sham getötet wird. Wenn Sie kein Blut sehen können oder nicht mit ansehen möchten, wie eine junge Frau langsam gesteinigt wird, sollten Sie es nicht ansehen. Wenn Kinder dabei sind, sollten Sie sie hinausschicken.

Ich zeige es auf meine alleinige Verantwortung und aus dem einzigen Grund, eine mutige Frau zu ehren, die es wagte, gegen eine schreckliche Ungerechtigkeit das Wort zu ergreifen, und dafür brutal ermordet wurde. Das Wort ›Märtyrer‹ ist abgegriffen und entwertet worden. Sie werden jetzt eine echte Märtyrerin sehen.«

Florence hatte die Angestellten angewiesen, die Telefone abzuschalten und alle Türen zum Regieraum zu verrammeln. Sie ließ auch die Stromversorgung auf den Notgenerator umstellen, damit die Sendung auch weiterging, wenn man ihnen von außen den Strom abstellte.

Das Band lief die ganzen 20 Minuten. Obwohl sie es schon gesehen hatten, weinten die Angestellten erneut. Florence musste sich zwingen, die Beherrschung zu behalten. Sie hatte kein Make-up aufgelegt, damit ihre Augen nicht in zerlaufenem Mascara schwammen.

Als das Band zu Ende war, brauchte sie einige Augenblicke, bevor sie fortfahren konnte.

»Es steht nicht genau fest, wer diese Tat ausführte. Diese Hinrichtungsmethode wird jedoch regelmäßig in Wasabien angewandt.

Fatima Sham war 26 Jahre alt. Sie hinterlässt ihre Familie, ihre Freunde, Kollegen und Millionen von Schwestern in der ganzen arabischen Welt.«

Wenige Minuten später wurde an die Stahltüren des Regieraums gehämmert. Die Angestellten waren zum Kampf bereit. Sie bewaffneten sich mit Feuerlöschern, Äxten, Stahlrohren oder Elektrokabeln. Bei ihrem Anblick empfand Florence zugleich Stolz und Sinnlosigkeit.

»Nein, legt das wieder hin«, befahl sie. Sie nahm den Mikrofonclip ab, warf einen Blick in den Spiegel und ging zur Tür. Sie gab einem Techniker einen Wink, der hinter der Tür stand, um den Angreifern einen Papierkorb drüber zu geben. Er öffnete die Tür. Ein halbes Dutzend Männer stürmte mit gezogenen Pistolen hinein.

»Stecken Sie die Waffen ein. Wir haben keine«, sagte Florence streng.

Die Männer erstarrten, verblüfft durch diese unerwartete Kühnheit. Dann trat einer von ihnen vor, offenbar der Anführer, und schlug Florence ins Gesicht. Der Schlag brachte sie aus dem Gleichgewicht, und sie stürzte zu Boden. Der Angestellte mit dem Papierkorb stürzte sich auf den Angreifer und bekam den Pistolenknauf ins Gesicht, wobei seine Nase gebrochen wurde und Blutstropfen umherspritzten. Florence spürte benommen das kalte Zuschnappen von Metall um ihre Handgelenke. Sie wurde hochgezerrt und aus dem Regieraum geschleppt.

Man schob sie auf die Rückbank eines Autos und warf ihr ein Tuch über den Kopf. Ob das geschah, um sie zu demütigen, oder damit sie nicht sah, wohin sie gebracht wurde, konnte Florence nur erraten.

Sie wusste, wo das Polizeipräsidium lag, und versuchte an der Fahrt des Wagens abzulesen, ob man sie dorthin brachte. Nach einer Viertelstunde ständigen Abbiegens hatte sie keine Ahnung mehr, wo sie hinfuhren. Der Anführer auf dem Beifahrersitz reagierte nicht auf ihre Fragen.

Es waren nur fünfzehn Kilometer zur wasabischen Grenze, und dieses Szenario war das unangenehmste. Es gab aber noch eine andere Möglichkeit. Vielleicht erwartete sie dasselbe Schicksal wie Fatima. Florence stellte sich vor, wie der Wagen anhielt, das Tuch von ihrem Kopf gezogen wurde, das tiefe Loch im Sand, der Korb voller kleiner Steine, die Videokamera auf einem Stativ. Auch diesmal würden sie es dokumentieren wollen.

Ihr Gesicht erhitzte sich, und sie hatte das Gefühl, sich übergeben zu müssen. Doch das Bild, während ihrer Hinrichtung von der eigenen Kotze bedeckt zu sein, vertrieb ihre Übelkeit. Wenn dieses Schicksal auf sie wartete, war Florence entschlossen, sich ihm mit so viel Würde wie möglich zu stellen, mit erhobenem Kopf und ruhig. Vielleicht würde sie ihren Mördern sogar ein »Leckt mich am Arsch!« zurufen. Naja, vielleicht etwas Eleganteres als »Leckt mich am Arsch!« Sie dachte über ihre letzten Worte nach.

Eine halbe Stunde verging. Schließlich wurde der Wagen langsamer, bog mehrmals ab und blieb stehen. Sie hörte Stimmen. Man zerrte sie von der Rückbank, packte sie fest an beiden Armen und führte sie über einen Steinboden. Sie erinnerte sich aus dem Geiseltraining beim Außenministerium daran, sich jede Einzelheit einzuprägen, aber mit dem Tuch über dem Kopf war das nicht leicht. Sie dachte, *das ist der Fußboden, den sollte ich mir merken*. Aber letztlich war es bloß irgendein Fußboden.

EINUNDZWANZIG

Sie wurde in einen fensterlosen Raum mit unbestimmter Funktion gebracht. Er konnte als Kühlkeller für frische Lebensmittel, Kaffir-Limonen oder Damaskus-Melonen dienen. Solche unterirdischen Räume hatten auch andere, weniger angenehme Zwecke. Die Dicke der Tür, die sich hinter ihr schloss, die dürftige Einrichtung vor ihr – ein Holzstuhl und – tisch, eine Glühbirne an der Decke, ein Feldbett und ein Plastikeimer –, alles drückte Kargheit aus. Das Einzige, was nicht hierher passte, war die Videokamera auf dem Stativ.

Nach ihrer Armbanduhr, deren Glas von den Handschellen zerkratzt war, war es fast drei Uhr morgens, als sich ihre Zellentür öffnete. Der Mann, der eintrat, trug westliche Kleidung, die vielleicht eine Militäruniform ohne Abzeichen war.

»Sie werden abgeschoben«, sagte er. Er legte einige Blätter vor ihr auf den Tisch. »Wann Sie abgeschoben werden, hängt von Ihnen ab.«

Sie las die Papiere. Es war ein Geständnis in Form eines Drehbuchs. Vermutlich sollte sie es vor der Kamera verlesen.

Sie gab darin ihr »widernatürliches und unmoralisches Verhältnis« zu – nicht zur Sheika, sondern zu Fatima Sham, ihrer Kollegin bei TV Matar. Florence war inzwischen Journalistin genug, um einen guten Anfang zu erkennen. Sie las weiter. Sie gab weiterhin den Versuch zu, das wasabische Königshaus der Hamuj zu erpressen. Ihr »schamloser Plan« bestand darin, 20 Millionen Dollar von ihnen zu fordern. Als sie ablehnten – »wie sie es völlig zu Recht taten, Gott sei gelobt« –, brachte Florence' Geliebte Fatima Sham die »böswillige und unwahre« Geschichte über Prinzessin Hamzin ins Fernsehen. *Da hat sich jemand viel Mühe gemacht*, dachte Florence, während sie las. Es hieß weiter, dass Florence und ihre »Komplizen« sich dann an den »ehrenhaften« Wasabis rächten, indem sie Fatima auf die gezeigte schreckliche Weise ermordeten, eine Kopie des Bands nach Kaffa schickten und sagten, sie würden es in TV Matar zeigen und die Wasabis dafür verantwortlich machen, wenn sie nicht 40 Millionen Dollar zahlten. Erneut lehnten die »aufrechten« Wasabis ab. Doch dann nahm »die Polizei« – das Drehbuch sagte nicht, wessen Polizei – sie fest. Sie konnte nicht länger mit den üblen Dingen leben, die sie begangen hatte, deshalb nahm sie dieses »volle Geständnis« auf. Es schloss mit einer Entschuldigung an den Emir von Matar und den König von Wasabien für die Verbrechen, die sie als Gast auf »heiliger« Erde verübt hatte.

»Ich muss ja ziemlich beschäftigt gewesen sein«, sagte sie und blickte zu ihrem mürrischen Wärter auf.

Er drückte den Aufnahmeknopf der Videokamera. »Fangen Sie an.«

Florence schaute in die Kamera. »Mein Name ist Florence Farfaletti. Ich bin amerikanische Staatsbürgerin. Anscheinend werde ich irgendwo in einem Keller gefangen gehalten. Es ist etwas feucht, aber ansonsten erträglich. Ich wünsche Ihnen noch einen schönen Tag.«

Der Mann stoppte das Band. »Es wird Ihnen in Kaffa nicht gefallen«, sagte er. Er kam auf sie zu. Florence wich zurück, da sie meinte, er werde sie schlagen, aber er schloss ihr die Handschellen auf.

»Sie haben einen Fernsehsender«, sagte er. Er zeigte auf die Videokamera. »Also, hier ist die Kamera. In zwei Stunden komme ich wieder. Machen Sie den Film.«

Während der nächsten Stunde untersuchte sie jeden Zentimeter des Raums. Sie versuchte ein Stück Draht aus dem Feldbett zu pulen, um ein Werkzeug zum Öffnen des Türschlosses zu machen, gab aber nach fünf Minuten auf. Diese Methode hatte ihre Tücken, vor allem weil sie nicht wusste, wie man ein Schloss öffnete. Man hatte ihr die Grundlagen dieser Fähigkeit bei dem Geiseltraining in Virginia beigebracht, aber sie hatte es nie richtig verstanden. Sie dachte daran, die Videokamera zu sabotieren, doch das erschien ihr sinnloses Zeitschinden. Vielleicht sollte sie reden, aber nichts zugeben, bis das Band zu Ende war – eine Video-Sheherazade, deren Bandzählwerk bei 1001 stehen blieb.

Sie fragte sich, was gerade in Washington vorging. Was machte Onkel Sam? Zog er Strippen oder löschte er Computerdateien? Oder saß er vor einem Martini und einem Porterhouse-Steak mit Zwiebelringen im Palm?

Sie vermisste Bobby. Sie vermisste George. Sie vermisste Rick. George und Rick wären nicht zu viel nütze gewesen, hätten sie aber aufgemuntert. Sie hatte Kopfweh vor Angst und Müdigkeit, schloss die Augen und träumte davon, wie der Turm eines amerikanischen Atom-U-Boots die stille Wasseroberfläche am Schlangenstrand durchstieß. Wo war Laila? Die Stunden vergingen.

Kurz vor sieben Uhr morgens nach der zerkratzten Uhr hörte sie, wie die Tür aufgeschlossen wurde. Ihr Herz schlug bis zum Hals. Die Tür öffnete sich, und der Wärter trat mit einem zweiten Mann ein, der wie ein Folterer aussah. Der Wärter ging zur Videokamera und prüfte das Zählwerk. Es stand immer noch bei 003. Er verzog missmutig das Gesicht. Er nickte dem Folterer zu, der eine neun Millimeter-Pistole aus der Tasche zog und Florence die Mündung an die Stirn setzte. Sie war kalt wie das Stethoskop eines Arztes. Sie schluckte und schloss die Augen.

»Gestehen Sie?«

»Nein.«

»Töte sie«, sagte der Wärter.

Florence schloss die Augen. Sie roch Waffenöl. Was sie wohl mit ihrer Leiche machen würden? Sie an die Haie vor dem Riff verfüttern? Die Krebse würden den Rest erledigen. Sie sah ihre Knochen phosphoreszierend weiß im blauen Wasser leuchten, wie sie still auf dem Grund ruhten. *Macht schon.*

Der Hahn schnappte vorwärts gegen den Schlagbolzen. Florence stieß einen gedämpften Schrei aus und öffnete die Augen. Die Männer grinsten brutal, aber ihr Blick drückte unzweifelhaft eine Niederlage aus. Sie gingen weg. Florence stand auf und trat den Plastikeimer weg. Er sprang von der Wand zurück. Dann wurde sie vor Angst und Erschöpfung ohnmächtig.

Im Traum war sie durstig, sehr sehr durstig. Sie biss sich die Lippen auf, um das Blut zu trinken. Sie war in der Wüste. Es war wie ein Schmelzofen. Beim Angriff auf Akaba war es so heiß, dass T. E. Lawrence vom Metall seines Gewehrs Blasen an den Händen bekam. Da war ein U-Boot. *Ein U-Boot mitten in der Wüste? Frag nicht. Geh an Bord – hör mal – sie rufen dich.*

»Was für ein Tag ist heute?« fragte sie Laila.

»Donnerstag.«

Florence war fünf Tage in dem unterirdischen Raum gewesen, bevor die Tür aufflog und Oberst Boutros von der Königlich Matarischen Polizei mit zwei seiner Männer hinein stürmte.

»Gott sei gelobt, Sie sind gerettet, Madame. Sind Sie schwer verletzt? Was haben sie mit Ihnen gemacht? Haben Sie ihre Gesichter gesehen? Können Sie sie beschreiben?«

Als man sie hinausführte, sah sie, dass sie im Keller eines verlassenen, fabrikartigen Baus am Stadtrand von Amo-Amas gewesen war. Sie stellte Oberst Boutros während der Fahrt zum Polizeipräsidium wenigstens 100 Fragen. Seine Antworten kamen ihr zurückhaltend vor. Als sie am Präsidium ankamen, wartete eine Gruppe von Reportern mit Kameras. Oberst Boutros präsentierte sich strahlend mit Florence. »Gott sei gelobt, wir haben sie gefunden!«

Ein Fernsehreporter hielt ihr ein Mikrofon vor die Nase und fragte: »Flor-ents, werden Sie jetzt ein Ende des sexuellen Djihads der matarischen Frauen verkünden?«

»Des was?«

»Wussten Sie das nicht?«

»Ich war fünf Tage in einem Keller eingesperrt.«

»Die Frauen von Matar haben einen Djihad für Sie geführt. Gegen die Männer von Matar.«

»Wie haben sie das gemacht?«

»Als Sie entführt wurden, erschien die Sheika Laila im Fernsehen und rief die Frauen von Matar auf, so lange nicht mit ihren Männern zu verkehren, bis Sie wieder gefunden wären. Viele Männer in Matar sind dankbar für Ihre Rückkehr.«

Florence verdaute diese Neuigkeit noch, als sie Sirenen

hörte. Eine fünfzehn Meter lange weiße Limousine mit dem königlichen Wappen fuhr begleitet von einer Motorradeskorte vor. Drinnen saß Fetish, der Sekretär des Emirs, und lächelte ölig. »Unser tiefster Dank gebührt Allah, dass Sie sicher wieder bei uns sind!« Dann ging es zum Palast.

Nachdem sie ein Zimmer bekommen hatte, wo sie sich waschen und umziehen konnte, wurde Florence in den Zeremoniensaal des Emirs geführt. Als sie eintrat, kniff sie vor einem Blitzlicht die Augen zusammen. Ein Hoffotograf. Der Emir stand auf – das war wirklich ungewöhnlich – und kam auf sie zu. Er umarmte sie und küsste sie zärtlich auf die Stirn, während die Kamera weiter blitzte und sie in zuckendes Blitzlicht tauchte. Laila schaute schweigend zu.

»Liebe Schwester«, sagte er, »was haben Sie durchgemacht, und wie haben wir uns gesorgt!« Er posierte noch für einige Bilder mehr. Dann gab Fetish dem Fotografen ein Zeichen zu verschwinden, und Florence blieb mit dem Emir und der Sheika allein. Sie bemerkte Spannung zwischen den beiden.

»Wie geht es Ihnen, liebe Florence? Ich bin erschüttert, dass so etwas passieren konnte, einfach erschüttert. Und trotzdem« – er senkte die Stimme zu einem freundlich belehrenden Ton – »waren Sie sehr unartig. Das ist nicht die American Super Bowl, wo man senden kann, was man will. Sie haben ja keine Ahnung, keine *Vorstellung,* welchen Ärger Sie mir mit meinen Nachbarn eingehandelt haben. Sie sind mit Panzern an meinen Grenzen aufgefahren – mit Panzern! Ihre eigene Regierung war besorgt, *sehr* besorgt. Bestimmt hat sie gedacht: *O Gott, nicht noch ein Kuwait.* Es hat viele Gespräche zwischen Washington, Kaffa und Amo-Amas gegeben. Ich darf gar nicht an meine Telefonrechnung denken. Na, jetzt ist alles geklärt. Vorerst. Setzen Sie sich doch bitte. Möchten Sie Tee? Etwas Stärkeres als

Tee? Whiskey? Ich könnte selber einen vertragen. Danken wir Gott für Oberst Boutros' Eifer.«

Florence schaute zu Laila, deren Blick zu sagen schien: *Spiel einfach mit.*

»Ja«, sagte der Emir und richtete sich etwas auf. (Sitz immer gerade, wenn du schamlos lügst.) »Seine Männer haben Sie gefunden. Und gerade noch rechtzeitig. Gott weiß, was für schreckliche Dinge die sich für Sie ausgedacht hatten.«

»Gott sei Dank gab es Oberst Boutros«, sagte Florence.

»Konnten Sie ihre Gesichter erkennen?« fragte der Emir fürsorglich. »Wir werden sie schnappen. Sie werden nicht zur Ruhe kommen. Oder vielleicht sind sie schon über die Grenze geflüchtet.«

»Meine Entführer waren . . . Wasabis?«

»Natürlich. Kein Matari würde etwas so Barbarisches tun.«

Laila gab einen verächtlichen Ton von sich. Der Emir versteifte sich. Er sagte: »Laila war sehr besorgt um Sie. Wie wir alle. Sie ging ins Fernsehen und rief die matarischen Frauen auf, keinen . . . normalen ehelichen Umgang mit ihren Männern zu pflegen, bis Sie gefunden wären.«

»Bei Aristophanes hat es funktioniert«, sagte Laila scharf.

Der Emir grinste. »Es hat uns auf jeden Fall angespornt, Sie zu finden. Ganz Matar – besonders die Männer – freut sich über Ihre Rückkehr. Leider kann sie nur kurz sein. Unter den gegebenen Umständen halte ich es für das Beste, wenn Sie Matar verlassen. Ich lasse Sie nur ungern ziehen, Florence. Sie haben viel Schwung in unser langweiliges kleines Königreich am Meer gebracht. Aber bevor Sie gehen, noch ein oder zwei Dinge.«

»Ich dachte, drei oder vier, Majestät.«

»Wie? Ah, Ihre furchtbare Erfahrung hat Ihren Witz nicht beschädigt. Sehr schön. Wenn Sie jetzt eine kleine Erklärung abgeben könnten?«

»Das wollten meine Entführer auch.«

»Oh, nichts dergleichen«, sagte der Emir etwas zu schnell. »Nur etwas, um Frieden zwischen mir und den Frauen zu stiften. Es ist der Eindruck entstanden«, sagte er mit einem angespannten Blick zu Laila, die ihn mit deutlicher Kühle musterte, »unsere Regierung würde diese schreckliche Entführung nicht wichtig genug nehmen. Natürlich entspricht das ganz und gar nicht der Wahrheit. Würden Sie diesen Eindruck vor Ihrer Abreise korrigieren?«

Florence blickte den Emir kühl an. »Wie Eure Majestät befiehlt.«

»Sie sind sehr *simpatico*, Florence. Das ist die Italienerin in Ihnen. Ich habe die Italiener immer *verehrt*, auch wenn sie unter Mussolini sehr unartig waren. Also werden Sie Frieden zwischen mir und den Frauen schließen. Gut, gut. Jetzt muss ich mich von Ihnen verabschieden. Wie kann ich Ihnen vergelten, was Sie hier getan haben? Sie müssen uns mal wieder besuchen. Oh, das hätte ich fast vergessen, ein Geschenk.«

Der Emir klatschte in die Hände. Fetish erschien mit einem schwarzen Kästchen. Der Emir öffnete es. Es enthielt eine Medaille aus Gold und Emaille in Form eines Löwenkopfs über zwei gekreuzten Schwertern, das Königlich Matarische Wappen.

»Der Orden des Königlichen Löwens von Matar, Erster Klasse«, sagte der Emir stolz, als er ihn Florence umhängte. »Er wird zum ersten Mal an eine Frau verliehen.«

Sie schaute zu Laila, die die Augen verdrehte.

Florence verneigte sich leicht. »Das ist eine große Ehre, Majestät.«

»Und jetzt schnell nach Hause, meine Liebe, schnell nach Hause. Schatz, bringst du Florence raus?«

Auf dem Weg zum Wagen sprachen Florence und Laila leise miteinander.

»Sexueller Djihad?« fragte Florence.

»Mach es nicht runter. Es hat funktioniert. Kein matarischer Mann hat seit fünf Tagen gebumst. Ein starker Ansporn. Trotzdem wärst du ohne deinen Mr. Thibodeaux vielleicht immer noch in diesem Keller. Er ist mächtig aktiv geworden, nachdem du entführt warst.«

»Bobby? Ist er–«

»Draußen. Er hat eine neue Identität. Ziemlich gewagt. Lob ihn mal dafür.«

ZWEIUNDZWANZIG

Bevor Florence mit Laila durch die Vordertür des Palasts trat, hörte sie schon die Menge. »Was ist das?«

»Deine Fans.«

Es waren tausende, hauptsächlich Frauen. Als sie Florence sahen, begannen sie nach Art arabischer Frauen zu heulen, obwohl diese Tradition im progressiven Matar lange nicht mehr gepflegt worden war. Dann riefen sie »Flor-ents! Flor-ents!«

Für das Ziel dieser Huldigung auf der Marmortreppe klang das eher wie ein Raumspray. Die Frauen stürmten vorwärts, umringten sie, berührten sie, hielten sie fest. Sie überreichten ihr Blumen. Die Palastwächter versuchten vergeblich, die Frauen zurückzudrängen.

Laila hatte darauf geachtet, dass Kameras da waren, um alles festzuhalten, sowie ein Übertragungswagen von TV Matar, um die Bilder 400 Kilometer hinauf und wieder herunter in Millionen von Fernsehgeräte zu funken. In letzter Zeit dachte Laila immer mehr wie die Produzentin einer Reality-TV-Sendung, was sie ein bisschen erschreckte.

»Flor-ents! Flor-ents!«

Laila rief Florence ins Ohr: »Sag besser ein paar Worte, sonst lassen sie dich nie weg.«

»Aber –«

»Und denk dran, Gazzy zu danken, sonst lässt *er* dich nie weg.«

Florence errötete und schluckte. Ihr Mund war staubtrocken. Sie fühlte sich eher erschöpft als triumphierend, aber sie hob die Hände, um die Menge zu beruhigen und vor ihrem inneren Auge erschien unvermeidlich das Bild Peter O'Tooles, der im weißen Burnus auf das Dach des gesprengten türkischen Zugs kletterte. So sehr sie es aus ihrem Kopf zu verbannen versuchte, es ging nicht. Der Film lief weiter. Das nächste Bild war der verwundete Türke, der O'Toole mit einer Pistole in die Schulter schoss. Nun betrachtete sie die wogende Masse ängstlich. Obwohl die meisten Frauen westlich gekleidet waren, trugen ein paar Dutzend von ihnen auch Abayas. Vielleicht hatte der Anthropologe aus Chicago Recht. Vielleicht wollten manche arabische Frauen nicht aus ihrer Unterdrückung befreit werden. Florence wog diese schreckliche Möglichkeit dagegen ab, wie einfach es war, sie genau jetzt zu töten. Wie leicht ließ sich eine Pistole unter einem Schleier verbergen.

Die Angst machte sie mutiger. Sie winkte der Menge zu, still zu sein. Sie gehorchte. Florence öffnete den Mund, um zu sprechen – und brachte kein Wort heraus. Erst jetzt merkte sie, dass ihr Tränen die Wangen hinunterliefen.

»Nun reiß dich mal zusammen«, sagte Laila.

Dann hörte Florence eine männliche Stimme mit Südstaatenakzent: »Verdammt noch mal, sagst du jetzt was oder willst du rumheulen, als wärst du gerade Miss America geworden?«

Die Stimme schien von einer Frau in einer orangen Abaya zu kommen. Florence schaute zu Laila, die lächelte.

Florence' erster Impuls war, der orangen Erscheinung in die Arme zu sinken, aber sie kam zu dem Schluss, es sei nicht die passende krönende Geste in einem Augenblick des feministischen Triumphs, eine muslimische CIA-Transe zu umarmen.

»Also, was ist jetzt?« fragte die Stimme. »Du hast nicht den ganzen Tag Zeit.«

Florence erhob die Arme höher, und die Menge beruhigte sich.

»Gott sei gelobt, Schwestern, ich bin froh, wieder bei euch zu sein. Ich bin sicher, eure Männer sind auch froh!« Das gefiel der Menge. »Ich danke euch und der Sheika Laila.«

Laila winkte und sagte leise: »Vergiss Gazzy nicht.«

»Und natürlich dem Emir«, sagte Florence. »Dem Löwen von Matar, dem neuen Saladin . . .«, Florence bemühte sich, nicht zu lachen, »dem Beschützer der arabischen Frauen . . . in der ganzen Welt!«

»Übertreibst du nicht etwas?«

Florence' Miene entging dem Löwen von Matar nicht, der in seinem Büro vor dem Fernseher saß. *Zicke*, dachte er. Aber die Menge jubelte, und darauf kam es schließlich an. Wenigstens würde die Zicke in ein paar Stunden für immer mit dem Flugzeug verschwinden.

»Flor-ents! Flor-ents!« rief die Menge. Der Löwe von Matar nahm die Fernbedienung in die fleischige, mit Diamantringen besetzte Hand und schaltete den Apparat aus.

»Ich hab noch nie eine Frau geküsst«, sagte Florence zu Bobby.

Laila hatte die beiden getrennt in Florence' Wohnung mit Blick auf den Marlborough Square fahren lassen. Sie hatten vor dem Flug noch ein paar Stunden Zeit.

»Ich hab noch nie mit einer lesbischen Frau geschlafen«, sagte Bobby. »Ich wollte schon, hat sich aber nicht ergeben.«

Sie liebten sich erneut. Danach stand Bobby auf dem

Balkon und schaute auf den Platz. Es war früher Abend. Die Lichter der Stadt gingen an.

»Wir müssen bald los, Flo.«

Florence lächelte. Sie war in die Decke gerollt und sehr glücklich. Es war lange her, seit sie es zum letzten Mal getan hatte. »Musst du mich so nennen? Nenn mich Florents.«

Bobby sah sich zu ihr um. »Ich wusste, dass dir das früher oder später zu Kopf steigt.«

Sie konnte den Blick nicht von ihm wenden. Er erinnerte sie an Steve McQueen, blond, gespannt und gefährlich. Seine Pistole lag auf dem Nachttisch.

»Erzähl mir, wie du mich gefunden hast«, murmelte sie.

»Hab ich dir schon erzählt.«

»Noch mal. Ich lass mich gerne retten.«

»Ich hab . . . ach, ich kann dir nicht alles erzählen, Flo. Zieh dich an, es wird Zeit.«

»Erst noch mal kuscheln.«

»Im Flugzeug.«

»Ist es ein schönes Flugzeug? Gibt's da ein Bett? Ich möchte, dass wir es auf dem ganzen Flug machen. Wie hast du mich gefunden? Ich stehe nicht auf, eh du mir's erzählst.«

»Ich kann dich zwingen.«

»Dann kette ich mich ans Bett.«

»Ich dachte, du hast inzwischen genug von Ketten.«

»Erzähl's mir.«

Bobby schaute sie an, wie sie liebeswarm im Bett lag, die Decke über sich drapiert wie bei einer Marmorstatue. Er seufzte wie der erste Mann, als er vor 100 000 Jahren der ersten Frau nachgab.

»Fetish«, sagte er.

»Was du willst, Liebling.«

»Nein. Fetish – der Typ vom Emir. Ich bin an ihn rangekommen.«

»Wie?«

»Er arbeitet für die Franzosen. Ich hab's rausgefunden und ihm gesagt, wenn er mir nicht erzählt, wo sie dich festhalten, sag ich dem Emir Bescheid. Er hat es sehr schnell ausgespuckt. Ich habe Boutros verständigt. Er und ich ... das ist alles.«

»Wie hast du rausgekriegt, dass Fetish für die Franzosen arbeitet?«

»Können wir darüber im Flugzeug reden? Die Französin in Um-beseir, Annabelle, ein echter Feger, kam etwa zur Zeit von Maliqs Bekehrung in den Harem. Sie arbeitet für die Franzosen. Ich bin an sie rangekommen.«

»An sie ran oder auf sie rauf?«

»Ist doch egal.«

Florence warf ihm ein Kissen an den Kopf. »Tut mir Leid, dass du so viel durchmachen musstest, um mich zu finden.«

Die Explosion schleuderte Bobby rückwärts aufs Bett. Instinktiv warf er sich über Florence, um sie zu schützen. Der halbe Putz fiel von der Decke.

Florence' Gesicht wurde gegen seine Brust gepresst. Sie hörte sein Herz heftig schlagen.

»Zieh dich an«, sagte er. Er zog sich die Hose an, nahm seine Pistole und kroch zum Balkon. Die Flammen auf der Straße unter ihm wurden von seiner nackten Haut reflektiert.

»Anscheinend geht deine Revolution gerade los, Flo.«

DREIUNDZWANZIG

Florence kroch zum Balkon und spähte mit Bobby über die Brüstung.

»Autobombe«, sagte er. »Großes Ding.«

»Laila«, sagte Florence. Sie wählte auf Bobbys Handy. Das Gebäude wurde von einer kleineren, weiter entfernten Explosion erschüttert. Dann folgte ein halbes Dutzend weiterer Explosionen in der ganzen Stadt. *Bumm, bumm, bumm* – in fast identischen Abständen.

»Es ist koordiniert«, sagte Bobby.

Laila meldete sich. »Florence? Irgendwas geht vor. Gott sei Dank hab ich Hamdul rausgekriegt.«

»Alles in Ordnung bei dir?«

»Nur Kratzer. Die Fenster sind hinausgeflogen. Es brennt. Natürlich löscht keiner, die sind viel zu beschäftigt, herumzurennen und sinnlos zu kreischen. Wo bist du? In deiner Wohnung?«

»Ja. In der ganzen Stadt gibt es Explosionen. Bobby sagt, sie wären koordiniert.«

»Hau ab, schnell. Auf den Straßen wird geschossen. Warte. Moment, ich höre was.«

Florenz hörte Rotorenblätter.

»Es ist der Hubschrauber, den du ihm geschenkt hast«, sagte Laila. »Nett von ihm, mir zu sagen, dass wir abfliegen.«

»Geh jetzt besser«, sagte Florence. Das Geräusch der Rotorenblätter wurde im Telefon lauter.

»Florence!« Laila klang wie vor den Kopf geschlagen.

»Ja?«

»Sie fliegen ab – sie haben abgehoben! Ich sehe ihn. Er sitzt neben dem Piloten!« Die Rotorenblätter wurden lauter. »Dieses Schwein! Dieses fette, untreue, feige –«

Es gab eine Explosion.

»Laila? Laila? *Laila?«*

»Was ist los?« fragte Bobby.

»Laila!«

Bobby nahm ihr das Handy aus der Hand und lauschte. Dann unterbrach er die Verbindung. »Wir müssen weg.« Er gab ihr die orange Abaya, mit der er sich bei der Demonstration verkleidet hatte. »Zieh das an.«

Sie schaute darauf.

»Flo, das ist kein Modestatement.«

Sie zog die Abaya langsam an. Sie roch nach ihm. Bobby riss das Betttuch vom Bett, schnitt mit seinem Springmesser einen Schlitz hinein und warf es sich über den Kopf. »Halloween«, sagte er. »Los komm.«

Sie nahmen die Treppe statt des Fahrstuhls. Es waren acht Stockwerke bis ins Erdgeschoss. Bobby öffnete vorsichtig die Tür und schaute ins Foyer. Florence lehnte sich gegen die Betonwand und versuchte ihr heftig schlagendes Herz zu beruhigen. Sie hörte ein Geräusch.

Vier Männer trampelten durch die Foyertür. Sie trugen westliche Kleidung. Als sie redeten, erkannte Florence den Akzent.

Sie sprachen laut, ohne Furcht und hatten Pistolen in der Hand. Sie gingen zum Fahrstuhl. Bobby schloss langsam die Tür und hielt den Riegel des Notausgangs fest, um ihn zu blockieren.

»Wasabis«, flüsterte Florence ihm zu. Er schaute sie fragend an. »Er hat *hlonek* statt *shlonek* gesagt. Glaub mir, es sind Wasabis. Wahrscheinlich Mukfellin.«

Sie gingen hinunter in den Keller und fanden eine Hintertreppe. In der Tür war ein kleines Fenster mit Drahtgitter. Bobby hatte die Hand schon am Türgriff, dann schaute er durch das Fenster, warf sich zur Seite und schob den Riegel vor, während jemand von der anderen Seite die Tür zu öffnen versuchte.

Sie liefen zurück in den ersten Stock und kamen in den Korridor. Am hinteren Ende war ein Fenster, das sich auf einen kleinen Balkon über einer Gasse öffnete. Sie schauten vom Balkon herunter. Unten stand ein großer Müllcontainer voller Säcke.

»Schaffst du das?« fragte Bobby. Florence nickte. Es waren fünf Meter.

Als sie landeten, ertönten pfeifende Schreie. Florence spürte, wie etwas unter ihr zuckte. Ratten. Sie unterdrückte einen Schrei. Bobby schlug sie mit den Fäusten weg. Er zog Müllsäcke über Florence und sich, bis sie beide ganz verborgen waren. Florence lag still, während Nagetiere im Container raschelten. Der Müll faulte seit Tagen bei 40 Grad. Bobby fasste ihre Hand und flüsterte: »So lernt man ein Land am besten kennen.«

Die Balkontür über ihnen wurde laut geöffnet. Sie hörten zwei Stimmen. Florence hielt den Atem an. Die Tür schloss sich wieder. Sie blieben zehn Minuten liegen. Bobby flüsterte: »Willst du Nachtisch, oder soll ich die Rechnung kommen lassen?«

Sie kletterten aus dem Container und liefen Richtung Wasser, wobei sie versuchten, sich im Schatten zu halten. Das Geräusch von Explosionen und Schüssen hallte durch die Stadt. Auf einem begrünten Platz duckten sie sich zwischen ein paar Bäumen.

»Wenn man uns anhält, verhalt dich hysterisch, als wärst du verrückt vor Angst«, sagte Bobby.

»Kein Problem. Wo gehen wir hin?«

Bobby dachte nach. »Der Flughafen geht nicht. Zum Hafen.«

»Hat dein Wassertaxi Dienst?«

»Na klar. In einer Stunde sind wir in unserem U-Boot, schlürfen Champagner und vögeln bis zur Erschöpfung.«

Sie glaubte ihm nicht, und dann kam ihr die Erleuchtung – er war nur wegen ihr zurückgekommen. Er handelte auf eigene Faust.

»Wir gehen zum Wasser«, sagte er. »Wo Wasser ist, sind auch Boote. Wo Boote sind, kann man abhauen.«

»Du bist allein zurückgekommen, nicht?«

»Wir schaffen es. Ich hab schon mehr Staatsstreiche im Nahen Osten erlebt, als du warme Mahlzeiten hattest.«

Bobby spähte um eine Straßenecke und riss den Kopf zurück. Die nächste Straße war von einem gepanzerten Mannschaftswagen mit Maschinengewehr blockiert. Die Abzeichen daran waren matarisch.

Sie gingen parallel zum Wasser die Soames Street entlang. Bobby schaute wieder um die Ecke und winkte sie zurück. Alle Straßen zum Hafen waren gesperrt.

»Heute scheinen keine Besucher am Hafen erwünscht zu sein«, sagte er. »Wir sollten mal rauskriegen, was vorgeht.«

Sie folgten der Soames Street bis zu einem Elektroladen mit Fernsehern und Mikrowellenöfen im Schaufenster.

»Du passt auf.« Bobby holte ein kleines Werkzeug aus der Hosentasche und bastelte am Türschloss. Dann öffnete er langsam die Tür und lauschte auf eine Alarmanlage. Sie traten ein.

An einer Wand standen etwa 50 Fernseher. Bobby ging

hinter den Ladentisch und drückte Knöpfe. Alle 50 Geräte gingen gleichzeitig an und badeten sie in blauem Schein.

»Wär nicht schlecht, hier die Super Bowl zu gucken«, sagte Bobby. Er drückte mehrere Fernbedienungen gleichzeitig und erzeugte Wirbelstürme von Pixeln.

»Kanal 45«, sagte sie. Der Kanal von TV Matar.

Er drückte den Knopf. Normalerweise lief um diese Zeit *Mukfellas*, die Comedy-Serie über die bekloppten Religionswächter. Stattdessen saß ein Mann mit grimmigem Gesicht hinter dem Pult des Nachrichtensprechers. Sie wusste sofort, was das bedeutete. Der Sprecher trug das Gewand eines matarischen Mullionärs und sprach matarisch, nicht englisch. Die ersten Worte, die Florence verstand, waren »Verbrecher«, dann »Ungläubige«, dann »provisorisch«, »Imam Maliq« und »Gott sei gelobt«. Keines dieser Worte war besonders beruhigend. Erneut fiel Florence auf, wie seltsam böswillig »Allah der Gnädige und Barmherzige« bei manchen Menschen klingen konnte. Dann hörte sie ihren eigenen Namen, und obwohl ihr unter der Abaya heiß war, überlief sie ein kalter Schauder. Sie erfuhr, dass sie sich irgendwo in der Stadt aufhielt und alle braven Bürger auf der Hut sein sollten, denn sie war ein gefährlicher Feind, ein Agent des Satans.

Bobby stand mit gezogener Pistole an der Tür, falls es eine stumme Alarmanlage war und ein erzürnter Mohammed Dera'a, dessen Name auf dem Schild über dem Laden stand, unterwegs war, um seinen Besitz zu retten.

Der Mullionär setzte seine Rede fort. Die heilige Erde Matars war – Gott sei gelobt – unter neuer Herrschaft. Die Jahrzehnte der Korruption und Dekadenz, die ein Graus vor dem Angesicht Gottes des Barmherzigen und Weisen gewesen waren, waren vorüber. Eine neue Morgendämmerung hatte begonnen (obwohl es eigentlich erst acht Uhr abends war). Eine islamische Republik wurde ausgerufen. Gott sei gelobt. Die Bürger sollten in ihren Häusern bleiben, bis das Land von den letzten Spuren des alten Regimes »gesäubert« war – wieder so ein harmloses Wort, das eine finstere Bedeutung angenommen hatte.

Dann erschien Gazzys Gesicht auf den Bildschirmen. Er trug eine Sonnenbrille und winkte grinsend dem Fotografen zu. Das Bild stammte aus »glücklicheren Tagen«, wie Zeitungen gern unter ihre Fotos schrieben.

»Der Imam gibt Folgendes bekannt. Der Emir Gazzir Bin Haz, ein Ketzer, Verräter und Werkzeug ungläubiger Imperialisten, ist tot. *Allahu akbar*. Er floh wie ein Feigling aus dem königlichen Palast, als sein von den Amerikanern stammender Hubschrauber einen Baum streifte und abstürzte. Die frühere Sheika . . .«

Florence hielt den Atem an.

». . . ist festgenommen worden. Sie bereut bereits ihre Verbrechen gegen den allmächtigen Gott und das Volk von Matar. Lang lebe unser glorreicher, geliebter Imam Maliq, der von Gott Gesandte, der Erretter der heiligen matarischen Erde.«

Florence tippte eine Nummer.

»Was machst du?«

»Wir sind im Nahen Osten. Ich mache einen Handel.«

Bobby seufzte. »Baby, du bist nicht Teil der Lösung.«

Sie rief die offizielle Palastnummer an. Eine Stimme antwortete gebieterisch.

»Hier ist Florence. Wissen Sie, wer ich bin?«

»Ja.«

»Ich möchte mit dem Imam Maliq sprechen.«

»Unmöglich.«

»Ich habe etwas, das er unbedingt haben will.«

»Reden Sie.«

»Ich rede nur mit dem Imam«, sagte sie scharf. »Verbinden Sie mich mit ihm, jetzt, sonst werden Sie das Feuer seines Zorns spüren.« In dramatischen Augenblicken neigte das Arabische zum Archaischen.

Bobby flüsterte: »Sie verfolgen den Anruf zurück.«

Florence ging vor den Fernsehern hin und her.

»Flo, was zum Teufel machst du?« zischte Bobby.

»Ich bin Schuld.«

»Oh, verdammt noch mal!« Er schlug gegen die Glastür. »Du bist *immer* Schuld! Willst du ein Märtyrer werden? Warum hängst du dir dann nicht eine Bombe um und jagst einen verdammten Bus hoch?«

»Halt die Schnauze.«

»Hier ist der Imam Maliq«, sagte eine verblüffte Stimme, »und halten Sie selber die Schnauze.«

»Nicht Sie. Hier ist Florence.«

»Was wollen Sie?«

»Einen Handel. Ich gegen die Sheika.«

»Warum sollte ich handeln? Vor Sonnenaufgang sind Sie gefasst oder tot.«

»Setzen Sie sie in ein Flugzeug. Wenn ich sie im Fernsehen landen und aussteigen sehe, stelle ich mich. Ich werde alles gestehen, was Sie wollen.«

Maliq lachte. »Sie werden sowieso gestehen.«

»Hören Sie, Maliq, Sie bringen doch den Schleier zurück nach Matar, nicht?«

»Natürlich, aber was hat das damit zu tun?«

»Es gibt zweieinhalb Millionen Frauen in Matar. Wie lange brauchen Sie, um unter jeden Schleier zu gucken und mich zu finden?«

»Wir haben genug Zeit. Meine Rennfahrerzeit ist vorbei, Gott sei gelobt.«

»Na los, Maliq, wollen Sie wirklich so lange warten, bevor Sie mir den Kopf abschlagen?«

»*Imam* Maliq, bitte«, sagte er fast flirtend. »Den Kopf abschlagen? Nein, nein. Ich stelle mir was anderes vor. Alles zu seiner Zeit. Und jetzt muss ich gehen. Ich habe anscheinend ein Land zu regieren.«

Die Fernseher zeigten Archivbilder, auf denen Maliq zu einer Menge sprach. Für einen muslimischen Geistlichen sah er ziemlich schick aus, aber sein Gewand stammte schließlich aus einem Pariser Atelier.

Im Laden stand ein langer gläserner Ladentisch mit Handys, Gameboys und anderen elektronischen Geräten. Er war verschlossen. Florence fand neben der Kasse eine Eisenstange zur Abschreckung von Dieben. Sie nahm sie und zerschlug das Glas.

Bobby sah ihr zu. »Flo, was machst du da?«

»Ich starte die Konterrevolution.«

Sie warf alle Handys in eine Plastiktüte und zeigte dann auf einen anderen verschlossenen Glasschrank voller Videozubehör. »Brich ihn bitte mal auf.«

Bobby ging hin und zerschlug das Glas mit einem Schlag seines Pistolenknaufs. Florence nahm mehrere Videokameras heraus und steckte sie in die inzwischen sehr volle Tüte.

»Den auch.« Sie zeigte darauf.

Gehorsam brach Bobby noch einen Schrank auf. »Mr. Dera'a wird nicht sehr erfreut sein.«

Florence nahm ein paar kleine, batteriebetriebene Fernseher. Als sie mit Plündern fertig war, nahm sie ihre orange Abaya. Sie küsste Bobby auf die Wange und sagte: »Leb wohl, Baby.«

»Wovon redest du?«

»Bobby. Ein Mann, aus dem Westen, blond, gesucht

wegen Mordes an einem Diener des neuen Herrschers? Was meinst du, wie lange du im neuen Matar frei rumläufst?«

»Ich hab auch einen Schleier.«

Sie lächelte und strich ihm über die Wange. »Du würdest mir mehr schaden als nützen.«

Sie warf die orange Abaya über und nahm die vollgestopften Einkaufstüten. Sie sah jetzt wie jede andere muslimische Frau aus, die den Nachmittag in der Mall verbracht hatte.

Florence steckte den Kopf durch die Tür, schaute nach links und rechts, warf einen Blick zu Bobby zurück und ging.

Er ließ ihr einen kurzen Vorsprung, warf dann seine eigene Abaya über und folgte ihr.

VIERUNDZWANZIG

Der Staatsstreich in Matar oder nach den Worten des Außenministeriums »die gegenwärtige Entwicklung in Matar« hatte die Regierung der Vereinigten Staaten völlig überrascht. Das Weiße Haus behauptete tapfer, es sei »seit einiger Zeit« informiert gewesen, dass ein gewaltsamer Umsturz möglich sei, und habe »hinter den Kulissen rund um die Uhr« daran gearbeitet, die Krise abzuwenden. Doch dieses Soufflé ging leider nicht auf.

Im Kapitol wurden die Rufe »Durch wen haben wir Matar verloren?« immer lauter. Senatoren schlugen auf ihre Pulte und verlangten Antworten. Der Präsident erklärte, er wolle auch Antworten. Die CIA sagte, sie gebe zwar keinen offiziellen Kommentar ab, wolle Antworten aber vielleicht noch dringender als der Präsident und die Senatoren. Der Außenminister sagte, vielleicht gebe es keine Antworten, aber falls doch, würde er sie auf jeden Fall gern hören. Der Generalsekretär der Vereinten Nationen sagte, er sei relativ sicher, dass es Antworten gebe, aber zunächst müsse man die richtigen Fragen stellen, und die müssten übersetzt werden, was einige Zeit brauchte.

Die einen rieten zur Vorsicht, die anderen erklärten, jetzt sei keine Zeit für Vorsicht, sondern für Mut. Wieder andere rieten zu einem Mittelweg von vorsichtigem Mut. Auf beiden Seiten gab es Extremisten: die Neoisolationisten, auf deren Banner stand: »Verkauft uns halt das verdammte Öl«, und die Neointerventionisten, die sagten:

»Gemeinsam können wir eine bessere Welt schaffen, aber wahrscheinlich müssen wir dabei viele von euch umbringen.«

Inoffiziell hieß es, der Präsident sei hin und her gerissen, ob er einen Flugzeugträger schicken solle (vielleicht die dramatischste Geste, außer der, auf einem zu landen) oder ein Atom-U-Boot. Ein bedeutender Marinehistoriker sagte im Fernsehen, U-Boote seien genauso schlagkräftig wie Flugzeugträger, aber schwerer zu sehen, da sie sich unter Wasser befänden, und deshalb »visuell weniger nachhaltig seien«. Ein anderer Historiker sagte im Fernsehen, es sei eine Zeit »großer Widersprüche«. Aber sogar darüber waren halbwegs vernünftige Leute nicht einer Meinung. Eines aber blieb hartnäckig bestehen und ließ sich nicht ignorieren, unter den Teppich kehren oder wegzappen: Fast ein Drittel der amerikanischen Ölimporte, ohne die es ein recht kalter Januar werden würde, flossen jetzt durch ein Land, dessen Herrscher nach den Worten eines weiteren Fernsehhistorikers »ein von den Franzosen eingesetzter Ex-Rennfahrer und Ajatollah« war. In diesem Punkt gab es wenig Streit. Die Frage war, was man dagegen tun sollte? Frankreich hatte seine Karten mit Raffinement, *Savoir-faire* und jeder Menge *Je ne sais quoi* ausgespielt.

Binnen weniger Tage hatten Filmschnipsel aus Umbeseir, der »Sommer«-Residenz des verstorbenen Gazzir Bin Haz ihren Weg ins Fernsehen und Internet gefunden. Canal Quatre in Paris brachte eine Dokumentation über den Harem des Emirs, die Casanova, den Autor des *Kamasutra* und womöglich auch den Marquis de Sade zum Erröten gebracht hätte. Der Film war anscheinend mit einer versteckten Kamera aufgenommen worden, da niemand dafür im Abspann genannt wurde. (Annabelle war wirklich fleißig gewesen.) In einer besonders packenden Szene sah man den Emir Belugakaviar auf die Brüste zweier (zugegeben ansehnlicher) russischer Damen namens Tatjana und Swetlana löffeln und dann abschlecken, wobei er zwischendurch an einer Wasserpfeife sog, die mehr als Tabak zu enthalten schien, aus einer Flasche mit dem deutlich sichtbaren Etikett SOUTHERN COMFORT trank und ab und zu »Gott sei *gelobt«* ausrief. Natürlich verehrt jeder Mensch Gott auf seine Weise, aber solche Episoden machten es etwas schwierig für den exilierten Hochadel von Matar, der jetzt in Cannes, Gstaad und Portofino saß, zwischen zwei Schluck Cognac oder Champagner glaubwürdig zu erklären, dass der verstorbene Emir sich nennenswert um die Meinung anderer Menschen geschert habe.

Die vertriebenen Bin Hazzim engagierten teure Medienberater, um zu verbreiten, das Leben in Matar unter dem Emir, mochte er auch dekadent und richtig ungezogen gewesen sein, sei besser gewesen als in dem Matar, das dem neokonservativen Maliq vorschwebte. Bekehrte versuchen oft, ihre früher versäumte Frömmigkeit durch besonders große Inbrunst wettzumachen. Maliqs Motto war eine eigenwillige Umkehrung des heiligen Augustinus: *O Herr, mach mich schlecht – sofort.* Binnen weniger Tage nach seiner Machtübernahme hatte er das Autofahren für Frauen verboten, den Schleier wieder eingeführt, es unter Strafe gestellt, dass eine Frau das Haus ohne männlichen Verwandten verließ, und erklärt, weibliches Lachen werde künftig mit 20 Peitschenhieben bestraft, mit der theologischen Begründung, wenn eine Frau lache, freue sie sich wahrscheinlich über irgendetwas, und das sei abzulehnen.

Die Bürger Matars empfingen die neue Frömmigkeit nicht mit offenen Armen, aber Maliq hatte nie gesagt, ihre Meinung sei ihm wichtig. Ein großer Baukran wurde auf den Robespierreplatz (früher Churchillplatz) gefahren und mehrere matarische Konterrevolutionäre daran aufgehängt. An mehreren Frauen, die so kühn gewesen waren, sich ohne Schleier – und noch dazu ohne männlichen Begleiter – am hellichten Tag herauszuwagen, wurde rasch ein Exempel statuiert. Es war ganz offensichtlich, erklärte der Mukfellin-Vertreter, der ihre Urteile verlas, dass sie auf dem Weg gewesen waren, um mit widerlichen Negerköchen Unzucht zu treiben. Dafür gab es zwar keine Beweise, aber der Vorteil von Religionsgerichten ist doch, dass man keine Beweise braucht. Die unglücklichen Frauen beharrten darauf, sie hätten nur Milch kaufen und die Wäsche aus der Wäscherei abholen wollen, aber man kann einfach nicht vorsichtig genug sein.

So sehr er eine Auspeitschung oder Enthauptung und auch mal eine Steinigung genoss, waren sie Maliq nicht so wichtig. Er schaute lieber NASCAR- und Formel Eins-Rennen im Fernsehen (obwohl er dabei jetzt etwas diskret sein musste). Um das Auspeitschen und Enthaupten kümmerten sich seine wasabischen Freunde. Sie bestanden darauf. Und da sie ihn auf den Thron gesetzt hatten, hatte Maliq keine Wahl, als mitzuspielen.

TV Matar und sein verstorbener Halbbruder Gazzir – dessen Hubschrauber wegen einer Rakete, nicht wegen eines Baums abgestürzt war – hatten dem Königshaus der Hamuj nichts als Spott und Demütigung eingebracht. Jetzt war die Zeit der Revanche da, außerdem die Zeit, für alle wasabischen Frauen zu Hause ein Exempel zu statuieren, die nach Monaten des TV Matar-Guckens alle möglichen gefährlichen Ideen aufgeschnappt hatten.

Wie anders waren die Sendungen jetzt! Rezepte, Tipps, wie man seinem Ehemann gefiel, wie man es vermied, bei der Hadj in Mekka zertrampelt zu werden, Comedys über geldgierige Israelis und fette, ungläubige Amerikaner. Donnerstagabends um acht lief *Alle lieben Imam!* in dem Maliq aus dem *Buch der Hamuj* las und seine eigenwilligen Interpretationen dazu abgab. Die Zuschauerzahlen waren zwar nur noch ein Bruchteil der früheren, aber man muss neuen Sendungen Zeit geben.

Frankreich, das Wasabien bei der Inthronisierung Maliqs unterstützt hatte, war von der düsteren Situation nicht erfreut. Aber da das Ministère de Pétrole (Ölministerium) kurz vor einer *Entente économique* (Wirtschaftsabkommen) über 20 Prozent Rabatt mit Wasabien stand, wollte Frankreich nicht zu viel Bruit (Lärm) deswegen machen.

Als er in der Herrentoilette des UN-Sicherheitsrats vom ständigen Vertreter der USA darauf angesprochen wurde, schüttelte der ständige Vertreter Frankreichs den Kopf, rollte die Augen und sagte: »Ja, ja, ja, aber was soll man mit diesen Leuten machen – sie sind einfach *unmöglich*«, was die Stirn des amerikanischen Vertreters noch faltiger machte und weitere Instruktionen aus Washington erforderte.

Frankreich stand auch davor, einen gegenseitigen Beistandspakt mit Matar abzuschließen, durch den es eine Marinebasis am Golf erhielt. Die neue Regierung in Paris zeigte neogaullistische (manche sagten neonapoleonische) Absichten im Nahen Osten, wo die Trikolore einmal stolz im Wind geflattert hatte. Alle Demütigungen von 1922 würden endlich gerächt sein. Ein weiterer bedeutender Historiker – es schien jede Menge davon zu geben – sagte im Fernsehen, Frankreich sei nicht länger damit zufrieden, dazusitzen und zuzusehen, wie die Vereinigten Staaten in der Region Mist bauten. Blickte Frankreich nicht selbst auf eine stolze Tradition des Mistbauens zurück? Algerien, Vietnam, Syrien, Haiti, Quebec – alle litten noch immer unter der Zeit der französischen Herrschaft. Offensichtlich war Frankreich bereit und willig, der Welt zu zeigen, dass es ebenfalls mit katastrophalen, unvorhergesehenen Folgen in Übersee handeln konnte, und zwar viel effizienter und höchstwahrscheinlich eleganter als die USA.

Unterdessen gab es wieder mal eine Welle antifranzösischer Gefühle in den Vereinigten Staaten. Französische Oberkellner wurden von Schlägern angegriffen, Baguettes wütend zerbrochen und durch Restaurants geworfen, Peugeots mit Gemüse beworfen und ihre Scheibenwischer verbogen. Die französische Botschaft in Washington, früher der Schauplatz glitzernder Empfänge, wurde von evangelikalen Christen angegriffen, die mit (völlig unschuldigen) Fröschen warfen. Ein Mitglied des Kongresses brachte einen Gesetzentwurf ein, der die Exhumierung und Heimholung der Überreste amerikanischer Soldaten in der Normandie forderte – »Grabt den Soldaten James Ryan aus«.

Die Rufe »Durch wen haben wir Matar verloren?« wurden lauter, obwohl Umfragen zeigten, dass für zwei Drittel der Amerikaner die relevantere Frage lautete: »Wo genau liegt Matar?« Als sie aber von den Befragern informiert wurden, »hinterlistige Froschfresser« und »dreckige Wasabis« hätten das Land besetzt, um »Amerika schlecht aussehen zu lassen« und »den Ölpreis hochzutreiben«, waren die Amerikaner mit großer Mehrheit dafür, ihre Regierung müsse »etwas« tun, so lange es nicht zu viel kostete und aus einer Höhe von 12 000 Metern getan werden konnte. Zu diesem Zeitpunkt neigte man wenig zu einer weiteren Bodenoperation des Pentagon in der Region.

So war jedenfalls die Lage zwei Wochen nachdem Florence Mr. Dera'as Laden mit ihren Einkaufstüten voller Elektronik verlassen hatte.

Renard und George waren nach ihrer unterseeischen Abreise von Blenheim Beach wieder in Washington. Das U-Boot war kleiner gewesen als angekündigt, und der Bordarzt musste dem klaustrophobischen George eine Beruhigungsspritze geben, bevor sie ihn die Leiter herunterbekamen. Das U-Boot setzte sie bei einem Flugzeugträger ab. Von dort wurden sie mit der Post und dem Leichnam eines verzweifelten, heimwehkranken Matrosen, der durch das Trinken der Bremsflüssigkeit einer F-14 Selbstmord begangen hatte, nach Bahrain und dann mit einem Linienflug nach Rom geflogen. Als sie von dort in Washington eintrafen, waren alle Spuren ihrer Mission wie durch einen einzigen Tastendruck auf einer göttlichen Tastatur beseitigt.

Das sichere Haus in Alexandria, in dem sie die Operation vorbereitet hatten, wurde jetzt von einem Paar mittleren Alters bewohnt, das darauf bestand, es vor sechs Monaten über das Internet gekauft zu haben, und keine Lust auf Diskussionen mit zwei verloren wirkenden Männern vor seiner Tür hatte. George und Rick fühlten sich wie Matrosen, die ein Schiff mitten auf dem Ozean betreten, das unheimlich verlassen ist, bis auf Tassen mit noch warmem Kaffee und brennende Zigaretten im Aschenbecher.

George rief sein Büro im Außenministerium an und erreichte Ducketts Stellvertreter, der sagte, er habe gemeint, George sei nach Guatemala City versetzt worden. Es schien ihm egal zu sein, ob George zurück in die Nahost-Abteilung kam. Er fand sich in einem bürokratischen Bermudadreieck wieder.

Als er und Rick getrennt Geld am Automaten abhoben, fanden beide auf ihren Konten die unerklärliche, wenn auch nicht unwillkommene Summe von einer Million

Dollar. Sie konnte nur von einem stammen, dem inzwischen verschwundenen Onkel Sam. Es war offensichtlich ihre Abfindung. Die plötzliche Großzügigkeit verwirrte sie umso mehr, als das Geld ein paar Tage später von ihren Konten verschwand und am nächsten Tag verdoppelt wieder auftauchte. Sie diskutierten über diese mysteriöse Einzahlung und kamen zu dem Schluss, es sei eine Botschaft: Verhaltet euch ruhig, oder das Geld verschwindet für immer. Seid artig, und es verdoppelt sich vielleicht.

Die Entdeckung, dass sie beide doppelte Millionäre waren, versetzte sie vorübergehend in Hochstimmung und machte sie dann tief deprimiert, denn inzwischen hatten sie die umwälzenden Ereignisse in Matar im Fernsehen gesehen und dachten weniger daran, wie sie ihren Reichtum ausgeben sollten, als daran, wie es Florence gehen mochte.

Eines Abends saßen sie trübsinnig in Ricks Wohnung am Dupont Circle, aßen ein chinesisches Takeaway-Menü, tranken elsässisches Bier dazu und sahen eine Sendung, in der mehrere Nahostexperten, die aus verschiedenen Städten zugeschaltet waren, einander anschrien, wie wichtig es sei, Ruhe zu bewahren, als der Moderator seine Gäste mit der Nachricht unterbrach, das Büro des Senders in Manama habe ein Videoband erhalten, das anscheinend in Matar aufgenommen worden war. Da das Land auf Befehl des Emirs Maliq von ausländischen Medien abgeschnitten war, war der Moderator sehr gespannt, was wohl darauf zu sehen sei.

Rick und George stellten das Huhn weg und schauten gespannt auf Ricks schickes neues Home-Entertainment-Center mit 140 Zentimeter-Plasmabildschirm. Rick war der Meinung, sie könnten ruhig was von dem Geld ausgeben, zur Bestürzung des strengen George, der noch nicht entschieden hatte, ob es moralisch gerechtfertigt sei, das mysteriöse Geld auszugeben. Ihre untere Gesichtshälfte vergrößerte sich beträchtlich, als ein flimmerndes Abbild von Florence auf dem Bildschirm erschien, begleitet von rauschendem, aber verständlichem Ton.

»Ich spreche aus dem besetzten Matar. Ein eiserner Vorhang hat sich über das Land gesenkt. Die Sheika Laila, die Witwe des verstorbenen Emirs, wird von dem Usurpator Maliq und seinen wasabischen und französischen Drahtziehern gefangen gehalten. Frauen werden gefoltert und hingerichtet. Aber ihr Geist ist ungebrochen. Sie rufen den zivilisierten Nationen zu: Leistet Widerstand gegen die Mächte eines korrumpierten Islam, die eine große Religion und ihren Gründer, den Propheten Mohammed, in den Schmutz ziehen. Sie rufen: Freiheit! Freiheit! Freiheit!«

Der Moderator sagte, es sei nicht viel über die Person auf dem Videoband bekannt, außer dass sie bei TV Matar gearbeitet habe, dem früheren Frauenrechtssender. Man nehme aber an, sie sei amerikanische Staatsbürgerin, was »die Situation für die Regierung der Vereinigten Staaten komplizieren könnte«.

FÜNFUNDZWANZIG

Das Schafott war im Zentrum der Mall über einem Springbrunnen errichtet worden, damit die Zuschauer gut sehen konnten.

Florence schob sich so dicht wie möglich an die Plattform heran, ohne aufzufallen. Sie hatte sich ein Schulterhalfter für die Videokamera gebastelt, die unter ihrem linken Arm steckte. Ein kleines Loch in ihrer Abaya diente als Öffnung für das Objektiv. Ein System, das seine Bürger zwingt, sich von Kopf bis Fuß zu bedecken, hat auch seine Vorteile.

An jeder Ecke der Plattform stand ein Mukfellah. Mukfellin waren in großer Zahl von Wasabien nach Matar gebracht worden, um die Einhaltung der religiösen Regeln zu überwachen. Wie jede Geheimpolizei mochten sie Respektbezeugungen. Wenn Florence mit ihrem vorgeschriebenen männlichen Begleiter auf der Straße an einem vorbeikam, der besonders grimmig aussah, verneigte sie sich und sagte: »Gott sei gelobt, dass Ihr hier seid, Bruder!« Ihr männlicher Begleiter, dessen westliche Gesichtszüge von der Gutra und einer großen Sonnenbrille verdeckt waren, zupfte sie am Gewand und sagte: »Komm, Schwester, stör diese von Allah Geliebten nicht bei ihrem segensreichen Werk.« Um die Illusion zu verstärken, sie sei nur eine ganz gewöhnliche matarische Ehefrau, trug Florence einen Korb mit Obst und anderen frischen Sachen vom Markt. Unter den Lebensmitteln befand sich eine neun Millimeter-Pistole, und je mehr sie von den Mukfellin und ihrem segensreichen Werk sah, desto mehr drängte es sie, sie zu benutzen. Die Skrupel, die sie wegen des von Bobby getöteten Manns in Maliqs Garage gespürt haben mochte, waren verschwunden. Ihre Wochen im besetzten Matar hatten sie hassen gelehrt.

Die Menge bewegte sich. Der Anführer der Einheit drängte sich zum Schafott hindurch. Vier Mukfellin standen an den Ecken der Plattform und forderten Ruhe und Respekt.

Der Anführer stieg die Stufen zur Plattform hinauf und verlas das Urteil. Die Frau, eine gewisse Ardisha, war dabei erwischt worden, wie sie nicht nur Auto fuhr, sondern auch aus Matar zu fliehen versuchte. Der Imam Maliq, gesegnet sei sein Name und sein heiliges Werk, hatte die Todesstrafe in seiner Gnade in 100 Stockhiebe umgewandelt. Allah ist barmherzig.

Ardisha wurde zitternd, wimmernd und um Gnade flehend herausgebracht und auf einen Block gefesselt. Der Muk schlug mit der einen Meter langen Gerte wieder und wieder auf den sich windenden schwarzen Umriss auf der Plattform. Sie schrie während der ersten 30 Schläge und verstummte dann. Die Frauen, die der Plattform am nächsten standen, begannen zu weinen und um Gnade zu bitten. Die ganze Sache dauerte etwa zehn Minuten.

Als es vorüber war, pries der Anführer, der das Urteil verlesen hatte, die Gnade des Imams und befahl der Menge, sich zu zerstreuen. Die meisten männlichen Begleiter des Publikums hatten geraucht oder einen Kaffee bei Starbucks getrunken. Sie sammelten ihre Schutzbefohlenen wieder ein und gingen. Manche beschlossen, noch einzukaufen. Die Ladenbesitzer der Mall nutzten den Auflauf am Bestrafungstag und verkündeten Sonderangebote. Florence' männlicher Begleiter kam zu ihr, und sie gingen weg. Als sie am Mukfellin-Wächter am Eingang der Mall vorbeikamen, lobte ihr Begleiter ihn nicht für sein gesegnetes Werk.

Sie stiegen ins Auto und fuhren schweigend weg. Florence drückte die PLAY-Taste, und sah auf den kleinen Bildschirm, um sicher zu gehen, dass sie es aufgenommen hatte. Bobby hörte das Geräusch der Schläge aus dem kleinen Lautsprecher und sagte ruhig: »Mach es aus.«

Amo-Amas wimmelte von wasabischen Freundschaftstruppen. Maliq hatte auch um französische Soldaten gebeten, aber Frankreich hatte schon genug bei den Vereinten Nationen zu erklären und lehnte ab. Es schickte jedoch Hunderte von Beratern, um bei *la Infrastructure* zu helfen. Tausende von Mataris waren geflohen (meist nach Südfrankreich), was zum üblichen Mangel an qualifizierten Arbeitskräften führte.

Bobby und Florence fuhren abseits der Hauptstraßen nach Norden. Der Verkehr wurde immer langsamer. Bobby steckte den Kopf aus dem Fenster und sah zehn Autos vor sich Polizeiwagen stehen. Straßensperren und Personenkontrollen waren alltäglich geworden. Florence nahm das Band aus der Videokamera, die unter ihrer Abaya verborgen war und tauschte es gegen eines mit spielenden Kindern am Strand aus. Falls die Kamera beschlagnahmt wurde, würden die Bilder unverdächtig sein.

Der Obstkorb stand zwischen ihnen. Im Schritttempo fuhren sie in Richtung der Polizisten.

»Gott sei gelobt«, sagte Bobby zu dem Polizisten, der sich in den Wagen lehnte und seine Papiere und die seiner Frau forderte. Bobbys Arabisch war akzentfrei, und er hatte sich die Haut kosmetisch gebräunt. Er ging ohne weiteres als Matari durch.

Der Polizist erwiderte den Gruß nicht. Er blätterte die matarischen Pässe durch. »Wohin fahren Sie?«

»Nach Hause.«

Der Polizist schaute in Florence' Ausweis. »Ihre Ehefrau?«

»Ich habe drei. Aber das ist die hübsche, deshalb habe ich sie mit zur Mall genommen, damit sie die Bestrafung sieht und nicht auf dumme Ideen kommt. Unser Imam setzt ein gutes Beispiel.«

Der Polizist musterte Florence. Sie blickte starr geradeaus. »Was ist in dem Korb?«

»Feigen aus dem Mashuff-Tal.« Bobby hielt ihm den Korb hin. »Nehmen Sie eine als Dank für den Schutz vor unseren Feinden. Sie sind köstlich.«

Der Polizist fasste nach dem Griff des Korbs.

»Bruder, bitte.« Bobby grinste. »Die sind für die Kinder.« Er bewegte langsam den linken Fuß mit dem Knöchelhalfter in Reichweite.

Der Polizist zögerte. Er nahm die dicksten Feigen heraus, gab den Korb zurück und winkte den Wagen weiter. »Weiterfahren.«

»Allah sei mit dir«, sagte Bobby. Er fuhr langsam weiter und murmelte: »Arschloch.«

Nun kamen keine Straßensperren mehr, und eine halbe Stunde später erreichten sie ihr ödes Betonhaus im Sherala-Viertel, einer der ärmeren Gegenden von Amo-Amas, voller kaputter Flaschen, Mauern mit Glasscherben, hungriger Hunde und philippinischer »Gast«-Arbeiter, denen ihre matarischen Arbeitgeber erlaubt hatten, außerhalb des Hauses zu wohnen. Es gab einen umzäunten Stellplatz für das Auto.

Drinnen machte Florence Kopien des Videobands. Sie legte die verhasste Abaya ab. Bobby richtete die Kamera auf sie.

»Die Bilder, die Sie gleich sehen werden, wurden am 27. März in der Chartwell-Mall im besetzten Matar aufgenommen, die der Usurpator Maliq zu einer öffentlichen Hinrichtungsstätte gemacht hat . . .«

Als sie fertig waren, steckte Bobby eine Kopie des Bands in eine Zigarettenschachtel und fuhr zum Flughafen. Unterwegs rief er Fouad an, der beim Bodenpersonal von Air Matar arbeitete und von Bobby vor Jahren rekrutiert worden war. Sieben Stunden später war das Band in Nikosia auf Zypern und in den Händen eines Armeniers namens Hampigian, mit dem Bobby ebenfalls jahrelang zusammengearbeitet hatte. Weitere acht Stunden später war es im römischen CNN-Büro. Nach einer Stunde, in der eine Konferenz mit der Zentrale in Atlanta stattfand, an der auch der Vorstandsvorsitzende teilnahm, wurde das Band gesendet.

Unter den Millionen von Zuschauern waren auch Renard und George. Sie hatten mit Hilfe eines weiteren Teils von Onkel Sams Abfindung eine provisorische Kommandozentrale in Ricks Büro aufgeschlagen. Das Band war nicht leicht anzusehen. Sogar der zynische Renard fand danach keine Worte. George ging nach fünf Minuten aus dem Zimmer. Allerdings hatten auch erst sehr wenige Menschen im Westen gesehen, wie eine Frau langsam totgeschlagen wurde.

Der Sender wurde mit Anrufen überschwemmt, meist von Menschen, die erschüttert waren, dass er etwas so Schreckliches zeigen konnte – das Schlimmste, sagten einige, seit den Bildern von Amerikanern, die im Gefängnis Abu Ghraib Irakis folterten. Es gab aber auch großes Interesse für die Amerikanerin, die den Film gemacht hatte, offensichtlich unter großem persönlichen Risiko. Sie war jetzt ein Gegenstand offizieller Neugier – in Washington, Paris,

Kaffa und Amo-Amas, eigentlich auf der ganzen Welt. Natürlich konnten die Medien nicht widerstehen. Sie gaben ihr den Spitznamen »Florence von Arabien«.

Imam Maliq, dem von Allah Gesegneten, Emir des Königreichs Matar, Prinz des Hauses Bin Haz, Sharif der Um-Katush, gefiel es gar nicht, als er hörte, Delame-Noir vom Onzième Bureau sei in Matar und bitte um eine »Audienz«. Es gefiel Maliq aber, dass er es so ausgedrückt hatte, denn »Audienz« klang vornehmer als »Gespräch«.

Trotzdem hatte er das Gefühl, Delame-Noir behandle ihn von oben herab. Er mochte Delame-Noir sowieso nicht, und nun, da er auf dem Thron saß, war es an ihm, jemanden von oben herab zu behandeln, bei Allah. Er war nicht in Stimmung für einen von Delame-Noirs endlosen pedantischen Vorträgen über die Historizität Hegelscher Dichotomien. Ebenso wenig wünschte Maliq daran erinnert zu werden, dass Delame-Noir ihm durch den Plan der Verwandlung vom tricksenden Rennfahrer zum religiösen Führer auf den Thron geholfen hatte.

König Tallulah und Prinz Bawad waren überaus herrisch und erinnerten Maliq bei jedem Anruf, in jeder E-mail und jedem persönlichen Gespräch daran, dass es ihre Truppen, ihre Mukfellin, ihr Geld und, Gott sei gelobt, ihr Öl waren, die ihn auf den Thron gebracht hatten. Maliq hatte es satt, Paris und Kaffa dauernd dankbar zu sein. *Die* sollten *ihm* dankbar sein, verdammt noch mal! Hatte er nicht selbstlos eine brillante Rennfahrerkarriere aufgegeben, um Matar seinen alten Ruhm wiederzugeben. (Sofern Matar je Ruhm besessen hatte.) Hatte er nicht alles riskiert? Was, wenn der Staatsstreich gescheitert wäre? Wo wäre er dann? In Gazzys Kerker, wo er seine Kost durch Kakerlaken aufbessern würde. Nein, er hatte genug davon, dass sie ihm sagten: *Heute kannst du Folgendes für uns tun.*

»Wir werden den Franzosen nicht empfangen«, sagte Maliq gereizt zu Fetish, dem Sekretär, den er von seinem Bruder geerbt hatte und der ihm von Delame-Noir sehr empfohlen worden war. Maliqs Äußerungen hatten in jüngster Zeit einen gewissen diktatorischen Ton angenommen; leider geschieht das oft, wenn jemand Diktator wird.

»Aber Eure Heiligkeit –«

»Ich habe gesprochen, Fetish.«

Da Fetish auf der Gehaltsliste von Delame-Noirs Onzième Bureau stand, drängte er so behutsam er konnte. »Großer Imam, wäre es nicht klug, dem Franzosen ein paar Minuten zu schenken? Er ist von sehr weit gekommen.«

»Pah! Du klingst, als wäre er auf einem Kamel durch die Nefud-Wüste gereist. Er hat sein Privatflugzeug. Es hat ein Bett, eine Küche und einen Koch mit zwei Sternen im Michelin. Wir sind selber damit geflogen. Es ist – du unverschämter Kerl. Wir brauchen uns nicht zu rechtfertigen!«

»Ich bin nur Dung neben Eurer Hoheit, Gesegneter Allahs, Beschützer des wahren Glaubens. Trotzdem bitte ich in meiner verachtenswerten Niedrigkeit, sollte mein Herr den Franzosen nicht kurz empfangen?«

Maliq knurrte, wusste aber, dass Fetish Recht hatte. »Zehn Minuten. Komm nach genau zehn Minuten rein und sag: ›Imam, Ihr werdet dringend verlangt von . . .‹ von irgendjemand Wichtigem halt.«

»Mein Herr ist wahrhaft weise und gnädig. Allah schenke ihm –«

»Nun bring ihn schon her, Fetish!«

Maliq ging in seinem Büro auf und ab und spielte mit seinen Sorgenperlen. Delame-Noir wurde hereingeführt.

»Hoheit!« Delame-Noir verbeugte sich anderthalb Zentimeter. Er betrachtete Maliq von Kopf bis Fuß, für dessen Geschmack ein wenig wie ein boshafter Schneider. »In Eurer Person sind die Pracht der Bin Hazzim und die Reinheit des wahren Glaubens ihre vollkommenste Verbindung eingegangen. Wie glücklich ist Matar, einen so weisen und mächtigen Herrscher zu besitzen. Das kommt nicht jeden Tag vor. Nicht seit dem Großgroßgroßonkel Eures Cousins zweiten Grades, Ali Hashim bin –«

»Ja, ja«, sagte Maliq. »Matar ist wieder ein heiliger Ort. Gott sei gelobt. Also. Da wären Sie.«

»Ich bin gekommen, um Euch meine Verehrung auszudrücken, *mon Emir*. Um das neue Kronjuwel von Matar in seiner Fassung zu sehen.«

»Ach ja? Gut. Na dann. Ich habe *sehr* viel zu tun.«

»Gewiss.« Delame-Noir grinste gallisch. »Es ist wahrhaft harte Arbeit, sich als unangefochtene Autorität zu etablieren. Aber das habt Ihr, ja. ja. Und jetzt ist es vielleicht Zeit für ein Signal: Okay, wir nehmen unsere Religion Ernst, wir sind sehr fromm, sehr streng, aber wir werden nicht mehr *alle* ungezogenen Frauen in der Mall vor Starbucks tot prügeln. Nicht wahr?«

Maliq seufzte. »Wir wussten nicht, dass diese Florence es filmt.«

»Trotzdem ist es kein sehr gutes Image für das neue Matar, *mon Imam*. Sie zeigen es jetzt im Internet. Es ist sehr – offen gesagt, finde ich es schwer, es anzuschauen. Es ist wie ein Mel Gibson-Film.«

»Das Internet ist ein Werkzeug des Satans.«

»Die Theologie muss ich den Theologen überlassen«, erwiderte Delame-Noir. »Meine Sorge gilt Euch, weil es keine gute Publicity ist. Mir persönlich ist es egal. Wir haben während unserer Revolution eine Menge Köpfe abgeschlagen. Eine Weile ist es unterhaltsam und amüsiert den Mob, aber wenn es zu lange dauert, ist es schlecht fürs Geschäft.«

»Was werden sie tun, kein Öl mehr kaufen?«

»Nein, nein. Das Öl würden sie von jedem kaufen, vom Satan persönlich. Aber warum wollt Ihr Euch so ein schlechtes Image vor der Welt geben?«

»Sie machen sich keine Sorgen um mein Image, sondern um Ihres.«

»Vor Euch, weiser Imam, gibt es keine Geheimnisse. Aber gut, jawohl, niemand sieht dabei gut aus. Frankreich ist es zwar egal, was die Welt denkt, aber trotzdem ...«

Maliq erhob die Hände. »Die Wasabis bestehen drauf! Tallulah ruft mich jeden Tag persönlich an, um mir zu sagen, dass er mir noch mehr Mukfellin schickt, um mir zu helfen, ›das Land zu reinigen‹. Ich sage: ›Danke, Ihr seid zu großzügig, aber wir brauchen keine Religionswächter mehr.‹ Und kurz darauf informiert mich Fetish, dass wieder 500 gekommen sind – mit dem Bus! Was soll ich denn machen?«

Delame-Noir nickte mitfühlend. »Es ist nicht leicht, Emir zu sein.«

»Ohne mich würden die Muks doppelt so viele hinrichten und prügeln.«

»Offensichtlich habe ich die Situation missverstanden. Wie kann ich mich entschuldigen? Wie kann ich helfen?«

»Sagen Sie mir bloß, was ich tun soll«, grunzte Maliq.

»Vielleicht gibt es eine Lösung. Warum sagt Ihr nicht zu Tallulah: ›Mein lieber König, wir haben die eiserne Faust gehabt, jetzt ist es Zeit für den Händedruck. Wir haben das Volk zum Zittern gebracht. Sie haben so viel Respekt vor Euch, dass sie Pipi in ihre Thoben machen. Wir haben jetzt ein sehr gehorsames Volk. Und jetzt ist es Zeit, sich beliebt zu machen.‹ Nicht?«

»Es sind Wasabis«, sagte Maliq. »Die machen sich nicht beliebt.«

»Beendet wenigstens diese Publicity auf *Eurem* Boden.«

»Wie?«

»Hier ist eine Statistik, die ich zufällig besitze. Sie ist sehr geheim, also sagt bitte nicht, von wem Ihr sie habt. Wisst Ihr, warum Wasabien Euch so viele Mukfellin schickt? Weil sie dort nicht genug zu tun haben. Die Leute haben so viel Angst vor ihnen, dass sie nichts Unrechtes tun. Sie gehen nicht mal mehr vor die Tür. Und das hat zu Arbeitslosigkeit unter den Mukfellin geführt. Tallulah macht sich große Sorgen darüber, deshalb sieht er es als goldene Gelegenheit, sie aus seinem Land zu bekommen und zu beschäftigen. Das steckt hinter den Mukfellin. Und es ist nicht gut, arbeitslose Henker zu haben, nicht wahr? Sie kommen auf Ideen.

Warum sagt Ihr also nicht zu Tallulah: ›Okay, als Dank für Eure Hilfe beim Regimewechsel schicke ich Euch alle ungezogenen Frauen aus Matar, um Eure Mukfellin zu beschäftigen.‹ Wenn sie ihnen die Köpfe abschlagen und sie prügeln wollen, dann geschieht es wenigstens in Wasabien, wo man solche Barbarei erwartet, nicht hier in der früheren Schweiz des Golfs.«

»Aber was ist mit dieser Florence? Ich kann sie nicht frei herumlaufen lassen. Es untergräbt unsere Autorität.«

»Nein, nein.« Delame-Noir lächelte. »Das können wir nicht zulassen. Vielleicht habe ich auch dafür eine Idee.«

SECHSUNDZWANZIG

Florence konnte an Bobbys Miene ablesen, dass es keine guten Nachrichten waren. Er riss sich angeekelt die Gutra herunter und warf *Al Matar* auf den Tisch. Florence konnte schon die Schlagzeile erkennen:

FRÜHERE SHEIKA
GESTEHT UNSITTLICHES VERHÄLTNIS MIT
AMERIKANISCHER SPIONIN FLORENCE

»Wahrscheinlich haben sie sie nicht mal gefoltert, bloß alles erfunden«, sagte Bobby.

Florence las den letzten Absatz laut vor: »Die Entscheidung, wie ihre schweren Sünden zu bestrafen sind, liegt bei den höchsten Autoritäten. Angesichts der Abscheulichkeit ihrer Verbrechen hat die Sheika selbst geäußert, dass die strikte Anwendung der Sharia in der Interpretation unseres geliebten Imam Maliq – 1 000 Blüten mögen auf sein reines Haupt fallen – für ihre Verbrechen angemessen ist, deren abstoßende Einzelheiten wir hier nicht aufzählen können.«

»Scheiße«, sagte Florence abschließend.

»Es ist eine Falle. Das ist der Köder.«

Florence fing an, ihre Sachen zusammenzusuchen. Bobby sah ihr zu. »Heißt das, wir schlucken den Köder?«

»Ich schaff das auch allein.«

»*Verdammt* noch mal, Flo!«

Als sie ihr schäbiges Haus verließen, ähnelten sie Tausenden anderer Ehepaare – sie entschlossen, er wütend.

Sie fuhren zu einem Parkplatz im Mirdam-Viertel, einem der bevölkertsten von Amo-Amas, voller Marktstände und Garküchen neben dem Gelände, wo Fußballspiele und Kamel- und Pferderennen abgehalten wurden. Es war immer noch belebt. Sogar der grimmige Geist der Askese, der sich auf Matar gelegt hatte, hatte das allgegenwärtige Geräusch von Kaufen und Verkaufen nicht zum Verstummen gebracht.

Bobbys Ego hatte sich so weit erholt, dass er wieder mit Florence sprach. »Wenn er sofort abhebt, mach es kurz. Wenn er anbietet, Laila ans Telefon zu holen, und sagt, du sollst dranbleiben, mach Schluss. Du kannst immer noch mit einem anderen Handy zurückrufen. Aber wenn sie den Anruf erwarten, und das werden sie garantiert, dauert es nur ein paar Minuten, bis es hier von Muks wimmelt. Ich weiß nicht, wie viel technische Hilfe sie von den Franzen kriegen, aber nehmen wir an, sie kriegen welche, also was du auch sagst, sag es schnell.

Sie werden den Anruf aufnehmen, und alles, was du sagst, so drehen, dass es klingt, als gestehst du alles von lesbischen Orgien bis zum Pissen an die Kaaba von Mekka.«

Sie parkten, stiegen aus und verloren sich in der vormittäglichen Menge – Bobbys Lieblingssport. Es war ein guter Ort für einen Anruf, der sofort angepeilt werden würde: tausende von Menschen, die Hälfte davon verschleiert, Autoverkehr, keine Einbahnstraßen, Dutzende von Fluchtwegen.

Florence nahm eins der Handys, die sie am Abend der »Befreiung« Matars gestohlen hatte, wie es nun offiziell hieß. Bobby drückte ein Stück klebriges Wachs auf die Rückseite des Telefons und gab es Florence zurück. Durch das Wachs lag es ihr unförmig und fremdartig in der Hand. Sie wählte die Privatnummer des Emirs.

Nach dem zweiten Klingeln wurde abgenommen. Sie stellte sich vor. Maliq war nach wenigen Augenblicken am Apparat. Offensichtlich hatten sie den Anruf erwartet. Bobby kaute Kaugummi und sah mit der Miene eines nervösen Trainers auf die Uhr.

»Na, Maliq, sind Sie bereit, Ihren Platz am Tisch der zivilisierten Nationen einzunehmen?« fragte sie.

»Wovon reden Sie, Florence?«

»Ich tue das, was Sie wollten – ich antworte auf die Annonce, die Sie heute in die Zeitung gesetzt haben.«

»Ah. Sie wollen immer noch handeln? Ich will aber eine Anzahlung.«

»Woran dachten Sie? Eine Hand? Die Zunge? Den ganzen Kopf?«

»Da Sie so gerne Filme drehen, werden Sie ein Video mit Ihrem Geständnis aufnehmen. Darauf gestehen Sie alle Ihre Verbrechen: die Rolle der US-Regierung bei der Verschwörung gegen Matar, gegen den Islam, gegen mich persönlich, Ihr widernatürliches Verhältnis mit der Sheika. Alles.«

»Die Tausendundein Verbrechen? Dafür brauche ich ein sehr langes Band. Und wenn Sie es haben?«

»Dann wird sie nach Zypern ausgeflogen. Und Sie werden sich stellen.«

»Welche Garantie haben Sie, dass ich mich stelle, wenn die Sheika frei ist?«

»Sie wollen doch, dass sie ein langes und erfülltes Leben führt, oder? Mit ihrem Sohn.«

»Gut. Bleiben Sie bitte einen Moment dran, Maliq.«

Sie unterbrach die Verbindung nicht. Bobby nahm das Telefon, trat an den Bordstein und bückte sich, als wolle er sich den Schuh binden. Dabei klebte er das Telefon an die Unterseite eines Wagens, der bei Rot an der Ampel wartete.

Sie gingen weg und mischten sich wieder unter die Menge. Wenige Augenblicke später ertönten Sirenen, und ein Hubschrauber näherte sich, gefolgt von mehreren schwarzen Limousinen voller Mukfellin, die an ihnen vorbei hinter dem unschuldigen Auto her rasten.

»Ich habe Verbrechen gegen den Staat begangen und … ich habe …« Florence starrte ins Objektiv der Kamera, die Bobby hielt. »Mein Name ist Florence. Ich bin Amerikanerin. Ich hatte ein … Verhältnis …«

»Ist es besser, wenn ich die Kamera auf ein Stativ setze und dich allein lasse?« fragte Bobby.

Florence seufzte. »Nein, versuchen wir's noch mal. Bei welchem Take sind wir?«

»Achtzehn oder neunzehn. Ich weiß nicht mehr. Okay, Kamera läuft …«

»Mein Name ist Florence. Ich bin Amerikanerin. Ich bin ein Feind des Regimes von Imam Maliq.« Sie schaute Bobby an. »Wie war das?«

»Ich glaube, die wollen mehr als das.«

»Dieser Film – bist du sicher, dass es funktioniert?«

»Garantiert. Ich hab so was schon oft benutzt.«

»Also gut.« Sie wischte sich eine Haarsträhne weg. »Sehe ich einigermaßen aus?«

Bobby verdrehte die Augen. »Super. Kamera läuft.«

»Mein Name ist Florence, und ich habe viele Verbrechen gegen Matar und seinen glorreichen Führer, den Imam Maliq bin-Kash al Haz begangen …«

»... für diese furchtbaren Verbrechen verdiene ich jede Strafe, die Imam Maliq in seiner großen Weisheit, beraten durch die frommen Mullahs von Matar und in Übereinstimmung mit der Sharia beschließen wird. Mögen meine Sünden gesühnt werden und Allah mir meine Verbrechen vergeben. Lang lebe der Imam Maliq. Lang lebe die neue Islamische Republik Matar.«

Fetish schaltete den Videorecorder aus.

»Hum«, grunzte Maliq erfreut.

»Ich gratuliere, Imam«, sagte Fetish. »Ein großer Erfolg.«

»Ja, glaube ich auch. Meinst du nicht, sie trägt zu dick auf?«

»Nein, Majestät. Sie wirkte sehr ängstlich und reuevoll. Sehr überzeugend.«

»Sie sieht nicht übel aus.«

»Wahrlich eine Verschwendung von Schönheit, Hoheit. Soll ich das Band kopieren und verteilen lassen?«

»O ja. Mach viele Kopien.«

»Und soll ich die Arrangements treffen?«

»Welche?«

»Wegen der Sheika, Erhabener. Das Flugzeug – nach Zypern?«

»Natürlich nicht.«

»Ah? Will der Imam zuerst beten, und dann treffe ich die Arrangements?«

»Du wirst die Arrangements treffen, wenn *ich* es dir sage, Fetish. Ist das so schwer zu verstehen? Bist du schwerhörig?«

»Nein, Heiliger. Alles ist ganz klar. Vergebt die Simplizität Eures ergebensten Dieners.«

»Die was?«

»Dummheit, Imam.«

»Ach so. Du kannst gehen.«

Fetish ging in eine ruhige Ecke der Palastes, um über Handy seinem anderen Arbeitgeber Delame-Noir die neusten Entwicklungen oder Nichtentwicklungen zu berichten.

– – – –

In einem anderen belebten Stadtteil rief Florence Maliq erneut an. Bobby sah jetzt noch ungeduldiger auf die Uhr.

»Sie haben Ihre Anzahlung«, sagte Florence.

»Ja. Haben Sie einen Fernseher in dem Loch, wo Sie sich verstecken? Es wird heute Abend gezeigt. Aber wenn Sie es verpassen, macht es nichts. Sie können es morgen Abend gucken. Oder übermorgen.«

»Sehe ich da auch, wie die Sheika in Zypern aus einem Flugzeug steigt?«

»Tja, da gibt es leider ein Problem.«

»Was für ein Problem, Maliq?«

»Sie ist nicht reisefähig. Die letzte Zeit war sehr anstrengend für sie. Warum besuchen Sie sie nicht? Wir stecken Sie in die Zelle daneben. Sie können sich durchs Gitter küssen.«

»Immer noch der Betrüger, Maliq?«

»Nein, immer noch der Sieger.«

Florence drückte die rote Taste und ließ das Handy in den Gully fallen, wo es beim Aufprall zerbrach. Sie mischte sich mit Bobby unter die Menge und ging weg. Am Himmel hörten sie das Nahen eines Hubschraubers.

»Imam, es gibt ein Problem mit dem Band«, sagte Fetish.

»Was für ein Problem?«

»Es ist nichts drauf.«

»Was sagst du da?«

»Ich habe es direkt an Jahar, den Direktor des Fernsehsenders geschickt, damit er es kopiert und sendet, aber er sagt, als sie es kopieren wollten, war es – leer. Es war nichts drauf.«

»Das ist unmöglich, Fetish. Wir haben es zusammen gesehen.«

»Ich kann es nicht erklären, Imam.«

Maliq rief Jahar an, der zitternd berichtete, es sei unglücklicherweise nichts auf dem Band, leider. Maliq nannte ihn einen Idioten, einen Narren und, schlimmer noch, einen Verräter. Jahar sagte schweißgebadet, das Band werde von den besten Technikern bei TV Matar eingehend untersucht, und wenn man etwas darauf finde – außer Rauschen und Flimmern –, werde er seiner Heiligsten Hoheit sofort berichten. Maliq warf den Hörer so heftig hin, dass er zerbrach.

»Dieses dreckige, hinterlistige Weib!«

»Eure Heiligkeit, sie ist Euren Zorn nicht wert«, sagte Fetish.

»Hinterlist! Frauenbetrug!«

»Beruhigt Euch, Erhabener, Ihr könntet einen Herzanfall bekommen.«

»Bring die Sheika her! Bring die Schlampe her! Sofort!«

»Meister –«

»Fetish, weißt du, was eine Oubliette ist?« fragte Maliq vor Zorn kochend.

Fetish wusste es nicht, war aber sicher, dass es nichts Angenehmes war.

»Es ist ein Loch, Fetish, ein sehr tiefes Loch in französischen Schlössern und Gefängnissen, in das nervende Leute geworfen werden. Und da werden sie vergessen – *oubliés*. Ich lasse gerade eins unter dem Palast graben. Willst du der Erste sein, der es ausprobiert?«

Nichts sammelt den Geist so sehr wie die Aussicht, in eine tiefe Grube geworfen zu werden. Fetish wieselte rasch los, um Delame-Noir anzurufen.

Delame-Noir hatte feine Manieren, aber als er Fetishs Bericht hörte, stieß er ein leises *Merde* aus. Sobald er sich wieder gefasst hatte, wies er Fetish an, auf Zeit zu spielen, worauf dieser irgendetwas über Oubliettes stammelte. Dieses Wort hatte Delame-Noir längere Zeit nicht mehr gehört, aber jetzt, wo er daran erinnert wurde, hätte er gern selber eine gegraben, die tief genug war, um die ganze matarische Königsfamilie darin zu versenken oder besser gleich das ganze Land.

»Seit die Filme digital sind, ist es leichter geworden«, sagte Bobby. »Im Chip steckt ein Algorithmus, der die Löschfunktion aktiviert, wenn man auf START drückt. So kann man das Band nur einmal sehen und nicht kopieren. Ist manchmal ganz praktisch. Ich hab's oft benutzt.«

Florence hatte nicht viel gesagt, seit sie das Handy in den Gully geworfen hatte.

»Hör mal, Flo. Du hast es versucht. Du hast getan, was du konntest. Er hatte nie vor, sie freizulassen. Selbst wenn er wollte, würden die Wasabis ihn nicht lassen. Das Einzige, was sie noch mehr wollen als Lailas Kopf auf einer Stange, ist deiner.«

»Algorithmus«, sagte sie geistesabwesend. »Ein arabisches Wort. Von *Al-Khawarizmi*, einem Mathematiker vor 1200 Jahren, als sie groß waren. Sie werden sie töten, Bobby.«

»Vielleicht greifen die Franzosen ein. Diese PR kann ihnen nicht viel nützen. Sie sind vielleicht Arschlöcher, aber sie stehen nicht gern als Arschlöcher da.«

»Nein, sie werden sie töten.«

»Vielleicht ist es Zeit, nach Hause zu fahren, Flo. Im Moment können wir hier nichts ausrichten.«

Sie sah ihn an. »Hast du Angst?«

»Um Angst zu haben, muss man nicht sterben wollen. Ich hab mir keine großen Gedanken drüber gemacht, weil es niemanden gab, den ich sehr vermissen würde. Bis jetzt. Wenn du verstehst, was ich meine.«

»Du klingst nicht sehr glücklich darüber, dass du verliebt bist.«

»Offen gesagt, ich sehe es mit gemischten Gefühlen. Es gibt bessere Gegenden als den Nahen Osten, um weich zu werden.«

»Der Franzose ist da, Eure Heiligkeit.«

»Was? Wieso taucht er einfach so auf? Und wo ist die Sheika? Ich hab gesagt, du sollst sie herbringen.«

»Ja, sie kommt. Man musste sie ... waschen. Sie war nicht vorzeigbar, Hoheit. Ihre Zelle hat wenig Komfort ...«

»Ich habe nicht gesagt, sie soll ein Vollbad nehmen, Fetish.«

»Meine Dummheit ist groß wie die Nafta-Wüste, Erhabener. Vergebt mir.«

Maliq knurrte.

»Würdet Ihr in der Zwischenzeit den Franzosen empfangen, Hoheit?«

»Was will er?«

»Ich weiß es nicht, Imam.« Die Erwähnung der Oubliette hatte Fetishs Haltung verändert; sein Rückgrat war jetzt permanent gebeugt.

»Fünf Minuten. Verstehst du, Fetish?«

»Ihr seid wahrhaft gütig.«

Delame-Noir wurde hereingeführt. »Der Imam ist sehr freundlich, mich so kurzfristig zu empfangen.«

»Wir sind *sehr* beschäftigt, Monsieur. Worum geht es?«

»Wir haben Funksprüche der Amerikaner abgefangen, Hoheit. Ich dachte, Sie würden es lieber von mir persönlich als am Telefon hören.«

»Ja?«

»Es ist sehr geheim.«

»Ja, ja, ja. Also?«

Delame-Noir senkte die Stimme. »Bin ich richtig informiert, dass Eure Majestät gestern ein Telefongespräch mit Prinz Bawad, dem wasabischen Außenminister geführt hat?«

»Woher wissen Sie das? Und wenn? Ich bin das Oberhaupt von Matar.«

In Wirklichkeit hörten die Franzosen dank Fetish Maliqs Telefon selber ab, aber es war besser, es auf die schrecklichen Amerikaner zu schieben.

»Ich übe keine Kritik, Imam, aber es scheint, die Amerikaner haben das Gespräch abgehört. Sie sind technisch sehr, nun ja – wenigstens das können sie. Die dunkle Seite der Moderne. Immer hört jemand zu. Mich geht es natürlich nichts an, aber jetzt, wo wir davon erfahren haben, geht es mich doch etwas an. Verstehen Sie mein Unbehagen?«

»Worüber?«

»Wir haben die Aufnahme des Gesprächs, dank der Amerikaner. Ich hatte den Eindruck, Prinz Bawad sei sehr – wie soll ich sagen? – herrisch mit Euch?«

»Mit *Prinz* Bawad werde ich schon fertig«, sagte Maliq steif.

»Natürlich. Mir kam es so vor, als hätte er Euch sehr unfreundlich behandelt, sehr herrisch. Er nannte Euch – vergebt mir, großer Imam, ich zitiere nur, nicht wahr? – den Sohn einer Küchensklavin, einen Betrüger beim Autorennen und sagte, wenn Ihr nicht genau tätet, was die Wasabis wollen – wie waren noch seine genauen Worte? – ›werden wir dich vom Thron entfernen wie eine verfaulte Feige‹. Eine seltsame Ausdrucksweise. Für einen Diplomaten ist der Prinz nicht sehr diplomatisch.«

»Bawad ist eine Kröte. Ab jetzt spreche ich nur noch mit Tallulah.«

Delame-Noir zuckte die Schultern, wie es nur ein Franzose kann. »Ja, aber Bawad ist König Tallulahs Neffe, und sie stehen einander sehr nah. Ich glaube nicht, dass der Prinz ohne Zustimmung seines Onkels diese Sachen gesagt hätte.«

»Und weiter?« fragte Maliq ungeduldig.

»*Mon Imam*, es geht darum, dass die Amerikaner ein Band dieses Telefonats haben. Und ich fürchte, wenn Sie die Sheika Laila hinrichten, könnten die Amerikaner das als Vorwand benutzen, sich direkt einzuschalten. Florence hat in den USA viel Publicity erzeugt. Auf der ganzen Welt.«

»Und was wollen die Amerikaner tun? Kein Öl mehr kaufen? Pah.«

»Vielleicht veröffentlichen sie das Band, auf dem Bawad Euch befiehlt, sie zu töten. Und wie würde das aussehen? Es würde so scheinen, als wärt Ihr nur eine Marionette der Wasabis. Wer will das? Den Wasabis ist es vielleicht egal. Aber wir, Frankreich, Eure Verbündeten und wahren Freunde, wollen das nicht.« Delame-Noir lächelte. »Wir wollen einen *starken* Imam in Matar. Einen *unabhängigen* Imam. Keinen, der das Königshaus der Hamuj jedes Mal um Erlaubnis bitten muss, auf die Toilette zu gehen. Natürlich könnt Ihr Euch *immer* auf Frankreich verlassen, das versteht sich von selbst.«

Maliq erhob die Hände. »Was soll ich tun? Sie wollen,

dass die Sheika stirbt. Und diese Florence wollen sie noch mehr und sagen, ich wäre Schuld – ich! –, dass sie nicht gefangen wird. Florence hat uns reingelegt. Ich hab ihr gesagt, sie soll ein Band aufnehmen, ganz wie Sie mir gesagt hatten, und sie hat uns reingelegt, die Mistschlampe. Es läuft einmal und dann – puff, weg, nichts, verschwunden wie ein Djinn.«

»Das war meine eigene Dummheit, Majestät«, sagte Delame-Noir beschwichtigend. »Ihr habt Eure Rolle brillant und makellos gespielt, und wir – nein, ich allein – habe Euch dadurch im Stich gelassen, dass ich nicht vorhersah, sie würden zu diesem CIA-Trick greifen. Ich verfluche mich selbst. Ich werde heute Nacht keinen Schlaf finden vor –«

»Dominique, Sie übertreiben.«

»Ja, ich glaube auch.«

»Was soll ich jetzt tun? Sie sagen, die Amerikaner werden dieses Band von meinem Gespräch mit Bawad benutzen?«

»Ja, ich fürchte, das könnten sie tun.«

»Warum rufe ich nicht den amerikanischen Botschafter her und sage ihm, sein Land soll besser anfangen, Windräder zu bauen, wenn es diesen Winter nicht frieren will?«

»Aber Hoheit, ist es klug, die Amerikaner zu informieren, dass wir davon wissen? Wir haben sie genau da, wo wir sie haben wollen.«

»Tatsächlich?«

»Aber ja. Statt ihnen zu drohen, sagt Ihr zu ihnen: ›Hört mal, meine Hamburgeressenden Freunde, wir wissen, dass die Sheika für die CIA arbeitet.‹«

»Wirklich?«

»Nein, aber Ihr sagt den Amerikanern, Ihr *glaubt*, dass sie es tut, und das wird sie sehr nervös machen. Ihr erzählt ihnen, sie hätte alles gestanden. Ihr sagt: Die Wasabis sind sehr streng. Sie wollen, dass ich ihr den Kopf abschlage. Man könnte meinen, *sie* wären Franzosen! Haha! Aber ich habe beschlossen, ihr nicht den Kopf abzuschlagen. Ich werde sie euch geben – mit Kopf. Wisst ihr warum, meine amerikanischen Freunde? Um den Wasabis zu zeigen, dass ich mein eigener Imam bin, mein eigener Herr, dass ich mir von niemandem befehlen lasse. Und Folgendes wird Amerika für mich tun. Erstens will ich, dass ihr nette Sachen über mich vor der UNO sagt. Zweitens will ich, dass ihr nicht mehr diese ganzen schrecklichen Dinge sagt, wie böse Frankreich gewesen sei, mir zu helfen, Emir zu werden. Und drittens will ich, dass ihr eure Leute – eure Delta Force-Kommandos, die sehr gut sind – nach Amo-Amas schickt und Eure Florence rausholt. Tot oder lebendig, das ist mir egal, aber sie muss weg. Ich will keine neue Jeanne d'Arc. Wenn ihr sie aber nicht holt, werde ich sehr schnell mit ihr fertig werden. Und zuletzt, wenn ihr mir bei diesen Dingen nicht helft, werdet ihr Amerikaner einen sehr kalten Winter haben.«

»Hmm, meinen Sie, die werden da mitspielen?« fragte Maliq.

»Mein lieber Imam, Sie müssen wissen, die Amerikaner sind Idealisten bis zu dem Punkt, wo sie den Thermostat zwei Grad hinunterstellen müssen. Dann werden sie sehr praktisch.«

SIEBENUNDZWANZIG

Florence und Bobby steckten gerade mitten in den Dreharbeiten zu einem neuen »Osama« – so nannten sie Florence' Videobänder –, als sie ein elektronisches Zirpen hörten. Es verblüffte sie, weil das Handy ausgeschaltet war, und normalerweise klingeln ausgeschaltete Handys nicht. Aber dieses klingelte.

Florence ging hin. Bobby sagte: »Von ein paar Gramm C4 kriegt man ganz schön Kopfschmerzen.«

Er nahm ihr das Telefon aus der Hand und ging in eine entfernte Ecke des Zimmers. Florence beobachtete ihn. Er atmete tief ein, hielt das Telefon auf Armlänge entfernt und drückte auf die grüne Taste. Er atmete aus und hielt das Handy 30 Zentimeter vom Ohr entfernt.

»*Salaam.*« Er hörte zu, während sein Blick nervös zur Seite wanderte. »Ich richte es ihr aus«, sagte er mit leicht gereizter Stimme. »Wenn ich sie sehe.«

»Wer?« fragte Florence stumm.

»Onkel Sam«, antwortete er genauso.

Sie streckte die Hand aus. Bobby bedeckte das Mundstück mit der Hand und flüsterte: »Mach es kurz.« Er gab ihr das Telefon und fing an, ihre Sachen einzusammeln. Inzwischen kannte sie die Rhythmen einer weiteren überstürzten Abreise.

»Schau mal einer an«, sagte Florence ins Telefon.

»Junge Dame, haben Sie eine Ahnung, was für Probleme Sie uns hier machen?«

»Haben Sie nicht bei unserer ersten Begegnung gesagt: ›Wenn du ein Problem nicht lösen kannst, mach es größer‹?«

»Ich habe nicht gesagt, Sie sollen es so groß machen. Wir reden darüber, wenn Sie zurück sind. Das Letzte, was wir brauchen können, ist, dass Sie gefangen werden.«

»Erst holen Sie Laila raus.«

Onkel Sam seufzte. »Wie haben Sie sich das gedacht? Eine Landungsoperation vor dem Palast oder *Black Hawk Down II*? Sind Sie letztens mal draußen gewesen? In Matar gibt es mehr wasabische Soldaten als Bürger.«

»Es ist keine Bitte.«

Einen Moment trat Stille ein. »Ich tue, was ich kann.«

»Das reicht nicht.«

»Das muss es aber.«

Mach Schluss, gestikulierte Bobby.

»Heute Nacht um ein Uhr 45«, sagte Onkel Sam. »Das Wassertaxi wartet an der üblichen Stelle. Ist Omar Sharif da? Geben Sie ihn mir.«

Wie betäubt gab Florence Bobby das Telefon. Er hörte zu, grunzte ein paar Mal »Ja« und beendete das Gespräch.

»Irgendwas stimmt hier nicht«, sagte Bobby. »Los, wir müssen weg.«

»Hast du ihm von uns erzählt?«

»Was von uns?«

»Dass wir zusammen schlafen?«

»Ich . . . kann sein. Komm, das ist jetzt nicht wichtig.«

»Warum erzählst du ihm so was?«

»Weil er gefragt hat.«

»Wann hast du ihm erzählt, dass wir zusammen schlafen?«

»Nachdem wir damit angefangen haben. Flo, wir müssen weg.«

»Warum hast du's ihm gesagt?«

»Weil er mich gefragt hat, ob du eine Lesbe bist. Diese Gerüchte. Er wusste nicht, was er glauben soll. Er versuchte dich aus dem Land zu kriegen, und du wolltest nicht, deshalb –«

»Nahm er an, dass ich lesbisch bin. Hast du deshalb mit mir geschlafen? Gehört das zu deiner Mission? Sexualbeobachter?«

»Natürlich nicht. Verdammt noch mal, Flo.«

»Komm mir nicht mit verdammt noch mal. Wenn jemand das sagen darf, dann ich.«

»Flo, wir müssen weg. Ich hatte ein schlechtes Gefühl bei dem Anruf.«

»Ich dachte, wir werden von einem U-Boot abgeholt.«

»Vielleicht. Kannst du jetzt mal bitte packen?«

Beleidigt raffte Florence ihre Sachen zusammen, die zu diesem Zeitpunkt aus ihrer Pistole, Handys und der verhassten muffigen Abaya bestanden.

Sie stiegen ein. Statt wegzufahren, fuhr Bobby um den Block und parkte zwei Blocks entfernt mit Blick auf die Vorderseite ihres kleinen Hauses.

»Was machen wir hier?«

»Wir gehen ganz sicher.« Bobby war tief in den Fahrersitz gerutscht und beobachtete das Haus durch ein kleines Fernglas. Seine rechte Hand ruhte auf dem Griff der Pistole, die in seinem Hosenbund unter den Falten der Thobe steckte.

Eine Viertelstunde später näherte sich eine Limousine dem Haus von der anderen Seite, bremste und hielt. Vier Männer in den deutlich erkennbaren schwarzblauen Thoben der Mukfellin stiegen aus. Statt der üblichen Peitschen trugen sie Pistolen. Bobby spähte angestrengt durchs Fernglas.

»Also so was. Verdammt.«

»Mukfellin?«

Er gab Florence das Fernglas. »Siehst du den stämmigen Kerl vor ihnen mit dem Schnurrbart? Er heißt Anbar Tal. Hauptmann im Geheimdienst der Königlich Matarischen Luftwaffe. Ich habe ihn angeheuert.«

»Er ist . . . bei der CIA?«

»Als ich zuletzt nachgeguckt habe, ja.«

»Warum geht er mit diesen Männern zu unserem Haus?«

Bobby blickte durch das Fernglas. »Irgendwie sagt ihre Körpersprache nicht *Wir kommen, um euch zu helfen.*«

Er legte den Rückwärtsgang ein und fuhr langsam zurück.

Florence schaute in den Rückspiegel und sah zwei Männer in schwarzblauen Thoben auf sie zukommen. Bobby drückte instinktiv das Gaspedal durch.

Es gab zwei laute *Rums* hinter ihnen, und die beiden Männer in Thoben waren auf dem Kofferraum und nicht erfreut darüber. Im nächsten Moment waren sie auf der Motorhaube und noch weniger erfreut. Dann lagen sie auf der Straße vor dem Wagen und waren jenseits irgendwelcher Regungen.

Der Wagen fuhr jetzt mit 50 Kilometern rückwärts. Vor ihnen sah Florence, wie die fünf Muks und Anbar Tal auf sie zurannten und mit den Pistolen zielten. Florence' überarbeitetes Gehirn brauchte einen Moment, um zu verarbeiten, dass sich schlimmere Entwicklungen anbahnten. Sie gewann diese Erkenntnis eine Viertelsekunde, bevor die erste Kugel die Scheibe durchschlug und ihre Abaya mit zerkrümeltem Sicherheitsglas überschüttete. Sie kauerte sich tief in den Sitz und hörte weitere Einschläge, begleitet von obszönen Flüchen vom Fahrersitz. Dann gab es einen lauteren Knall, der viel näher war. Bobby fuhr rückwärts und feuerte mit der linken Hand aus dem Fenster.

»Ich könnte Hilfe gebrauchen«, sagte er.

Florence hatte nur einmal geschossen, beim kurzen Trainingskurs des Außenministeriums vor vielen Jahren. Obwohl sie in den letzten Wochen häufig eine Pistole in der Hand gehabt hatte, lag sie jetzt seltsam und fremd in der Hand, als sie den Sicherungshebel umlegte und aus dem Fenster zielte. Sie schloss die Augen und drückte ab.

Es gab ein lautes metallisches *Klonk*, gefolgt von explosivem Zischen und einem senkrechten Dampfstrahl. Sie hatte in die Motorhaube geschossen und den Kühler getroffen.

Bobby drehte wild am Lenkrad und zog die Handbremse, wobei der Wagen sich um 180 Grad drehte, dann legte er den Vorwärtsgang ein und trat aufs Gas. Das Problem bestand darin, dass ein Verbrennungsmotor, so raffiniert er auch von den besten deutschen Autoingenieuren durchdacht sein mochte, nicht dafür konstruiert ist, effizient oder sehr lange zu funktionieren, wenn er von neun Millimeter-Munition durchlöchert ist. Dampf zischte aus der Motorhaube wie Wasser aus dem Atemloch eines wütenden Wals.

»Alles in Ordnung? Flo? Bist du verwundet?«

»Alles okay. Scheiße, Bobby, ich hab unser Auto getroffen.«

»Hör zu. Ich biege hier um die Ecke und halte an. Ich will, dass du aussteigst. Okay? Jetzt hör zu: Ein Mann arbeitet auf dem Geflügelmarkt. Er hat einen Stand, an dem steht ZamZam-Hühner. Hast du das? Er heißt Azul bin-Halaam. Er hat für mich gearbeitet. Er ist unabhängig, und niemand kennt ihn, die CIA nicht, Onkel Sam nicht, die Franzen nicht. Er kann dich auf die Fähre nach – Scheiße, nun mach, du Mistkarre!« Bobby schlug in der vagen Hoffnung aufs Armaturenbrett, die Ingenieure könnten dort einen Sensor eingebaut haben, der, wenn man nur fest darauf schlug, dem Autocomputer sagte, er solle die Tatsache ignorieren, dass eine neun Millimeter-Kugel das Kühlsystem des Motors durchschlagen hatte. Leider hatten die Ingenieure das versäumt.

»Ich lass dich nicht allein hier«, sagte Florence.

»Sei still und hör zu. Sag Azul, du bist ein Freund von Cyrus aus Zypern. Kapiert? Cyrus aus Zypern. Er wird dich auf der Fähre nach Pangibat aus Matar rausbringen. Alles klar? ZamZam. Azul. Cyrus aus Zypern. Hast du das?«

Sie bogen um die Ecke. Bobby fuhr mit dem klappernden Wagen rechts ran und blieb stehen. Zum Glück wimmelte die Straße von Fußgängern, von denen einige stehen blieben, um sich das seltene Schauspiel eines Mercedes' mit kochendem Kühlwasser anzusehen.

»Geh, Flo. Bitte. Lass mich nicht betteln, dafür bin ich zu alt.«

Sie öffnete die Tür, um auszusteigen, dann schlug sie sie wieder zu, drehte sich um und zielte mit der Pistole durchs Rückfenster. »Fahr los!«

»Verdammt noch mal.«

»Fahr einfach.«

Unter Ausstoßen entsetzlicher Flüche trat Bobby aufs Gas. Ein heftiges bronchitisches Zischen ertönte aus dem Loch in der Motorhaube, als das letzte Kühlwasser verdampfte. Der Wagen rollte ohne große Überzeugung weiter.

Hinter sich sah Florence eine dunkle Limousine um die Ecke biegen. Fußgänger sprangen zur Seite.

Sie fasste die Pistole mit beiden Händen und ließ die Augen offen. Der erste Schuss zerschmetterte das Rückfenster und gab ihr freies Schussfeld. Sie zielte wieder und schoss die acht Kugeln im Magazin methodisch in die

Frontscheibe des sie verfolgenden Wagens. Er schlingerte hin und her, kam dann von der Straße ab und krachte in die große Scheibe einer Bäckerei.

»Besser«, murmelte Bobby.

Florence entfernte das leere Magazin und wühlte in ihrem Beutel nach einem neuen.

Bobby bog in eine schmale Straße ein. Das Zischen hatte aufgehört. Die Temperaturanzeige stand weit im roten Bereich und zeigte den Schmelzpunkt an. Diese Tatsache sowie ein lautes klopfendes Geräusch ließen es ratsam erscheinen, sich möglichst bald ein neues Transportmittel zu besorgen.

Bobby bremste. Sie öffneten die Türen und stiegen aus. Ein Wagen, der dem ähnelte, den Florence außer Gefecht gesetzt hatte, bog um die Ecke. Er beschleunigte und kam auf sie zu. Florence sah, dass Pistolen aus den Fenstern auf beiden Seiten auf sie zielten.

Bobby eröffnete das Feuer. Ein Loch erschien in der Windschutzscheibe vor dem Fahrer, ein zweites vor dem Beifahrer. Der Wagen zog scharf nach rechts gegen einen Laternenpfahl, wobei ein Arm mit einer Pistole abgerissen wurde.

Florence schnappte nach Luft. Bobby zog sie vom Boden hoch. Sie liefen durch kleine Gassen, bis Bobby schließlich keuchte: »Okay, geh jetzt, geh einfach.«

Sie gingen weiter, ein ganz normales matarisches Paar, das einen Spaziergang machte, nachdem es ein halbes Dutzend Männer erschossen hatte.

»Bist du schon mal ohnmächtig geworden?« flüsterte Bobby.

»Nein.«

»Dann mach's jetzt.«

»Was?«

»Werd einfach ohnmächtig, bitte.«

Florence brach so gut es ging auf dem Pflaster zusammen, ohne sich die Kniescheibe zu brechen. Sie hatte keine Ahnung, warum.

Sie hörte eine männliche Stimme auf Arabisch fragen, was los sei.

»Sie ist schwanger«, antwortete Bobby mit perfektem Mangel an Mitgefühl oder Zärtlichkeit und genau dem richtigen Maß an Genervtheit.

»In ihrem Zustand sollte sie nicht draußen sein«, sagte der Mann.

»Weiß ich das nicht? Zwölfmal hab ich ihr das gesagt und dann ein dreizehntes Mal, aber sie besteht darauf. Sie meint, durch die Bewegung bekommt sie einen Sohn.«

»Gott gebe es. Geht es ihr gut?«

»Ich glaube, ihre Zeit ist da. Wir brauchen einen Krankenwagen.«

Cleverer Junge, dachte Florence.

»Ich rufe einen.«

»Allah segnet die Barmherzigen. Danke, Bruder.«

Während der Mann in sein Handy sprach, beugte Bobby sich herab und flüsterte: »Warum bin ich nicht gleich drauf gekommen?«

Matar hatte eine gute Infrastruktur und Gesundheitsversorgung. Nach wenigen Minuten kam ein Krankenwagen. Florence hatte sich den Beutel unter die Abaya gestopft, um einen angemessen runden Umriss zu haben. Die beiden Sanitäter hoben sie auf eine Bahre und in den Krankenwagen. Bobby sprang dahinter hinein.

»Zu welchem Krankenhaus?« fragte er den Sanitäter.

»Churchill – ich meine König Bisma. Sie haben den Namen geändert.«

»Beeilen Sie sich, sonst müssen Sie das Kind gleich hier

entbinden.« Als der Sanitäter Florence' Abaya hochrollte, um ihr den Blutdruckmesser anzulegen, schlug Bobby ihm den Pistolenknauf über den Kopf. Dann hielt er dem Fahrer die Pistole an den Hals, entsicherte sie zur Bekräftigung und sagte: »Wenn du leben willst, fahr zum Flugplatz. Wenn du lieber stirbst, fahre ich.«

Der Mann stieß einen quiekenden Laut aus und begann um sein Leben zu flehen.

»Ganz ruhig. Tu, was ich sage, und alles wird gut.«

Der Mann stammelte und heulte weiter. Er habe sieben Kinder. Er sei der einzige Ernährer. Er habe morgens seine Gebete versäumt. Wenn er jetzt stürbe, würde er nicht ins Paradies kommen.

Florence zog dem bewusstlosen Sanitäter die Uniformjacke aus, dann fesselte und knebelte sie ihn mit Klebeband, das in Krankenwagen reichlich vorhanden ist.

Bobby sagte zum Fahrer: »Fahr langsamer und mach die Sirene aus.«

Er gehorchte, noch immer wimmernd. Bobby gab ihm das Mikrofon des Funkgeräts.

»Sag der Zentrale, sie soll dich mit dem Matar Air Medical Service verbinden, sonst nichts.« Er drückte dem Mann die Mündung der Pistole ins Genick. »Ich kann Arabisch.«

Der Fahrer tat wie geheißen. Eine Stimme meldete sich. Bobby nahm dem Fahrer das Mikrofon aus der Hand.

»Hier ist Dr. Mansur bin-Halibib, Leibarzt von Fetish al-Zir, dem Sekretär des Imams Maliq, gesegnet sei sein Name. Mit wem spreche ich?«

Die Stimme ertönte knapp und gehorsam. »Saif al-Utabi, Exzellenz, zu Ihren Diensten.«

»Sehr gut. Wir müssen sofort jemanden zur Behandlung ausfliegen. Eine der Ehefrauen des Emirs hat eine Gehirnverletzung. Wir sind auf dem Weg zu Ihnen. Wir brauchen Ihr schnellstes Flugzeug, mit genug Benzin für Kairo.«

»Aber ich habe keine Anordnung erhalten, Exzellenz –«

»*Ich* gebe Ihnen die Anordnung.«

»Aber Exzellenz –«

»Wenn die Frau des Imams in diesem Krankenwagen stirbt, werde ich ihm sagen, es ist passiert, weil ich durch *unnütze Fragen* aufgehalten wurde.«

Ein Vorteil des Totalitarismus: Je niedriger einer in der Nahrungskette steht, desto besser pariert er.

»Wir bereiten alles vor«, sagte Saif al-Utabi.

»Wir sind in fünfzehn Minuten da. Informieren Sie das Sicherheitspersonal am Tor, uns ohne Verzögerung durchzulassen.«

»Jawohl, Exzellenz.«

Der Fahrer sah Bobby mit vor Schreck weit aufgerissenen Augen an.

Die Straße zum Flughafen führte weitgehend durch leere Wüste. Bobby zog sich die Jacke des bewusstlosen Sanitäters an. Er befahl dem Fahrer, hinter einer Reklametafel für die Freuden des Lands der Ungläubigen anzuhalten; Mukfellin-Zensoren hatten den Text darauf überpinselt. Florence hielt den Fahrer mit der Pistole in Schach, während Bobby den anderen Mann aus dem Krankenwagen zerrte und hinter dem Gerüst des Schilds hinlegte.

Als er wieder drin war, gab er dem Fahrer weitere Anweisungen und vermittelte ihm so sanft wie unter den Umständen möglich, wenn er sich nicht genau daran halte, werde er Allah früher als erwartet begegnen, ob vorbereitet oder nicht.

Florence hörte zu und sagte auf Französisch, was der Fahrer vermutlich nicht verstand, zu Bobby: »Sie haben eine Luftwaffe. Sie werden uns abschießen.«

»Schlag was vor.«

»Was ist mit der Botschaft? Die müssen uns aufnehmen.«

Bobby prustete. »Na klar, die werden sich furchtbar freuen. Sogar wenn die Marines uns nicht erschießen und wir durchs Tor kommen, was dann? Den Rest unseres Lebens im Keller verbringen und vorwurfsvoll von Botschaftswichsern angeguckt werden? Ohne mich. Im Moment klingt ein Jet mit Abzeichen vom Sanitätsdienst für mich ziemlich gut.« Dagegen konnte Florence nichts sagen.

Sie näherten sich dem Flughafen. Florence legte sich alle erreichbaren medizinischen Schläuche an – Beatmungsgerät, Blutdruckmesser, intravenöse Schläuche, Eisbandagen – und legte sich auf die Bahre, um halbwegs glaubhaft als Ehefrau eines Imams mit schwerer Kopfverletzung durchzugehen. Bobby setzte sich auf den Beifahrersitz und erinnerte den wimmernden Fahrer, dass er eine Pistole in der Jackentasche habe. Er griff nach vorne, schaltete Sirene und Warnlichter ein und tauchte die Wüste in rote, weiße und blaue Lichtblitze.

Am Eingang zum Flughafen war eine Straßensperre.

»Bleib ruhig, sag nichts, ich rede«, sagte Bobby.

Sie hielten. Soldaten mit Maschinengewehren blockierten den Weg. Einer machte dem Fahrer ein Zeichen, das Fenster herunterzukurbeln. »Wo wollen Sie hin?«

»Air Medical Service«, sagte Bobby. »Wo liegt das Problem?«

»Ich stelle die Fragen. Es hat Alarm gegeben.«

»Aber es ist ein Notfall, wie Sie sehen können.«

Die beiden Hintertüren des Krankenwagens öffneten sich, und zwei Soldaten schauten hinein. Florence lag still auf der Bahre und umklammerte unter ihrer Abaya die Pistole.

»Wer ist sie?« fragte der Soldat durchs Fahrerfenster.

»Die Ehefrau des Emirs. Seine *Lieblingsfrau*. Sie muss nach Kairo gebracht werden.« Er setzte ernst hinzu: »Es geht um Leben und Tod.«

Der Soldat stand strammer. »Davon sind wir nicht informiert worden.«

»Warum sagen Sie mir das?« fragte Bobby ärgerlich. »Dieser Unfall war nicht geplant. Allah ist barmherzig – erwarten Sie das nicht vom Emir.«

Der Soldat zögerte. Dann gab er mit einer verächtlichen Kopfbewegung die Erlaubnis zum Weiterfahren. Die Hintertüren wurden zugeschlagen. Der Soldat vor dem Wagen trat beiseite. Der Krankenwagen setzte sich in Bewegung.

»Ich glaube, mein Blutdruck ist durch die Decke gegangen«, murmelte Florence.

Der Fahrer schien zu hyperventilieren. Bobby klopfte ihm auf den Rücken und sagte in freundlichem Ton: »Das hast du gut gemacht, mein Freund. Noch ein paar Minuten, dann ist alles vorbei, und du hast deiner Familie eine Menge zu erzä–«

Der Fahrer verdrehte die Augen. Er sackte nach vorne aufs Lenkrad. Der Krankenwagen fuhr direkt auf ein Versorgungsfahrzeug zu.

Bobby griff nach dem Lenkrad und riss den Wagen wieder auf Kurs. Sie verfehlten den entgegenkommenden Lastwagen nur um Zentimeter. Florence wurde in einem Gewirr von Schläuchen von der Bahre geworfen. »Was ist los?« fragte sie.

Bobby versuchte gleichzeitig den schlingernden Wagen zu lenken, mit dem linken Fuß an die Bremse zu kommen und den bewusstlosen Fahrer vom Sitz zu zerren, schon unter guten Bedingungen keine ganz leichte Übung. Florence befreite sich von den Schläuchen und kroch nach vorne. Ein Krachen deutete an, dass sie eine hölzerne Barriere durchbrochen hatten und jetzt in der falschen Richtung auf einer Einbahnstraße fuhren, was auch einem zufälligen Beobachter sagen musste, dass irgendwas nicht stimmte.

Mit einem Grunzen gelang es Bobby, den bewusstlosen Fahrer vom Sitz zu zerren, sich selbst dahin zu quetschen und wieder die Kontrolle über den Wagen zu bekommen, der gerade direkt auf einen Tankwagen losfuhr. Der Krankenwagen hatte den Vorteil von Sirene und Blaulicht und scheuchte die entgegenkommenden Wagen mit wütendem Geheul von der Straße. Jetzt waren aber auch andere Sirenen zu hören. Und als Florence über den bewusstlosen Fahrer auf den Beifahrersitz kletterte, hörte sie die Stimmen im Funkgerät – eindringliche, wütende Stimmen, die dem Fahrer befahlen, anzuhalten.

»Halt dich fest.« Bobby drehte das Lenkrad und trat auf die Bremse. Der Krankenwagen drehte sich, erhob sich dabei aber kopflastig auf zwei Räder. Er blieb scheinbar sehr lange so, dann fiel er wie durch ein Wunder wieder auf alle vier zurück.

Nun standen sie wenigstens in der richtigen Richtung, hatten aber alles auf sich aufmerksam gemacht und erhöhtes Interesse bei einem Dutzend Fahrzeugen in der Ferne geweckt. Manche trugen schwere Maschinengewehre auf dem Dach.

Bobby beschrieb die sich verdüsternde Lage mit der klinisch nüchternen Sprache des Profis: »Wir sind am Arsch.«

Er bog auf eine Rampe mit dem Schild ABFLÜGE. Die Polizei- und Militärfahrzeuge waren noch mehrere 100 Meter entfernt, kamen aber rasch näher. Es war Abend, und der Flughafen stark bevölkert. Vor ihnen standen dutzende von Autos, und hunderte von Reisenden betraten und verließen das Flughafengebäude.

»Wenn ich halte, spring raus«, sagte Bobby. »Misch dich unter die Leute. Du kannst es schaffen. Denk dran, Zam-Zam-Hühner, Azul, Cyrus –«

»Aus Zypern. Ja, ich weiß.«

»Okay.« Er fuhr bis ans Ende des Flughafengebäudes und hielt am Bordstein. Sirene und Blaulicht hatte er ausgeschaltet. »Geh, Frenzy.«

»Ich hänge fest.«

»Was?«

»Mein Fuß ist eingeklemmt.«

Bobby beugte sich zu ihr herüber.

»Nein, von da kommst du nicht ran«, sagte sie. »Geh um den Wagen rum, schnell.«

Bobby öffnete seine Tür und rannte um den Wagen herum. Gleichzeitig sprang Florence auf den Fahrersitz, legte den Gang ein und fuhr mit quietschenden Reifen los. Sie sah ihn im Seitenspiegel am Bordstein stehen. Dann rasten die Wagen der Verfolger an ihm vorbei hinter ihr her.

Krankenwagen sind für hohes Tempo gebaut. Sie fuhr schnell und lockte die Wagen von Bobby weg. Polizei- und Militärfahrzeuge sind aber auch für hohes Tempo gebaut, und bald kamen sie näher. Sie waren jetzt anscheinend sicher, dass keine Frau des Imams an Bord war, denn sie schossen. Die heruntergezogene Karosserie des Krankenwagens schützte die Reifen, und ihr Körper wurde durch die Metalltrennwand hinter dem Fahrersitz abgeschirmt. Mehrere Kugeln flogen aber durch den Durchgang und machten ein Spinnennetz aus der Frontscheibe.

Während sie fuhr, analysierte Florence ihre Lage. In wenigen Minuten würde sie festgenommen oder tot sein. Sie würden sie aus dem Wagen zerren – und dann? Verhör.

Folter. Hinrichtung. Die Wasabis wollten ihren Triumph. Vor allem wollten sie sie haben.

Sie hörte ein Geräusch und sah den Hubschrauber. Er flog niedrig und im selben Tempo wie sie. Sie sah den Mann, der mit dem Gewehr auf sie zielte. Sie schaute auf den Tacho. 180. Sie näherte sich einer Autobahnüberführung. In Sekunden konnte alles vorbei sein, schnell und sauber. Viel einfacher. Kein besonders glorreicher Abgang, gegen einen Betonpfeiler zu krachen, aber *viel* sauberer. Niemand, der sie anschrie, niemand, der sie an eine Autobatterie anschloss, keine Enthauptung oder Steinigung.

Sie wechselte auf die linke Spur und trat aufs Gaspedal. Plötzlich war sie ganz ruhig, fast erregt, ihr Schicksal so völlig selbst zu beherrschen. Sie dachte an Nazrah, die all diese Ereignisse durch ihren eigenen Autounfall in Gang gesetzt hatte. Florence senkte den Kopf und fuhr auf den Pfeiler zu. Und dann hörte sie das Stöhnen.

Es war der Fahrer. Sie hatte ihn völlig vergessen. Er schaute voller Angst zu ihr empor und wimmerte. Er gab einen lächerlichen Anblick ab, wie er so auf dem Boden lag, aber dann fielen ihr seine sieben Kinder ein. Wenn er das bloß nicht erwähnt hätte. Wenn er nur ein bisschen mutiger gewesen wäre. Wenn er das nur für sich behalten hätte und ... Die Überführung war nur noch wenige Sekunden entfernt.

Sie wich dem Betonpfeiler aus und raste unter der Überführung hindurch.

Der Hubschrauber flog nun dicht über dem Boden neben ihr. Sie sah, wie sich seitlich ein Mann herauslehnte. Er zielte mit einem Gewehr auf sie.

Er feuerte drei präzise Schüsse in ihren Motorenblock. Öl spritzte auf die Frontscheibe. Der Krankenwagen wurde langsamer.

Als der Mann das Gewehr senkte, sah sie ihn kurz. Er war blond und hatte die typischen hochgerollten Ärmel eines französischen Fallschirmjägers. *Ja*, dachte sie, als ihr Wagen sich verlangsamte und eingekreist wurde, *Querschießen konnten sie immer gut, die Franzosen*.

ACHTUNDZWANZIG

Rick Renard saß in seinem Washingtoner Büro und versuchte einen fülligen Ex-Senator, der zwei Präsidentschaftswahlen verloren hatte, als Sprecher einer Kette von Zentren für Gewichtsreduktion zu gewinnen.

Der Senator gab vor, das sei unter seiner Würde, aber in Wirklichkeit wollte er mehr Geld. Renard dagegen gab vor, es sei ein selbstloser, humanitärer Akt, übergewichtigen Amerikanern beim Abnehmen zu helfen, und welcher vernünftige Mensch konnte etwas dagegen haben, wenn ein bedeutender Mann, der sein Leben dem Dienst an der Öffentlichkeit gewidmet hatte, dabei ein paar Dollar verdiente?

Mitten in diesem symbolischen Kabuki-Tanz kam Renards Assistentin unter vielen Entschuldigungen herein und gab Rick einen Notizzettel, auf dem stand, George sei am Telefon und wolle mit ihm sprechen. Nein, es könne nicht warten, und ja, es sei dringend, sehr, sehr dringend.

»Das Weiße Haus«, sagte Rick zu dem Senator, während er zum Telefon griff. »Erlauben Sie?«

Der Senator verstand sehr gut, dass es nicht das Weiße Haus war, aber er war geschmeichelt, dass Rick die Lüge so steigerte. In Washington sieht man daran, wie tief der andere sich bückt, wie hoch man selber steht.

»Ja, natürlich.«

»Ja, Karl?« sagte Rick ins Telefon.

»Ich glaube, sie haben Firenze geschnappt«, sagte George.

»Scheiße«, sagte Renard. »Mist.«

Der Senator starrte ihn an.

»Ich werde rausfinden, was ich kann«, sagte George. »Ich komm in dein Büro, sobald ich hier weg kann. Duckett lässt mich acht Jahre alte Visaanträge prüfen, das Schwein.«

Rick legte auf.

»Alles in Ordnung – im Weißen Haus?« fragte der Senator zögernd.

»Oh, ja. Sie wissen ja, wie die sind.« Rick lächelte. »Sobald die Umfragewerte ein Prozent fallen, kriegen sie die große Panik.«

Rick wurde den Senator los und wies seine Assistentin an, alle Termine abzusagen, dann schaltete er alle Fernseher ein und surfte durch die Sender und das Internet, bis George mit den Neuigkeiten eintraf, die er herausbekommen konnte. Das war nicht leicht, weil Duckett seinen Informationszugang herunter gestuft hatte, aber George hatte Freunde.

Die US-Botschaft in Amo-Amas hatte einen Bericht über irgendeinen Tumult im Dismalia-Viertel geschickt: Schüsse, eine Autojagd, ein Vorfall am Flughafen. Die Funker der Botschaft hatten im matarischen Polizeifunk von *el imra'a amrikiya* (der Amerikanerin) gehört. Sie hatten auch französische Funksprüche von und an einen französischen Militärhubschrauber gehört, der um Erlaubnis bat, auf einen flüchtenden Wagen zu schießen, und diese auch bekam. Eine halbe Stunde später war ein Autokonvoi in hohem Tempo durchs Tor des Prinz Wazba-Militärflughafens gefahren. Nach Maliqs Machtübernahme war er in ein Gefangenenlager für jene Mataris umgewandelt worden, die so kühn waren, Maliqs Staatsstreich nicht für das größte Ereignis seit der Einführung des Islam zu halten. Es war wenig überraschend, dass die große Mehrheit dieser Personen Frauen waren.

»Duckett ist in sein Büro verschwunden und guckte, als wär ihm gerade ein Komodo-Waran in den Arsch gekrochen«, sagte George und ging im Büro hin und her. »Er hat mir nicht mal die Uhrzeit gesagt. Sie haben sie. Ich weiß es.«

»Ich hab versucht, ein paar von der alten Besetzung bei TV Matar anzurufen«, sagte Renard trübsinnig. »Keiner mehr da. Alle haben aufgelegt. Einer hat mich sogar einen Ungläubigen genannt. Ich will mein altes Matar wieder.«

Renards Assistentin kam herein. »Jemand namens Bobby ist am Telefon.«

Rick und George prallten fast zusammen, als sie nach dem Telefon griffen.

»Bobby? Ist sie in Ordnung?« fragte Rick.

»Nein. Sie haben sie. Okay, hört zu, ich kann nicht lang reden, weil dieser hinterlistige, schmierige Onkel Sam wahrscheinlich mithört. Bist du da, Sam? Hörst du zu? Du sagst uns, du arrangierst das Wassertaxi, und zehn Minuten später kommt Anbar Tal – den *ich* angeworben habe –, um uns umzubringen. Hör mal zu: Ich komme zurück. Ich komme zurück, und wenn ich schwimmen muss, und wenn ich mit dir fertig bin, wirst du durch den Arsch atmen und durch die Ohren kacken. Hast du kapiert?«

Renard legte die Hand aufs Mundstück und flüsterte George zu: »Ich glaube, er ist böse.«

»Okay, ist es bei euch in den Nachrichten?« fragte Bobby.

»Nein, noch nicht.«

»Ist George da? Gib ihn mir. George, was macht das Ministerium?«

»Was es am besten kann. Gar nichts. Nur ein paar Infos

aus Amo. Duckett erzählt mir nichts. Bobby, was werden sie mit ihr machen?«

»Ich weiß nicht, Mann. Gib mir noch mal Renard. Rick, erinnerst du dich an das Handy, das ich dir gegeben habe? Das du in D.C. lassen solltest? Hast du das noch?«

»Ja, ich glaube – ja.«

»Gut. Nimm das, um mich anzurufen. Ich melde mich wieder. Du fängst sofort an.«

»Womit?«

»Bist du ein PR-Mann oder nicht?«

»Ja, schon –«

»Dann häng dich rein, bis du umfällst. George?«

»Ja?«

»Lass die Botschaftswichser nicht einfach so davonkommen.«

»Ich kümmer mich drum.«

»Gut«, sagte Bobby. »Holen wir sie raus. *Shock and Awe* heißt die Taktik, Jungs.«

Die Verbindung wurde unterbrochen.

»Was hat er mit dem zuletzt gemeint?« fragte Renard.

»Ach, das sind bloß Kraftmeiersprüche. Aber diesmal bin ich seiner Meinung.«

– – – –

Die Zelle war klein, relativ sauber und vergleichsweise komfortabel. Es gab eine Art Feldbett mit einem Stück Schaumstoff als Kopfkissen, einen Plastikeimer für die Notdurft – mit Deckel, Fünf Sterne-Luxus –, eine Wasserflasche und ein Exemplar des Koran.

Nachdem Florence aus dem Krankenwagen gezerrt worden war, zog man ihr eine Kapuze über den Kopf. Ihr letzter Anblick war der französische Scharfschütze gewesen, der in ihren Motor geschossen hatte. Er schaute fast bedauernd und zuckte leicht die Schultern, als wolle er sagen: *Was soll man machen? Befehl ist Befehl. Schade, Chérie.*

Als man ihr die Handschellen angelegt und die Kapuze übergeworfen hatte, wurde Florence auf eine Rückbank gesetzt und weggefahren. Selbst mit ihrem guten Orientierungssinn hatte sie keine Ahnung, wo sie hinfuhren. Nach einer Stunde, vielleicht mehr, wurde die Kapuze entfernt, und sie fand sich in einem hell beleuchteten Raum wieder, irgendwo – so Allah wollte – in Matar und nicht jenseits der Grenze in Wasabien. Obwohl das keinen großen Unterschied mehr machte.

Während sie den Koran las, hörte sie, wie sich der Schlüssel in der schweren Tür drehte. In Washington war sie mal einem Mann begegnet, der fünfeinhalb Jahre in Nordvietnam inhaftiert und gefoltert worden war, die meiste Zeit in Einzelhaft unter unerträglichen Bedingungen. Er erzählte ihr, noch 30 Jahre später beschleunige sich sein Puls und er bekomme Beklemmungen, wenn er Schlüssel oder das Öffnen einer Tür höre.

Der Mann, der die Zelle betrat, trug nicht die schwarzblaue Uniform der Mukfellin. Manchmal ist man auch für einen kleinen Trost dankbar.

Florence bekam wieder eine Kapuze übergezogen und Hand- und Fußfesseln angelegt, dann wurde sie weggeführt. Sie vermutete, die Ketten sollten eine psychologische Wirkung haben, da es nicht sehr wahrscheinlich war, dass eine Frau ihre Wächter überwältigte und entkam. Florence rasselte barfuß über den Steinboden und versuchte einen halbwegs würdevollen Rhythmus zu finden. Außerdem wollte sie nicht stolpern und hinfallen. Ihre Lage war schon würdelos genug.

Sie wurde mit etwas, das eine Keule zu sein schien, in

einen kühleren Ort gestoßen. Ihr kam der nicht völlig unwillkommene Gedanke, dass sie gleich den Henker mit dem Krummschwert vor sich sehen könnte, wenn ihr die Kapuze abgenommen würde. Wenn einem schon die Kehle durchgeschnitten wurde, dann besser auf saubere Art und mit dem Anschein einer zeremoniellen Enthauptung als mit einem rostigen Klappmesser wie bei Schafen.

Sie fand sich in einem klimatisierten Raum wieder, in dem es beruhigenderweise weder Blutflecken noch Folter- oder Hinrichtungsinstrumente gab. Ihr gegenüber stand ein einfacher Tisch, an dem drei Männer saßen. Den in der Mitte erkannte sie sofort, es war Emir Maliq, Scheich und Imam der Islamischen Republik Matar, gesegnet sei sein Name.

Um den Mann zu seiner Rechten einzuordnen, brauchte sie mehrere Sekunden. An seiner türkis- und rötlichbraunen Gutra erkannte sie ihn als Wasabi und an den scharlachroten Applikationen seiner sonst schmucklosen weißen Thobe als Angehörigen der Hami-Babb, des Stamms, der seit der Zeit Scheich Abdullabdullahs »des Weisen« Waffa al-Hammuj, des Gründers der wasabischen Dynastie, mit den Aufgaben der königlichen Leibwache betraut war. Es war Salim bin-Judar, der Erste Stellvertreter des Ministers für Volksgesundheit. Diesen Euphemismus hatte die wasabische Regierung für die Geheimpolizei erfunden. Florence kannte den Ruf dieses Manns sehr gut, und trotz der Ehre, ihm gegenüberzustehen, wurde ihr Mund trocken.

Die Identität des Manns zu Maliqs Linken war sehr leicht zu erraten. Die schwarzblaue Thobe wies ihn als Mukfellah aus. Einen so hasserfüllten Blick wie aus vor Zorn glühenden Kohlen hatte Florence noch bei keinem anderen Menschen gesehen, als er ihn jetzt auf eine gefesselte amerikanische Frau richtete, eine Ungläubige, die es verdiente, für alle Ewigkeit in der Hölle von den stinkenden Kiefern Satans benagt zu werden. Schönen Tag noch.

»*Salaam*, Maliq«, sagte Florence.

Der Mukfellah sprang auf und brüllte sie an, dem Imam Respekt zu erweisen, aber Maliq gebot ihm mit einer Handbewegung Schweigen.

»*Salaam*, Flor-ents.« Er lächelte und zeigte auf ihre Fesseln. »Armbänder? Ist das die neueste Mode?«

»Ja, der letzte Schrei. Aber die Mode wechselt rasch, besonders in Paris.«

»Genug mit dem Smalltalk. Diese Männer sind sehr wichtig. Und sie sind sehr böse auf Sie. Sie wollen sich sofort um Sie kümmern. Soll ich Sie ihnen übergeben?«

»Tun Sie besser, was man Ihnen sagt, sonst sind Ihre Herren unzufrieden.«

»*Ich* regiere in Matar, darauf können Sie sich verlassen, Madame. Ihr CIA-Geliebter, Mr. Tiebo–, Thibu–«

»Thibodeaux. So viel Französisch können Sie doch sicher.«

»Wir haben ihn. Glauben Sie mir nicht?«

»Haben Sie je die Wahrheit gesagt?«

»Dann möchten Sie vielleicht seine Leiche sehen. Sie sieht nicht sehr schön aus. Er ist auf sehr würdelose Art gestorben. Wollen Sie wissen, wie? Hat sich mit einer Handgranate in die Luft gesprengt. Schade. Wir hätten ihm Gerechtigkeit widerfahren lassen, ihn vielleicht sogar an Ihre Regierung übergeben, als Geste des guten Willens. Wir sind hier nämlich nicht in der Dritten Welt.«

Obwohl Maliq voller Überzeugung sprach, brachte Florence es nicht über sich, ihm zu glauben. Bobby warf Granaten, er sprengte sich nicht selbst in die Luft. Trotzdem krampfte sich ihr Magen zusammen.

Maliq fuhr fröhlich fort, als sei ihm gerade ein spontaner

Einfall gekommen: »Vielleicht möchten Sie seine Leiche in der Zelle haben? Das wäre doch sehr gemütlich.« Auf Arabisch sagte er zu dem Mukfellah: »Wenn ihr sie zurückbringt, legt die Leiche des Amerikaners in ihre Zelle. Dann dichtet die Tür ab. Lasst sie zusammen verfaulen.«

Der Mann nickte, und zum ersten Mal während des Gesprächs zog eine Art Lächeln über sein Gesicht. Also war er doch nicht ganz herzlos.

»Sie brauchen keinen Dolmetscher, nicht wahr, Florents? Schauen Sie mich nicht so böse an! Sie haben doch unsere Geschichte studiert. Wissen Sie, was zur Zeit meines Vorfahren Jamir al-Kef, der vor ein paar 100 Jahren Emir war, mit sehr unartigen Frauen gemacht wurde? Sie wurden gefesselt, man machte ein kleines Loch in ihren Bauch, zog die Eingeweide ein Stück heraus und ließ sie in der Wüste für die Hunde liegen. Sie sehen, was für Fortschritte wir im neuen Matar gemacht haben! Wie liberal wir geworden sind!«

NEUNUNDZWANZIG

Kurz nach 14 Uhr öffnete sich die Tür zu Renards Büro, wo er mit George unermüdlich Pläne schmiedete, und zwei Männer mit unbewegtem Gesicht und kräftigem Körperbau traten ein, die bemerkenswert der Sorte ähnelten, die die US-Regierung schickt, wenn sie etwas ganz klar machen will. Nachdem sie sich stirnrunzelnd umgesehen hatten, trat ein dritter Mann ein, den Rick und George sofort als ihren lang vermissten Verwandten Onkel Sam erkannten.

»Hallo, Jungs.« Onkel Sam gab seinen Leuten ein Zeichen, draußen zu warten. »Es hat keinen Sinn, um den sprichwörtlichen heißen Brei herumzureden. Wir haben gestern Abend einen Anruf von Bobby Thibodeaux an dieses Büro aufgefangen.«

»Ach, waren das noch Zeiten, als Gentlemen sich nicht gegenseitig abhörten«, sagte George.

Onkel Sam schüttete sich den Rest Kaffee aus der Kanne in eine Tasse, puderte ihn mit Kaffeeweißer, nippte dran, verzog das Gesicht und sagte: »Gott steh uns bei! Sie hätten eine neue Kaffeemaschine von den zwei Millionen kaufen können. Lassen Sie mich sagen, was ich zu sagen habe, bevor das Zeug meine Blutbahn erreicht und mich umbringt.

Erstens, was Bobby Thibodeaux Ihnen erzählt hat, ist von vorn bis hinten völliger Blödsinn. Er scheint unter dem Wahn zu stehen, ich hätte ein CIA-Killerteam geschickt, um ihn und Florence umzubringen. Ich weiß nicht, wo er das her hat. Doch, eigentlich schon.«

George und Renard hörten in mürrischem Schweigen zu.

»Warum habe ich das deutliche Gefühl, dass Sie mir nicht glauben? Verzeihung, sind wir hier in den USA, wo es im Zweifel für den Angeklagten heißt? Also gut, hören Sie mir zu. Ich habe mehrmals versucht – *mehrmals*, wie Sie genau wissen –, die beiden rauszuholen. Wie Sie ebenfalls wissen, hat Florence sich geweigert, ohne die Sheika zu gehen. Ich weiß zwar nicht, *was* sich zwischen den beiden abgespielt hat, aber egal. Mein einziges Interesse bestand darin, sie raus zu kriegen, bevor eine Katastrophe von diesem ... diesem ... Schwindel erregenden Ausmaß eintrat. Und jetzt sitzen wir da.

Wie ich mich erinnere, war die Mission ein Versuch, arabischen Frauen mehr Freiheit zu geben und etwas Stabilität in den Nahen Osten zu bringen. Manche haben gesagt: ›Seid ihr verrückt?‹ Andere haben gesagt: ›Wir haben alles andere versucht, warum probieren wir's nicht mal? Was kann es schon schaden?‹ Ha! Und was kommt dabei raus? Ein Coup – das französische Wort passt sehr gut – gegen das einzige stabile Land in der Region. Es hat nicht nur nicht funktioniert, es hat auch die weitere Versklavung von 2,5 Millionen arabischen Frauen gebracht, dazu die Machtergreifung eines psychopathischen Rennfahrers, gar nicht zu reden von einem kräftigen Anstieg des wasabischen Ölpreises, der die nächste amerikanische Präsidentschaftswahl entscheiden könnte. Und hatte ich erwähnt, dass Frankreich Marinebasen am Golf bekommt? Superjob, Jungs. Nehmt euch eine Zigarre. Eure Regierung ist stolz auf euch.

Inzwischen hat es sich Ihr früherer Kollege Mr. Thibodeaux, den ich sowieso nie bei der Mission dabei haben wollte – aber was hab ich schon zu sagen? – in den kranken Kopf gesetzt, dass ich ihm ans Fell will. Ich weiß ja, dass es in Matar heiß ist, aber mein Gott noch mal, um so einen Grad an Paranoia zu behandeln, braucht man ein Luftgewehr mit Beruhigungsspritzen!«

George sagte: »Ich will ja nicht Ihre herrlich entrüstete Rede unterbrechen, aber warum sagen Sie nicht einfach, was passiert ist? Oder überspringen Sie das, und sagen Sie uns, wo Florence ist. Und ob sie noch lebt.«

»Dazu wollte ich gerade kommen, George. Sie lebt. So viel wissen wir. Ich tue alles, was in meiner Macht steht – soweit ich nach diesem Desaster noch Macht habe –, um sie da rauszuholen. Aber dazu ist ein verdammt kitzliger diplomatischer Balanceakt nötig. Und wenn Sie beide da reinstürmen wie zwei gedopte Kampfelefanten, weil ein durchgedrehter Ex-Agent Ihnen gesagt hat –«

»Ex?«

»Total Ex. Die CIA hat ihn gefeuert. Und zwar nicht, weil er den Cruise Missile-Angriff auf den indonesischen Botschafter in Dar veranlasst hat. Wollen Sie wissen, warum? Weil er die Frau des amerikanischen Botschafters in Jordanien gevögelt hat.«

»Das war eine berüchtigte Nymphomanin«, erwiderte George. »Die Frau war unersättlich. Wenn sie mehr als drei Stockwerke mit dem Fahrstuhl gefahren ist, war der Liftboy dran.«

»Trotzdem war der Botschafter nicht begeistert. Und er war der wichtigste Spendensammler des Präsidenten.«

»Das reicht!« warf Rick ein. »Wen interessiert schon, wer wen gevögelt hat? Was tun Sie, um Florence da rauszuholen?«

»Passen Sie auf, je weniger Sie wissen, desto besser.«

»O nein«, erwiderte George. »Nein, nein, nein. Wofür halten Sie uns? Zwei Pilze, auf die Sie Mist häufen und im Dunkeln halten?«

»George, ich sage das zu Ihrem eigenen Schutz.«

»Sie klingen, als ob Sie sich gerade ein Kondom überziehen«, sagte Renard. »Jetzt mal Schluss mit dem Gesülze. Ich möchte hier und jetzt wissen, wie Sie sie da rauskriegen wollen, oder ich verspreche Ihnen, Sie kommen in so einen PR-Sturm aus fliegender Scheiße, dass Sie in ein paar Jahren noch nicht sauber sind.«

»Also schön.« Onkel Sam seufzte, als sollte er die Formel von Coca-Cola verraten. »Wir arbeiten über die Franzosen.«

»Die Franzosen?« sagten Rick und George unisono. Rick fügte hinzu: »Die *Franzosen?*«

»Ob Sie's glauben oder nicht, die sind von dem neuen Regime fast so schockiert wie wir.«

»Aber sie haben doch geholfen, es zu errichten.«

»Paris will auf keinen Fall, dass sein Schützling einer feministischen amerikanischen Heldin den Kopf abschlägt. Das würde den Verkauf von Airbussen und Camembert in den USA nicht fördern. Aber ihr müsst es mir überlassen. Sind wir da einer Meinung?«

»Ich versteh's immer noch nicht«, sagte George. »Bobby hat uns gesagt, Sie hätten das Wassertaxi arrangiert, und auf einmal taucht die CIA auf und schießt auf sie. Die Botschaftsmeldungen aus Amo haben bestätigt, dass es eine Schießerei und eine Autojagd und eine Festnahme gab. Also – was ist passiert?«

»Dazu kann ich nichts sagen.«

»Ach bitte!«

Onkel Sam stieß noch einen tiefen Seufzer aus. »Mein Anruf an Bobby und Florence wurde abgehört. Wir haben es hinterher gemerkt.«

»Von wem?«

»Den Franzosen. Die haben das Killerteam geschickt, nicht ich, Herrgott noch mal.«

»Die *Franzosen* haben die CIA geschickt, um zwei Amerikaner umzubringen? Das gibt keinen Sinn.«

»Der Mann, von dem Bobby sprach, ist Anbar Tal. Er arbeitet für die matarische Luftwaffe. Und für die CIA. Bobby hat ihn selbst angeworben. Aber zufällig arbeitet er auch für das Onzième Bureau. Das hat Bobby nicht gewusst. Er ist ein Doppelagent, eigentlich ein Dreifachagent.«

»Also versuchen Sie Florence durch die Franzosen frei zu kriegen, und die haben diesen Mehrzweckkiller geschickt, um sie umzubringen? Das gibt immer noch keinen Sinn.«

»So ist der Nahe Osten, Rick.« Onkel Sam zuckte die Schultern. »Ich verstehe es selber nicht.«

George sagte: »Wir sitzen nicht rum und drehen Däumchen, während Sie mit dem Chef des Onzième Bureau Aperitifs trinken. Offen gesagt, Sie erzählen einen Mist, dass es zum Himmel stinkt.«

»Sie haben keine große Wahl, George, oder?« antwortete Onkel Sam ruhig und kühl.

»Will Onkel uns drohen?«

»Onkel hat vielleicht nicht mehr so viel Einfluss wie zu der Zeit, bevor seine Nichten und Neffen alles tief in die Scheiße geritten haben, aber er ist noch nicht am Ende.« Er erhob sich. »Sie haben jeder zwei Millionen auf dem Konto. Haben Sie die korrekten Meldeformulare dafür? Wahrscheinlich nicht. Wissen Sie zufällig, wo die Überweisungen herkamen?«

»Third Bank of Bangor.«

»Sehr gut. Und wie jeder Azubi beim FBI weiß, ist die Third Bank of Bangor eine Fassade für die Banc Mercantil de Grand Comore in Moroni – das ist die Hauptstadt der

Komoren, nicht der Engel Moroni. Und wem gehört die Banc Mercantil? Scheich Adman Ifkir, dem Cousin dritten Grades mütterlicherseits von ... na?«

»Osama bin Laden«, seufzte George.

»Was?« sagte Rick.

»Hauptgewinn für George.« Onkel Sam applaudierte stumm. »Also haben Sie offenbar Gelder von einer Bank erhalten, die von Al Quaida kontrolliert wird. Wird das nicht spaßig, wenn Sie das beim Hochverratsprozess erklären sollen? Es gibt aber bestimmt genug Anwälte in der Stadt, die Sie gerne vertreten, sagen wir für 600 Dollar die Stunde. Mal sehen, zwei Millionen Dollar durch 600 – das reicht vielleicht für das erste Jahr. Aber was erzähl ich denn da? Die Regierung wird das Geld ja *beschlagnahmen*. Ach du Schreck.«

»Sie sind ein echter Arsch, nicht wahr, Sam?« gab Rick zurück.

»Da sollten Sie mal meine Vorgesetzten sehen«, sagte Onkel Sam, während er den Raum verließ. »Und kauft eine neue Kaffeemaschine.«

Florence verbrachte mehrere unruhige Stunden in ihrer Zelle damit, darauf zu warten, dass sich die Tür öffnete, der Leichnam ihres Geliebten hereingeworfen und die Tür danach abgedichtet würde. Einmauern war im alten Rom die Strafe für vestalische Jungfrauen, die ihre Keuschheit nicht bewahrt hatten. Sie wusste aber nicht mehr, ob sie lebendig mit den Leichen ihrer Liebhaber eingemauert wurden.

Doch die Stunden vergingen, und nichts geschah. Sie begann zu hoffen, es könnte ein Bluff gewesen sein, um sie aus dem Gleichgewicht zu bringen – oder nur aus Spaß. Irgendwann am Nachmittag hatten ihre Hände angefangen, unkontrolliert zu zittern.

Während sie so grübelte, ging das Licht in der Zelle aus und stürzte Florence in völlige Dunkelheit. Einige Minuten vergingen, während derer sie sich selbst deutlich atmen hörte. Sie kämpfte gegen den Impuls an, laut nach der Wache zu rufen. Ein Stromausfall? Der Beginn einer Rettungsaktion? Sie dachte über die zweite Möglichkeit nach, dann hörte sie das Türschloss. Sie spürte die Luftbewegung, als die Tür sich öffnete, und wurde im nächsten Augenblick zurückgestoßen, als ein starrer, nach Sprengstoff riechender Körper in ihre Zelle geworfen wurde.

DREISSIG

»Majestät, Sie ehren mich mit dieser Audienz. Emir, Sie haben abgenommen! Sie sehen ausgezeichnet aus!«

Maliq war nicht in Stimmung für Delame-Noirs dreifach gezuckerte Komplimente. »Die Last des Amtes. Man sehnt sich nach dem einfacheren Leben der Rennstrecke.«

»Ja, natürlich, aber trotzdem müssen Sie essen, Erhabener, sonst verzehren Sie sich. War es nicht Ihr Groß-Groß-Großonkel mütterlicherseits, der berühmte Scheich Ehem al-Gheik, der sich jedes Jahr von seinen Untertanen im Wazi Bakkim in Tarfa-Perlen aufwiegen ließ?«

»Ja, ja. Also, Sie wollten mich sprechen?«

»Ich schicke Ihnen meinen eigenen Koch. Er hat viele Jahre im Taillevent gearbeitet. Sein Boudin de Homard Breton au Fenouil ist unglaublich. Ohne Blasphemie kann man sagen, es ist das Paradies selbst.«

»Ich kann keinen französischen Koch haben, Dominique.«

»Warum nicht?«

»Ich bin der *Imam*! Wie sieht denn das aus? Also wirklich.«

»Ich bin schon vielen gut genährten Imams begegnet.«

»In fünfzehn Minuten habe ich eine Konferenz mit den Mullahs. Es hört nie auf. Was – Sie wollten mich sprechen?«

»Ja, leider. Ich vermute, mein Imam kennt schon den Grund.«

»Ich habe Ihnen schon gesagt, Dominique, die Sache liegt nicht mehr in meiner Macht. Es ist jetzt eine religiöse Angelegenheit.«

»Ja, und Sie sind der Imam.«

»Es ist auch eine sicherheitspolitische Sache.«

»Und Sie sind der Emir.«

»Es ist auch eine Stammessache, nicht wahr?« sagte Maliq verdrossen.

»›Stammessache?‹ Wieso?«

»Einer der Männer, die sie auf der Flucht erschossen hat, war ein Hazi Agem.«

»Und?«

»*Sie* sind der Historiker«, sagte Maliq.

»Ich beuge mich Ihrem größeren Wissen. Klären Sie mich über diese ›Stammessache‹ auf.«

»Seit 100 Jahren herrscht Blutfehde zwischen meiner Linie, den Beni Harish, und den Hazi Agem. Sie sehen also selbst.«

»Offen gesagt nicht.«

»Ich bin in einer delikaten Situation, sehr delikat.«

Delame-Noirs Augen unter den hängenden Lidern blinzelten wie die eines Falken. Seine Lippen spitzten sich vor Gehässigkeit. Er war ein intelligenter Mann und hatte diesen Kerl mit Gelatine im Hirn satt, den er in einem Moment der Schwäche (und vielleicht des Stolzes, wie er zugeben musste) auf den Thron gebracht hatte.

»Maliq, Sie sind der Groß-Sharif des Stammesrats. Ich will Sie nicht beleidigen, aber warum vergeuden Sie meine Zeit mit solchem Unsinn, *mon vieux*?«

Es war eine Weile her, seit irgendjemand Maliq als *mon vieux* angeredet oder ihm vorgeworfen hatte, Unsinn zu reden. Wie schnell gewöhnen wir uns doch an Unterwürfigkeit. Aber so sehr es ihn reizte, seinen Aasā-Stab gegen den Franzosen zu erheben, Maliq hielt sich zurück. Und zwar aus dem einfachen Grund, weil er vor Delame-Noir Angst hatte.

Delame-Noir hatte im Lauf seiner Karriere schon mehr Morde angeordnet als die Hamas und Kim Jong Il. zusammen. Seine Legende war lang und schwarz. Er hatte persönlich die Versenkung der *Whalepeace* geleitet, des Umweltschiffs, das gegen die französischen Atomtests in Polynesien protestierte. Nur Allah wusste, wie lange Tentakeln diese schwarze Eminenz von einem Geheimdienstchef in Matar haben mochte.

»Möglich, *mon vieux*«, erwiderte Maliq spitz, »aber wenn Sie weder meine noch Ihre Zeit verschwenden wollen, warum fliegen Sie dann nicht nach Kaffa und erklären es Prinz Bawad? *Er* will den Kopf dieser Frau. Anscheinend hat sie in Washington irgendwas gemacht, das ihn geärgert hat und mit einer seiner Ehefrauen zu tun hatte. Sehen Sie meine schwierige Lage?«

»Hören Sie, Maliq, Sie wollen doch nicht als Marionette der Wasabis dastehen, oder?«

»Auch nicht als Marionette der Franzosen.«

»Majestät, womit habe ich diese Beleidigung verdient?« fragte Delame-Noir. »Ich verbringe den ganzen Tag damit, mir für Sie Gedanken zu machen, vom ersten Ruf des Muezzins bis zum Ruf zum Abendgebet.«

»Ich weiß, dass ich in Ihrer Schuld stehe, Dominique, aber es liegt nicht in meiner *Macht*, sie Ihnen zu geben. Sehen Sie sich um – mein Land ist voller Wasabis.«

Delame-Noir sah, dass es im Moment sinnlos war. Er erhob sich. »Na gut, aber ich flehe Sie an, lassen Sie diese Frau am Leben. Sie brauchen keine internationale Märtyrerin. Es wäre nur ein Vorwand für die Amerikaner.«

»Die Amerikaner werden keinen Finger rühren«,

schnaubte Maliq. »Bald sind Wahlen. Wenn sie gegen mich vorgehen, würde Tallulah ihnen das Öl abdrehen. Jedenfalls hat ihr Botschafter mir gerade heute Morgen eine Einladung zu einer Elvis Presley-Ausstellung geschickt. Ich glaube also nicht, dass sie planen, wegen einer durchgedrehten lesbischen CIA-Aufrührerin Soldaten über mir abspringen zu lassen.«

»Ja, aber diese durchgedrehte lesbische CIA-Aufrührerin ist inzwischen eine international bekannte Figur. Ihr Informationsministerium kann nicht einfach sagen: ›Florence? Wir haben keine stinkende Florence in unserem Kerker.‹ Niemand glaubt es. Gucken Sie Fernsehen?«

»Ich habe keine Zeit für Fernsehen.«

»Sie sollten sich Zeit dafür nehmen, lieber Emir, weil man da ein paar sehr unfreundliche Worte über Sie sagt.« Delame-Noir hob beschwörend die Hände. »Ich spreche mit Bawad. Aber lassen Sie diese Frau bitte vorerst am Leben. In Ihrem eigenen Interesse.«

»Oh, sie ist am Leben.«

»*Maliq.*«

»Ich sagte, sie ist am Leben.«

»Sie haben sie nicht in ein Loch mit irgendwelchen Tieren oder Schlangen geworfen?«

»Wofür halten Sie mich?«

»Skorpionen?«

»Jetzt beleidigen Sie mich.«

»Dann bitte ich vielmals um Entschuldigung, Durchlaucht. Ich hätte wissen müssen, dass Sie als Imam von Matar einzig von den Geboten des Koran geleitet sind, den Wahrheiten, die dem Propheten Mohammed, sein großer Name sei gesegnet, von Allah enthüllt wurden, dem Weisen« – er hielt inne – »dem *Barmherzigen.*«

Maliq schlug mit seinem Asā-Stab in die Luft. »Ist ja auch egal.«

Delame-Noir wandte sich zum Gehen. »Lassen Sie mich meinen Koch schicken, als Zeichen der brüderlichen Liebe und des Respekts.«

»Ich könnte solche Großzügigkeit nicht annehmen. Sie wäre unmöglich zu vergelten. Und ein Araber, der Gastfreundschaft nicht vergelten kann, ist ein schlechter Freund.«

»Schade.« Delame-Noir lächelte.

Sobald er weg war, befahl Maliq Fetish zu sich. »Wenn er Essen schickt, Wein, irgendwas, lass es auf Gift untersuchen. Und sag Sharif bin-Judar, er soll ihn beobachten lassen. Ich will alles wissen, was er tut. Ich will wissen, wann er aufs Klo geht.«

»Aber großer Imam, der Franzose ist doch unser Verbündeter?«

»Wir haben *gesprochen*, Fetish.«

»Gewiss, Majestät. Eure Worte sind wie Tarfa-Perlen, die im süßen Wasser glitzern.«

»Wie? Was? Hast du gerade gelauscht?«

»O nein, Sire. Möge Allah mich tot hinstrecken und mir die Zunge ausreißen. Ich habe nur ein geflügeltes Wort benutzt –«

»Ruf Prinz Bawad an. Und die Masseuse soll kommen. Meine Kopfschmerzen bringen mich um.«

»Sofort, Sire.«

Fetish zog sich rückwärts zurück, während ihm der kalte Schweiß auf der Kopfhaut juckte. Er erinnerte sich an das alte matarische Sprichwort: *In einen geschlossenen Mund kriechen keine Mistkäfer.* Ein englischer Reisender hatte es vor Jahrhunderten gestohlen und weniger elegant übersetzt: *Schweigen ist Gold.*

Florence kauerte in einer Ecke, ohne sich dem Objekt nähern zu können, das jetzt die stockdunkle Zelle mit ihr teilte. Der Geruch brachte sie fast zum Brechen. Sie kauerte lange so, dann streckte sie langsam und vorsichtig die Finger der rechten Hand aus und berührte die Leiche. Was sie ertastete, ließ sie zurückschrecken. Gesicht und Kopf waren zum größten Teil nicht mehr da. Schließlich fasste sie wieder hin und berührte diesmal ein Auge, das aus seiner Höhle hing. Ihr wurde schlecht, doch sie zwang sich, die forensische Untersuchung fortzusetzen. Sie tastete nach den Händen und auch sie waren größtenteils zerfetzt. Sie weinte stumm, während sie weiter tastete.

Die Leiche lag auf dem Rücken. Sie schob die Hand darunter am kalten Betonboden entlang und suchte das linke Schulterblatt. Einige Wochen zuvor hatte sie dort eine mehrere Zentimeter lange Narbe ertastet, die, wie Bobby murmelte – der gerade mit anderem beschäftigt war –, von »diesem Scheißsyrer« stammte. Die Narbe befand sich direkt über dem Schulterblatt. Bobby sagte, das Messer sei vom Knochen abgelenkt worden, und er habe verdammtes Glück gehabt.

Ihre Hand wurde von dem zerfetzten Hemd, das steif von Blut war, ebenso gehemmt wie vom Gewicht der Leiche. Sie schob die Hand ins Hemd. Hier war die Haut nicht zerfetzt oder verbrannt. Leichenstarre und Tod hatten sie kalt und wächsern gemacht. Langsam und nervös schoben ihre Fingerspitzen sich weiter. Als sie das Schulterblatt erreichte, hielt sie den Atem an.

Da war keine Narbe.

»Hören Sie endlich auf, mir zu folgen!« sagte Charles Duckett. »Ich habe Ihnen alles gesagt, was ich sagen kann.«

»Alles, was Sie mir gesagt haben, wusste ich schon von CNN«, gab George zurück und folgte weiter dem raschen Schritt des Stellvertretenden Unterstaatssekretärs für Nahost-Angelegenheiten (SUSNO).

»Ich kann dazu nichts weiter sagen.«

»Charles, das ist keine Pressekonferenz des Ministeriums, und ich bin kein Reporter.«

»Ich sagte, ich habe dazu keinen weiteren Kommentar.«

»Darf ich fragen, warum mein Informationszugang plötzlich hinuntergestuft wurde? Was ist hier los?«

»Auch dazu kann ich nichts sagen. Wenn Sie mich jetzt bitte in Ruhe lassen, ich bin schon drei Minuten zu spät für die Sitzung des Beschaffungskomitees.«

»O mein Gott, Charles, das könnte ja die Welt zum Stehen bringen! Aber ich gehe nicht weg, ehe ich eine Antwort habe. Tun wir irgendwas wegen der Gefangennahme, Inhaftierung und womöglich Folter einer Mitarbeiterin?«

Duckett war über die Aussicht entsetzt, ein erregter, aufsässiger Untergebener könnte ihm in die langweiligste Sitzung des Planeten folgen. Er funkelte George mit der puddingharten Autorität eines Bürokraten auf Lebenszeit über seine Brille hinweg an und sagte so majestätisch wie möglich: »Sie verletzen den Dienstweg.« In Ducketts farbloser, vorgefertigter Welt konnte es kein größeres Verbrechen geben.

»Interessiert es Sie denn gar nicht?«

»Doch. Ich interessiere mich für produktive Prozesse. Ich interessiere mich dafür, die richtigen Kanäle zu benutzen. Ich interessiere mich für beiderseitige Schritte zur Schaffung nachhaltiger Synergien auf der Basis harmonischer Beziehungen und Partnerschaft zwischen –«

An diesem Punkt machte die Feder in George, die sich

seit sechzehn Jahren gespannt hatte, plötzlich *sproinnng*. Er würgte Charles Duckett mit dem Halsband von dessen Dienstausweis.

»Sind Sie denn völlig – *aaarggh*«

Sobald Ducketts Gesicht eine gesunde purpurne Färbung angenommen hatte, schaute George ihm von ganz nah in die Augen und sagte: »Wenn Sie's mir nicht sagen, bring ich Sie um. Und es wird aussehen wie ein Anschlag von Terroristen.«

»Aarggh ...«

»Sie werden nie wieder ein Handy ans Ohr halten, ohne sich zu fragen, ob es Ihnen das Hirn rauspustet.«

George lockerte die Schlinge um Ducketts Hals. Ducketts Teint kehrte wieder zu seiner normalen Blässe zurück.

»Verdammt, was ist in Sie gefahren, Phish?«

»Weiß ich selber nicht genau. Also – wo ist sie, und was will diese lächerliche, rückgratlose Bürokratie deswegen tun?«

»Sie ... sie haben beschlossen, sich nicht einzumischen.« Duckett fiel in sich zusammen wie ein undichter Luftballon, als er diese streng geheime Information preisgegeben hatte.

George starrte ihn an. Duckett schien den Versuch zu machen, rückwärts durch die Wand zu brechen. George streckte die Hand aus. Duckett zuckte zusammen. George zog ihm die Krawatte gerade.

»Beeilen Sie sich. Sie sind – o Gott – drei Minuten zu spät.«

Duckett schlich nervös weg und tastete sich an der Wand entlang wie ein Bergsteiger auf einem schmalen Felsvorsprung.

Zehn Minuten später umringten drei Männer vom Sicherheitsdienst Georges Schreibtisch. Sie brachten ihn zum Büro der Stellvertreterin des Unterstellvertreters für Interne Sicherheits- und Personalangelegenheiten (SUSISPA). Duckett stand bereits mit gerötetem Gesicht da. Als George eintrat, zuckte er zusammen.

»Haben Sie Mr. Duckett angegriffen?« fragte die SUSISPA.

George schaute zu Duckett. »Oh, Charles, haben Sie das erzählt?«

»Allerdings! Es ist die Wahrheit!«

»Wo soll ich anfangen?« fragte George mit der müden Attitüde eines vernünftigen Mannes, der etwas Unangenehmes erklären muss, das er lieber unerwähnt lassen würde. »Charles – Mr. Duckett – hat mich im Korridor belästigt.«

»Was?« brüllte Duckett.

»Und obwohl meine sexuelle Orientierung bekannt und auch in der Abteilung kein Geheimnis ist, ist er nicht nur mein Chef, sondern außerdem auch nicht mein Typ. Ganz zu schweigen von seiner Frau und den drei Kindern. Ich habe ihm das gesagt, während er mich auf peinlichste Weise bedrängt hat, und bin dann weggegangen. Und jetzt sind wir hier. Charles, ich muss sagen, Sie enttäuschen mich.«

»Aber – das ist eine dreiste Lüge!«

»Ich möchte eine Beschwerde wegen sexueller Belästigung vermeiden, wirklich. Ich bin bereit, es als kurze Entgleisung zu vergessen. Aber wenn Sie eine so durchsichtige Vertuschung planen, werde ich hier und jetzt eine vollständige Beschwerde einreichen. Haben Sie die relevanten Formulare, Ms. Poepsel?«

Die SUSISPA schaute erst George an, dann den um Worte ringenden Duckett. »Mr. Duckett, was möchten Sie jetzt tun? Wollen Sie eine Beschwerde gegen Mr. Phish einreichen?«

Duckett sah vor seinem inneren Auge Schlagzeilen und das Ende seiner Karriere vorbeiziehen und stöhnte schwach: »Nein, nein . . .«

»Mr. Phish, wollen Sie eine Beschwerde gegen Mr. Duckett einreichen?«

»Schwamm drüber, sag ich immer. Aber kein Gegrabsche mehr, Charles – Hand drauf?«

»Mann, das hat gut getan«, sagte George zu Renard. »So einen Tag hat das arme Schwein nicht mehr gehabt, seit die CIA sein Kulturinstitut in Quito in die Luft jagte. Aber jetzt wissen wir's. Offizielle Position des Nichtstuns. Sie ist allein.«

»Ist sie nicht.«

»Wir sind nicht gerade ein Delta Force-Befreiungskommando, oder?«

»Scheiß drauf«, sagte Rick. »Wenn wir für das Geld schon in den Knast gehen, können wir's auch ausgeben.«

»Warum eigentlich nicht?« Georges Gesicht hellte sich auf. »Verdammt, warum nicht?«

»Nach Damaskus.«

»Nach Damaskus.«

EINUNDDREISSIG

»Hoheit!« sagte Maliq mit vielleicht etwas viel brüderlicher Vertraulichkeit unter Herrschern. Sein Atem roch nach dem Brandy, den er jetzt stets als Stärkung brauchte, bevor er Prinz Bawad bin-Rumallah al-Hamuj anrief, den Außenminister des Königreichs Wasabien, geliebten Neffen König Tallulahs und in allen diesen Kapazitäten Maliqs de facto-Boss. »Möge Allah Euer Angesicht bescheinen und Eurem Auge jeden Anblick angenehm machen.«

Bawad antwortete mit einem so flüchtigen Gruß, als sei Maliq ein Tankwart. Seit Bawads Beförderung vom Botschafter in den USA zum Außenminister war er noch selbstherrlicher geworden. Allerdings war ihm auch schmerzlich bewusst, dass die aktuelle Machtverschiebung in der Region mit der Flucht seiner aufsässigsten Frau Nazrah in Washington begonnen hatte. Dass dieser matarische Usurpator Maliq noch immer nicht die verhasste Amerikanerin Florence geköpft hatte – zusammen mit ihrer lesbischen Geliebten, der Sheika Laila –, war unerträglich. Bawad hörte an Maliqs speichelleckerischem Ton sofort, was er wollte. Und bei der Barmherzigkeit Allahs, der matarische Esel brabbelte immer noch weiter.

»Stimmt die herrliche Nachricht, die der Westwind an mein Ohr getragen hat?« fragte Maliq. Fetish hatte ihm mitgeteilt, Bawads vierte Frau, die Nachfolgerin der unglücklichen Nazrah, habe ihm gerade einen Sohn geboren, seinen 42. oder 43.. »Ein Sohn, lieber Prinz? Mein Herz springt vor Freude wie eine Gazelle, wie –«

»Was?« unterbrach ihn Bawad. »Ja. Hat man mir gesagt.«

»Aber das ist eine herrliche Nachricht!« mühte Maliq sich weiter. »Ein Sohn! Allah sei gelobt! Möge er so weise und – hihi – fruchtbar sein wie sein großer Vater!« Maliq wartete. Schweigen.

»Ist ... das Geschenk angekommen?« fragte Maliq schließlich und schluckte den Rest seines Stolzes hinunter. Er hatte eine Babykrippe aus purem Gold geschickt, bestellt bei Wenphrew & Wenphrew, dem Londoner Juwelier, der eine besondere Abteilung für Gegenstände aus purem Gold für gelangweilte Ölscheichs hatte.

»Hä? Was?«

»Die Krippe?«

»Ich weiß nicht – ja, vielleicht, ich werde mich erkundigen.«

»Nein, nein, macht Euch keine Mühe.«

»Na dann, Allah sei mit dir. Seine Majestät, mein lieber *Onkel*, möchte, dass ich zu ihm komme. Danke für den Anruf.«

»Äh, Hoheit, nur noch ein Wort, wenn Ihr so freundlich sein wollt. Diese Amerikanerin, Flor-entz ...«

»Ja. Seine Majestät, mein *Onkel*, fragt sich, warum die Sache nicht schon erledigt ist.«

»Es ist schwierig, mein Prinz.«

»Schwierig? Wieso schwierig, Emir Maliq? Sie ist eine amerikanische Spionin, eine Provokateurin und Aufrührerin, eine Ungläubige, eine Verführerin, eine geschworene Feindin des Islam. Eine geschworene Feindin *meiner* Person. Sie hat versucht, mich und damit das ganze Haus der Hamuj zu demütigen, möge Allah es sicher und stets weise erhalten. Ist das die schwierige Sache, die du meinst?«

»Äh . . .« Maliq war sich nur zu bewusst, dass Bawad ihm durch sein Cambridge-Studium voraus war, ganz zu schweigen von einer lebenslangen Karriere des Erzählens von polierten Lügen in vergoldeten Salons. »Trotzdem . . .«

»Warum ist sie noch am Leben?«

»Sie ist immerhin eine international bekannte Figur, Ehrwürdiger.«

»Was macht das?«

»Es hat keinen Sinn, sich gegen die ganze zivilisier–«

»Die Amerikaner haben klar gemacht, dass ihnen ihre Existenz peinlich ist. Der Botschafter hier in Kaffa hat es uns persönlich gesagt.«

»Ach? Oh. Ja dann . . .«

»Hör zu, Maliq, entweder willst du Matar regieren oder nicht. Seine Majestät zählt auf dich. Dein Name wird in den Sitzungen des Thronrats immer häufiger genannt.«

»Oh, wunderbar, wunderbar . . .«

»So würde ich es nicht ausdrücken.«

»Wie? Aha. Warum schicke ich diese Flor-entz und die Sheika nicht zu Euch? Dann könnt Ihr mit ihnen ganz nach Wunsch verfahren! Gebt ihnen eine ordentliche –«

»Die Verbrechen dieser beiden Frauen wurden in deinem Land begangen. Sie haben Matars heilige Erde beschmutzt.«

»Sicher nicht so heilig wie die wasabische Erde. Wir stehen im Widerschein Eures Lichts . . .«

»Nein, Maliq, *Matar* muss gereinigt werden.«

»Mir scheint, Ehrwürdiger, diese beiden wollten Wasabien besudeln. Ich meine, Matar war doch schon unrein. Und wer kann besser für Gerechtigkeit sorgen als Euer Onkel? Ihr müsstet mal hören, was die beiden beim Verhör über Euch und den König gesagt haben. Ich erröte, es zu wiederholen. Schrecklich. Entsetzlich.«

»Hör zu, Maliq«, sagte Bawad in einem Ton, der andeutete, dass das Gespräch sich dem Ende zuneigte, »Seine Majestät wünscht, dass diese Sache abgeschlossen wird, und zwar schnell. Außerdem sollst du dich persönlich darum kümmern. Öffentlich, vor aller Augen. Damit die Herzen, die sie in deinem Land und unserem beschmutzt hat, sehen, wie gerecht und furchtbar Allahs Strafe ist. Du willst doch ein Werkzeug Seiner Majestät und des einen Gottes sein, Maliq?«

»Ach, was soll's.«

»Wie?«

»Ja, natürlich. Ja, ja, ja«, murmelte Maliq.

»Gut. Ich möchte nicht auf den Gedanken kommen, wir hätten einen Fehler gemacht, dich so hoch zu erheben.«

Er legte auf. Maliq schleuderte das Telefon gegen das Mosaik aus Gold und Lapislazuli an der rückwärtigen Wand des Raums, wo es in kleine Plastik- und Metallteile zersprang. Fetish hörte den Krach und trat unterwürfig ein. »Hat das Gespräch mit Prinz Bawad meinem Herrn missfallen.«

Sein Herr antwortete nicht. Er trank direkt aus der Brandyflasche. Kein sehr hoffnungsvolles Zeichen bei einem geistigen Führer des muslimischen Glaubens oder irgendeines anderen.

Fetish verließ Maliq, um Delame-Noir anzurufen und seinen Bericht durchzugeben. Aber da Delame-Noir während des ganzen Gesprächs bei Prinz Bawad gesessen hatte, brauchte er seinen Spitzel nicht.

»Er hat ein Rückgrat wie eine Qualle aus dem Roten Meer«, sagte Bawad verächtlich.

Delame-Noir lächelte und öffnete die Handflächen zum Zeichen seiner Ratlosigkeit.

»Es war ein Fehler, ihn einzusetzen.«

»Ich bin da anderer Meinung, Prinz.«

»Natürlich, er war ja Ihre Wahl.«

»Wären Sie und der König wirklich glücklicher mit einem starken, unabhängigen Mann auf dem Thron von Matar? Marionetten macht man besser aus Holz als aus Stahl.« Delame-Noirs Hände bewegten sich, als ob sie Fäden hielten. »Es ist viel einfacher. Sie können zufrieden sein, mein Prinz. Matar gehört jetzt Ihnen.«

»Nicht zu vergessen Ihre Marinebasen und der Rabatt auf Rohöl.«

»Unsere Marinebasen schützen Ihre neuen Ölhäfen. Eine historische Synergie. Nicht seit der Zeit von Wadi Ben Salaam im –«

»Ja ja, aber was wird aus den Frauen? Warum bringt der Idiot es nicht hinter sich und lässt sie hinrichten?«

Delame-Noir schüttelte den Kopf. »Bei allem Respekt vor Ihnen und dem König glaube ich, es wäre ein riesiger Fehler, diese Frauen auf ein Schafott zu stellen und ihnen öffentlich die Köpfe abzuschlagen. Wenn Sie Märtyrer schaffen wollen, gibt es keinen besseren Weg.«

»Wir wissen in Wasabien auch ein paar Dinge über Märtyrer«, sagte Bawad. Er dachte nach. »Unsere Botschaft in Washington berichtet von wachsendem Druck nach Informationen über diese Florence.«

»Zwei ihrer früheren Komplizen machen eine Medienkampagne. Aber das ist nicht schlimm, so lange Matars Haltung ist: ›Wir wissen nicht, wo diese Frau ist, also lasst uns in Ruhe.‹«

»Komplizen? Sie machen eine – Kampagne?«

»Ich würde handeln, wenn ich es für ein Problem hielte.«

»Handeln?«

»Wir haben keine Geheimnisse voreinander. Meine Kontakte in der US-Regierung versichern mir, dass sie die Situation auch beobachten. Sehr genau. Und das Letzte, was sie wollen, ist eine Menge Aufsehen wegen ihr. ›Florence von Arabien‹? Nein, nein. Zu diesem Zeitpunkt ist sie eine extrem unbequeme Frau. Offen gesagt, wenn Maliq den Befehl geben würde, sie in seine neue Oubliette zu werfen, wären die Amerikaner wohl sehr zufrieden.«

»Sind Ihre Kontakte bei der CIA?«

Delame-Noir lächelte. »Mein Prinz, einen alten Spion nach seinen Quellen zu fragen, ist so, als würde man eine Hure fragen. Es ist ein Berufsgeheimnis.«

Bawad schnaubte. »Der Ölpreis kann nicht nur sinken, er kann auch steigen.«

»Aber ich erzähle Ihnen, was ich weiß. Die ganze Florence-Operation wurde von der Spitze der US-Regierung genehmigt. Warum? Um Ihre Regierung in Verlegenheit zu bringen. Als Strafe für Ihre Israel-Politik, Ihre Unabhängigkeit, Ihren Mut. Jedenfalls ging sie wie jede außenpolitische Operation der Amerikaner völlig in die Hose. Aber für Sie, für uns, für Frankreich, war es eine fantastische Gelegenheit, die Sie brillant ausgenutzt haben, wie ich zugeben muss. Also sollten wir uns nicht zu sehr über die Amerikaner ärgern. Sie haben in wenigen Monaten für uns getan, was wir in 80 Jahren nicht geschafft haben.«

»Es gefällt ihnen nicht. Unser Botschafter bei der UN berichtet, sie bereiten eine Entschließung gegen Groß-Wasabien im Sicherheitsrat vor.«

»Gegen die Frankreich sein Veto einlegen wird, das versichere ich Ihnen.«

»Die USA sagen schon jetzt, das Ganze sei Frankreichs Idee gewesen. *Ihnen* wird es zugeschrieben.«

»Haben Sie eine einzige Erklärung gehört, von einem einzigen unserer Minister oder Regierungsvertreter, der Wasabiens Vorgehen in Matar Frankreich zuschreibt?« fragte Delame-Noir leicht gereizt. »Wir haben keinen Ton gesagt.«

»Was ist mit diesem jüdischen Senator in New York? Gestern hat er in einer Rede gesagt, das Ganze wäre von Frankreich eingefädelt. Er hat Tallulah ein ›französisches Werkzeug‹ genannt!«

Delame-Noir ließ ein missbilligendes Schnalzen hören. »Skandalös. Aber was erwarten Sie? Das war derselbe jüdische Senator, der so viel Lärm machte, als wir einen alten Mann von 94 – 94! – freiließen, weil er irgendwas mit irgendeinem Konzentrationslager im Zweiten Weltkrieg zu tun hatte. Es ist immer dasselbe.«

»Ich nehme an, jetzt ist es zu spät, etwas zu tun«, sagte Bawad und musterte Delame-Noir eingehend.

»Wegen des Senators? Also wirklich, Hoheit ...«

»Nein – *Maliq.*«

»Ah. Ich glaube, das wäre zu diesem Zeitpunkt keine gute Idee. Vielleicht später ... Matar hat große Umwälzungen hinter sich. Vor ein paar Monaten war es noch wie Las Vegas. Jetzt ist es ... ein anständiger religiöser Staat. Nicht mehr so viel Spaß, um ehrlich zu sein, aber in Ordnung. Jetzt kommt es auf Stabilität an. Wenn Sie später immer noch unzufrieden mit Maliq sind, stehe ich Ihnen zur Verfügung.« Delame-Noir lächelte. »Ihr bescheidener Diener.«

»Bescheiden. Ha. Und Florence?«

»Sie wird nicht mehr lange relevant sein, da bin ich optimistisch. Außerdem vergessen die Menschen schnell. Und ich glaube nicht, dass sie sehr lange durchhält. Sie ist schließlich nicht im Ritz. Ich glaube nicht, dass man ihr jeden Abend Schokolade aufs Kopfkissen legt.«

Maliq hatte in seinem Leben noch nicht viele Kamele geritten. Im Allgemeinen zog er die italienischen Ledersitze eines Maserati oder Ferrari vor. Doch diesmal erforderte es der Anlass.

Die Erwartungen an einen Imam und Emir waren wirklich mehr als anstrengend, dachte er. Aber besser auf dem verdammten Ding reiten, als seinen Dung lutschen müssen. Was für absolute Barbaren die Wasabis waren.

Eines der unglücklichen Nebenprodukte des neuen Einvernehmens zwischen Matar und Wasabien war die Pflicht für Matar, den Jahrestag des Verrats des Rafik (des »Unweisen«) zu begehen. König Tallulah und sein Staatsrat – Allah segne sie – hatten diktiert, der Emir von Matar solle zu diesem Anlass auf dem königlichen Kamel die Abgullah Avenue (früher Winston Avenue) entlangreiten und den Jubel seiner Untertanen entgegennehmen, während die Mukfellin Stücke des sakramentalen Dungs an sie austeilten, die sie auf ihre unglücklichen Zungen legen mussten. Es würde nicht der fröhlichste Tag im matarischen Kalender sein, aber es würde deutlich werden, dass Matar nun ein Teil Groß-Wasabiens war. Maliq hatte König Tallulah und Prinz Bawad zu überzeugen versucht, dass das Lutschen von Kameldung kaum die Brüderlichkeit zwischen den Bürgern Matars und Wasabiens fördern werde, aber Tallulah und Bawad blieben hart: Tallulah, weil er seine fanatischen Mukfellin besänftigen musste, Bawad, weil er erzürnt über Maliqs Hinauszögern der Enthauptung der Sheika Laila und der amerikanischen Agentin Florence war.

Und so saß Maliq in übler Laune auf einem Tier, das er verabscheute, und musste an einem idiotischen wasabischen Ritual teilnehmen, das seinen Untertanen – wie man so sagt – wie Scheiße schmecken würde. Allah sei gelobt.

Nach dem Morgengebet ließ Maliq sich auf Shem, das königliche Kamel, hinaufheben. Shem war prächtig mit Gold, Silber und juwelenfarbenen Troddeln geschmückt. Maliq trug die zeremonielle Robe des Groß-Sharifs von Matar, außerdem das unverwechselbare Fafīš-Übergewand eines Großimams der Bukka. In seinem Gürtel steckte der über und über mit Juwelen besetzte Zeremonialdolch, mit dem Scheich Alik »der Gerechte« Makmeh 500 englische Kreuzritter kastriert hatte. (Als Geste an Matars neuen Verbündeten Frankreich wurde der Dolch, mit dem er 150 französische Ritter kastriert hatte, nicht gezeigt.)

Als Maliq in den Sattel gesenkt wurde, stieß Shem ein langes, dumpfes Stöhnen aus, gefolgt von einer übel riechenden Entladung der Darmgase, die fast eine Minute dauerte.

Maliq fächelte sich ärgerlich Luft zu und brüllte Yassim, den Pfleger des königlichen Kamels, an: »Beim Propheten, womit hast du das verfluchte Tier gefüttert?«

»Hafer, Majestät!« rief Yassim unterwürfig. »Dem besten!«

»Gib ihm das nächste Mal ein Klistier, bevor ich draufgesetzt werde! Das ist sehr unangenehm!«

»Jawohl, Erhabener! Möge Allah –«

»Halt's Maul. Bringen wir's hinter uns.«

Maliq und Shem, letzterer immer noch stöhnend und faulige Wolken ausstoßend, wurden aus dem Hof auf die Abgullah Avenue geführt, wo die mürrische Menge der Mataris wartete. Mukfellin gingen hin und her und verteilten kleine Stücke getrockneten Kameldung.

»Dafür werden sie mich bestimmt lieben«, murmelte Maliq.

»Urrrrnnnnnnnnnnnneorrrrahhh!« stöhnte Shem.

»Wenn er furzt, fällt dein Kopf«, zischte Maliq dem inzwischen zitternden Yassim zu, der das Tier führte.

»Aber Majestät –«

»Halt's Maul. Geh schneller.«

Maliq winkte der Menge unverbindlich zu. Die Menge winkte ebenso zurück. Weiter vorne prügelten mehrere Mukfellin einen Mann, der sich weigerte, den zeremoniellen Dung in den Mund zu stecken.

Oh, wenn dieser Tag erst vorüber wäre, dachte Maliq.

Maliqs Hofstaat folgte dem Kamel, die Gesichter wegen Shems Abgasen vor Ekel verkniffen. Yassim versuchte sich in seinem Gewand zu verstecken. Als Maliq eine Gruppe junger Männer passierte, gab Shem eine Böe von epischen Ausmaßen von sich, die zu hemmungslosem Gelächter führte. Da Lachen am Feiertag des Verrats des Rafik von Sonnenaufgang bis Sonnenuntergang verboten war – und nach wasabischer Auffassung an allen anderen Tagen vermieden werden sollte –, waren rasch Mukfellin da, die sie heftig mit ihren Gerten prügelten. Diese speziellen Schmerzensschreie genoss Maliq, da es ihm nicht gefiel, das Ziel ihrer Belustigung zu sein. In diesem Moment war er sicher der unglücklichste Emir des ganzen Nahen Ostens. Noch nie hatte er sich so absurd gefühlt. Er machte sich nicht viel aus Alkohol, aber wenn diese schreckliche Prüfung vorbei wäre, würde er eine ganze Flasche Brandy trinken. Vielleicht auch zwei.

Während Maliq dieser lindernden Fantasie nachhing, geschah das, was bis zum heutigen Tag unter Mataris – und vielen Wasabis – als Rache des Rafik bekannt ist. Es sollte Tage intensiver forensischer Untersuchungen brauchen, um festzustellen, was genau passiert war. Vom Standpunkt Maliqs aus passierte Folgendes:

In einem Augenblick schaute er ungnädig in Richtung der jungen Männer, die von den Mukfellin geprügelt wurden, im nächsten gab es ein sehr lautes Geräusch direkt unter ihm, und er wurde sich bewusst, aufwärts in den glühenden Vormittagshimmel geschleudert zu werden, etwa mit dem Tempo, das auch Astronauten beim Start erfahren. Sein Aufstieg wurde wie ein Traum, was verständlich ist, denn an diesem Punkt war er bewusstlos geworden. Er meinte, fröhlich von Stern zu Stern zu schwingen wie ein kleines Kind. Doch dieser unschuldige, sorglose Zustand hielt leider nicht an, und als Maliq wieder zu Bewusstsein kam, war er immer noch etwa 40 Meter hoch in der Luft und nahm mit einem Tempo Kurs auf den Erdboden, das von den gnadenlosen Gesetzen der Schwerkraft diktiert wurde.

Dieser Teil von Maliqs wildem Ritt dauerte nicht lange. Vor noch furchtbareren Verletzungen wurde er dadurch bewahrt – Gott sei gelobt –, dass er auf dem landete, was vom königlichen Kamel noch übrig war. Es war kein schönes Kissen, aber wenigstens weicher als der unbarmherzige Asphalt der Abgullah Avenue. Soweit noch Knochen des Emirs nicht gebrochen waren, verdankte sich dies nach Meinung seiner Ärzte der Landung auf dem hinteren Torso des früher vollständigen Shem.

ZWEIUNDDREISSIG

Explosionen sind im Nahen Osten zwar nicht selten, aber nicht jeden Tag wird ein Herrscher von seinem eigenen Kamel in die Luft gejagt. Trotz einer offiziellen Nachrichtensperre in Matar verbreitete sich die Sache wie ein Lauffeuer um die ganze Welt.

Irgendjemand hatte das Ereignis heimlich gefilmt. Die Episode war sogar so vollständig auf Video festgehalten, dass die Behörden zu dem Schluss kamen, wer immer den Film aufgenommen habe, müsse an dem Anschlag beteiligt gewesen sein. Binnen weniger Stunden waren die Bilder des gen Himmel katapultierten Emirs in Internetcafés, Wartebereichen von Flughäfen, Bars und auf vielen Millionen Fernsehschirmen zu sehen – überall. Die Schlagzeilen reichten von gemäßigt (MATARS NEUER HERRSCHER BEI BOMBENANSCHLAG SCHWER VERLETZT) bis weniger zurückhaltend (DREI-ZWEI-EINS-KAMEL!).

So würdelos es auch war, vom eigenen königlichen Kamel in die Luft gesprengt zu werden, konzentrierte Maliq sich doch eher darauf, dass seine Beine, die einmal die schnellsten Rennwagen der Welt kontrolliert hatten, nun als Stümpfe über dem Knie aufhörten. Ein Team erstklassiger französischer Chirurgen hatte getan, was es konnte, aber da die Beine hunderte von Metern voneinander entfernt gelandet und recht mitgenommen waren, konnte man nicht sehr viel tun.

Glück im Unglück war es dagegen, dass der silberne

Schmucksattel, auf dem vor Jahrhunderten schon der Emir Achmed bin Ulala'am gesessen hatte, die Zeugungsorgane des Imams geschützt hatte, jedenfalls zum größten Teil. Ein Team erstklassiger französischer Urologen erklärte, Maliq werde vielleicht später in der Lage sein, mit Hilfe einer Prothese Nachkommen zu zeugen. Dagegen waren die königlichen Verdauungsorgane schwer geschädigt. Keine königlichen Festmähler mit gut gewürzten Speisen mehr oder überhaupt Speisen, die stark gekaut werden mussten. Ermutigend war immerhin, dass der Besitz einer Milz zwar angenehm, aber medizinisch nicht unbedingt notwendig ist, und dass das übrig gebliebene Ohr des Emirs wieder ein Minimum an Gehör erlangt hatte.

Staatschefs auf der ganzen Welt drückten ihr Mitgefühl und ihre Freundschaft aus und boten Hilfe bei der Aufklärung an. Die Vereinigten Staaten, deren Beziehungen zu Matar sich verschlechtert hatten, boten ein Team von forensischen Sprengstoffexperten an, ebenso Russland, England, Italien und seltsamerweise Bulgarien. Das Angebot der USA wurde natürlich verächtlich zurückgewiesen, die anderen mehr oder weniger höflich abgelehnt. Der Palast verkündete, Matar werde die Untersuchung selbst durchführen, wodurch jeder wusste, dass Wasabis und Franzosen sich um die Sache kümmern würden.

So kam es, dass Major Bertrand Matteoli-Picquet vom Bureau d'Investigation Criminel National die unerquicklichen Überreste des königlichen Kamels mit einem Ultraviolett-Spektrometer durchsuchte und dabei das nützlichste Wort der französischen Sprache ausstieß: *Merde*.

»Was ist los, Chef?« fragte sein Assistent.

Matteoli-Picquet gab ihm das Spektrometer. Der Assistent schaute hindurch und riss dann die Augen auf. »Uff«, sagte er. »Was jetzt?«

»Schreiben Sie den Bericht. Was sonst?«

Die französischen Techniker beendeten rasch ihre Arbeit, um sich wichtigeren Dingen zuwenden zu können, dem Mittagessen.

Zwanzig Meter weiter kniete ein Mann in der Uniform des matarischen Ministeriums für Volksgesundheit über anderen Resten von Shem, darunter einem Stück des Silbersattels und einem Stück Schuh des Emirs. Diese legte er sorgsam in eine Plastikbox, die er versiegelte und beschriftete. Das französische Team schenkte ihm keine Beachtung, ebenso wenig die Polizei, die den Tatort abgeriegelt hatte. Er war nur irgendein weiterer Techniker, der in den abstoßenden Überresten herumstocherte.

Das französische Team schickte seinen Bericht per E-Mail mit dem Vermerk VRAIMENT SECRET (wirklich geheim) die Befehlskette hinauf. Die erste Station war das Onzième Bureau in Gestalt von Delame-Noir. Der französische Geheimdienstchef war sofort von Kaffa nach Amo-Amas zurückgeflogen, um die Untersuchung zu leiten.

Als seine Augen auf das Wort »Exuperin« in der ersten Zeile des Berichts fielen, stockte ihm sekundenlang der Atem. Er war ein unerschütterlicher Mann, dennoch ging er eine gute Viertelstunde schwitzend und fluchend hin und her, bevor er sich so weit beruhigt hatte, dass er den notwendigen Anruf in Paris machen konnte.

»Queer Street« ist der Name von Washingtons schwulster Bar. Normalerweise ging George hier nicht hin, aber Bobby hatte sie als guten Platz vorgeschlagen, um Handyanrufe entgegenzunehmen. Bobby ging davon aus, dass Agenten der US-Regierung nur ungern Leuten in Schwulenbars folgen, vor allem in sehr schwule Bars, weil sie Angst haben, dass sie jemand in den Hintern zwickt.

George schaute durchs Vorderfenster und sah die schwarze Limousine mit zwei kurz geschorenen Insassen vor der Tür stehen. Genau um drei Minuten nach acht klingelte das Telefon.

Bobby gab die Informationen mit der Effizienz seines Berufs in weniger als drei Minuten durch. George merkte sie sich mit der Effizienz seines Berufs wörtlich. Er beendete das Gespräch, ging zu einem der Münztelefone neben der Herrentoilette und rief Thomas Lowell im Washingtoner Büro der *New York Times* an.

Thomas Lowell hatte einen großen Teil seiner Karriere damit verbracht, für die *NYT* aus dem Nahen Osten zu berichten. Der Ausdruck »die arabische Straße« stammte von ihm. (Eigentlich war sein erster Ausdruck für die öffentliche Meinung in Arabien »Sesamstraße« gewesen, aber dagegen protestierten die Produzenten der gleichnamigen Kindersendung.) Dann hatte Lowell versucht, den Ausdruck »die jüdische Straße« zu prägen, aber er hatte sich nicht durchgesetzt. Trotzdem schrieb er ihn immer noch rein, und New York strich ihn raus. Seit kurzem war er wieder in Washington. Wasabien hatte ihn ausgewiesen, angeblich wegen einer Flasche Scotch in seinem Hotelzimmer. Das stimmte zwar, aber die Ausweisung ging in Wirklichkeit auf eine Kolumne zurück, in der er darauf hinwies, dass Kronprinz Bahbar an der University of Southern California eine jüdische Freundin gehabt hatte. Da Bahbar jetzt Stellvertretender Minister für Antisemitismus war, sorgte das auf der arabischen Straße in Kaffa für Stirnrunzeln, dagegen wurde es auf der jüdischen Straße besser aufgenommen.

Lowell und George kannten sich seit Jahren. Sie konnten sich fließend arabisch unterhalten. Lowell interessierte sich sehr für das, was George zu sagen hatte.

Florence war seit fast drei Tagen in einer völlig dunklen Zelle mit einer verfaulenden Leiche, ohne Nahrung und mit einem halben Becher Wasser, der jetzt leer war. Abgesehen davon, dass sie entdeckt hatte, die Leiche sei nicht die von Bobby, war ihre Lage wenig angenehm. Sie hatte das Wasser rationiert, das sie in einem Becher unter ihrer Pritsche gefunden hatte und das ihre Wärter wahrscheinlich aus Faulheit nicht weggenommen hatten. Ihr Durst war grenzenlos. Obwohl sie zu verhungern begann, übte der Gedanke an Essen keinen Reiz aus. Sie dachte immer wieder an die Ugolino-Szene in Dantes *Inferno* – der mit seinen geliebten Kindern in einen Turm gesperrte Edelmann, der schließlich zum Kannibalismus getrieben wurde. Vielleicht war das die Form von Wahnsinn, in die ihre Peiniger sie zu treiben versuchten.

Sie verbrachte die Zeit damit, zu jedem Gott zu beten, der vielleicht auf sie herabsah. Als der Schrecken näher kroch, suchte sie ihn von sich wegzuhalten, indem sie jedes Gedicht, an das sie sich erinnern konnte, vom Englischen ins Arabische übersetzte, dann ins Italienische, dann ins Französische und dann wieder ins Englische. Als der dritte Tag sich dem Ende zuneigte, wusste sie, dass sie begann, den Verstand zu verlieren.

Es war ein Segen, als die Tür zu ihrer Zelle aufgestoßen wurde und ein wütender Wärter, der von dem Gestank Brechreiz bekam, sie herauszerrte. Sie sog gierig die frische Luft ein, als sei es purer Sauerstoff. Zwei Wärter zerrten sie den Korridor entlang, diesmal ohne Fesseln. Florence betete unwillkürlich, sie möchten sie zur Hinrichtung bringen.

Sie fühlte sich schuldig, weil sie die Heilige Jungfrau (Florence war katholisch erzogen) darum bat.

Ihr Großvater hatte unveröffentlichte Erinnerungen an die Kämpfe im Nordafrika der dreißiger Jahre geschrieben. Als Teil des Versuchs, sich als neuen Cäsar darzustellen, hatte der Duce seine Armee über das Mittelmeer gesandt, um das zurückzuerobern, was 2000 Jahre zuvor seinen Ahnen gehört hatte. Natürlich idiotisch, aber zugleich das einzige Abenteuer im Leben ihres Großvaters, der bis dahin Verkehrspolizist in Florenz gewesen war.

Florence hatte das Manuskript als junges Mädchen gefunden und gelesen. Eine Episode fiel ihr jetzt ein, während sie die Korridore entlang geschleift wurde. Die Einheit ihres Großvaters war von den Truppen Omar Mukhtars umzingelt worden und musste den Tod oder die Gefangennahme und danach Gott weiß was erwarten. Zwei der jungen Soldaten unter dem Kommando ihres Großvaters steckten sich gegenseitig das Gewehr in den Mund und drückten gleichzeitig ab. Er versuchte nicht, sie daran zu hindern. Auf beiden Seiten wurden den Gefangenen schreckliche Dinge angetan.

Wenige Augenblicke später rollte eine italienische Kolonne über den Hügelrücken und vertrieb die Angreifer. Alle in der Einheit ihres Großvaters überlebten, bis auf die beiden, die einander erschossen hatten. Er schrieb an ihre Familien, sie seien im glorreichen Kampf für das neue Rom gefallen.

Die Wärter schleppten sie in einen Raum. Sie lag keuchend und zitternd auf dem Steinboden, ihr Gehirn ein Brennofen, ihre Kehle ein Feuerloch, und betete – nun ohne Schuldgefühle – um den Tod. Die Muttergottes würde es bestimmt verstehen.

Eine Tür öffnete sich. Schritte. Arme hoben sie auf

einen Stuhl. Dann hörte sie ein Stimme auf Arabisch sagen: »Gebt ihr was zu trinken.« Eine andere Stimme sagte: »Nein«, aber dann wurde ihr ein Becher hingeschoben. Sie packte ihn und trank ihn in einem Zug aus.

Eine Stimme schrie sie an: »Ich will die Namen der Verschwörer, oder Sie kommen hier nicht lebend raus!«

Verschwörer? Wovon redete er? Sie wusste nur, dass die Aussicht, diesen Raum nicht lebend zu verlassen, besser war, als in ihre Zelle zurückzukehren. Sie nahm die Kraft zusammen, den Mann anzusehen, der ihr die Fragen stellte. Sie schaute auf. Ja, das ergab Sinn, es war Salim bin-Judar, der Chef der königlichen Leibwache. Neben ihm war noch ein Mann. Ihr Blick trübte sich immer wieder. Gebügelte Uniform ... Oberst ... Nebkir? Ja. Nebkir von der Sonderpräfektur, einem bewusst obskuren Zweig der Polizei, den die Briten in den zwanziger Jahren gegründet hatten. Diese Männer waren offiziell Teil der königlichen Polizei, unterstanden aber direkt dem britischen Gouverneur. Florence hatte Nebkir ein- oder zweimal bei ihren Besuchen im Palast gesehen. Meist hielt er sich im Hintergrund. Jemand, der hinter den Kulissen aktiv war. Er wirkte unnahbar, hatte Florence' Blick aber trotzdem immer mit einem Nicken und manchmal sogar einem Lächeln erwidert.

Ihre Gedanken schweiften ab. Sie konnte nicht klar denken. Ihr Kopf brannte. Er fiel ab. Konzentrier dich –

»*Wer .. sind ... die ... anderen ... Verschwörer?*« wollte Salim wissen.

Sie wusste, dass das Verhör nur der Form halber geschah, damit sie ihr den Kopf abschlagen konnten. Sie wollte den Vorgang beschleunigen. Alles, nur nicht wieder in ein luftloses Grab mit einer verfaulenden Leiche gesteckt werden. Sie sah, dass bin-Judar eine Pistole trug.

»Warum schieben Sie sich nicht den Koran in den

Arsch?« sagte sie ruhig. »Bei Ihnen ist auf jeden Fall genug Platz.« Das sollte genügen.

Salim bin-Judar sprang auf und zog die Pistole. *Gut*, dachte Florence. Sie schloss die Augen und wartete auf die Kugel. Männliche Stimmen stritten laut.

»Merkst du nicht, dass sie dich provozieren will?« sagte die eine.

»Ungläubige Hure!«

Florence öffnete die Augen und schaute in die von Nebkir. Er war ein stämmiger Mann mit starrem Gesicht, Bleistiftschnurrbart und Kinnbart. Ein anspruchsvoller Mann, der mit der Welt im Reinen war, aber ein Killer, wenn es sein musste. Er sprach ruhig.

»Madame, es hat einen Mordanschlag auf den Emir gegeben. Sie werden also verstehen, dass wir von Berufs wegen neugierig sind, was Sie wissen.«

Salim bin-Judar flüsterte Nebkir zu, er gebe zu viel preis. Florence fragte sich, ob das Ganze abgesprochen sei. Sie beschloss, ihr eigenes Spiel der Täuschung zu spielen.

»Der einzige Verschwörer war Mr. Thibodeaux«, sagte sie und versuchte den Rest an Flüssigkeit in ihrem Körper zum Sprechen zu benutzen, »der Mann, den Sie getötet und in meine Zelle gelegt haben.«

Nicht unfreundlich sagte Nebkir: »Sein Tod ließ sich nicht vermeiden. Dass er zu Ihnen gelegt wurde ... ich versichere Ihnen, das war nicht meine Idee. Ich muss aber offen mit Ihnen reden. In diesem Gebäude gibt es Leute, die bereit sind oder sogar darauf brennen, Ihnen unvorstellbare Dinge anzutun.« Er beugte sich vor und sagte scheinbar aufrichtig: »Helfen Sie mir, und ich versuche, Ihnen zu helfen. Aber ich muss Ihnen bei Allah sagen, ich glaube nicht, dass Sie hier lebend rauskommen.«

»Dann sage ich Ihnen bei Allah, dass ich nichts von einem Anschlag auf den Emir weiß«, antwortete Florence.

»Lügen!« stieß Salim al-Judar aus. Er stürzte sich mit der Pistole nach vorn, während Nebkir ihn festzuhalten suchte. Salim presste die Mündung gegen Florence' Stirn. *Wie angenehm kühl*, dachte sie. *Ja, drück ab – drück ab.*

»Rede!« befahl er.

»Salim!« rief Nebkir.

In einer Sekunde würde alles vorbei sein, dachte sie. Sie schloss die Augen und sog den Atem ein, vielleicht ihren letzten.

»Rede!«

Dann spürte Florence einen Blitz im Inneren ihres Schädels und alles wurde dunkel.

»Idiot! Was soll das nützen, verdammt noch mal?« herrschte Nebkir Salim an, der über Florence gebeugt dastand. Ihre Schläfe blutete. Nebkir zog sein Taschentuch heraus und presste es gegen die Wunde.

»Lass sie verbluten und wirf die Leiche den Hunden vor«, knurrte Salim.

Nebkir richtete sich auf und zischte Salim ins Gesicht: »Du Narr! Hast du schon daran gedacht, dass bei allem, was jetzt passiert, vielleicht die Amerikaner intervenieren? Und meinst du, wenn die Amerikaner kommen, will ich am Tod dieser Frau schuld sein? Willst du den Rest deines Lebens in Guantanamo sitzen und wichsen, während die Affen schreien?«

DREIUNDDREISSIG

Durch ein Wunder, das nur Allah der Weise und Allwissende verstehen konnte, wurde Yassim, der Wärter des königlichen Kamels, bei der Explosion nicht getötet, obwohl es unwahrscheinlich war, dass er noch einmal an einer Parade teilnehmen würde.

Er lag auf seinem Bett im König Nadir-Krankenhaus, von Kopf bis Fuß in Gips und durch zahlreiche Schläuche an verschiedene Maschinen angeschlossen, die so viele Piepser von sich gaben, dass es wie in einem elektronischen Vogelhaus klang.

Er wurde von zwei Männern der königlichen Leibwache – den Männern Salim bin-Judars – und einem Agenten des Ministeriums für Volksgesundheit bewacht sowie dem obligatorischen Mukfellah, der die übliche drohende Miene zeigte und dessen Lippen sich freudlos bewegten, während er in seinem zerlesenen Exemplar des *Buchs der Hamuj* las. In diese fröhliche Versammlung trat Delame-Noir, ein wenig blasser als gewöhnlich und mit unsicherem Schritt, begleitet von einer Effizienz ausstrahlenden Französin in weißem Kittel mit einem Attachékoffer. Delame-Noir brauchte sich den Mataris nicht vorzustellen. Sie kannten ihn gut.

»Hat er was gesagt?« fragte er.

Der Agent vom MVG schüttelte mürrisch den Kopf.

Delame-Noir verkündete auf kollegiale, aber feste Art, Dr. Rochet, die »bedeutende Neurologin«, sei aus Paris gekommen und werde jetzt eine Untersuchung durchführen. Würden bitte alle den Raum verlassen?

»Ich habe den Befehl hier zu bleiben«, sagte der MVG-Agent.

Delame-Noir musterte ihn mit gallischer Kühle. »Ich erstatte meinen Bericht direkt dem Emir und seiner Hoheit König Tallulah in Kaffa. Wem unterstehen Sie?«

Der Raum leerte sich rasch.

Delame-Noir beugte sich über Yassim und betrachtete sein Gesicht. Es trug den leeren, aber nicht unzufriedenen Ausdruck eines Menschen, in dessen Adern flüssiger Lotus fließt, der den Schmerz stillt und freudige Fantasmagorien von Jungfrauen an Technicolor-Ufern erzeugt. Yassim genoss Honigseim und trank die Milch des Paradieses – literweise.

Delame-Noir nickte der »bedeutenden Neurologin« zu, einer Chemieexpertin des Onzième Bureau mit dem Codenamen »Fleur du Mal«. Sie nahm eine Spritze aus ihrem Koffer und injizierte zehn Milligramm Naloxon in den intravenösen Schlauch an Yassims Arm. Seine Lider sprangen hoch wie Rollos.

»Ooooh.«

»Du lebst also, Yassim«, sagte Delame-Noir. »Gott sei gelobt. Wir haben uns Sorgen um dich gemacht, mein Freund.«

»Die Schmerzen sind groß, Exzellenz.«

»Ja ja, wir werden die Schmerzen gleich verscheuchen, aber erst musst du ein paar Fragen beantworten.«

»Wo bin ich?«

»Du bist in sehr guten Händen. Gute französische Ärzte. Also, Yassim, das Kamel Shem – was hat es vor der Parade gefressen?«

»Sein Futter, Exzellenz.«

»Was für Futter? Gras? Heu?«

»Das Spezialfutter. Vom König. Es war ein Geschenk seiner Hoheit.«

»Ein Geschenk für ein *Kamel?*«

»Von seiner Hoheit König Tallulah zu Ehren des Tages des Verrats des Rafik. Für die Parade, Exzellenz.«

»Wer hat dieses ›Geschenk‹ gebracht?«

»Ein Mann, Exzellenz.«

»Ja, natürlich ein Mann, aber wer, Yassim? Du nimmst doch sicher nicht von jedem Futter für das Kamel des Emirs an.«

»Der Schmerz, Exzellenz.«

»Ich werde den Schmerz vertreiben. Wer war dieser Mann, Yassim?«

»Ein Diener von König Tallulah, Exzellenz.«

»Wie hast du dich davon überzeugt? Woher kannte er dich?«

»Er hat es selbst gesagt.«

»Yassim!«

»Er sah sehr wichtig aus. Er hat mir einen Brief des Königs an mich persönlich gegeben. Eine große Ehre.«

»Weiter.«

»In dem Brief stand, das Futter wäre aus seinen königlichen Ställen, ein Symbol der neuen Freundschaft zwischen den Völkern von Wasabien und Matar.«

»Wo ist dieser Brief?«

»In meinem Zimmer, Exzellenz.«

Delame-Noir stieß leise Verwünschungen aus.

»Da war noch ein Mann, Exzellenz. Ihr Mann.«

»Was soll das heißen, mein Mann?«

»Er sagte, er arbeitet für Sie.«

»Ich habe dir keinen Mann geschickt.«

»Aber er hatte Papiere und einen Brief von Ihnen. Er

war Franzose. Jetzt sind so viele Franzosen in Amo, die dabei helfen, das neue Matar aufzubauen. Der Schmerz, Exzellenz . . .«

Delame-Noir holte ein Foto aus der Jacketttasche. Es zeigte Bobby Thibodeaux. Er hielt es Yassim vors Gesicht. »Ist das der Franzose?«

»Ja, Exzellenz. Das ist der Mann.«

Wenige Stunden später erschien auf der Website der *New York Times* ein Artikel mit der Überschrift:

SPRENGSTOFF DER »KAMELBOMBE« IN MATAR OFFENBAR IDENTISCH MIT DEM, DURCH DEN SCHIFF VERSENKT WURDE. WELCHE ROLLE SPIELT DER FRANZÖSISCHE GEHEIMDIENST?

Experten finden Exuperin-Spuren in Überresten des Kamels, des Sattels und der Schuhe des verwundeten Emirs

Sonderbericht für die *New York Times*
von Thomas Lowell

Binnen einer Stunde wurde die Geschichte über Satellit in eine Milliarde Fernseher gesendet. Einer davon stand in Maliqs Wohnung im Palast, die in ein kleines Krankenhaus umgewandelt worden war, damit er sich zu Hause erholen konnte.

Nur wenige Staatschefs erfahren schlechte Nachrichten gern aus dem Fernsehen, aber in unserem modernen Zeitalter kommt das oft vor. Sogar amerikanische Präsidenten hören katastrophale Neuigkeiten eher so als von ihren Generälen und Geheimdienstchefs. Maliq drückte wie besessen den Summer und schrie. Diener, Ärzte, Leibwächter und geistliche Berater stürzten herein.

Vom Standpunkt Frankreichs aus hätte das Timing besser sein können. Der Präsident der Republik war in Quebec, um ein Referendum zu unterstützen, das Französisch zur einzigen Amtssprache für ganz Kanada machen sollte. Statt die Überlegenheit der Sprache Corneilles, Racines, Molières und – wenn es sein musste – Victor Hugos herausstellen zu können, sah sich der elegante Gallier einer Phalanx von Mikrofonen und lärmenden Reportern gegenüber, die wissen wollten, ob er »die Ermordung des Emirs von Matar persönlich genehmigt« habe.

Der Präsident bestritt diese »absurden« Anschuldigungen »kategorisch« und wies, da er nun schon dabei war, auch »zum tausendsten Mal« die Beteiligung Frankreichs am Untergang des Umweltschiffs *Whalepeace* zurück. Er versuchte zurück zur Glorie der französischen Sprache zu kommen und warum es unbedingt notwendig sei, dass die Viehzüchter in Alberta ihre Steuererklärung darin ausfüllten, aber die Reporter blieben beim Exuperin, einem raffinierten Sprengstoff, der nur in Frankreich hergestellt und – bis jetzt – nur vom französischen Militär und Geheimdienst benutzt wurde. Schließlich musste sich der Präsident ins französische Konsulat in Montreal flüchten, wo er kochend vor Wut seinem persönlichen Referenten zuknurrte: »Ich will Delame-Noir sprechen – *sofort.*«

– – – –

In Washington schaltete eine Gruppe, die sich Freunde des Freien Matar nannte und ihren Sitz im Büro von Renard Strategic Communications hatte, viele ganzseitige Anzeigen in Zeitungen und Zeitschriften im In- und Ausland, die auf Thomas Lowells Berichten in der *New York Times* basierten und eine internationale Untersuchung der Lage in Matar forderten. Die Anzeigen betonten besonders ein Thema von Lowells Artikeln, dass nämlich Wasabien von Frankreich manipuliert werde und »ein bloßes Werkzeug« von Paris sei.

Laut Lowells gut dokumentierten Berichten war Wasabien zum Umsturz in Matar »vom selben Geheimdienst gedrängt worden, der dann den Sprengstoff unter dem Sattel des Emirs platziert hatte«. Frankreich war nach Lowells Worten entschlossen, »seinen Mann« auf den Thron zu bringen, um »die Wasabis in Schach zu halten«.

Das war noch nicht alles: Die Anzeigen verkündeten auch, französische und wasabische Kräfte in Matar hätten sowohl die Amerikanerin Florence als auch die Sheika Laila, die Witwe des verstorbenen (»und viel geliebten«) Emirs festgenommen. Die Freunde des Freien Matar erklärten, beide Frauen würden in »einem berüchtigten Folterzentrum außerhalb von Amo-Amas« festgehalten – »schlimm sogar nach amerikanischen Folter- und Verhörstandards«.

Am Fuß der Anzeigen stand in großen, anklagenden Buchstaben:

WARUM SCHWEIGT DAS US-AUSSENMINISTERIUM?

Es war eine faszinierende Lektüre – in Paris, Kaffa und Washington. Nachdem der amerikanische Präsident, der sonst nicht zu unbeherrschter Ausdrucksweise neigte, ganz gegen seine Gewohnheit eine Zeitung gelesen hatte, sagte er bei der regelmäßigen morgendlichen Lagebesprechung: »Was zum Teufel ist in Matar los?«

Dass die Situation sich einer Krise näherte, ging klar aus der Schlagzeile des nächsten Tages hervor:

TIERSCHUTZORGANISATION »SCHOCKIERT« ÜBER EINSATZ VON KAMELEN BEI ATTENTATEN

Forderung nach Verbot des Gebrauchs von Kamelen bei politischen Morden

VIERUNDDREISSIG

Quelle ordure, dachte Delame-Noir, während er darauf wartete, zum Emir vorgelassen zu werden. Er tupfte sich mit einem feinen bretonischen Leinentaschentuch die schwitzende Stirn ab. Die letzten Tage waren nicht gut gewesen. Er hatte Anrufe von einem erzürnten französischen Präsidenten, einem vor Zorn bebenden wasabischen König und einem wutschnaubenden Emir erhalten. Doch er war entschlossen, Haltung zu bewahren. Alles in allem besaß Delame-Noir eine gewisse Würde.

Die Tür öffnete sich und er fand sich am gewohnten Ort wieder, aber wie sehr war alles verändert.

»*Bonjour, mon Emir.* Sie sehen viel besser aus.«

»Was? Wie?« bellte Maliq.

Ein Arzt murmelte Delame-Noir zu, der Emir besitze noch zehn Prozent seines früheren Gehörs. Delame-Noir seufzte stumm. Er besaß nicht nur eine gewisse Würde, sondern auch eine nunancierte Gestik und Ausdrucksweise. Nun musste er seine Erklärungen von ganz nah ins übrig gebliebene Ohr eines rotgesichtigen, beinlosen arabischen Minidiktators brüllen. Es würde eine mühsame Arbeit werden. Die Lage in Amo-Amas hatte sich katastrophal verschlechtert.

Nachdem der Bericht über das Exuperin im Fernsehen gelaufen war – *quel désastre!* – hatte Maliq zwei Anrufe des französischen Präsidenten beleidigt abgelehnt. Er hatte auch Anrufe von Prinz Bawad abgelehnt, der ihm unbedingt versichern wollte, Wasabien sei kein »Werkzeug« der Franzosen. Maliq hatte sogar einen Anruf von König Tallulah abgelehnt.

Der Emir wurde in seiner Aufsässigkeit von Salim bin-Judar bestärkt, der neben der königlichen Leibwache auch die Pflichten eines Wesirs übernommen hatte. Fetish war festgenommen worden. Nicht nur das, er wurde auch von Salims Männern mit wenig schönen Mitteln verhört. Er hatte Delame-Noir und *la belle France* einmal zu oft entschuldigt. Noch so eine Zeitbombe. Delame-Noir konnte nur beten, Fetish möge widerstandsfähig sein, aber er wusste aus Erfahrung, dass man nie auf die innere Stärke bezahlter Informanten rechnen durfte.

Was Maliq anging, so war er zwar nicht intelligenter als vorher, aber gewiss entschlossener. Er war nicht länger unerfahren und willensschwach, sondern jeder verbliebene Zoll Maliq der Prächtige, ganz zu schweigen von Maliq dem Paranoiden.

Er hatte die Grenze zu Wasabien abriegeln lassen, seine Armee in Alarmzustand versetzt, seinen Botschafter aus Kaffa abberufen und den französischen Botschafter mitsamt allen französischen Staatsbürgern aus Matar ausgewiesen. Als Frankreich eine Flotte von Airbussen schickte, um seine Bürger auszufliegen, verweigerte er ihnen die Landerechte. Die Franzosen mussten die Demütigung ertragen, in der Gluthitze am Kai von Amo zu stehen und wie Flüchtlinge mehrere heruntergekommene Frachter nach Dubai zu besteigen. Seit Dünkirchen hatte es keine so wenig glorreiche Evakuierung mehr gegeben – und wem liegt die Glorie mehr am Herzen als den Franzosen?

»Ich bringe gute Nachrichten für Eure Hoheit«, sagte Delame-Noir.

»WAS?«

»GUTE NACHRICHTEN, HOHEIT. WIR WISSEN JETZT, WER DIE BOMBE GELEGT HAT.«

Maliq runzelte drohend die Stirn. Seine Lippen waren mit Salbe bestrichen, was sein zorniges Gesicht besonders abstoßend machte. »Enn!«

Was »Enn!« bedeuten sollte, war nicht klar. Delame-Noir mühte sich weiter. »ES WAREN DIE AMERIKANER. DIESER THIBODEAUX, DER GELIEBTE VON FLORENCE. ER HAT SICH LEIDER ALS FRANZOSE AUSGEGEBEN, ZUSAMMEN MIT EINEM BETRÜGER, DER ALS BOTE KÖNIG TALLULAHS AUFTRAT. YASSIM –«

»Beweise – was für Beweise?«

»ICH HABE YASSIM BEFRAGT, MAJESTÄT, BEVOR ER –«

»Pah, bringt ihn her. Ich werde den Hund selber befragen.«

»ICH FÜRCHTE, DAS IST UNMÖGLICH, IMAM. ER IST LEIDER AN SEINEN WUNDEN GESTORBEN.«

Yassim, diese Krönung der Idiotie, hatte ein letztes Meisterstück der Inkompetenz abgeliefert: Er war gestorben, bevor er bestätigen konnte, was er Delame-Noir gesagt hatte. Natürlich wusste Maliq sehr gut, dass Yassim tot war, aber er würde es nicht einfacher für Delame-Noir machen, dem er für alles, was passiert war, die Schuld gab. Schließlich hatte Delame-Noir zuerst vorgeschlagen, Maliq solle den Thron von Matar besteigen. Yassims Tod hatte den Franzosen nicht nur seines Zeugen beraubt, es schien auch, als habe Delame-Noir Yassim getötet. War er nicht mit einer »bedeutenden Neurologin« aus Paris an Yassims Krankenbett erschienen und hatte alle hinausgeschickt? Und war Yassim nicht wenige Stunden später tot? All dies war Maliq von den Wachen, die Delame-Noir hinausgeschickt hatte, pflichtbewusst berichtet worden, da sie unbedingt ihre

Unschuld und die Schuld des Franzosen beweisen wollten.

»Wo ist Ihr Beweis?« fragte Maliq.

»ICH HABE YASSIM EIN FOTO GEZEIGT. ER –«

»Yassim ist TOT!«

»DIE AMERIKANER WOLLTEN, DASS ES SO AUSSIEHT, ALS WÜRDEN WASABIEN UND FRANKREICH, EURE BESTEN FREUNDE UND VERBÜNDETEN, HINTER DER VERSCHWÖRUNG STECKEN.«

»Und wo haben die Amerikaner den Sprengstoff hergekriegt? Wie? Was?«

»JA, DAS UNTERSUCHEN UNSERE LEUTE GERA–«

»Und warum steht das nicht im Bericht *Ihrer* Leute?«

Damit hatte Maliq Delame-Noirs Achillesferse getroffen. Als er das Wort »Exuperin« im Bericht las, hatte Delame-Noir es in »Semtex« geändert, einen gewöhnlicheren Plastiksprengstoff aus der Tschechischen Republik, den praktisch alle benutzten. Diese geänderte Version hatte er an die matarischen Behörden weitergegeben.

Ohne sein Wissen hatte Oberst Nebkir aber selbst eine Untersuchung durchgeführt. Seine Ermittler fanden deutliche Spuren von Exuperin in den Überresten von Shem, den Fragmenten des Sattels und dem zerfetzten königlichen Schuh und hatten ihren Bericht an die Leute des Emirs (und andere) weitergegeben. Damit hatte Delame-Noir eine Lüge von der Größe des Montmartre auf dem Buckel.

Wenn es keinen Ausweg gibt, muss man weiter voran gehen.

»MON EMIR, HIER SIND ANSCHEINEND KRÄFTE AM WERK, DIE AUCH ICH NICHT DURCHSCHAUE. ICH BIN ABER ZUVERSICHTLICH –«

»Pah! Lügen! Es war FRANZÖSISCHER Sprengstoff, der mir das angetan hat! Sehen Sie mich an!«

»ER WURDE VIELLEICHT IN FRANKREICH *HERGESTELLT*, ABER ICH KANN IHNEN VERSICHERN, ES WAREN NICHT IHRE GUTEN FRANZÖSISCHEN FREUNDE, DIE –«

»Ich habe den Bericht!«

»SIRE, VERSTEHEN SIE NICHT? MAN STELLT ES ALS DAS WERK VON PARIS HIN, UM EINEN KEIL ZWISCHEN EUCH UND EURE TREUESTEN FREUNDE UND VERBÜNDETEN ZU TREIBEN. DIE VERSCHWÖRER HATTEN BIS JETZT AUCH ERFOLG DAMIT, ABER . . .«

Ein Arzt trat mit besorgter Miene ein und gab dem Emir eine Spritze. Delame-Noir fuhr mit seinen Erklärungen fort, wusste aber nur zu gut, wie lahm und unglaubwürdig sie klangen. Dass er schreien musste, war auch kein Vorteil.

»Dieser angebliche Brief von Tallulah an Yassim«, sagte Maliq, der von der Injektion vorübergehend beruhigt worden war, »wo ist er? Zeigen Sie ihn mir.«

Delame-Noir seufzte. Auch hier hatte Thibodeaux ihn aufs Kreuz gelegt. Eine Durchsuchung von Yassims Zimmer hatte zwar einen dicken, cremefarbenen Briefbogen zu Tage gefördert, aber leider war er völlig leer. Die Tinte war verschwunden. Einer der ältesten Tricks in der Branche und noch immer wirksam, vorausgesetzt natürlich, das Opfer war so ein Idiot wie Yassim.

»DER BRIEF WAR MIT GEHEIMTINTE GESCHRIEBEN, DIE VERSCHWUNDEN IST. EINE CHEMISCHE ANALYSE WIRD ABER ZWEIFELLOS ERGEBEN, DASS AUF DEM PAPIER TINTE WAR –«

»Genug! Genug mit den jämmerlichen Entschuldigungen! Sie sollten mich beschützen! Und jetzt sehen Sie mich an! Wie würde es Ihnen gefallen, wenn *Sie* die Beine verlieren? Was, Franzose?«

Da er wusste, dass in diesem Teil der Welt das Abtrennen der Beine noch immer als Bestrafung praktiziert wurde, kam der alte Franzose zum Schluss, die klügste Taktik sei der Rückzug und zwar sofortiger Rückzug. Er war kein Feigling. Er hatte bei Dien Bien Phu gekämpft und in Algerien mehr Araber getötet als sonst jemand. Er hatte keine Angst vor dem Tod, wenn es dazu kam – eine letzte rituelle Zigarette vor einem Erschießungskommando, keine schlechte Art abzutreten. Aber sich die Beine absägen zu lassen, um den verwundeten Stolz eines durchgedrehten Emirs zu befriedigen, war keine Aussicht, die Delame-Noir reizte.

»RUHT EUCH AUS, HOHEIT. ICH WERDE EUCH DEN BEWEIS BRINGEN, UND DANN WERDET IHR SEHEN, WER EURE WAHREN FREUNDE SIND.«

»RAUS MIT IHNEN! RAUS!«

Mit besorgter Miene beugte der Arzt sich über ihn. »IMAM, IHR MÜSST RUHEN!«

Delame-Noir folgte dem Protokoll und ging rückwärts hinaus. An der Tür warf er einen letzten Blick auf den hysterischen beinlosen Emir, der einmal sein Meisterstück gewesen war. Maliqs Gesicht war ein einziger von Salbe bedeckter Bluterguss und so rot, dass Delame-Noir einen schrecklichen Moment lang glaubte, es könnte platzen.

FÜNFUNDDREISSIG

Als Florence erwachte, war es hell, und mehrere Sekunden lang glaubte sie, sie sei tot und befinde sich in irgendeinem weißen Warteraum am diesseitigen Ufer des Styx.

Der Schmerz in ihrer linken Schläfe und eine Bandage sagten ihr, dass sie nicht tot war. Sie spürte Metall am linken Handgelenk: Eine Handschelle fesselte sie ans Bett.

Sie war nicht länger mit einer Leiche in einer dunklen Zelle oder in einem Raum mit bewaffneten Männern, die sie anschrien, sondern in einem hellen sauberen Zimmer auf einer bezogenen Pritsche. Man hatte sie auch gebadet. Sie roch nicht mehr nach Tod.

Florence schaute zur Tür und sah ein Gesicht durch das Fenster aus dickem Glas und Drahtgeflecht spähen. Das Gesicht überzeugte sich, dass sie wach war, und verschwand wieder, was ihr ein paar Sekunden Ruhe gab, ihre Lage zu überdenken.

Das Letzte, woran sie sich erinnerte, war, dass ihr eine Pistole an die Stirn gepresst wurde. Salim bin-Judar. Da war noch jemand gewesen, Oberst . . . Nebkir? Die Wunde in ihrer Schläfe pochte. Mit der freien Hand fasste sie unter die Bandage und spürte Nähte an der Schläfe. Bin-Judar musste sie mit der Pistole bewusstlos geschlagen haben. War sie in einer Art Gefängniskrankenhaus? Offenbar wollten sie ihren Tod jetzt noch nicht.

Die Tür öffnete sich, und Salim bin-Judar trat ein.

Seltsamerweise wirkte er nicht länger einschüchternd, sondern eher wie ein gestresster Angestellter des mittleren Managements auf dem Weg zu einer Powerpoint-Präsentation darüber, wie das Budget des nächsten Quartals um acht Prozent zu senken sei. Er hatte ein Klemmbrett in der Hand.

»Sie sind wach? Unterschreiben Sie das jetzt?« Er gab ihr das Klemmbrett.

»Was soll ich heute gestehen?«

»Ihre Rolle beim Mordanschlag auf den Emir. Sie werden morgen Abend hingerichtet, ob Sie unterschreiben oder nicht.«

Seine Beiläufigkeit wirkte aufgesetzt. *Da wäre noch eine Kleinigkeit – ach ja, wir bringen Sie morgen Abend um, wir haben ein paar Leute eingeladen.*

Na gut, dachte Florence. Auch sie konnte beiläufig sein. »Ich unterschreibe, was Sie wollen«, sagte sie schulterzuckend, »aber ich will erst die Sheika Laila sehen.«

»Sie ist nicht hier. Sie ist woanders.« Offensichtlich log er.

»Geht es ihr gut?«

»Lebendig ist gut genug.«

»Wenn ich sie sehe, unterschreibe ich.« Sie gab ihm das Klemmbrett zurück. »Nichts weiter darüber. Ich habe keine Angst mehr vor Ihnen, Salim.«

Salim starrte sie an. Ein Schatten von etwas wie Respekt überflog sein Gesicht. Er hatte in seiner Karriere bis jetzt sechzehn Menschen mitgeteilt, dass sie hingerichtet würden, und keiner hatte es so ruhig aufgenommen. Er ging weg.

Eine Stunde später öffnete sich die Zellentür erneut, und zwei Wärter traten ein. Sie packten sie nicht und legten ihr keine Fesseln an, sondern warfen ihr eine Abaya über den

Kopf und führten sie aus der Zelle. Nach dem Gang durch ein oder zwei Korridore hörte sie, wie sich mehrere Türen öffneten und spürte dann die ungeminderte Hitze von draußen. Sie wurde zwischen zwei Männer in ein Auto gesetzt, von denen der eine schrecklichen Körpergeruch hatte. Sie fuhren eine knappe Stunde, dann wurde sie aus dem Auto gezogen, spürte wieder die Gluthitze von Matar – es sei denn, es war Wasabien – und wurde nach drinnen gebracht, wo es wieder kühl war. Man setzte sie auf einen Stuhl. Vor sich spürte sie einen Tisch. Sie hatte noch die Abaya über dem Kopf, und da diese weder ein Geflecht noch einen Augenschlitz hatte, sah sie nichts. Mehrere Minuten vergingen, dann öffnete sich eine Tür und sie hörte Männerstimmen. Sie hatte Salim die Wahrheit gesagt: Sie flößten ihr keine Angst mehr ein. Ihre Furcht war erschöpft.

Dann wurde ihr die Abaya abgenommen. Sie schaute sich blinzelnd um und sah Laila gegenüber am Tisch sitzen.

»Was haben die mit dir gemacht, liebe Schwester?« fragte Laila mit schwimmenden Augen.

Florence fasste über den Tisch und nahm Lailas Hände in ihre. Laila sah ausgezehrt, gealtert, aber immer noch schön aus. Ihre früher lebhaften und frechen Augen blickten angstvoll, wenn nicht sogar besiegt.

»Und wie geht es dir, liebe Schwester?« fragte Florence, und dabei brachen beide in Tränen aus.

»Das ist wohl kaum passend«, sagte Laila und wischte sich die Tränen weg. »Sie werden sagen, dass wir wirklich Lesben sind.«

Florence lächelte. Das Gefühl auf ihrem Gesicht war ungewohnt. Ihr fiel ein, dass sie lange nicht mehr gelächelt hatte.

Sie waren allein in einem kleinen Raum, wurden aber bestimmt beobachtet und ihr Gespräch aufgenommen.

»Weißt du irgendwas, das passiert ist?« fragte Florence.

»Irgendwer hat versucht, Maliq umzubringen.«

»Ja.« Florence nickte. »Ich soll . . .« Sie verstummte.

Lailas Miene drückte Angst aus. Sie schüttelte den Kopf. »Nein, tu es nicht, Florence.«

»Haben sie von dir gewollt, dass du was gestehst?«

»Dass ich Gazzy korrumpiert habe.«

Florence lächelte. »Du hattest ja auch einen schlechten Einfluss auf ihn. Und als Gegenleistung?«

»100 Hiebe«, sagte Laila.

»O Gott, Laila.« Es war ein Todesurteil. Wusste sie das?

»Es ist nicht schlimmer als auf ein paar der Schulen, auf die ich geschickt wurde. Danach werden sie mich wohl deportieren.« Sie zwang sich ein Lächeln ab. »Hoffentlich nach Südfrankreich, nicht in irgendein schreckliches Land südlich der Sahara. Was ist mit dir, Firenze? Was soll mit dir geschehen?«

»Deportation«, log Florence. »Anscheinend bin ich wirklich nicht mehr willkommen.«

Die Tür öffnete sich. Die Wärter traten ein.

Sie fassten sich fest an den Händen. Beide wussten Bescheid.

»Dann sehen wir uns in Südfrankreich«, sagte Florence.

»In Südfrankreich. Wir werden den Champagner fließen lassen.«

»Geh mit Gott.«

»Du auch. *Allāhu maᶜa-ke yaḥfaẓa-ka. 'Ašūfak bi-ḫayr.*«

Eine eisige Stimme aus Paris teilte Delame-Noir telefonisch mit, er habe ohne Aufschub zurückzukehren. Ein Flugzeug wartete, und diesem hatten die Mataris eine Landeerlaubnis erteilt. Delame-Noir verstand.

Er beugte sich vor und bat den Fahrer um eine Zigarette.

Gut, dass er im Nahen Osten war. Hier rauchte jeder. Er hatte seit über 40 Jahren keine Zigarette mehr angerührt, weil er damals große Scham verspürte, nachdem er einem störrischen gefangenen Algerienfranzosen einen brennenden Stummel in die Brust gedrückt hatte, um wichtige Informationen aus ihm herauszuholen. Er zündete jetzt seine Zigarette an, inhalierte und lehnte sich mit der Ruhe im Ledersitz zurück, die vom Akzeptieren der Niederlage kommt. Er beschloss, einen letzten Anruf zu machen, bei Prinz Bawad in Kaffa, mehr aus Neugier als aus anderen Gründen.

Bawad begann Delame-Noir sofort heftig anzuschreien. Dieser ließ die Flut von Beschimpfungen an sich vorüberziehen wie die Wüstenlandschaft. Bawads Angst war mit Händen zu greifen.

»Und was soll mit den Frauen geschehen?« fragte Delame-Noir und blies Rauch aus. Wie gut das schmeckte. Schade, dass er so lange aufgehört hatte.

»Er will sie morgen umbringen!« kreischte Bawad.

»Das sollte Sie freuen, *mon prince*. Schließlich wollten Sie das doch schon so lange.«

»Verstehen Sie nicht – das macht alles nur noch schlimmer. Viel schlimmer. Seine Majestät ist außer sich!«

»Warum tun Sie dann nichts?«

»Der Wahnsinnige hat die Grenzen geschlossen und alle ausgewiesen. Wir *können* nichts tun!«

»Wo es keine Alternativen gibt, gibt es keine Probleme. Wissen Sie, wer mir das gesagt hat? De Gaulle persönlich. Ich kannte ihn gut.«

»An allem sind nur Sie schuld!«

»Und wieso?«

»Er will diese Florence nur umbringen, weil Sie gesagt haben, er soll es nicht tun! Und jetzt hasst er Sie so sehr, dass er sie umbringen wird, um Ihnen eins auszuwischen!«

»Es ist wahr, ich habe immer gedacht, ihr Tod wäre ein schrecklicher Public Relations-Fehler. Ich weiß, wie gern ihr ab und zu einen Kopf abschlägt. Jetzt können Sie ja Ihren Nationalsport genießen.« Er blies eine weitere Wolke türkischen Tabakrauch aus. »Ich glaube, Sie werden sich bald in einer großen Grube mit Treibsand wiederfinden, *mon prince*. Schöne Grüße an den König. *Au revoir*.«

Delame-Noir drückte ENDE. Selten hatte es ihm so viel Vergnügen gemacht, ein Gespäch zu beenden, dachte er.

Das Flugzeug wartete. Sie hatten ihm seinen eigenen Jet geschickt, mit allem Komfort. Drinnen warteten statt Celine, der hübschen Frau, die sich sonst um ihn kümmerte, zwei Männer. Delame-Noir begrüßte die beiden herzlich. Ihm war bewusst, dass alles, was er sagte, jede Handlung, jede Geste, am nächsten Tag – und viele Jahre lang – in verschiedenen Pariser Regierungsbüros ein Gesprächsthema sein würde, und er war entschlossen, dass diese Gespräche in einem Ton der Bewunderung und Verehrung geführt werden sollten.

»Kommen Sie, nehmen wir einen Drink«, sagte er. Er fand die Flasche mit 40 Jahre altem Single Malt-Scotch, die Céline für ihn bereitgehalten hatte, goss seinen zurückhaltenden Gästen ein, und als das Flugzeug startete und den leuchtend blauen Golf überflog, bevor es Kurs nach Westen nahm, erhob er sein Glas mit den Worten: »Auf das neue Matar!«

Der Nachruf erschien zwei Tage später im *Figaro:* Dominique Delame-Noir, 74, Kriegsveteran, Croix de Guerre, Légion d'Honneur, Witwer, Stellvertretender Abteilungsleiter für Nahostangelegenheiten im Außenministerium, starb an einer Embolie, während er in der Nähe seines Hauses in Brive-la-Gaillarde seinen Hund ausführte. Beisetzung im engsten Familienkreis.

SECHSUNDDREISSIG

Florence war froh, dass es nicht in der Mall geschehen sollte.

Den ganzen Nachmittag hatte sie der Gedanke gequält, man könne ihr in der Mall den Kopf abschlagen, und das Letzte, was sie sehe, werde ein Starbucks sein. Der Tod war nichts Unehrenhaftes, aber sie wollte nicht mitten in einem Sonderverkauf für Damenschuhe sterben.

Der Wagen blieb stehen. Sie schaute aus dem Fenster und sah, dass sie auf einem Platz waren. Es sah wie der Randolph-, jetzt Yasgur-Platz aus. Hier ging sie früher einkaufen. Es gab da einen Stand mit wundervollen Pfirsichen.

Eine Menge von mehreren 100 Menschen war um das Schafott versammelt, hauptsächlich Frauen. Sie stöhnten und wimmerten leise nach Art arabischer Frauen, die man zwingt, erneut einem grausamen Akt zuzusehen. Ein Mullah mit Megafon redete auf sie ein und klärte sie über Florence' Untaten, Gottlosigkeit und Verräterei auf, die sie durch das Attentat auf den Großimam gezeigt hatte, Allah segne seinen verstümmelten Körper.

Florence schaute unruhig umher, ob Laila da war. Sie fragte den Offizier, der sie begleitete, ob auch die Sheika hier bestraft werden würde. Er verneinte – das würde in der Mall passieren. Florence zuckte zusammen. Doch wenigstens würde Laila sie nicht sterben sehen, und sie müsste nicht zusehen, wie Laila vor Starbucks zu Tode geprügelt wurde. Gott ist wahrhaft barmherzig.

Ein Raunen ging durch die Menge, als der Henker, ein groß gewachsener Matari vom Stamm der Qali Sad – Matars traditionelle Henker –, durch ein sich teilendes Meer von Abayas auf sie zukam, begleitet von einem Mullah und einem Hauptmann vom Ministerium für Volksgesundheit mit Pistole.

Hinrichtungen sind in diesem Teil der Welt alltäglich und dauern daher nicht lange. Andere Nationen und Kulturen mögen ein bisschen Pomp und Gepränge auf dem Schafott – letzte Worte, den Segen eines Priesters, das Anbieten einer Augenbinde, eine Zigarette (aus Gesundheitsgründen jetzt verboten), einen Trommelwirbel. Die Hinrichtungen, die Florence gesehen hatte, waren rasch und routinemäßig gewesen und nicht zeremonieller als das Abhacken der Köpfe auf dem Hühnermarkt, abgesehen vom obligatorischen Preisen der Größe Gottes. Das war ihr nur Recht. Warum es verlängern. Je schneller es vorbei war, desto geringer die Chance, dass sie die Nerven verlor und sich würdelos aufführte. Sie wollte unbedingt gefasst sterben. Doch sie spürte die Angst in sich umherflattern wie eine dunkle Motte.

Der Henker nahm sie fest am Arm und führte sie zum Schafott. Sein Assistent stand mit dem Schwert da. Florence betete, dass es scharf sei. Noch ein Gedanke hatte sie beunruhigt, der an einen unfähigen Henker, der herumhackte wie ein besoffener Schlachter. Es war schon vorgekommen. Einmal hatte auf dem Kopf-ab-Platz nach acht oder neun nutzlosen Schlägen schließlich ein Soldat den Henker angeekelt beiseite gestoßen und die Sache mit der Pistole beendet. Sie wünschte, sie hätte etwas Wertvolles, das sie dem Henker geben könnte.

Der Mullah redete immer noch durchs Megafon auf die Menge ein. Die Frauen stöhnten. Er führte sie in die Mitte der Plattform und stieß sie auf die Knie. Der Assistent wollte ihr die Augen verbinden, aber sie schob ihn weg. Sie hatte genug Zeit unter einer Kapuze verbracht. Das Letzte, was sie sah, sollte nicht das Innere eines dunklen, stinkenden Tuchs sein.

Sie kniete aufrecht, schaute in die Menge und lächelte. Frauen begannen offen zu heulen. Florence schaute auf die frischen Holzbretter nieder und sah den klar umrissenen Schatten des Henkers, der das Schwert erhob. Sie schloss die Augen und versuchte die Nackenmuskeln zu entspannen.

Dann hörte sie Schüsse und öffnete die Augen. Der Henker stürzte hintenüber, sein Schwert fiel scheppernd zu Boden und schnitt sie fast in die Wade. Sie warf den Kopf herum und sah in der Menge Dutzende von Frauen mit zurückgeworfenen Abayas, die mit Pistolen auf Wächter und Polizisten schossen. Im nächsten Moment wurde sie von zwei Männern hochgehoben und weggerissen und dann in einen Lieferwagen gestoßen. Die Türen krachten zu, und der Wagen röhrte davon.

Eine Weile lag sie still mit rasend klopfendem Herzen, dann hob sie den Kopf, um nach vorne zu schauen.

»Lass den Kopf unten, Flo. Eben hättest du ihn fast verloren.«

Als sie anhielten, war es dunkel. Bobby öffnete die Tür, und sie fiel ihm um den Hals und presste ihn an sich.

»Na komm«, sagte er schließlich, »wir müssen einchecken. Pass auf die Schlangen auf. Das ganze Land wimmelt davon.«

Sie ging barfuß durch den Sand bis zum Wasser. Ob Maliqs Bürokraten wohl dazu gekommen waren, Blenheim Beach umzubenennen? Sie standen wartend in der sanften

Brandung, während Bobby mit einem Maschinengewehr im Arm Ausschau hielt.

Zehn Minuten vergingen. Auf der Straße näherten sich Scheinwerfer.

»Bobby!« rief Florence.

Er gab ein Zeichen mit einer kleinen Taschenlampe. Die Scheinwerfer des Autos blinkten zweimal, dann noch einmal. Bobby rannte über den Strand darauf zu. Kurz darauf kam er wieder und stützte mit einem Arm eine weibliche Gestalt, die offensichtlich krumm vor Schmerzen ging.

Florence umarmte Laila.

»Nicht so fest«, sagte Laila und zuckte zusammen. »Die Mistkerle haben mir zehn Schläge gegeben, bevor die Hölle los war. Ich könnte jetzt einen Drink vertragen.«

Die drei warteten. Dann war ein Außenbordmotor zu hören, und sie sahen bewaffnete Männer mit geschwärzten Gesichtern in einem Boot.

Florence war noch nie an Bord eines U-Boots gewesen. Sie erwartete Hupsignale und Männer, die brüllten: »Sehrohr einziehen!« Stattdessen lächelte ein attraktiver Offizier in Khakiuniform sie entspannt an und sagte: »Ma'am, Königliche Hoheit, willkommen an Bord.« Dann hörte Florence die Lautsprecherdurchsage »Tauchen!« und einen Moment später einen anderen schönen Klang, den Korken einer Champagnerflasche, obwohl Alkohol offiziell auf Schiffen der US-Navy nicht erlaubt ist. Aber unter den gegebenen Umständen . . .

EPILOG

Nach dem Aufstand der arabischen Frauen wurde Matar erneut in Unruhe gestürzt, aber nicht lange. Ohne seine früheren wasabischen und französischen Freunde war Maliq isoliert. Da die Politik genau wie die Natur kein Vakuum zulässt, handelte Oberst Nebkir von der Sonderpräfektur rasch und füllte es, unterstützt von seinen Freunden, Bobbys Leuten. Nach kaum einer Woche musste Maliq fliehen. Seine Abreise war schicksalhaft, der Rennfahrer wurde fluchend auf der Rückbank eines Pick-up ins Exil gefahren. Sein gegenwärtiger Aufenthaltsort ist nicht genau bekannt. Manche sagen, er habe Zuflucht im Jemen gefunden, andere, in Mogadischu. Es ist kein besonders heißes Gesprächsthema.

Laila kehrte nach der Restauration mit ihrem Sohn Hamdul nach Amo-Amas zurück, der – wenn Gott es will – eines Tages den Thron besteigen wird. Bis dahin verwaltet Oberst Nebkir zur offenbaren Zufriedenheit der meisten Mataris das Land, obwohl man zugeben muss, dass die versprochenen Wahlen immer wieder aus verschiedenen Gründen verschoben werden.

TV Matar blüht unter Lailas Führung wieder und sendet mit Einfallsreichtum und Menschlichkeit in die dunkleren Ecken der Region. Die erneut gewaltigen Werbeeinnahmen gehen an den Fonds für arabische Frauen, der in Washington von einer Frau verwaltet wird, die mit der Person namens Florence Farfaletti eine gewisse Ähnlichkeit hat. Wenn es stimmt, wie der bedeutende Anthropologe von der University of Chicago sagt, dass viele arabische Frauen nicht »befreit« werden wollen, dann sei es so; jetzt haben viele ihrer Schwestern zumindest etwas mehr Wahlfreiheit.

Frankreich war wieder ohne Marinebasen und billiges Öl, aber immer noch und auf ewig unerklärlich und unwiderstehlich *belle*.

Wasabi war erneut vom Meer abgeschnitten und musste Matar wieder die verhasste Churchill-Steuer zahlen, die sich jetzt verdoppelt hatte. König Tallulah gab die Schuld an der unglücklichen Wendung der wasabischen Angelegenheiten seinem Neffen, dem Außenminister Kronprinz Bawad. Gemäß einer obskuren Bestimmung der Hamuj-Gesetze wurde der in Ungnade gefallene Prinz seines Reichtums und seiner hübschesten Frauen beraubt und in eine Gegend von Wasabien verbannt, die vor allem von Pavianen bewohnt wird (die einzige Touristenattraktion des Landes). Geländewagen halten, und Reiseführer übertönen das Geschrei der Paviane und erklären, die ärmliche Lehmhütte in der Ferne sei der Wohnort von Prinz Bawad – jawohl, »dem« Prinz Bawad. Es heißt, sein Heulen sei nachts sogar lauter als der Lärm der Paviane, aber das ist wohl übertrieben. Sogar Wasabis haben Humor.

George und Renard eröffneten zusammen eine Firma. Renard Phish Strategic Communications ist eine der erfolgreichsten PR-Agenturen Washingtons, mit Kunden in der ganzen Welt. Durch eine der besonderen Washingtoner Ironien wurden sie vom Königreich Wasabien engagiert, um das stark ramponierte Image des Königreichs in den Vereinigten Staaten zu verbessern. Die beiden sind so beschäftigt, dass George sich beschwert, er würde viel zu viel arbeiten, aber George ist eben nur glücklich, wenn er sich über etwas beschweren kann. In seiner wenigen freien Zeit beaufsichtigt er die sorgfältige Renovierung von Phish House, das er aus dem Erbe seiner verstorbenen Mutter gekauft hat. Schon jetzt ist von einem Gespenst die Rede.

Florence' kleines Haus in Foggy Bottom wurde rasch von Medien und Neugierigen belagert. Agenten mit Buch- und Filmverträgen versuchten ihr die Haustür einzurennen. Amerika macht seinen Helden das Leben nicht leicht. Sie entkam hinten raus auf ihrem Motorrad und schüttelte ihre Verfolger in den Vororten in Virginia ab. Mit Bobbys Hilfe nahm sie einen neuen Namen und eine neue Identität an. Florence' jetziges Aussehen zu beschreiben, wäre hier nicht angemessen, es genügt zu sagen, dass sich noch immer Köpfe drehen, wenn sie die Straße entlang geht. Der Fonds für arabische Frauen floriert.

Nach der Evakuierung mit dem U-Boot wurde sie eingehend von verschiedenen Regierungsleuten befragt. Alle drückten Unwissenheit, sogar Skepsis gegenüber dem schattenhaften Onkel Sam aus, den Florence ihnen beschrieb. Und doch mussten sie zugeben, sie hätte all das nicht ohne die Hilfe bestimmter Elemente der US-Regierung tun können. Konnte es von – ganz oben gekommen sein? Die Beamten begannen einander nervöse Blicke zuzuwerfen. Das Schweigen wurde länger und peinlicher. Matar war wieder die Schweiz des Golfs, das Öl floss, Amerika war der Notwendigkeit enthoben, seinen verschwenderischen Energieverbrauch einzuschränken – Gott sei gelobt –, und die Franzosen und Wasabis waren wieder auf ihrer Ausgangsposition. Warum also nicht die Untersuchung einstellen und die Finger davon lassen?

»Wir sind fertig«, sagte der oberste Befrager, der sich nie vorgestellt hatte, schließlich. Auf dem Weg hinaus drehte er sich um und fragte Florence: »Sind Sie heute schon zum Essen verabredet?«

Florence begann schwer zu träumen. Mit einer Leiche drei Tage lang in einer Zelle eingesperrt zu sein und der Enthauptung nur um Sekunden zu entgehen, würde in jedem Diagnosehandbuch für ein Trauma reichen. Sie wachte zitternd auf, obwohl sie wenigstens neben sich fassen und Bobby berühren konnte. In letzter Zeit trat Onkel Sam in den Träumen auf. Es war schlimm genug, am Tag darüber nachzugrübeln, wer er sei, ohne ihn auch noch im Schlaf »Lieber Himmel!« oder »Gütiger Gott!« sagen hören zu müssen.

Im Traum fuhr sie auf ihrem Motorrad sehr schnell eine Landstraße entlang, als er plötzlich mitten auf der Straße stand. Sie musste scharf bremsen und sauste von der Straße in ein Gewirr aus Dornbüschen und blühenden gelben Forsythien. Das verschlungene Geflecht aus Zweigen war wie ein Netz. Sie hing wie ein Insekt in einem Spinnennetz, und er stand grinsend über ihr und sagte: »Sie werden sich noch umbringen, wenn Sie weiter so fahren, junge Dame.« Dann erwachte Florence mit einem unterdrückten Schrei, und Bobby, der alle Schrecken der Welt gesehen hatte, schnarchte friedlich neben ihr.

Als sie nach einer dieser unruhigen Nächte morgens beim Kaffee saß, fiel ihr Blick auf eine Überschrift auf Seite drei des Wirtschaftsteils der *Washington Post*. Sie hätte sie fast übersehen.

WALDORF GROUP INVESTIERT

WEITERE 2,4 MILLIARDEN WASABISCHES KAPITAL

Sie starrte ein paar Sekunden auf die Überschrift, dann las sie den Artikel. Es war nichts Außergewöhnliches daran. Sie wusste über die Waldorf Group Bescheid, wie jeder andere auch. Es war eine Investmentbank mit Sitz in Washington und engen Bindungen an Wasabien. Sie hatte zwölf Vorstandsmitglieder: drei frühere US-Präsidenten, frühere Verteidigungs-, Außen-, Finanz-, Wirtschaftsminister, zwei Ex-CIA-Chefs . . .

»Ich glaub's nicht«, sagte Florence.

»Häh?« fragte Bobby, der in Pyjamahose barfuß in die Küche schlurfte, sich die Brust kratzte und der Witterung des Kaffees folgte.

Die Zentrale der Waldorf Group nimmt zwei Etagen in einem Washingtoner Bürogebäude ein, passenderweise mit Blick aufs Weiße Haus. Der spektakuläre Blick aus dem Vorstandssaal erlaubt es den Mitgliedern, viele der Ministerien zu sehen, die ihnen einmal unterstanden. Der Konferenztisch ist aus feinstem Walnussholz, die Sessel sind mit italienischem Leder bezogen. Die Aschenbecher – viele Vorstandsmitglieder rauchen gern mal eine gute kubanische Zigarre – sind aus Kristall. In einer Weltkarte stecken dutzende von Nadeln, die Investitionsprojekte der Waldorf Group bezeichnen und zu sagen scheinen: »Die Welt ist groß, sehr groß, und sie gehört uns!« Heute würde eine weitere Nadel in Wasabien gesteckt werden, und danach würden die Vorstandsmitglieder etwas trinken, einen kleinen Schwatz halten, die neuesten lahmen Witze erzählen – der aktuellste handelte von zwei Nonnen, die im Auto durch Transsylvanien fahren – und sich dann in Wagen mit Fahrern vom Secret Service, in Hubschraubern oder Privatjets entfernen. Angesichts der letzten Entwicklungen würde die Sitzung vielleicht etwas länger dauern als sonst.

Der Geschäftsführer gab gerade einen Überblick über die neueste Investition in eine Diamantenmine bei Yellowknife, als sich die Tür öffnete und eine Frau eintrat.

Sie war blond, sehr attraktiv und trug einen dunklen Hosenanzug mit einem Secret Service-Schildchen am Revers, das dem Dutzend Leibwächtern draußen zeigte, dass sie das Recht habe, sich in dieser illustren Gesellschaft zu bewegen.

Der Geschäftsführer schaute die Frau verwundert an. Vorstandssitzungen der Waldorf Group wurden normalerweise nicht unterbrochen. Sein Mund blieb offen stehen. Er wandte sich etwas nervös an einen Mann in den Sechzigern, der an der Wand des Raums saß. Der Mann schaute die Frau an. Er stand auf, lächelte und sagte: »Hallo, Florence.«

»Hallo, Sam«, sagte sie.

»Wir brauchen wohl niemanden vorzustellen«, sagte Onkel Sam.

Die zwölf Männer um den Tisch blickten Florence an. Die drei Ex-Präsidenten lächelten freundlich, aber sie hatten auch den besten politischen Instinkt von allen Anwesenden. Die Ex-Minister lächelten nicht, die Ex-Geheimdienstchefs runzelten die Stirn.

»Können wir später reden?« fragte Onkel Sam. »Wir haben gerade eine Sitzung.«

»Nein, wir reden jetzt«, erwiderte Florence.

»Ich glaube wirklich nicht –«

Eine Tür auf der entgegengesetzten Seite öffnete sich, und ein durchtrainierter Mann mit durchdringendem Blick trat ein. Auch er trug ein Secret Service-Schildchen. Er blieb mit auf der Brust verschränkten Armen und zusammengepresstem Mund stehen und starrte Onkel Sam an.

»Hallo, Bobby«, sagte dieser. »Na, dann sind ja alle da.«

»Also habe ich die ganze Zeit für einen Haufen Investmentbanker gearbeitet?« fragte Florence.

Einer der Ex-Präsidenten sagte mit sanfter, freundlicher Stimme: »Auf die eine oder andere Art arbeiten wir alle für Investmentbanker, Florence.«

»Diese Gruppe wurde durch Finanzierung aus Wasabien gestartet«, sagte sie. »Der Gewinn lag im letzten Jahr bei 800 Millionen Dollar. Das sind geteilt durch zwölf 66 Millionen. Sie waren sehr erfolgreich, meine Herren. Aber der Erfolg hängt vom ununterbrochenen Kapitalfluss Ihrer wasabischen Freunde ab.

Dann bekommen die Wasabis interne Probleme. Terrorismus, zu starke Machtkonzentration, 40 000 Kronprinzen. Die Arbeitslosigkeit ist hoch und die halbe Bevölkerung jünger als sechzehn. Und wenn die Monarchie stürzt und zu einer fundamentalistischen islamischen Republik wird, ist Ihre Finanzierung weg. Also wollen Sie, dass das Königreich sich modernisiert und reformiert. An und für sich kein schlechtes Ziel.

Aber sie reformieren nicht. Sie können es nicht, weil die Macht konzentriert ist und die Königsfamilie vor Jahrhunderten einen Handel mit einer fanatischen religiösen Sekte geschlossen hat. Die Royals haben die Macht, und die Fanatiker müssen alles so haben, wie es im guten alten finsteren Mittelalter war.

Sie müssen reformieren, aber sie können nicht. Und wie viel Einfluss bleibt Ihnen letztlich? Sie können nur begrenzten Druck auf die Wasabis ausüben, denn einer Ihrer Partner ist Prinz Bawad, der Botschafter in den Vereinigten Staaten. Ein alter Golf-, Ski- und Jagdkumpel von zwei Dritteln der Leute hier am Tisch. Und einer der widerlichsten Menschen auf dem Erdball. Aber werden wir nicht emotional. Das ist bei Frauen immer so ein Problem, nicht wahr?

Eines Tages versucht Bawads Frau zu flüchten. Wir liefern sie natürlich aus, weil nichts den Fluss von Öl und Investmentkapital stören darf. Sie wird hingerichtet. Und da komme ich ins Spiel. Ich reiche meinen Vorschlag ein und verursache großen Wirbel im Außenministerium.

Und jetzt haben Sie ein Mittel, die Wasabis zur Reform zu drängen. Sie brauchen bloß ein paar Strippen zu ziehen und ein paar Knöpfe zu drücken. Zusammen haben Sie ein dickeres Adressbuch als Gott. Und jetzt kommt das Erstaunliche – alles ist für einen guten Zweck. Das passiert nicht oft in Washington, oder? Zwei gute Zwecke: Frauenrechte und Waldorf-Profite.«

»Florence«, sagte einer der Ex-Präsidenten, »ich spreche wohl für alle hier, wenn ich sage, dass Sie da drüben hervorragende Arbeit gemacht haben.«

»Hört, hört«, lief ein Murmeln um den Tisch.

»Ich glaube, ich spreche auch für alle, wenn ich sage, wie sehr wir uns freuen würden, wenn Sie mit an Bord kämen.«

»Hört, hört.« Sogar die Ex-Geheimdienstchefs lächelten jetzt. Bobby machte dagegen eine Miene, als wolle er gleich in die Tasche fassen, seine Pistole ziehen und Geschichte machen. Was für eine Schlagzeile das gegeben hätte.

»Wir sind hier fertig«, sagte Florence zu ihm. Sie gingen zur Tür.

»Und wenn Sie es sich anders überlegen, wissen Sie, wo Sie uns finden«, sagte Onkel Sam. »Und wir wissen, wo wir Sie finden.«

20. Oktober 2003 – 19. Mai* 2004
San Luis Obispo; Washington, D.C.

*Tod von T. E. Lawrence, 1935

Danksagung

Tausendundeinmal danke ich wieder Mr. Karp und Binky Urban und tausendundzweimal der liebenswerten und geheimnisvollen T. Freifrau von G. Außerdem Dank an die liebe, liebe Lucy, Tómas Salley, John Tierney, Eric Felten, Bill Hughes, Dr. Close, Seine Eminenz Cullen Kardinal Murphy. Für den Hintergrund: Bob Baer, David Fromkin, Fetema Mernissi, Sandra Mackey, Sir Richard (F.) Burton. Inspiration gaben mir Paul, Mark und Brooke, gute Amerikaner in einer nicht immer guten Welt. Schließlich gilt mein aufrichtiger Respekt Fern Holland, einer wirklichen Florence von Arabien, die mit 33 Jahren am 9. März 2004 im Irak ermordet wurde.

ALLĀH YAḪLĪH 'UḪTĪ.

ALLĀHUMMA YASKUN-HĀ FASĪḤ ǦANNĀ NA-HU.

[MÖGE GOTT SIE SCHÜTZEN, O SCHWESTER]

Gerd Haffmans
bei Zweitausendeins

Die komischen Deutschen. 881 gewitzte Gedichte aus 400 Jahren. Herausgegeben und mit einem Nachwort von Steffen Jacobs.

Kyril Bonfiglioli. Charlie Mortdecai in Das große Schnurrbart-Geheimnis. Ein komischer Fall für Zwei. Deutsch von Steffen Jacobs.

Wilhelm Busch. Die Gedichte. Herausgegeben und mit einem Nachwort »Ein deutscher Klassiker der Komik« von Gerd Haffmans.

Jenny Eclair. Vorstadt-Schönheit. Vom Treiben & Paaren in den Großen Städten. Deutsch von Juliane Zaubitzer.

Gustave Flaubert. Der Briefwechsel mit den Brüdern **Edmond & Jules de Goncourt**. Alle erhaltenen Briefe und alle Eintragungen zu Flaubert aus dem Tagebuch der Brüder erstmals deutsch. Übersetzt und mit Anmerkungen von Cornelia Hasting.

Gustave Flaubert. Bouvard und Pécuchet. Roman vom Mangel an Methode in den Wissenschaften. Mit dem »Wörterbuch der Gemeinplätze«. Vollständig neu übersetzt und mit Anmerkungen von Caroline Vollmann.

Gustave Flaubert. Salambo. Der Roman Karthagos. Vollständig neu übersetzt von Petra-Susanne Räbel.

Thomas Gsella. Generation Reim. Gedichte & Moritat. Mit Zeichnungen von Greser & Lenz.

Wolfgang Herrndorf. In Plüschgewittern. Ein deutscher Hauptstadtroman.

Ludwig Homann. Ein deutsches Leben. Zwei Romane: »Der weiße Jude« und »Der Hunne am Tor«, erstmals in einem Band.

David Huggins. Ein einziger Hit. Ein Hard-Rock-Thriller. Deutsch von Karsten Singelmann.

Rudi Hurzlmeier & Harry Rowohlt & Roger Boylan. Happy Birds-Day. Die bunte Welt der Vögel in Bild & Reim. Deutsch & English.

Steffen Jacobs. Angebot freundlicher Übernahme. Lyrik der Lust, Liebes- & Lebenspein. Mit CD, belesen vom Dichter.

Karin Kusterer. Märchen von der unmöglichen Liebe. Roman vom werdenden Leben und einer Reise ins Herz der Finsternis Afghanistans.

Philip Larkin. Wirbel im Mädcheninternat Willow Gables. Ein bezaubernder Mädchenroman eines großen Lyrikers. Deutsch von Steffen Jacobs.

Charles Lewinsky. Der A-Quotient. Theorie und Praxis des Lebens mit Arschlöchern. Ein Lehrbuch mit Zeichnungen von Thomas di Paolo.

Georg Christoph Lichtenberg. Die Aphorismen-Bücher. Vollständige Ausgabe, herausgegeben von Albert Leitzmann.

Till R. Lohmeyer. Unter Zoologen. Von Vögeln, Käfern & Karrieren und tödlichen Liebes-Trieben.

Graham Lord. Leider sehen wir uns gezwungen, Ihnen mitzuteilen ... (Sie sind gefeuert!). Die Komödie vom harten Los: arbeitslos. Deutsch von Miriam Carbe.

Ludger Lütkehaus. NICHTS. Abschied vom Sein. Ende der Angst. Ein Lebenswerk.

Jenny McPhee. Der Kern der Dinge. Eine sexy Geschichte vom klassischen Kino, um Klatschpresse, Quantenmechanik und Mr. Right.

Axel Marquardt. Anselm im Glück. Ein europäischer Reise- & Schelmenroman.

Christian Morgenstern. Die Galgenlieder. Mit drei Briefen des Dichters. Herausgegeben von Gerd Haffmans

Fanny Müller. Keks, Frau K. & Katastrophen. Die fehlten noch: Alle Geschichten.

Fanny Müller liest aus Keks, Frau K. & Katastrophen. CD, mit einer Rede von Frank Schulz.

Wolf von Niebelschütz. Die Kinder der Finsternis. Der Roman vom leuchtend lebendigen Mittelalter.

M. A. Numminen. Tango ist meine Leidenschaft. Ein Tanz- und Liebesroman aus dem heißen Norden. Deutsch von Eike Fuhrmann.

M. A. Numminen. Der Kneipenmann. Eine Reise zu den Bier-Bars in ganz Finnland von Helsinki bis zum Nordkap. Deutsch von Eike Fuhrmann.

M. A. Numminen sings Wittgenstein & Helena est libertas. Die CD eines intellektuellen Entertainers.

M. A. Numminen singt wüste wilde Weihnachtslieder. Eine CD mit festlichem Liedgut.

Jan Graf Potocki. Die Handschrift von Saragossa oder Die Abenteuer in der Sierra Morena. Ein verzaubernder Jahrhundertroman von Grafen, Gaunern und Geliebten. Deutsch von Werner Creutziger.

Joachim Ringelnatz. Die Gedichte. Vollständige Ausgabe, getreu nach den Erstausgaben und Ausgaben letzter Hand herausgegeben von Fritz & Katinka Eycken mit Jakob Winter.

Sarah Sands. Spielchen spielen. Ein Fernseh- und Zicken-Roman. Deutsch von Sabine Lohmann.

Arthur Schopenhauer. Werke in 3 Bänden. Erstmals nach den Ausgaben letzter Hand herausgegeben von Ludger Lütkehaus.

Arthur Schopenhauer. Eristische Dialektik oder Die Kunst Recht zu behalten. Ein Lehrbuch mit 38 Kunstgriffen. Herausgegeben von Gerd Haffmans.

Frank Schulz. Morbus fonticuli oder Die Sehnsucht des Laien. Ein großer Roman der deutschen Hochkomik.

Frank Schulz. Kolks blonde Bräute. Roman vom rechten Reden & Trinken, von wahrer Liebe & echter Freundschaft und kleinen Taten & großen Träumen.

Frank Schulz. Kolks blonde Bräute. Der ganze Roman als Hörbuch, gelesen von Harry Rowohlt, Fanny Müller, Marion von Stengel, Gerd Haffmans und dem Autor Frank Schulz. 7 CDs oder 1 MP3.

Linda Verhaelen. Mein Leben als Schlampe. Sex and the City in den Siebzigern.

Linda Verhaelen. Das Leben als Zumutung. Das Schlampenleben geht weiter zwischen Büro und Bar.

Oscar Wilde. Werke in 5 Bänden. Vollständig neu übersetzt von Bernd Eilert, Georg Deggerich, Susanne Luber, Petra-Susanne Räbel, Eike Schönfeld und Hans Wolf. »Neue Zürcher Ausgabe«.

Oscar Wilde – Ein Leben in Schönheit. Eine literarische Revue über Leben und Werk des Dichters, Denkers & Dandys. CD von und mit Harry Rowohlt, Monika Schärer, Christian Glockzin und Gerd Haffmans.

Der Raben-Kalender. Für jeden Tag im Jahr 2006, herausgegeben von Tini Haffmans. Der Kalender hier macht täglich, ja Tag für Tag den Tag erträglich.

Das wüste wilde Weihnachtsbuch. Nicht mehr Feierliches in Wort & Bild, herausgegeben von Gerd Haffmans.

Wörterbuch Schweizerdeutsch - Deutsch. Anleitung zur Überwindung von Kommunikationspannen. Vorwort von Josef Estermann, Nachwort von Fritz Senn, Zeichnungen von Volker Kriegel.